KHÉOPS
ET LA PYRAMIDE
DU SOLEIL

[illegible] est né à Narbonne. Dès l'âge de dix-huit ans, il commence à voyager. Au cours d'un séjour de près de trois années au Sénégal et en Mauritanie, il se passionne pour l'archéologie, l'histoire, l'Orient, l'Antiquité, l'ethnologie. [illegible] en France, il poursuit ses [illegible] pour de longs voyages dont il rapporte de [illegible]. Dès 1960 [illegible] articles dans des revues [illegible] comme Archeologia à partir de [illegible] ouvrages anciennes, tels que [illegible]. Entre 1966 et 1972, il [illegible] puis dirige la [illegible] de 1973 à 1976. Il est également l'auteur de romans historiques dont [illegible]

[illegible] 1980, Guy Rachet a ajouté à ses activités celle de [illegible] en Grèce, [illegible]

[illegible]

KHÉPHREN
ET LA PYRAMIDE
DU SPHINX

Guy Rachet est né à Narbonne. Dès l'âge de dix-huit ans, il commence à voyager. Au cours d'un séjour de près de trois années au Sénégal et en Mauritanie, il se passionne pour l'archéologie, l'histoire, l'Orient, l'Antiquité, l'ethnologie... Rentré en France, il poursuit ses travaux de recherches puis repart pour de longs voyages d'où il rapporte de nombreuses photos et une riche documentation. Dès 1960, il commence à écrire des articles dans des revues spécialisées ou de vulgarisation comme *Archeologia*. À partir de 1968, il publie régulièrement des ouvrages de référence sur les civilisations anciennes, tels que *Archéologie de la Grèce préhistorique, La Tragédie grecque, La Grèce et Rome, l'Égypte mystique et légendaire*... Entre 1968 et 1972, il collabore aux *Nouvelles littéraires*, puis dirige la *Petite Encyclopédie* Larousse, de 1974 à 1976. Il est également l'auteur de romans historiques dont *Le Manuscrit secret du Nil, Les Vergers d'Osiris, Le Prêtre d'Amon, Khéops et la pyramide du Soleil, Le Rêve de pierre de Khéops, Khéphren et Didoufri, Le Livre des morts des anciens Égyptiens*.
Depuis 1984, Guy Rachet a ajouté à ses activités celle de conférencier, qu'il dispense au cours de voyages culturels en Égypte, en Grèce, dans le Proche-Orient.
Guy Rachet est membre, entre autres, de la Société des études grecques, de l'Oriental Institute de l'Université de Chicago...

Paru dans Le Livre de Poche

NÉFERTITI

LE PRÊTRE D'AMON

Le Roman des pyramides :

KHÉOPS ET LA PYRAMIDE DU SOLEIL

KHÉOPS, LE RÊVE DE PIERRE

KHÉPHREN ET DIDOUFRI : LA PYRAMIDE INACHEVÉE

GUY RACHET

Khéphren et la pyramide du Sphinx

Le Roman des pyramides****

ROMAN

Champollion

ÉDITIONS DU ROCHER
JEAN-PAUL BERTRAND

LISTE DES PERSONNAGES
apparus dans les 4 premiers volumes
(En caractères gras les personnages historiques,
en italique les personnages inventés.
Sont soulignés les noms des rois.)

Abdini. Jeune garçon, serviteur de *Khiziru.*

Abedou. Architecte de Snéfrou, déchu. Père d'Ankhi et de Djati.

Abimilkou. Nom pris par Djedefhor après son adoption par *Khiziru.*

Abishému. Roi de Byblos.

Abou. Garde du corps de Mykérinos.

Amarsi. Sumérien, chef d'équipage de Djedefhor.

Ankhaf. Fils d'Imhotep et d'une fille de Djéser Téti.

Ankhi. Fils aîné d'Abedou. Père de Héqeq.

Ankhmarê. Architecte de Khéphren.

Atet. Fille de Houni, épouse de Néfermaât I.

Ayinel. Fils de Reyen. Emmené en Égypte par Khéops.

Baoufrê. Fils de Khoufou et Méritités.

Bénou. Grand Voyant de Rê d'Héliopolis.

Bès. Nain, serviteur de Sabi.

Chédi. Jeune garçon, ami d'Hénoutsen, fils de Ptahmaaou.

Chéry. Fille de Néterapéref, berceuse de Djedefhor.

Débéhéni. Maître royal des maçons de Mykérinos.

Didoufri. Fils de Khéops et de Noubet. Successeur de Khéops.

Djati. Fils cadet d'Abedou. Père d'Ouadjet.

Djedefhor. Troisième fils de Khoufou et Méritités. Joli nom : Hori.

Djedi. Sage connu par Djedefhor à Hermopolis.

Eanita. Fille de Sidouri.

Elibaal. Prince de Byblos, fils d'Abishému.

Emisum. Chef de l'armée d'Ur.

Gébi. Messager envoyé par la reine à Byblos.

Gursar. Capitaine du bateau de Djedefhor à Dilmoun.

Hedjekenou. Fille d'un cabaretier. Épouse secondaire de Khafrê. Mère de Sékhemkarê.

Hémyounou. Fils de Kanéfer. Vizir de Khoufou.

Hénoutsen. Seconde épouse de Khoufou. Fille d'un noble, *Sétribi*. Mère de Khoufoukaf, de Khéphren, de Khamernebti et de Minkaf.

Héqeq. Fils d'Ankhi.

Hérou. Père de Kabaptah.

Hétep-hérès (I). Fille de Houni et de l'épouse royale *Nébesneith*.

Hétep-hérès (II). Fille de Khoufou et de *Noubet*. Épouse Kawab dont elle a Méresankh III et, après sa mort, épouse Didoufri dont elle a Néferhétepès. Joli nom *Tépi*.

Hétepni. Commandant du bateau de Djedefhor.

Houni. Dernier roi IIIe dynastie.

Iaset. Danseuse du temple d'Isis.

Ibdâdi. Interprète à Byblos. Emmené en Égypte par Khéops. Épouse Neferkaou.

Ibébi. Grand prêtre (Grand des Cinq) du temple de Thot à Hermopolis.

Igibar. Riche commerçant d'Ur. Père de Menlila.

Ilumiku. Propriétaire à qui est vendu Djedefhor.

Inéki. Commandant du bateau éclaireur de la flotte de Khéops. Tué par Khershet.

Inkaf. Jeune garçon, ami d'Hénoutsen, frère de Chédi, fils de Ptahmaaou.

Iou. Mère de Persenti.

Irty. Épouse d'Abedou.

Iziânkh. Grand Voyant de Rê.

Kabaptah. Petit-fils de Ptahouser, compagnon d'enfance de Mykérinos. Fils d'Hérou.

Kahif. Chef des troupes de Memphis.

Kanéfer. Fils de Houni et de Méresankh (I).

Kawab. Fils aîné de Khéops et de Mérititès.

Khaesnéfrou. Maître d'œuvre de la nécropole de Guizeh, père d'*Outa*.

Khamernebti (I). Fille de Khoufou et de Hénoutsen.

Khamernebti (II). Fille de Khéphren et de Khamernebti I. Épouse de Mykérinos. Joli nom : *Nebty*.

Khenemou. Grand-père maternel de Persenti.

Khénou. Serviteur fidèle de Khoufou et son père nourricier.

Khentetenka. Fille de Khéops et de Noubet. Épouse principale de Didoufri. Joli nom : *Khenti*.

Khentkawès. Fille de Menkaourê et de Khamernebti.

Khéops. Nom complet : Khnoum-khouef-oui (Khnoum me protège). Fils de Snéfrou et de Hétep-hérès.

Khéphren. Fils de Khéops et de Hénoutsen (nom en égyptien : khafrê).

Kherset. Fille adoptive de Reyen. Amenée en Égypte par Khéops, elle l'épouse et prend le nom de Noubet.

Khiziru. Marchand de Sodome, père adoptif de Djedefhor.

Khouenptah. Frère cadet de Ptahouser.

Khoufoukhaf. Fils de Khéops et de Hénoutsen.

Kilula. Serviteur de Djedefhor à Ur.

Kounérê. Fils de Khéphren et de Khamernebti.

Méket. Directrice des servantes du grand palais sous Khéphren.

Mékhou. Serviteur d'Hénoutsen et ensuite de Djedefhor.

Menlila. Jeune fille d'Ur, fille d'Ingibar. Suivante de la reine Puabi.

Méresankh (I). Deuxième épouse de Houni. Mère de Snéfrou, Néfermaât et Kanéfer.

Méresankh (II). Fille de Khéops et de Méritités. Épouse de Khéphren.

Méretptah. Fille cadette de Néfermaât I et de *Mériset*. Épouse de Néfermaât II/Néférou.

Mérou. Marin rencontré dans une taverne par Nékaourê.

Merseankh. Fille de Kawab et de Hétep-hérès II. Joli nom : Méret. Épouse de Khéphren.

Mériset. Fille de Khaba et d'une épouse secondaire. Épouse de *Néfermaât*. Mère de *Néféret, Méretptah.*

Méritités (I). Fille de Snéfrou. Épouse de Khéops. Mère de Kawab, Djedefhor, Baoufrê, Méresankh II.

Milkuru. Chef de bédouins trafiquants d'esclaves.

Minkaf. Fils de Khéops (en réalité de *Sabi*) et Hénoutsen.

Mykérinos. Fils de Khéphren et de Khamernebti I. Joli nom : Menki (nom égyptien : Menkaourê).

Nébémakhet. Fils de Merseankh et de Khéphren.

Nébesneith. Fille cadette de Djéser. Épouse royale de Houni. Mère de Hétep-hérès I.

Néferet. Fille de Néfermaât I et de *Mériset*. Épouse de Rahotep.

Néferhétépès. Fille de Didoufri et de Hétéphérès II. Joli nom : Néferti.

Néferkaou. Fille cadette de Snéfrou et de Hétephérès. Épouse d'Ibdâdi. Mère de Néfermaât III.
Néfermaât (I). Fils de Houni. Premier vizir de Snéfrou. Époux de Mériset, et père de Néféret et Meretptah.
Néfermaât/Néférou. Fils de Snéfrou et de sa seconde épouse, Neithotep.
Néfermaât (III). Fils de Néferkaou et d'Ibdâdi. Directeur de la nécropole puis vizir de Khéphren.
Neithotep. Fille de Djéser Téti et épouse de Snéfrou. Mère de Néfermaât/Néférou et de Méten.
Nékaourê. Fils de Djedefhor et de Persenti. Joli nom : Néky.
Nekhébou. Capitaine du bateau d'Hénoutsen.
Nenki. Fille aînée de Djéser. Épouse royale de Djéser Téti et ensuite de Khaba.
Néterapéref. Prêtre de la pyramide de Snéfrou, père de *Chéry*.
Nikaânkh. Sœur de Persenti.
Nimaât. Concubine d'Ankhi et de Djati.
Nitéti. Épouse de Khénou. Première servante de Méritités.
Noubet. Nom égyptien de la troisième épouse de Khéphren.
Ouadjet. Fille de Djati, petite-fille d'Abedou.
Oudji. Chef des troupes de Bouto.
Oupéti. Garde du corps de Didoufri.
Outa. Fille de Khaesnéfrou, compagne de Hénoutsen.
Persenti. Fille de Chédi. Épouse secondaire de Khéphren. Mère de Nékaourê.
Péséshet. Directrice des doctoresses.
Philitis. Berger établi sur le plateau de Gizeh.
Ptahmaaou. Père de Chédi et Inkaf. Artisan.
Ptahouser. Grand chef de l'art (grand prêtre) du temple de Ptah.

Ptahshepsès. Grand prêtre de Ptah sous Shepseskaf. Épouse Maâtkha.
Puabi. Reine d'Ur.
Rahertepi. Fils de Chédi. Joli nom : Iti.
Rahotep. Fils de Snéfrou et de Hétep-hérès.
Raou. Chef des troupes d'Héliopolis.
Raouser. Prêtre de Rê.
Reyen. Père d'Ayinel, père adoptif de Khreshet.
Sabi. Magicien.
Salmu. Jeune garçon, serviteur de *Khiziru*.
Sebekni. Maître de danse du temple d'Isis.
Sendjemib. Deuxième prophète du temple de Rê. Succède à Rahotep.
Senkaou. Père de Hedjekenou.
Sékhemkarê. Fils de Khéphren et de Hedjekenou.
Sétribi. Noble de la cour de Snéfrou. Père de Hénoutsen.
Shabitu. Maître de la maison d'Arad.
Shépseskaf. Fils de Mykérinos et de Khamernebti. Nom d'Horus : Shepsesykhet. Autre épouse : Bounefer.
Shinab. Caravanier du pays de Havilah.
Sidouri. Jeune femme, cabaretière à Dilmun.
Snéfrou. Père de Khéops, fils d'Houni ; dernier roi de la IIIe dynastie. Nom d'Horus : Nebmaât.
Tjazi. Serviteur nubien de Sabi.
Uperi. Chef du village d'Ekarra à Dilmoun.
Zézi. Chef des troupes de Hiérakonpolis.
Zimri. Cananéen, captif des bédouins.
Zouhor. Chef des Medjaï.
Zouhor. Premier prophète d'Osiris à Abydos.

RÉSUMÉ DES TROIS VOLUMES PRÉCÉDENTS

Il y a plus de quarante-cinq siècles, Snéfrou règne sur une Égypte pacifiée qui s'étend entre la première cataracte et la mer Méditerranée. Sa sœur et épouse Hétep-hérès lui a donné deux fils, Khéops et Rahotep, et deux filles, Méritités et Néferkaou; d'une épouse secondaire, il a eu un fils, Néfermaât, appelé Néférou de son « joli nom », selon l'expression des Égyptiens pour désigner les diminutifs ou les sobriquets qu'ils utilisaient couramment. Khéops (forme grecque de son nom égyptien Khoufou), l'héritier légitime, a épousé à son tour sa sœur Méritités, selon une coutume appliquée par les souverains du pays en particulier sous la IVe dynastie, celle des constructeurs des premières pyramides, les plus grandes, les plus parfaites. De ce mariage sont issus trois fils, Kawab, Baoufrê et Djedefhor, appelé Hori, et une fille, Méresankh. Khéops, qui vit auprès du peuple et semble se désintéresser de la royauté, a Néférou pour rival. Ce dernier intrigue pour devenir l'héritier désigné du trône. Mais, dans le même temps, Snéfrou en personne et Khéops sont les objets de tentatives d'assassinats par un personnage mystérieux qui agit dans l'ombre. Khéops, soutenu par sa mère qui veut le voir monter sur le trône des Deux Terres (nom donné à leur pays par les Égyptiens eux-mêmes, rappelant par là l'existence de deux grandes parties géographiques et politiques, le Delta et la vallée du Nil proprement dite), est initié aux mystères divins dans les grands temples de l'Égypte, à Héliopolis et Hermopolis, tandis que les membres du clergé de Memphis, la capitale de l'Égypte, intriguent en faveur de Néférou. Entre-temps, Khéops tombe amoureux de la fille d'un grand du royaume, Hénoutsen, dont il fait sa deuxième épouse et qui, de son côté, lui donne aussi trois fils, Khoufoukaf, Khéphren, Minkaf et une fille Khamernebti. Cette Hénoutsen se révèle une femme amoureuse, active, qui se lance dans des enquêtes pour découvrir qui se cache sous le masque de l'homme qui réussit à assassiner plusieurs personnes de l'entourage royal mais qui manque Khéops, qu'il agresse lors de son séjour initiatique à Abydos.

Envoyé ensuite par son père Snéfrou chercher du bois en Phénicie pour la construction des pyramides, Khéops y rencontre la personne destinée à devenir sa troisième épouse, une femme blonde, d'une beauté troublante, qui va dominer sa vie, Noubet. Sa deuxième épouse, Hénoutsen, tente de son côté de découvrir l'auteur du complot qui a failli coûter la vie de son époux, ce qui l'entraîne dans d'étranges aventures. La mort inattendue de Snéfrou accélère la course pour le trône d'Horus, d'où Khéops sort vainqueur. Une fois devenu roi, il va consacrer tout son règne à la grande œuvre de sa vie, la construction d'une pyramide prodigieuse qui sera avant tout un temple initiatique consacré au dieu universel, celle que nous appelons la Grande Pyramide, appelée par les Égyptiens la Lumineuse ou encore celle de l'horizon oriental et occidental (ou celle où se lève et se couche le soleil) ; chaque pyramide ayant reçu un nom pour la désigner à l'époque de sa construction.

Les enfants qu'a eus Khéops de ses diverses épouses ont aussi grandi et se trouvent à leur tour en compétition pour la couronne de l'Égypte, en particulier contre un nouveau venu, Didoufri, le fils que l'étrangère, Noubet, a donné au roi, avec deux autres filles, Khentetenka et Hétep-hérès II, et qui intrigue pour être nommé prince héritier. Khéops ne parvient pas se décider à choisir le futur roi, lequel devrait être Kawab, son fils aîné. Mais, par une suite de hasards (?) malheureux, à ce qu'il semble, les trois aînés, Kawab, Baoufrê et Khoufoukaf, nommés à des postes importants, meurent avant leur père qui se décide à désigner Didoufri. Des trois fils qui lui restent, seul Khéphren est un prétendant dangereux ; Minkaf est le plus jeune et Djedefhor, resté célèbre dans la tradition égyptienne pour sa sagesse (on lui attribuait la rédaction du premier ouvrage de sagesse, genre littéraire qui fut particulièrement cultivé par les anciens Égyptiens), est en quête de celle-ci. Ce qui ne l'empêche pas de tomber amoureux d'une jeune danseuse du temple d'Isis, voisin de la Grande Pyramide, Persenti. Cette dernière est fille d'un ébéniste, Chédi. Afin de la séduire par ses seules qualités et non par le prestige de sa naissance, Djedefhor s'est fait inscrire à l'école de danse du temple, comme étant le fils d'un jardinier et d'une servante. Il se présente sous son surnom d'Hori. Hénoutsen, sa « belle-mère », qui lui porte une grande affection et aime les intrigues, accepte de se faire passer pour cette mère de petite origine. Mais Didoufri, qui, de son côté, est aussi tombé amoureux de Persenti, cherche par tous les moyens à séparer les amants et y réussit. Tandis qu'Hénoutsen et Djedefhor se mettent à la recherche de la jeune fille qui a disparu, on retrouve un matin Khéops assis sur un siège dans son jardin, « immobile, les mains sur les genoux, les yeux ouverts, figé dans son éternité ».

Didoufri profite de l'effet de surprise causé par la disparition inattendue du roi et de l'éloignement de Khéphren, nommé par son père gouverneur de la province du Sud, Éléphantine, pour se faire couronner. Afin de se débarrasser de Djedefhor qui lui est un rival dans son désir de posséder Persenti, Didoufri l'envoie à la tête d'une flotte chercher du bois à Byblos. Mais son intention secrète était de le faire assassiner au cours du voyage. Djedefhor parvient à échapper aux sicaires de son frère mais se retrouve réduit en esclavage et vendu à un riche propriétaire de la ville de Gomorrhe, au sud de la mer Morte. En conséquence d'événements inattendus, Djedefhor/Hori devient secrétaire de son maître, puis, à la suite d'une affaire amoureuse, il est mis à travailler dans les mines de sel, avant d'être finalement adopté par un riche propriétaire de la ville voisine de Sodome.

Didoufri, qui a pris pour vizir son frère Minkaf, fait rechercher Persenti. Avec l'aide d'Hénoutsen, la jeune fille trouve un refuge à Éléphantine, auprès de Khéphren. Ce dernier est tombé amoureux d'elle, mais, obéissant à la mise en garde de sa mère Hénoutsen, il ne cherche pas à la séduire. Une guerre larvée s'engage alors entre Didoufri, dominé et manipulé par sa mère Noubet (par ailleurs, il a épousé ses sœurs Khentetenka et Hétephérès et sa demi-sœur Méresankh), et Khéphren qui s'arme dans sa province.

Installées à Memphis, Hénoutsen et Méritités, les deux premières épouses de Khéops, intriguent de leur côté contre Didoufri. Finalement, Didoufri, après huit ans de règne, est tué par son homme de main Oupéti, manipulé par Khentetenka qu'il a voulu prostituer aux grands du royaume. Khéphren, qui était parti en guerre contre son frère, vaincu et capturé au cours d'un combat, devient alors le seul prince héritier ; à l'instigation de sa mère, il est acclamé à Memphis comme le nouveau souverain de l'Égypte.

Pendant ce temps, Djedefhor s'est rendu à Ur, en Sumer, pour fonder un comptoir pour son père adoptif resté à Sodome, Khiziru. Là, il s'installe chez son associé, un marchand de cette ville, Igibar. Après tant d'années, il a cru oublier Persenti et il s'éprend de la fille de son hôte, Menlila, femme de compagnie de la reine d'Ur, Puabi (personnage historique dont la tombe a été retrouvée).

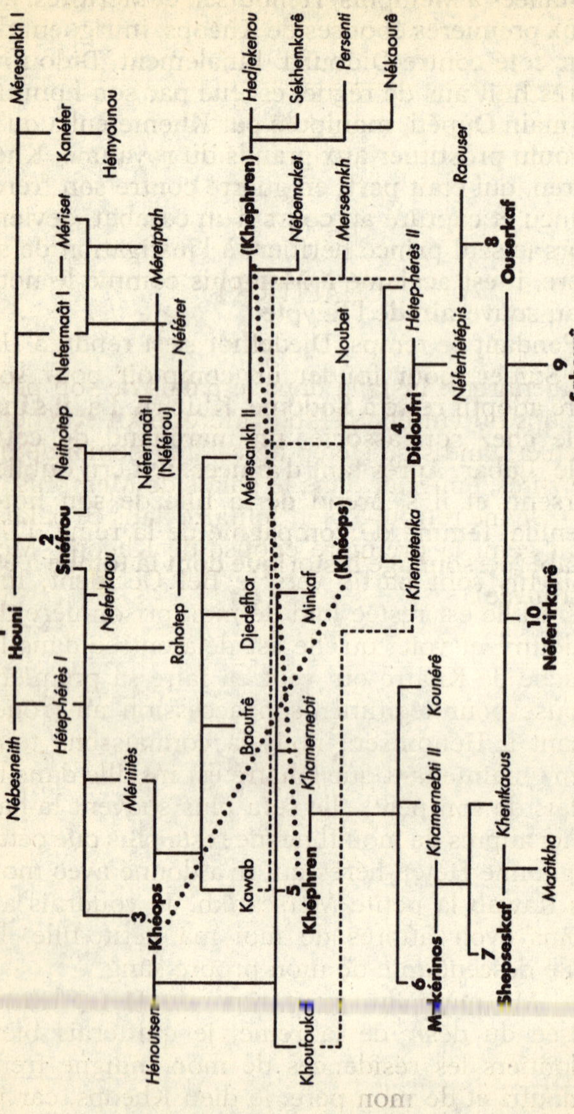

GÉNÉALOGIE DE LA IVe DYNASTIE

CHAPITRE I

Khéphren s'installa dans le palais de son père Khéops où vinrent s'établir Méresankh et Khentetenka, tandis qu'Hétep-hérès, à la demande de Méritités, émigrait dans le palais de Memphis.

— Je me retrouve bien solitaire dans ce palais, avait gémi la première épouse de Khéops. Mes trois fils sont partis vers le Bel Occident, ma chère fille est restée loin de moi, prisonnière de Didoufri, et voici qu'elle est déjà entrée dans la couche de Khafrê qui veut en faire sa première épouse pour légitimer son accession au trône. Quant à Hénoutsen, nous la connaissons tous bien : maintenant que Khafrê est installé dans le palais de son père, elle sera plus souvent là-bas qu'ici auprès de moi. Il ne me reste plus que cette mignonne Hétep-hérès qui m'a donné avec mon fils Kawab la petite Merseankh. Je voudrais au moins avoir auprès de moi ma petite-fille, la seule descendante dc mon propre sang.

— Ma mère, lui avait répondu Hétep-hérès, avisée du désir de la reine, je quitterais bien volontiers les résidences de mon indigne frère Didoufri et de mon père, le dieu Khéops, car je n'y laisserai que de tristes souvenirs. Mais je ne puis y abandonner ma seconde fille, cette petite Néferhétépès que j'ai eue de mon frère.

— Il est bien entendu qu'elle ne sera pas séparée de toi et que je l'aimerai comme sa sœur Merseankh, avait assuré Méritités.

Tandis qu'étaient préparées les fêtes du couronnement de Khéphren, sous la direction de Minkaf et de Néfermaât qui avaient conservé leurs anciennes fonctions, Hénoutsen avait organisé un conseil de famille pour que fussent prises toutes les décisions concernant les premiers actes du nouveau souverain. C'est elle qui avait décidé que son fils épouserait Méresankh, ce qui n'avait pas fâché les deux intéressés.

— Ma mère, avait alors remarqué le prince, puisqu'il est question de convoler, je veux t'annoncer que le temps est aussi venu pour moi d'épouser celle que je désire depuis tant d'années, je veux désigner Persenti. Il me plairait que tu envoies un messager volant à Éléphantine pour lui demander de rentrer à Memphis avec sa famille et ma chère épouse.

— Je ne serais pas surprise, lui répondit Hénoutsen, que Khamernebti ait déjà pris cette résolution sans attendre ta requête, puisqu'elle a dû recevoir le message par lequel je lui ai fait part de la bonne fin que nous devons à Khentetenka. Mais pour ce qui concerne un mariage avec Persenti, il ne se fera qu'en parfaite connaissance de cause.

— Qu'entends-tu par ces mots ? s'étonna Khéphren.

— J'ai voulu que soit gardé secret ce qu'a appris Ayinel lors de son dernier voyage à Byblos : nous avons eu le bonheur d'apprendre que Djedefhor n'est pas mort comme on l'a rapporté. Et cela m'a été confirmé par l'homme qui commandait le vaisseau sur lequel il se trouvait. Apprends que Didoufri avait pressenti l'équipage pour que Djedefhor soit mis à mort à l'occasion de ce voyage. Mais Hétepni, le commandant du bateau, n'a pu se résoudre à obéir à un ordre aussi inique que criminel. Il a fait semblant de frapper Djedefhor pendant son sommeil, après l'avoir averti du complot tramé contre lui par son frère. De sorte que Djedefhor a fait le mort et a été jeté par-dessus bord. La côte était proche et il n'a pas eu de mal à la rejoindre.

— Ma mère, soupira Khéphren, vais-je devoir renoncer à Persenti, alors que depuis maintenant huit années qu'a disparu Djedefhor, nous nous aimons, elle et moi, en secret, séparés par le souvenir d'un frère que tout le monde croit mort ?

— Il faut organiser une expédition pour retrouver Djedefhor. J'en ai parlé en secret avec Ayinel et Ibdâdi. Il paraîtrait que Djedefhor est retenu prisonnier vers la mer de Sel. Selon Ibdâdi, cette mer, à l'intérieur des terres, est située à plusieurs jours de marche de Gaza, en direction du levant. Ayinel pense que la vallée de Siddîm, qui part de cette même mer, se trouve à peu de distance des mines de cuivre d'Attika où nous allons chercher le minerai de cuivre. Tu vas donc envoyer une expédition au bord de la mer du Sud pour construire des vaisseaux qui passeront par cette mer pour arriver au fond du golfe d'où nos hommes parviendront, en quelques jours de marche, à ces mines de sel où travaille ton frère. Ils le délivreront de cet esclavage soit en le rachetant à son maître, soit en l'enlevant de force.

— Quoi, ma mère, prétends-tu nous faire attendre tout ce temps, jusqu'au retour de Djedefhor pour autoriser notre mariage ?

— Ce n'est pas dans mes intentions. Mais lorsque Persenti sera rentrée à Memphis, il faudra lui dire la vérité : elle doit savoir qu'Hori est toujours en vie, que, d'ici quelques mois peut-être, il sera de retour à Memphis. Il lui reviendra alors de faire son choix. Si elle a oublié Djedefhor, si elle désire malgré tout devenir ton épouse, je n'y mettrai pas d'obstacle, mais si, au contraire, elle déclare qu'elle attendra le retour de Djedefhor, il ne sera pas question que tu la forces à t'épouser.

— Je t'obéirai, déclara Khéphren sans hésiter, parfaitement sûr des sentiments de Persenti et de sa réponse.

L'expédition vers le pays d'Attika fut ainsi décidée et on laissa à Ayinel, fort de son expérience, le soin de l'organiser, puis le débat se porta sur le roi défunt. Khentetenka s'était gardée de révéler tout ce qu'elle savait des crimes de Didoufri car, malgré le mépris et la colère qu'elle éprouvait à son égard, elle savait que personne ne pourrait lui pardonner de tels forfaits et que son nom serait détruit à jamais, qu'on ne lui accorderait ni momification ni sépulture. Elle prit alors la parole :

— Si nous nous trouvons ici à statuer sur ce qui doit advenir à mon frère Didoufri, c'est en suite de mon action qui l'a abattu comme une bête sauvage. Cependant, il est de notre sang, il est aussi le fils du dieu Khéops et de ma mère Noubet, que je continue de vénérer. Aussi, je demande qu'il soit enseveli dans la tombe qu'il a commencé à se faire construire. J'ai vu, Néférou, que les premiers degrés de sa pyramide sont déjà élevés. Ce sera suffisant pour lui faire une sépulture où il puisse reposer. Mais je veux que toutes ces statues prétentieuses qu'il a fait sculpter à son image soient brisées et jetées dans une fosse. Il convient néanmoins que tous les rites soient accomplis. Il reviendra ensuite au dieu de le juger et de décider si la chienne doit dévorer son cœur afin qu'il tombe dans la nuit de la mort, dans le néant.

— Khentetenka, opina Khéphren, il en sera fait comme tu le souhaites. Mais je dis qu'il est heureux que notre frère se soit détourné de l'exemple du dieu Khéops et qu'il soit allé se faire construire sa demeure des millions d'années loin vers le nord. Pour moi, je me sens si à l'aise dans ce palais que je ferai l'économie d'une nouvelle résidence. Il est tout près de la pyramide du dieu justifié, notre père. Je ferai construire la mienne dans le voisinage. Ainsi je me trouverai tout près de vous, de toi, ma mère, de toi Mérititès, qui m'es une seconde mère, et de ta mère, Khentetenka, puisque les reines de Khéops ont toutes droit à une magnifique tombe auprès de la pyramide de leur royal époux.

— C'est une belle consolation, remarqua Minkaf, mais si l'on n'est plus rien après la mort, quelle importance cela a-t-il? Et si l'on vit comme un akh lumineux, c'est loin de ce corps, loin de ces monuments de pierre, si j'en crois les enseignements que nous avons reçus. Je ne sais même pas si nous reconnaîtrons ceux que nous avons aimés sur cette terre, nous ignorons si nous les retrouverons. Car je ne puis croire que dans le monde de la Douat, on puisse continuer de mener éternellement la vie que nous avons connue sur la terre, auprès de nos parents et de nos amis, sans jamais nous lasser, sans jamais vieillir, de sorte que, finalement, chaque journée nouvelle nous sera un poids, une fatigue, que tous ces mêmes actes répétés à l'infini nous deviendront insupportables, oppressants au point qu'on souhaitera vraiment mourir, se fondre dans le néant.

— Minkaf ! s'écria Méritités, cesse de parler ainsi, tu m'effraies ! Par la vie ! Si d'aventure tu étais dans le vrai !

— Mérit, intervint Hénoutsen, n'écoute pas tout ce que raconte Minkaf. Tu te rappelles bien ce que nous disait jadis Khéops... Tu l'écoutais de toutes tes oreilles et tu t'éloignais, l'âme sereine, l'esprit tranquille.

— Oui, mais il n'est plus là pour me rassurer, notre cher Khoufou !

Ce soir-là, Khéphren vint retrouver Khentetenka dans sa chambre.

— J'ai appris, lui dit-il, comment tu traitais les prétendants que t'envoyait Didoufri. Je te supplie de ne pas me réserver le même sort.

— Prétendrais-tu partager ma couche pour cette nuit ?

— Pour celle-ci et pour d'autres encore. Ne nous sommes-nous pas délicieusement aimés jadis, avec cette charmante Khamernebti ?

La jeune femme esquissa une moue amusée, sans répondre, tandis qu'il poursuivait :

— Vois, avant que ce mois ne se soit écoulé, j'apparaîtrai deux fois en majesté pour recevoir la double couronne. Si tu le désires, je ferai de toi mon épouse.

— Je serai la troisième ou même la quatrième. Non, mon cher seigneur, je n'ai aucune envie de t'épouser. Je sors d'un étrange mariage avec mon royal frère Didoufri, maintenant je veux goûter à ma liberté et pouvoir faire de ma vie une belle fête sans avoir à en rendre compte à qui que ce soit. Je n'ai plus de père, je n'ai plus de mère, je n'ai plus d'époux, me voilà enfin libre d'agir à ma guise, comme ta chère mère qui m'est un modèle.

— Si tu évoques l'exemple d'Hénoutsen, je n'ai plus rien à dire. Mais cela nous empêche-t-il de faire ensemble une maison de plaisir ?

— En aucune manière, bien au contraire. Cependant, je te croyais amoureux de cette petite Persenti.

— Je le suis. Mais je t'aime également.

— Et Khamernebti ?

— J'ai la plus grande affection pour elle, mais nous sommes déjà de vieux époux. Songe que notre fils Mykérinos va bientôt couper la tresse de l'enfance.

— Et Méresankh ?

— Vas-tu me citer toutes mes sœurs ?

— Et les autres aussi. Oui, Khafrê, je reconnais avoir du plaisir à ta compagnie, de toutes les façons, mais, en vérité, je ne te voudrais pas pour mari. Et moi-même, je suis comme toi : j'aime la diversité en toutes choses, et surtout dans les plaisirs qu'Hathor nous distribue avec tant de générosité. Et comme tu vas être roi, tu serais bien capable de prétendre m'enfermer dans le harem de ton palais.

— Je n'oserais avoir une pareille prétention à ton égard. Mais tu as raison, il est mieux que nous fassions ensemble des maisons de bière et que nous prenions notre plaisir selon notre fantaisie, car tu n'es pas faite pour te soumettre à un seul époux.

Quelques jours plus tard, avant que Khéphren n'eût été intronisé, Ayinel et Hétepni se mettaient en route pour les rives proches de la mer du Sud, à la tête d'une expédition de plusieurs centaines d'hommes armés, tout autant de marins et des centaines de charpentiers avec une importante caravane d'ânes, pour y construire rapidement une petite flotte. Depuis le règne de Djeser on avait aménagé au fond d'une anse des entrepôts et du matériel pour la confection de bateaux, car c'est de là que partaient les expéditions maritimes vers les mines d'Attika et le pays de Pount. Rapidement furent construits les bateaux et tout le monde, ânes compris, s'embarqua.

N'ayant jamais encore dirigé d'expéditions vers le pays d'Attika, Ayinel avait emmené un guide qui connaissait la région. Alors que pour se rendre au Pount, voyage qu'il avait accompli à deux reprises, la flotte suivait les côtes désertiques de l'Égypte, toujours plus loin vers le sud, elle longea les rives opposées de la longue presqu'île qui devait plus tard recevoir le nom de Sinaï. Dès les premiers jours de navigation, Ayinel remarqua que le littoral bas, dominé par de hautes montagnes dans le lointain, était moins désertique que celui de l'Égypte. Plusieurs fois de suite, lorsque les hommes abordaient le rivage pour y tirer les bateaux pour la nuit et établir le camp sur la plage, ils trouvèrent des puits dont on ne savait s'ils avaient été creusés par des humains ou aménagés par un dieu, et même des sources qui jaillissaient à proximité. Ils rencontrèrent aussi des bédouins qui ne manifestèrent aucune hostilité, peut-être parce que, prévoyant, Ayinel avait emporté dans les cales des vaisseaux toutes sortes de marchandises en monnaies d'échange, et qu'il fit de nombreux présents aux chefs et à leurs familles. En contrepartie, les bédouins offraient de l'eau et des vivres.

Après avoir navigué pendant plusieurs jours en direction du sud-est, ils contournèrent un cap et poursuivirent leur route vers le nord-est. Mais, ainsi que le remarqua Ayinel, alors qu'aux premiers temps de navigation le soleil se levait au-dessus des montagnes qui fermaient l'horizon oriental, après le passage de plusieurs caps, le soleil se leva sur leur droite, au-dessus de la mer.

— Nous nous sommes engagés dans un golfe profond, lui fit savoir le guide. Vers l'est, la mer est rapidement bornée par les rives du To Noutir, ce pays du dieu d'où nous viennent l'encens et la myrrhe. Au fond de ce golfe où aboutit la vallée de Siddîm, s'étend le pays d'Attika. C'est au nord de cette contrée que se trouve la mer de Sel.

Quelques jours plus tard, la flotte parvenait au fond du golfe et les bateaux étaient halés sur la plage de sable. Ayinel fit établir un camp derrière une palissade où furent entreposées les embarcations. Il laissa marins et charpentiers à la garde du camp, sous le commandement d'Ibdâdi et lui-même se mit en route vers le nord avec le reste de la troupe et les ânes chargés des marchandises destinées au rachat de Djedefhor et aussi à l'acquisition de cuivre, car il avait l'intention de passer par les mines de cuivre, au retour.

L'importance de la troupe armée qui l'accompagnait rendit circonspects les bédouins. La plupart d'entre eux restaient à distance ou passait outre; quelques-uns vinrent au-devant des Égyptiens pour leur souhaiter la bienvenue et leur proposer des échanges de marchandises; aucun ne chercha querelle. Il est vrai que ce n'étaient que de petits groupes, visiblement pauvres et souvent pourvus seulement de javelots à pointes de pierre, peu disposés à affronter une troupe de soldats disciplinés et bien armés. Pour certains ce n'était pas la première fois qu'ils rencontraient des Égyptiens venus acheter du cuivre dans la région. Mais ils s'étonnaient de voir qu'ils s'étaient écartés du chemin conduisant aux mines pour continuer leur route vers le nord.

C'est ainsi qu'un soir où les Égyptiens dressaient leur camp pour la nuit, quelques bédouins vinrent vers eux, les saluèrent, leurs souhaitèrent la bienvenue. Ayinel, dont la langue natale était proche de la leur et qui parvenait à les comprendre, leur rendit leur salut, les invita à venir devant sa tente boire de la bière.

— Où vas-tu, où te rends-tu avec cette caravane ? lui demanda l'un des bédouins qui s'était présenté comme le chef.

— Je vais vers les rives de la mer de Sel, répondit Ayinel.

— Depuis quand les Égyptiens vont-ils si loin acheter du sel ? s'étonna le bédouin.

— Nous n'allons pas acheter du sel. Nous sommes envoyés par le puissant roi d'Égypte en ambassade auprès des princes des villes de cette région.

— Pour commercer avec eux ?

— Peut-être, répondit évasivement Ayinel, qui ne jugea pas utile de donner des détail à cet inconnu.

— Dans ce cas, à ta place, je m'en retournerais dans mon pays.

— Pourquoi ? s'étonna Ayinel.

— L'ire des dieux s'est abattue sur les villes de la vallée de Siddîm. Il y a une lune, la terre a tremblé, nombreuses ont été les maisons détruites par la colère de la terre. Et comme un malheur n'arrive jamais seul, des bédouins d'Havilah sont sortis du désert. Ils se sont rués sur les villes, ils ont pillé et massacré tout ce qu'ils ont rencontré sur leur chemin. Sodome et Gomorrhe sont en ruine, les autres villes, plus au nord, ont moins souffert de ces attaques. Mais la route du Sud, celle du pays de l'encens, est coupée ; les barbares du nord d'Havilah surveillent les caravanes qui osent s'aventurer sur ces pistes et les mettent au pillage. C'est pour nous un grand malheur car les caravaniers nous distribuaient des biens pour aider à la protection de leurs ânes. Mais nous sommes trop faibles pour nous mesurer à ces barbares sortis du désert. Va, rentre chez toi, ton voyage vers la mer de Sel sera inutile et risqué. Et si ton cœur est généreux, tu nous feras des cadeaux pour t'avoir ainsi mis en garde, pour avoir peut-être sauvé ta vie.

— Des cadeaux, tu en auras, et aussi tous ceux qui t'accompagnent, répliqua Ayinel. Mais vois, je suis à la tête d'une forte troupe, des soldats disciplinés et bien armés. Nous ne craignons pas les barbares. Et s'ils osaient nous attaquer, non seulement nous les disperserions, mais, ensuite, nous reviendrions avec des milliers de soldats et des ânes en quantité, nous les pourchasserions jusqu'à ce qu'ils soient tous éliminés. Car, tu dois le savoir, Sa Majesté le roi d'Égypte est le plus puissant souverain de la terre, il commande à des millions d'hommes et son empire s'étend sur des milliers de cités.

— On connaît la puissance du roi d'Égypte, reconnut l'homme, mais son royaume est loin d'ici et pour parvenir dans le pays des barbares, il faut traverser bien des déserts, sans eau, sans puits, sous un dur soleil.

— Ce n'est pas suffisant pour nous effrayer. Des déserts et des barbares, il y en a tout le long de la vallée du Nil : or, tous, nous les avons dominés, nous en avons fait nos tributaires. Nous soumettrons pareillement les barbares.

Cette rencontre inquiéta cependant Ayinel. Non pas qu'il craignît de se heurter aux bédouins, mais il redoutait que leur incursion n'eût été fatale à Djedefhor, si d'aventure il s'était encore trouvé dans les mines de sel. Aussi fit-il hâter le pas de sa troupe. Sodome fut la première cité qu'il trouva sur son chemin. Ses murs restaient debout, mais, quand il pénétra dans la ville, il trouva un grand nombre de maisons écroulées, partiellement détruites par le feu. Cependant des habitants qui avaient trouvé un refuge hors de la cité ou encore dans les caves de leurs demeures et qui avaient échappé à la fureur des pillards, avaient réoccupé les maisons et entreprenaient de relever la ville de ses ruines. Ayinel se renseigna sur la route qui conduisait aux mines de sel auprès d'un vieillard qui se tenait assis sur le seuil de sa maison :

— Marche vers le nord, puis bifurque vers l'ouest. Tu ne peux manquer de découvrir la mer de Sel. Les mines sont situées sur le rivage sud. Mais pourquoi aller là-bas ? Tu n'y trouveras plus rien, plus personne.

— Pourquoi ? Je croyais qu'il y travaillait des esclaves.

— Ils sont tous partis. Certains ont fui lors de l'arrivée des pillards, d'autres se sont cachés. Mais tous ceux qui restaient, ceux que les barbares n'ont pas tués ou capturés, leur maître est revenu les chercher, il les a emmenés avec lui, loin, très loin d'ici. Mais tu peux toujours aller y voir et y prendre du sel.

— Sais-tu où il a pu les emmener ?

Le vieillard fit un geste vague du bras en disant :

— Loin d'ici, très loin vers le levant.

Ayinel reprit sa marche à la tête de sa troupe. Il passa devant une maison incendiée sans se douter qu'elle avait appartenu à Khizirou, le père adoptif de Djedefhor. Il découvrit bientôt l'étendue de la mer de Sel, étincelante sous le soleil, et, en se dirigeant vers le couchant, il parvint aux baraquements des esclaves. Mais il ne vit là âme qui vive. Il poursuivit sa route jusqu'aux mines de sel, parcourut leur étendue accidentée sans voir personne. Il fit établir le camp dans les baraquements, en prenant soin d'établir des tours de garde. Et, ce soir-là, il songea avec amertume que s'il était arrivé un mois plus tôt, avant que ne déferlent les bandes barbares, il aurait pu trouver celui pour qui il était venu jusque-là. Mais à présent, où pouvait-il le chercher? Si encore il n'avait pas été tué. Était-il captif des bédouins? Ou avait-il été emmené par ce maître dont avait parlé l'homme interrogé? Emmené où? Loin, certainement très loin, d'après ce que le témoin avait laissé entendre.

Il demeura trois jours dans la vallée, en quête de quelqu'un qui pût le renseigner, espérant, sans trop y croire, qu'il pourrait retrouver le prince à la suite d'un heureux hasard. Ainsi rencontra-t-il un berger qui lui confirma qu'un Égyptien avait bien travaillé dans la plaine de sel, mais il ne savait pas ce qu'il était devenu, il ne l'avait d'ailleurs jamais vu. Il avait bien entendu dire qu'il était fils de roi, mais il n'y avait pas cru, bien qu'il ait ajouté :

— Peut-être était-ce vrai. Ce qui est la preuve que les dieux décident de notre destin selon leur volonté et que même fils de roi on peut tout aussi bien terminer sa vie comme esclave.

À regret, Ayinel dut se résoudre à donner le signal du départ. Les pillards qui rôdaient toujours dans le voisinage rendaient périlleuse toute tentative de poursuivre les recherches vers le levant, direction vers laquelle on lui avait assuré qu'était parti le maître des esclaves. Il ne pouvait non plus laisser longtemps seul Ibdâdi qui devait l'attendre avec impatience, d'autant que les hommes restés avec lui étaient peu entraînés au combat. Il dut se résoudre à faire demi-tour.

Grande fut la déception d'Ibdâdi en voyant revenir Ayinel sans le prince.

— Je te comprends, lui dit Ayinel, mais pire sera la déception des reines. Néanmoins, malgré l'affection que Khéphren porte à son frère, je ne serais pas surpris qu'au fond de lui-même il ne soit pas fâché de notre échec. Après tout, Djedefhor est l'héritier légitime du trône et il était l'aimé de Persenti. S'il était un rival pour Didoufri, il le reste aussi pour Khéphren.

Ibdâdi soupira et frappa sur l'épaule d'Ayinel :

— Ton raisonnement est certainement judicieux, remarqua-t-il. En fait, le plus affecté, c'est moi car j'ai réellement éduqué Hori, je lui ai donné le goût des voyages, j'ai encouragé son désir de connaissances. C'est moi qui lui ai enseigné les langues qu'il connaît, il a été mon meilleur élève. Le seul qui ait dépassé le maître. Il était pour moi comme un fils. Je ne puis croire qu'il soit mort. Je te le dis, je sais qu'un jour il nous reviendra, il surgira dans la résidence de Memphis et alors, moi, je serai heureux, je pourrai quitter ce monde.

CHAPITRE II

Igibar s'inclina devant Puabi. La reine le recevait en privé, dans une salle retirée du palais d'Ur. Par l'intermédiaire de sa fille Menlila, il avait obtenu cette audience qui lui avait été accordée tout de suite. Puabi se tenait assise dans un large fauteuil aux bras en forme de protomé de taureau. Elle était vêtue d'une longue robe dont la partie basse était formée par des pans horizontaux de teintes différentes, pourvue de manches courtes, un collier fait de rangs de grosses perles de lapis-lazuli et de turquoise enveloppant son cou et le haut de sa poitrine. Sa chevelure était entièrement dérobée sous un chapeau en forme de casque bordé, autour de la tête, à la hauteur des tempes, par deux bourrelets en forme de cornes se redressant sur le front. Près d'elle se tenait, debout, le chef de l'armée et son conseiller Emisum, drapé dans un ample manteau frangé, croisé sur le devant.

— Sois le bienvenu dans cette demeure, Igibar, lui dit la reine avec un aimable sourire. Ta fille bien-aimée m'a dit que tu désirais parler à ta reine : je t'écoute.

— Ton serviteur rend grâce à sa souveraine de lui accorder cette audience. Ce serviteur voulait d'abord te demander si tu étais satisfaite des services de ma fille Menlila.

— J'en suis très satisfaite. C'est une fille bien éduquée, savante en ce qui convient, aimable avec qui elle doit l'être, sans pour autant se montrer complaisante. Je veux te féliciter pour la manière dont tu l'as éduquée, et sache que je tiens à la garder le plus longtemps possible à mon service.

— C'est de cette question que voulait t'entretenir ton serviteur. Menlila est devenue une belle jeune fille et tu m'accorderas qu'il va être temps de lui donner un époux.

— Il est vrai que ce jour devra arriver... le plus tard possible. Mais dis-moi, aurais-tu en vue un mari digne de ta fille ? Ne m'as-tu pas souvent déclaré que tu souhaitais la garder près de toi, qu'il te déplairait de la donner à un homme qui l'emmènerait dans sa demeure, loin de tes yeux ?

— Ton serviteur l'a dit, et il n'a pas changé d'avis. Mais un homme est entré dans ma demeure, un étranger avec lequel je me suis associé...

— Tu veux parler de cet Égyptien, d'Abimilkou ?

— C'est bien de lui dont il s'agit.

— As-tu de bonnes nouvelles ? Car, si je ne me trompe, n'a-t-il pas pris la route du désert avec une caravane, afin de voir s'il lui serait possible d'ouvrir une nouvelle piste commerciale vers le couchant ?

— Il est bien parti voici déjà longtemps. Il ne devrait pas tarder à rentrer à Ur. C'est pourquoi je profite de son absence pour venir au-devant de ma reine lui demander l'autorisation de marier ma fille à cet homme qui est désormais pour moi comme un fils. Car, puisque j'ai voulu que Menlila devienne la servante de ma reine, c'est à toi qu'il revient de lui donner son congé et lui permettre de fonder un foyer.

— Igibar, le choix de l'époux de ta fille t'appartient et sache que je ne le désapprouve pas. J'ai pu voir que cet homme ne manque pas de mérites et, comme je l'ai déjà dit, sa présence dans notre cité nous honore. Cependant, je me suis trop attachée à Menlila pour m'en séparer si légèrement. Il convient que tu prennes encore patience. Je veux, pour le moins, la garder auprès de moi pendant encore une année. Ensuite, elle sera libre de partir et d'épouser l'homme que tu lui destines.

Igibar s'inclina en remerciant la reine tandis que celle-ci se tournait vers Menlila et lui demandait :

— Et toi, ma fille, te plaît-il de prendre pour époux l'homme que te destine ton père ?

— Ma reine, répondit-elle en baissant la tête, mon père ne pouvait faire un meilleur choix et je lui suis reconnaissante de me donner à un homme vers lequel vont ma tendresse et mon estime.

— Alors, voilà qui est pour le mieux. J'espère que tu auras la patience d'attendre encore un an.

— J'aurai cette patience, ma reine, et sache que malgré la joie que j'aurai à être unie à Abimilkou, je n'en éprouverai pas moins de regrets de devoir être séparée de toi.

— Les portes de ce palais te resteront toujours ouvertes et j'aurai toujours le plus grand plaisir à me trouver en ta compagnie, assura Puabi.

Quelques jours après cette entrevue, Djedefhor était de retour de son expédition. Il trouva Igibar dans le bureau de son entrepôt du port. En le voyant entrer, tout couvert de poussière, Igibar vint vers lui, les bras ouverts :

— Mon cher fils, mon cœur bondit de joie en te voyant enfin devant moi, s'écria-t-il.

— Je partage ta joie, Igibar, répondit Djedefhor. Je suis heureux d'être enfin de retour dans ta belle cité. Mais j'ai, hélas ! de bien mauvaises nouvelles à t'apporter.

— Quelles peuvent être ces mauvaises nouvelles alors que tu es devant moi, bien vivant ?

— Sache que je rentre sans avoir rapporté ni encens ni myrrhe. En revanche, j'ai ramené avec moi une grande partie des serviteurs de mon père Khizirou et quelques ânes, tout ce qui reste de ses biens si nombreux.

— Que veux-tu dire ? Comment s'est effectuée la route jusqu'à Sodome ?

— Beaucoup mieux que je n'aurais osé l'espérer. J'ai fait baliser une piste à travers les déserts de l'Ouest. Il s'y trouve de nombreux puits, des oasis, et même des lacs salés et des marécages. J'ai noué des liens d'hospitalité avec les tribus qui nomadisent dans ces régions, de sorte que le voyage vers la mer de Sel est raccourci de près d'une lune et son coût serait à diviser de moitié. Mais voici le malheur. Sache qu'en arrivant à Sodome, j'ai trouvé la ville en grande partie détruite par la colère d'un dieu cruel : la terre a tremblé, elle s'est entrouverte, engloutissant des hommes et des bêtes, elle a fendu les murailles, détruit des maisons. Et, profitant du désarroi causé par cet événement, des barbares pillards qui nomadisent dans le nord du pays d'Havilah, ont déferlé sur la vallée de Siddîm. Ils ont fondu sur Sodome et sur Gomorrhe comme une nuée de sauterelles, comme des vautours sur le corps affaibli d'un aurochs blessé par une panthère. Ils ont taillé en pièces les hommes qu'ils ont trouvés sur leur chemin, ils ont enlevé les femmes et les enfants, les troupeaux et les ânes. Mon père Khizirou a été massacré par ces barbares ainsi que ses deux jeunes serviteurs. Parmi tous nos familiers, un seul a réussi à se cacher, à se dérober à la furie de ces brigands. Tu l'as vu chez nous, son nom est Shinab et il vient du pays d'Havilah. Je l'ai ramené avec moi, car il m'est un fidèle serviteur, un bon compagnon. J'ai alors décidé de rechercher les esclaves qui travaillaient dans nos champs et dans nos mines, j'ai réuni tous les biens qui me restaient et je suis revenu vers toi, dans l'intention de m'installer ici, à Ur, et de continuer notre association, si tu le veux bien, car j'ai perdu la plus grande partie de la fortune que possédait mon père.

— Abimilkou, je suis le premier à compatir à ton malheur, mais, pour moi, ton malheur m'est un bien. Car mon rêve était que tu t'installasses ici, dans ma demeure, et que tu m'aidasses à assumer la gestion de ma firme. Nous nous passerons du commerce de l'encens, car il y a bien d'autres possibilités de trafic. Je me suis enrichi en faisant le trafic aussi bien des objets précieux confectionnés dans les cités du Sumer que des peaux de bêtes tannées, ou encore de notre vin de palme si apprécié des gens d'Elam...

— Igibar, je suis persuadé que nous ferons ensemble de grandes choses, mais je n'ai pas abandonné l'idée de faire le commerce des résines précieuses du Pays du dieu. Depuis plusieurs années j'observe les étoiles, la forme des terres qui nous entourent. Or, s'il nous est devenu impossible de faire venir l'encens et la myrrhe de la vallée de Siddîm, il nous reste la possibilité d'aller le chercher directement à sa source. J'ai longuement parlé avec Shinab, qui connaît bien les déserts qui isolent le pays de l'encens. J'ai aussi beaucoup réfléchi. Ce sont trop de déserts, c'est une trop longue route avec des troupeaux d'ânes. Maintenant ma conviction est faite : on peut parvenir par mer au To Noutir et au Pount en passant par la mer Inférieure, celle qui conduit dans l'île de Dilmoun où vont les navigateurs d'Ur. Si l'on poursuivait la navigation en longeant les côtes, on ne pourrait que parvenir dans ces pays et, en continuant, on est forcé de rejoindre les rivages de l'Égypte, ceux que baigne la mer du Sud et que dans mon pays on suit pour se rendre au pays de Pount. Vois : avec les hommes que j'ai ramenés et de bons charpentiers, nous construirons des vaisseaux : il en suffit de deux ou trois, puis je m'embarquerai vers le sud. Comme j'ai trouvé la piste du désert qui conduisait directement à Sodome, je trouverai la route de mer qui mène au Pount et au pays de l'encens.

— Mon fils, j'admire ton enthousiasme et, moi aussi, je suis persuadé que tu réussiras dans cette entreprise car tu sembles ignorer l'échec et un dieu te protège. Mais il convient que nous prenions notre temps, que tu prépares soigneusement une telle expédition. Pour l'instant, occupe-toi des hommes et des animaux qui t'accompagnent, puis hâte-toi de rentrer dans ma demeure. Je voudrais alors t'entretenir de ton avenir, et aussi du mien.

Djedefhor trouva des logements dans un village près de la ville pour ses anciens esclaves qu'il avait affranchis tout en les gardant auprès de lui comme des serviteurs libres, et fit emmener les ânes dans des pâturages appartenant à Igibar. Il fut décidé que tous ces hommes dont plusieurs avaient fondé une famille, apprendraient des sciences utiles : manier des armes, tailler du bois pour la confection de bateaux, fabriquer des briques et monter des murs, manœuvrer des bateaux. Shinab, qui fut logé dans une maison attenante aux entrepôts d'Igibar, fut chargé de la direction de ces serviteurs et de leur imposer la discipline de travail indispensable pour réaliser les desseins de Djedefhor.

— Abimilkou, dit Igibar à Djedefhor, une fois installés dans la résidence, au moment où le ciel se drape des couleurs du couchant et enfante les étoiles, puisque les dieux ont voulu que te soit enlevé ton père adoptif et que ses biens te soient ôtés, plus rien ni personne ne te retient au loin. Tu peux ainsi t'installer dans cette demeure qui sera la tienne, si tu le veux.

— Igibar, lui répondit-il, je te remercie de cette hospitalité et, si je l'accepte, je veux que tu puisses t'en féliciter chaque jour, que tu n'aies jamais à t'en repentir.

— Je n'ai aucune crainte de ce côté. J'ai trop souvent eu l'occasion de te juger favorablement pour que je risque de me tromper. Maintenant, écoute-moi : puisque tu as perdu ton père, je pourrais aussi t'adopter et tu serais avec moi comme le fils que je n'ai pu avoir. Mais je ne pourrais m'en contenter. Tu as bien dû le comprendre, même si je ne me suis encore jamais exprimé clairement, je vois en toi le gendre idéal. Je veux te donner ma fille en mariage. Tu as pu voir combien Menlila est une jeune fille charmante, pleine de qualités. Je sais qu'elle ne te hait pas, et il me semble qu'elle ne te déplaît pas.

— Igibar, mon seigneur, dire que Menlila ne me déplaît pas est peu de chose. Je ne te cacherai pas plus longtemps que je serais aussi heureux qu'honoré de pouvoir en faire ma femme. Sache que tu me combles en me parlant ainsi, car l'épouser est mon plus cher désir.

— Tout est alors pour le mieux et nous irons dans son temple sacrifier à Inanna pour qu'elle soit favorable à cette union. Cependant, il nous faudra patienter car la reine veut garder Menlila auprès d'elle pendant encore une année. Or, pendant toute cette année, tu devras maîtriser ton impatience. Tu ne pourras évidemment toucher Menlila qui doit rester vierge jusqu'à son mariage, mais non plus il ne te sera pas permis d'aller trouver les courtisanes. Tu ne te rendras plus à Uruk, cette ville des hiérodules et des prostituées.

— Mon père, tu as pu voir que pendant tout le temps que j'ai vécu sous ton toit, jamais je n'ai posé un regard équivoque sur Menlila et jamais non plus je ne suis allé voir les filles qui se sont consacrées à Inanna et aux plaisirs que la déesse dispense aux vivants.

— Je l'ai bien vu, mon fils, et c'est encore là l'une des raisons qui te rend cher à mes yeux en tant que gendre, et à ceux de Menlila en tant que futur époux. Un homme qui fréquente les hiérodules et les courtisanes avant son mariage continue de les voir après et ne saurait rendre heureuse son épouse.

— Au demeurant, Igibar, je voudrais profiter de ce délai qui m'est imposé pour me rendre à Dilmoun et, de là, explorer les routes qui nous mèneront au pays de l'encens. Le temps de construire de solides bateaux capables d'affronter ces mers, de les armer, de préparer mes serviteurs pour qu'ils en constituent les équipages, ensuite mettre à la voile et traverser la mer Inférieure et naviguer jusqu'aux rives du Pount, l'année se sera écoulée et je rentrerai libre pour faire de Menlila mon épouse.

— Ce sera une année bien remplie. Mais je la vivrai dans l'angoisse car nul ne sait ce qui peut attendre l'audacieux qui osera s'aventurer sur ces mers mystérieuses, tout au long de rivages inconnus.

— Tu ne devras avoir aucune crainte sur ce point, mon père. Sois certain que je serai bientôt de retour, les flancs de nos vaisseaux si chargés de résines aromatiques que nous doublerons notre fortune en un seul voyage.

Lorsque, ce soir-là, Djedefhor revit Menlila après de si longs jours d'absence, sachant qu'elle était destinée à devenir son épouse, il se réjouit et se sentit heureux, car elle lui parut plus charmante encore que naguère. Cependant, il se dit qu'il était effectivement préférable qu'il s'éloignât d'elle car il sentait qu'il n'aurait pas la force d'âme de vivre pendant encore une année à ses côtés, de la voir chaque soir, de partager ses repas, de savoir qu'elle dort dans une chambre voisine de la sienne, sans être un jour tenté de venir se glisser dans son lit pour faire d'elle son épouse avant le temps prescrit. Et il se doutait que la jeune fille partageait son impatience, ce qui les aurait rendus trop aisément complices d'actes qui risquaient de mettre en péril leur union future et leur bonheur.

Comme cela lui était déjà arrivé, elle avait pris sa harpe, un magnifique instrument que lui avait offert la reine Puabi. La caisse de résonance était taillée dans un bois précieux importé de Meloukhkha, et ornée tout autour d'une large bordure faite de dessins géométriques où le bleu de la lazulite se mêlait aux ors chauds. Les deux bras fixés à la caisse étaient aussi recouverts de feuilles d'or où alternaient des dessins triangulaires d'or et de lazulite. La partie antérieure de la caisse était ornée d'une tête de taureau en or, pourvue d'une sorte de barbe et d'une chevelure en lazulite. Des sept cordes tendues entre le bras supérieur et la caisse, Menlila savait tirer les sons les plus harmonieux avec lesquels elle accompagnait son chant. Car elle chantait avec une voix claire, aérienne, les passions qui unissaient les dieux, et plus particulièrement celle d'Inanna, déesse du ciel, pour Dumuzi, le divin berger de Badtibira. Comme elle utilisait le langage des femmes pour faire s'exprimer la déesse, Djedefhor ne comprenait que partiellement ce dont il était question, mais il savait, d'après ce que lui en avait dit Igibar, que c'était un beau chant d'amour. Et Djedefhor avait le sentiment qu'en s'identifiant à la déesse c'est à lui que s'adressait la jeune fille, lui qui, par la magie du chant, était devenu le berger Dumuzi, le bien-aimé de la déesse. Cependant, il se sentait mal à l'aise, mais il ne pouvait savoir si c'était, précisément, parce que ce chant semblait s'adresser à lui et devait donc être reçu comme une déclaration amoureuse, ou encore parce que, selon ce qu'il connaissait de l'histoire ainsi psalmodiée, Dumuzi était destiné à mourir, à être emporté par les démons des enfers dans le royaume d'Ereshkigal, l'inflexible déesse du monde souterrain d'où nul ne revient jamais. Et il se demandait, non sans être saisi d'une certaine angoisse, si ce chant n'avait pas quelque chose de prémonitoire, s'il n'annonçait pas un impossible amour, une passion amoureuse à laquelle la mort mettrait un terme avant même qu'elle ne parvienne à sa totale éclosion.

Les jours suivants furent consacrés à une nouvelle visite à la reine Puabi pour que Djedefhor lui rendît hommage comme son futur sujet et lui parlât de la nouvelle route du désert qu'il venait de reconnaître et de la mise en chantier de la prochaine expédition maritime.

Puis Igibar emmena Djedefhor au temple d'Inanna, la Dame de la cité.

Il savait que, suivant le sens de son nom, elle était la Maîtresse du ciel, la sœur du soleil, Utu. S'il avait déjà pénétré dans l'enceinte du grand sanctuaire de Nannar, le dieu lune, divinité tutélaire de la cité, dans laquelle était aussi construit celui de son épouse Ningal, la Grande Dame, mère d'Inanna, jamais il n'avait eu l'occasion d'entrer dans le temple d'Inanna. Ce dernier se dressait dans un péribole voisin, avec ses dépendances et la résidence du grand prêtre de la déesse, appelé *En*, et de tous ses prêtres et ses esclaves sacrées, les hiérodules. Des serviteurs les suivaient, chargés des offrandes : un chevreau, du lait et du vin de palme dans deux vases à bec pour procéder aux libations, des dattes et des fleurs, de l'encens dans un petit coffre. Deux hiérodules les reçurent et les emmenèrent à travers une grande esplanade pavée de briques dans une salle où furent déposées les offrandes. Dans une cour voisine pourvue d'un bassin rempli d'eau claire, les servantes les dépouillèrent de leurs vêtements et les firent descendre dans la piscine pour qu'ils s'y purifient tout le corps. C'est dans un état de nudité totale que les prêtres et les fidèles porteurs d'offrandes devaient se présenter aux dieux. Ainsi apprêtés, ils purent reprendre leurs offrandes, excepté le chevreau remis à un prêtre, avant d'être conduits dans le temple jusque dans le saint des saints éclairé par de nombreuses lampes à huile.

Inanna, sculptée dans une pierre claire, se dressait au fond de la pièce sur un haut piédestal, devant un autel sur lequel brûlait de l'encens dans des cassolettes de terre cuite. La déesse était nue, debout entre deux bouquetins, les bras levés, coudes repliés, la tête couronnée d'une coiffe faite de cornes de taureau, affrontées et posées les unes sur les autres en quatre rangées allant chacune en s'amenuisant, de sorte que l'ensemble épousait une forme triangulaire. Entre elle et l'autel se tenait le prêtre *En* qui leur souhaita la bienvenue dans le sanctuaire de la déesse.

Les hiérodules les invitèrent alors à s'avancer et à déposer leurs offrandes sur l'autel, à jeter des pincées d'encens dans les cassolettes, à verser des libations de vin et de lait. Ce rite une fois accompli, les deux prêtresses, s'accompagnant chacune d'une sorte de cithare pourvue de sept cordes tendues au-dessus d'une caisse de résonance, entonnèrent un hymne que ne comprit pas Djedefhor car il était chanté dans une langue qui, bien que proche de celle que l'on parlait à Ur, utilisait un vocabulaire différent qui lui était hermétique, cette langue des femmes qu'avait déjà utilisée Menlila dans ses chants. Mais il écouta en silence car Igibar lui avait appris que lorsque les femmes s'adressaient aux déesses, dans les hymnes et les prières, elles employaient une langue qui leur était propre, et que les prêtres, même s'ils la comprenaient, n'utilisaient jamais.

Lorsqu'elles se furent tues, le grand prêtre, abandonnant la pose hiératique qu'il avait jusqu'alors conservée, contourna l'autel et vint devant les deux fidèles de la déesse.

— Igibar, dit-il, ta visite réjouit mon cœur. Je suppose que le jeune homme qui t'accompagne est le futur époux de ta fille.

— C'est bien lui, c'est Abimilkou. Il est venu dans ce temple apporter ces offrandes à la déesse, et il espère qu'elle le protégera dans le grand voyage qu'il a décidé d'entreprendre par-delà Dilmoun, même par-delà Magan.

— As-tu parlé de Dilmoun à ton hôte? demanda le prêtre à Igibar.

— À peine quelques mots, car moi-même je n'y suis non plus jamais allé, reconnut Igibar.

— C'est dans Dilmoun, dit alors le prêtre à l'adresse de Djedefhor, que vint s'installer Enki, le seigneur de la Terre, le maître de toute sagesse; il y vint avec son épouse Ninsikila. Et lorsqu'il y fut, Dilmoun devint lumineuse et sainte. Dans Dilmoun ne croassait pas le corbeau, le lion ne dévorait pas ses proies, le loup ne se jetait pas sur les agneaux. On n'y connaissait pas le sanglier qui dévore les récoltes ni, non plus, le chien sauvage qui déchire les chevreaux. La maladie était inconnue, inconnue était la vieillesse, personne ne se lamentait. Enki remplit les puits et les fontaines d'eau douce, délicieuse à boire, il ouvrit des sillons dans la terre, et la terre devint féconde, elle nourrit les hommes.

— Est-ce ce pays d'Enki, le dieu de sagesse, où je vais me rendre? s'enquit Djedefhor.

— Nul ne sait, en vérité, où est le pays d'Enki. Mais c'est peut-être bien cette île de Dilmoun où vont les vaisseaux d'Ur. Ceux qui y ont séjourné disent que c'est là la place pure, le lieu divin où s'est établi Enki, avant que n'y viennent les hommes, cette terre bénie qu'on appelle le Paradis. Mais qu'en savent-ils? Ce peut aussi bien être plus loin encore, vers cette Terre du Vivant qu'en vain a atteint Gilgamesh, le seigneur d'Uruk.

— J'irai là-bas, je me rendrai à Dilmoun, et je

verrai ce qu'il en est, je saurai si c'est bien la terre divine que tous nous recherchons, ce pays mystérieux à l'orient du monde d'où nous vient la lumière éternelle, ce lieu que tu dis être le Paradis.

— Mais qu'aucun humain n'a encore jamais trouvé, remarqua le grand prêtre d'Inanna. N'est-ce pas simplement parce qu'il ne se situe nulle part hors de nous, mais en nous, qu'il est partout où nous sommes, partout où nous savons l'évoquer et le voir ?

Djedefhor hocha la tête car ces mots lui rappelaient d'autres paroles similaires qu'il avait entendues, sorties tout autant de la bouche de son père que de celle des prêtres d'Héliopolis. Et il se demanda si ces sages n'étaient pas dans le vrai, si vaine n'était pas sa quête de cet ailleurs où il situait un idéal inaccessible.

CHAPITRE III

Hénoutsen s'arrêta, haletante, tandis que Khentetenka continuait de courir, son arc tendu en direction de la gazelle qui fuyait devant elle. En voyant l'animal près de lui échapper, elle lâcha le trait : dévié par le mouvement de la course, il passa à côté du gracieux animal sans le toucher. Khentetenka cessa alors la poursuite et se tourna vers Hénoutsen qui venait vers elle, sans se hâter, son arc et quelques flèches au bout de son bras ballant. Depuis que la mort de Didoufri avait libéré Khentetenka, la jeune femme s'était rapprochée d'Hénoutsen et il leur arrivait souvent de partir seules dans le désert occidental, au-delà de la pyramide de Khéops, pour y traquer les troupeaux d'oryx et de gazelles, plus par jeu que par désir de les chasser, car elles savaient ces enfants du désert si rapides et prompts à la fuite que même un excellent archer avait peu de chances de faire sa proie de l'une d'entre elles, à moins de parvenir à l'approcher suffisamment, ce qui exigeait de ramper et de rivaliser de ruse avec les lionnes qui agissaient pareillement pour ensuite s'élancer vers les bêtes, sans toujours réussir dans leur entreprise. Hénoutsen, qui se refusait à vieillir, avait trouvé dans ce nouvel exercice un moyen efficace de conserver sa sveltesse et d'entretenir son souffle. Par ailleurs, Khentetenka lui avait enseigné le maniement de l'arc, ce qui lui était aussi un nouveau sujet de distraction et de plaisir.

Lorsqu'elle avait décidé d'accompagner ainsi sa belle-fille dans le désert, Nekhébou avait prétendu escorter les deux reines, mais Hénoutsen s'y était vigoureusement opposée : « Tu ne peux aller ainsi seule avec Khentetenka dans le désert peuplé non seulement de bêtes fauves, mais aussi de nomades. Ils surgissent soudainement, dans les lieux où on les attend le moins, et ils auraient alors tôt fait de vous enlever toutes les deux », avait-il rappelé. « Dans un tel cas, ta présence ne nous serait pas plus utile », avait objecté Hénoutsen. « Je ne peux te laisser ainsi aller, s'était entêté Nekhébou. Je suis responsable de ta personne sacrée devant Sa Majesté. » « Tu n'es responsable de personne devant mon fils, lui avait-elle répondu. Que je te garde près de moi et que j'aie plaisir à faire avec toi des maisons de bière et de belles fêtes ne te donne aucun droit sur moi qui reste ta reine. Tu feras ce que je te dirai de faire. » Cette repartie, plutôt sèchement lancée, n'avait pas totalement désarmé le capitaine de la garde de la reine. « C'est Sa Majesté en personne qui m'a ordonné de veiller sur toi, » avait-il rappelé, à quoi elle avait répondu, cette fois en souriant : « Nekhébou, tu es bien placé pour savoir que je suis au-dessus de mon fils et que mes ordres ont plus de valeur que les siens. Ma propre Majesté t'interdit de me suivre. Tu dois t'en tenir là et, dans le cas où Khafrê en viendrait à te le reprocher, dis-lui de venir m'en parler directement. »

Ayant ainsi mis un terme à l'une des tentatives

renouvelées sur bien des fronts de son amant pour la soumettre à une virile domination, Hénoutsen s'était éloignée avec Khentetenka. Et au plaisir de la marche dans le désert et du tir à l'arc s'était ajouté celui de marquer plus encore son indépendance, son refus de se soumettre à la contrainte des mœurs et des conventions sociales. C'est d'ailleurs ce même aspect du caractère de Khentetenka qui avait particulièrement séduit Hénoutsen et l'avait inclinée à faire de la jeune femme sa compagne préférée.

— Vois, Khenti, lui dit-elle lorsqu'elle l'eut rejointe, je commence à éprouver les fatigues de l'âge. Je ne suis plus capable de courir comme jadis, sans me fatiguer.

— Même l'homme le plus vigoureux ressentirait finalement la fatigue à la suite de nos si longues marches et nos courses dans le désert. Depuis que je suis enfant et que je te vois, il ne me semble pas que tu aies vieilli d'un jour... à part quelques petites rides aux coins des yeux et des lèvres. Pour le reste, tu as toujours un corps de vingt ans. Je te trouve exceptionnelle. Surtout quand je vois la reine Méritités qui ne se déplace plus qu'en chaise, quand encore elle se déplace, une chaise qui ploie sous son poids. Combien a-t-elle de plus que toi ?

— Deux ans, exactement. J'ai cinquante-quatre ans et elle, cinquante-six.

— Moi, j'en ai trente-deux et tu parais à peine mon aînée.

— Khenti, tu es trop aimable. Ne parlons plus d'âge, c'est la chose qui me déprime le plus au monde. Quand je songe que de tous les enfants de Khéops, il ne reste plus que toi, ta sœur, Méresankh, Khamernebti et mon fils Khéphren...

— Tu oublies Minkaf et Djedefhor, lui fit remarquer Khentetenka.

— C'est vrai, ce pauvre Minkaf !

Elle se demanda quel mouvement naturel l'avait empêchée de déclarer Minkaf fils de Khéops. Car jamais elle n'avait dévoilé à qui que ce soit le secret de la naissance de son dernier fils, pas même à l'intéressé. Elle fit quelques pas puis se hâta de justifier ses oublis.

— C'est vrai, on ne le voit plus parmi nous... Il est toujours dans sa résidence à assumer sa tâche de vizir comme un scribe scrupuleux, fidèle et laborieux. Avec ça, pas d'épouse, pas d'enfants...

— Tu sais bien, Hénoutsen, qu'il s'est juré de ne pas s'enchaîner avec des liens conjugaux. Et il a bien raison puisque son plus grand plaisir est de courir les tavernes de Memphis dès qu'est tombée la nuit et de faire des maisons de bière avec toutes les courtisanes de la ville. Et son frère Khafrê, le dieu qui règne sur l'Égypte, déposant ses couronnes, ne dédaigne pas de l'accompagner dans ces beuveries.

Hénoutsen soupira sans répondre. Si elle se devait publiquement de désavouer ses fils et leur rappeler la digne tenue de leur père et de leurs divins ancêtres, dans son for intérieur elle ne les désapprouvait pas réellement. Elle s'était trop souvent dit que la vie était suffisamment brève pour ne pas en profiter selon son bon plaisir, et elle-même s'était trop fréquemment appliquée cette morale, se donnant pour amants les hommes qui l'avaient séduite sans souci de tout jugement public, pour pouvoir sincèrement condamner ses fils. Elle trouvait seulement qu'ils manquaient de discrétion dans leurs agissements. Mais d'un autre côté, elle se sentait d'autant plus satisfaite de ses deux fils que l'un assumait avec une héroïque abnégation toutes les tâches obscures et fastidieuses du gouvernement, lesquelles incombaient en effet à la fonction de vizir, tandis que l'autre, qui portait la double couronne, s'était réservé les ennuyeuses réceptions des ambassadeurs étrangers et des grands prêtres des divers cultes, et, surtout, à l'instar de son père, il consacrait le plus clair de son temps à diriger les travaux de sa pyramide et de la construction de ce sphinx colossal, gardien de la nécropole, que Khéops avait entreprise sans avoir le temps de la mener à bonne fin. Et c'est elle, Hénoutsen, à qui était dévolu — il est vrai qu'elle se les était réservées sans que ses fils n'y trouvent à redire — les décisions les plus vitales, les plus royales, celles qui concernaient les expéditions contre les ennemis des frontières, la fixation des tributs, le stockage des revenus de l'État dans la pyramide au trésor, dont elle avait eu soin de bloquer la seconde entrée secrète. Toutes tâches qui lui prenaient peu de temps et lui laissait de nombreux loisirs pour ses promenades, ses chasses et ses plaisirs. Et les courtisans savaient pertinemment qu'elle disposait en réalité du pouvoir de trancher en toute chose, car, lorsqu'ils n'avaient pas obtenu une faveur ou une justice du roi ou du vizir, ils n'hésitaient pas à recourir à l'arbitrage de la reine; si elle jugeait en leur faveur, son autorité faisait force de loi. En fait, bien que les héritières du sang du dieu fussent Méritités et sa fille Méresankh, que celles qui portaient le titre d'épouses royales étaient les femmes légitimes de Khéphren, la véritable souveraine des Deux Terres n'était autre qu'Hénoutsen. Ce dont elle n'abusait ni ne se glorifiait.

— Quant à Djedefhor, dit Hénoutsen après un moment de silence, l'échec de la mission d'Ayinel m'a apporté une grande déception. J'espérais tant qu'il nous le ramènerait!

— C'est pourtant peut-être mieux ainsi. Car avant même qu'Ayinel et Ibdâdi ne soient de retour, Persenti avait fait son choix. Qu'aurait alors dit Djedefhor s'il avait découvert qu'elle ne l'a pas attendu pour épouser Khafrê ?

— Il faudra bien qu'il le découvre, le jour où il nous reviendra.

— Si jamais il revient...

— Il est vrai qu'on ne peut en vouloir à Persenti. Elle a attendu plus de huit ans son retour, en vain, reconnut Hénoutsen.

— Elle est d'autant plus méritante qu'elle était toute jeune, pleine de vie, et qu'elle s'est ainsi consumée en se détournant de l'amour de Khafrê... Il est vrai qu'elle n'a pas eu tort car tant qu'elle s'est refusée à lui, Sa Majesté a brûlé de passion. Mais maintenant qu'il en a fait sa troisième épouse, c'est à peine s'il vient la retrouver dans sa chambre. Je sais bien pourquoi j'ai refusé d'épouser ton fils, bien qu'il m'ait souvent sollicitée : dès qu'il a conquis la femme qu'il convoite, dès qu'il l'a fait entrer dans sa couche, il se détourne d'elle à la recherche d'une nouvelle conquête : il a tout pour faire un roi ambitieux ou un chasseur insatiable.

— Il est plus dans ses ambitions de devenir un constructeur infatigable, comme l'a été son père, remarqua Hénoutsen.

Au détour d'une haute dune elles venaient de découvrir la vallée verdoyante du Nil au loin, et, dans une brume de chaleur qui faisait vibrer l'air, la pyramide de Khéops, son rêve de pierre qui se dressait au seuil de la balance [1] des Deux Terres. En se rapprochant, elles purent distin-

1. Balance des Deux Terres : ainsi appelaient parfois les Égyptiens Memphis et sa région, à la pointe du Delta.

guer plus nettement les milliers d'ouvriers qui avaient été remis à la tâche par le nouveau souverain. Une partie d'entre eux travaillait aux tombes des grands, mais la majorité se partageait entre le chantier de la nouvelle pyramide que se faisait élever Khéphren et celui du sphinx, près duquel le roi avait décidé de faire construire son temple d'accueil, appelé *zeh-nouter,* « le Pavillon divin ».

Les deux femmes trouvèrent Néfermaât, assis dans l'ombre d'un large dais, d'où il dirigeait les travaux de la pyramide. Il était entouré de scribes qui transmettaient ses ordres aux chefs d'équipe. Les ouvriers commençaient à tirer sur des traîneaux les blocs de pierre équarris afin de constituer le niveau de base du monument, tandis que d'autres terminaient de construire la chaussée destinée à mener du temple d'accueil au sanctuaire haut de la pyramide.

— Le roi doit se réjouir de voir combien les travaux qu'il a ordonnés progressent rapidement sous ta surveillance attentive, dit Hénoutsen à Néfermaât qui s'était levé pour l'accueillir, tandis que les scribes présents portaient les mains à leurs genoux en s'inclinant.

— Ta visite comble ton serviteur, Hénoutsen, lui répondit Néfermaât. Mais pour ce qui est de ces travaux, ton fils ne pourra se réjouir encore longtemps des services de son oncle. Je commence à me sentir vieux et fatigué. Mon intention est de me retirer dans mes domaines avant que ne se termine cette année.

— Comment, Néférou, lui dit Hénoutsen en riant, tu es encore jeune et vert. Il est vrai que tu as repris pas mal d'embonpoint, mais cela ne t'empêche pas de garder ta jeunesse.

— Ne te moque pas de moi, Hénoutsen. Ne

sois pas persifleuse parce qu'il semble qu'Isis se soit incarnée en toi, car tu as à peine changé depuis le jour où nous nous sommes connus, voilà bien des années... Te souviens-tu ?

— Ce sont des rencontres qu'on n'oublie pas, Néférou, bien qu'il y ait eu, depuis, un nombre respectable d'inondations.

— Tu le reconnais donc ! Vois, déjà deux rois se sont succédé après que le dieu Snéfrou, mon père, eut monté dans la barque de Rê, et nous, nous sommes toujours ici, sous les regards du soleil.

— Sache que j'ai l'intention d'y demeurer encore longtemps. Mais toi, Néférou, tu as dû tellement t'enrichir, en particulier depuis tant d'années que tu diriges les chantiers royaux, que tu dois être satisfait de ton destin. De combien de villages reçois-tu les revenus ?

— Je reconnais que je ne les compte plus. Mais toi, tu n'es pas plus mal lotie que moi, que je sache.

— J'ai reçu de nombreuses donations, aussi bien de mon époux Khéops que de mon fils, mais je dois entretenir une garde importante qui assume dans le même temps la police de la ville.

— Tu as toujours dédaigné les richesses, Hénoutsen, sans doute parce que les dieux ont voulu que tu puisses acquérir tout ce que tu désirais. Tu dois ainsi comprendre que pour moi, le temps est venu de jouir de ces biens.

— Mon oncle, intervint alors Khentetenka, explique-nous un peu ce que tu as conçu pour la plus grande gloire de Sa Majesté, l'Horus Ousérib. Est-il dans tes intentions, et dans les siennes, de construire une pyramide aussi haute et large que celle de notre père Khéops ?

— Elle ne sera pas aussi grande. Vois, comme

nous l'érigeons sur un terrain un peu plus élevé que celui où a été construite celle de mon frère, il convient de la faire légèrement plus basse afin que les deux pyramidions qui couronnent les deux monuments se trouvent alignés à la même hauteur, tandis que l'arête sud-ouest de la pyramide construite par le dieu Khéops sera dans l'axe de l'arête nord-est de celle-ci, dont j'ai conçu les plans avec mon neveu Khafrê.

Tout en parlant il s'était levé et avait entraîné ses deux visiteuses vers le chantier. Ils s'arrêtèrent devant une longue tranchée dans le sens nord sud, revêtue intérieurement d'un appareil de granit rougeâtre. Elle donnait accès à une large salle, que les ouvriers s'affairaient à couvrir à l'aide de larges et épaisses dalles de pierre, affrontées en chevrons.

— Voyez, reconnut alors Néférou, je ne suis pas un bon architecte. J'ai commencé par faire creuser une première galerie dans le sol rocheux avec une salle décentrée, où l'on a descendu d'avance un sarcophage en pierre. Mais lorsqu'il s'est agi de mettre en place les pierres de base du monument, j'ai découvert que la pyramide serait trop proche de celle de mon frère et que leurs arêtes ne seraient pas réellement alignées. Il a fallu décaler la base du monument à une bonne distance vers le sud-ouest, de sorte que l'entrée de la galerie conduisant à la salle du sarcophage se trouve à l'extérieur du monument, au ras du sol. Je l'ai donc fait boucher pour ensuite construirc cette tranchée qui va être maintenant ensevelie sous la masse du monument. Cette erreur a mis ton fils de bien mauvaise humeur, Hénoutsen. Il est vrai que sa colère a été de courte durée, surtout quand je lui ai dit qu'il n'avait qu'à surveiller lui-même les travaux après lui avoir rappelé qu'il avait approuvé mes plans.

— Pour ce qui est de moi, répondit la reine, je ne comprends pas pourquoi mon fils tient à entreprendre de tels travaux qui vont lui coûter tout le temps de son règne. Comme si l'exemple de son père et le monument qu'il a laissé n'étaient pas suffisants !

— Je ne le désapprouve pas. De telles entreprises occupent de nombreux ouvriers, des artisans habiles, des paysans qui resteraient oisifs pendant la période de l'inondation et, de surcroît, ils étonnent le monde une fois terminés. Ainsi, pendant la durée des travaux, le peuple est nourri et se trouve d'autant plus satisfait qu'il sait travailler pour la plus grande gloire du dieu vivant, et, après l'achèvement des travaux, il subsiste un magnifique monument destiné à défier les millénaires, un monument qui contera aux générations futures la grandeur et la gloire de nos rois. Leur corps immortel subsistera avec leurs trésors pendant des millions d'années...

— À moins, l'interrompit Hénoutsen, qu'un architecte avisé ne ménage une autre entrée secrète pour utiliser à son profit les trésors qui y auront été enfermés.

Néfermaât se tut, interloqué par la remarque, puis il se mit à rire.

— Je n'ai pas la rouerie ni l'habileté d'Abedou, reconnut-il.

— Dis-nous, maintenant, comment va se présenter ce sphinx, gardien de la nécropole ? demanda alors Hénoutsen.

— C'est de ce chantier que s'occupe plus particulièrement le roi. Mais il n'a jamais fait que reprendre le projet de mon frère. Cependant ce lion couché aura la tête de ton fils Khafrê et non celui de Khoufou, comme le défunt roi l'avait prévu.

— Une bien grande tête, remarqua-t-elle en entreprenant de descendre vers la vallée, où les ouvriers avaient repris la construction du monument.

— Comme on n'en verra jamais de pareille, assura Néfermaât en la suivant avec Khentetenka. Vois la longueur de son corps sera d'environ cent trente-sept coudées, sa hauteur de trente-huit coudées[1].

— Mon fils doit être content en imaginant que sa face sera ainsi immortalisée. Mais comment pourra-t-on lui donner une expression et rendre les traits de Khafrê si son visage doit être si colossal ?

— C'est là tout l'art des hommes chargés de modeler le visage divin, se contenta de répliquer Néfermaât.

— Décidément, Néférou, je comprends que tu redoutes de ne pas pouvoir mener toi-même tant de travaux à leur achèvement. Il cst même à craindre que les années dévolues à mon fils par les dieux ne soient pas suffisantes... Il reviendra à son fils Mykérinos de le terminer. Mais il serait bien capable de donner son propre visage à ce sphinx, au lieu de celui de son père.

— De cela, je n'en doute pas, dit Khentetenka. Car, si le roi était juste, c'est le visage de notre père Khéops qui devrait être attribué à cette bête divine, puisque c'est lui qui en avait décidé la construction.

— Qu'importe quelle sera la tête de ce fils du soleil, remarqua alors Hénoutsen. Il suffit que ce visage rayonne la sérénité d'un regard posé sur la beauté des dieux et du monde.

1. En langage actuel, cela fait soixante-douze mètres de longueur sur une hauteur d'environ vingt mètres.

CHAPITRE IV

Les deux nefs aux formes élancées fendaient de leur étrave le flot agité de la mer comme l'araire ouvre le sillon dans un champ. La côte, toute voisine, basse et sablonneuse, au bord de laquelle on apercevait çà et là des cabanes de pêcheur construites à l'aide de grands roseaux liés en gerbes, défilait sous le regard de Djedefhor. Il arrivait que ces nomades qui vivaient de la mer vinssent dans leurs frêles esquifs au-devant des marins sumériens pour offrir de l'eau et des poissons séchés en échange de dattes, de farine et de bière. Gursar, le capitaine du bateau de Djedefhor, qui avait déjà fait à deux reprises le voyage de Dilmoun et avait ainsi eu l'occasion de pratiquer ces échanges, s'était muni des denrées nécessaires à ce commerce qui satisfaisait les deux parties. Il y avait maintenant dix-huit jours que les vaisseaux avaient quitté Ur, et, malgré le temps écoulé, malgré la nouveauté chaque jour renouvelée du paysage côtier, Djedefhor ne pouvait oublier l'image de Menlila qui, pour cette occasion, avait tenu à accompagner son père venu sur le quai faire ses adieux à son futur gendre. Avant que les embarcations ne s'éloignassent des quais, avant que ne fussent larguées les amarres, un prêtre avait offert un sacrifice à Enki, à Utu, le soleil vers qui les bateaux allaient naviguer sur cette mer Inférieure aussi appelée mer du Soleil levant, et aux deux grandes divinités de Dilmoun, Inzak, le protecteur de l'île, et Meskilak, la « Dame aux jugements purs ». Des libations avaient été versées dans les eaux de la lagune puis Gursar avait donné l'ordre du départ. La voile avait été tendue sur le mât de chacun des bateaux et les rameurs avaient manœuvré les avirons.

— Qu'Inanna la pure et qu'Enlil te protègent, avait dit Menlila à Djedefhor en se séparant de lui. Reviens-nous vite, que le soleil Utu te ramène promptement auprès de moi.

Depuis ce moment, Djedefhor avait gardé en lui l'image de la jeune fille, debout sur le quai, et le son de sa voix lui faisant ses adieux.

Les lourds et hauts boutres avaient navigué pendant deux jours dans les lagunes et les canaux par lesquels on accédait à la mer Inférieure qui, au débouché d'une sorte de golfe étroit où les eaux glauques des deux fleuves unis se mêlaient aux eaux salées, s'ouvrait sur l'infini. Mais, prudents, les marins avaient navigué le long de la côte vers le sud-ouest, sans jamais s'en éloigner, sans s'aventurer vers le grand large.

— En suivant la côte ouest, on aboutit immanquablement à Dilmoun et à Magan, en navigant vers l'est, on parvient à Meloukhkha, avait dit Gursar à Djedefhor. Mais cette dernière contrée est à plusieurs mois de navigation. On suit une côte souvent désertique, on y rencontre des îles étranges, et en particulier une île consacrée au Soleil où jamais mortel n'a osé aborder. En tout cas, ceux qui ont eu l'audace et l'impiété de s'y aventurer ne sont jamais revenus pour dire ce qu'ils y ont vu. Enfin, après une pénible navigation on atteint des ports, des rivages accueillants, mais on n'est pas encore parvenu au bout de toute peine. Il faut s'engager dans les bouches d'un grand fleuve qui coule dans le sens de l'Euphrate, et le remonter pendant encore des jours et des jours, pour enfin parvenir à la grande cité de Meloukhkha qui est semblable à Ur et à Uruk.

— T'y es-tu parfois rendu ? lui avait demandé Djedefhor, dont la curiosité avait été piquée par ce récit succinct.

— Jamais, seigneur, avait reconnu le capitaine. Nous nous contentons de nous rendre à Dilmoun. Ce sont, généralement, les marins de Meloukhkha qui viennent jusqu'ici, vers nos rivages pour apporter leurs marchandises et les échanger contre nos produits. Aussi, pourquoi nous imposerions-nous de si grandes fatigues alors que les gens de Meloukhkha nous les évitent en venant au-devant de nous ?

— Dans ce cas, comment connais-tu cet itinéraire ? s'était étonné Djedefhor.

— C'est ce qu'on raconte dans les ports de Dilmoun, et même sur les quais d'Ur.

— Mais si nous nous rendions nous-mêmes chez ces gens, dans leurs propres ports, peut-être pourrions-nous acheter leurs produits pour un moindre prix et nous y trouverions alors plus de profit, avait remarqué Djedefhor.

— Peut-être, lui avait répondu Gursar, mais il faudrait assumer les risques d'une si longue navigation et compter, dans le prix de revient, les salaires des équipages pendant tout le temps que dureraient l'aller et le retour.

L'argument n'avait pas laissé Djedefhor indifférent, mais il s'était promis de mieux s'enquérir des routes du levant, lorsqu'ils seraient parvenus à Dilmoun, afin de reconsidérer la question.

Gursar était venu auprès de Djedefhor qui se tenait à l'avant du vaisseau pour scruter l'horizon. La veille, comme chaque soir, les bateaux avaient abordé pour la nuit, et on avait établi le camp sur le rivage. Le lendemain, avait fait savoir Gursar, on devait mettre tôt à la voile pour se lancer vers le large, traverser le grand bras de mer qui séparait l'île de Dilmoun des rives du continent. Ainsi avait-il été fait. La ligne fauve de la terre s'était lentement éloignée jusqu'à ne plus être perceptible, jusqu'à disparaître, comme engloutie dans la mer.

— Nous allons bientôt apercevoir le rivage de Dilmoun, dit Gursar en s'arrêtant près de Djedefhor.

Le soleil était maintenant parvenu au zénith. Mais la saison chaude était passée et, bien qu'Utu brillât ainsi dans le ciel, du côté du sud, son étreinte était plutôt agréable car un vent relativement frais soufflait du nord, gonflait la grande voile carrée de chaque vaisseau, les poussant plus rapidement vers leur but, contrariait la houle qui se hérissait de crêtes furieuses. Le bateau naviguant plein sud, Djedefhor avait porté sa main en visière sur son front, écarquillait les yeux, avide de découvrir la silhouette de l'île où, lui avait-on aussi dit, était né le soleil. Enfin, il distingua dans la lumière cendrée, la ligne brune d'un rivage fluctuant.

— C'est Dilmoun, affirma Gursar.

Djedefhor sentit son cœur battre plus vivement dans sa poitrine, sans qu'il sût clairement discerner la raison de son émotion. Cette Dilmoun, ne serait-ce pas cette île du Double, cette île de la mer de Coptos où se trouvait le troisième livre de

Thot ? Cette interrogation lui revint à l'esprit, enfouie au fond de sa mémoire depuis déjà quelque temps, depuis qu'il s'était entièrement consacré à faire prospérer la firme commerciale que lui avait confiée son père adoptif, oubliant tout un pan de son passé : aussi bien sa quête de la sagesse immortelle que son amour pour Persenti. Menlila avait désormais pris sa place dans son cœur. Mais, en cet instant, lui revint à l'esprit l'image de celle qu'il avait tant aimée, il y avait si longtemps !

La forme de la côte se précisa lentement, jusqu'à ce qu'apparaisse nettement une ligne de verdure qui témoignait de la densité de la végétation en ce lieu privilégié, à si peu de distance des côtes que les deux bateaux avaient suivies, d'aspect souvent déshérité. Les plages de sable, bordées de palmiers et de nombreuses essences végétales inconnues de Djedefhor, se déployèrent bientôt sous les regards des marins joyeux. Malgré le vent qui gonflait la voile et poussait rapidement les deux bateaux vers la côte, les hommes avaient empoigné les rames pour hâter le moment où ils pourraient mettre le pied sur cette terre bénie des dieux, ce paradis des Sumériens. Mais, suivant les directives de Gursar, les bateaux n'abordèrent pas de front cette côte. Ils la suivirent, en direction de l'est, et ils pouvaient distinguer les cabanes des riverains faites de bois et couvertes de palmes, jusqu'à un cap qu'ils contournèrent pour naviguer plein sud.

— Quelle est cette terre que l'on aperçoit vers le levant ? demanda Djedefhor à son navigateur.

— C'est une île toute voisine, répondit Gursar. Dilmoun est composée de nombreuses îles, mais celle que nous longeons est la plus importante. Nous allons encore doubler le cap que tu vois au sud, et ensuite nous pénétrerons dans une grande baie protégée des assauts de la mer par deux îles situées au midi. C'est au fond de cette baie que nous relâcherons. Là se trouve l'un des meilleurs accostages de l'île, bien protégé, autant des vents du nord que du sud.

Une fois le cap en question doublé, Djedefhor put voir la baie profonde et basse, toujours bordée d'une belle végétation, et, en retrait vers l'ouest, une haute colline qui occupait le centre de l'île.

— C'est, quelque part dans la région où nous allons aborder, dit Gursar, que se trouve une source dont on dit que c'est la fontaine de vie dans laquelle se serait baigné Gilgamesh, alors qu'il s'en retournait de la Terre du Vivant avec la plante de jouvence.

— As-tu vu cette fontaine ? s'enquit Djedefhor sans cacher sa curiosité.

— Je l'ai vue et je m'y suis même trempé. Mais comme je n'avais pas la plante de vie, nul serpent n'est sorti de son trou pour venir me la voler, assura le capitaine en riant.

— Crois-tu que cette histoire qu'on rapporte à propos du roi d'Uruk soit fausse ?

— Je ne saurais rien en dire. Ce sont là des histoires du temps jadis dont on ne sait si elles sont vraies. En vérité j'ignore si c'est dans cette fontaine qu'est descendu Gilgamesh. C'est ce que prétendent les gens d'ici, je ne peux t'en dire plus.

Djedefhor fut surpris en découvrant que le port consistait en une plage de sable bordée de palmiers, entre lesquels se dressaient de grandes et hautes constructions entièrement en roseaux tressés et en bambous, telles que Djedefhor avait eu l'occasion d'en voir tout le long de la côte qu'ils avaient jusqu'alors suivie, bien qu'elles fussent de bien plus petite taille, les mêmes aussi qu'on découvrait dans les lagunes des environs d'Ur. Des cases faites avec des matériaux identiques se pressaient en retrait, servant visiblement d'habitats aux indigènes. Ces derniers s'approchèrent sans marquer de surprise, lorsque les deux bateaux vinrent aborder la plage par la proue dont l'étrave s'enfonça dans le sable. La plupart d'entre eux avaient la même peau claire que les gens du Sumer, mais plusieurs avaient un teint proche de la couleur des dattes mûres. Hommes et femmes étaient soit nus, soit simplement vêtus d'un étroit pagne aux couleurs vives, orné de motifs en forme de trèfle. Mais tous arboraient de lourds colliers de perles fines, de pierres de couleur, cornaline, lapis-lazuli, corail et d'or, ainsi que des rangs de bracelets d'or le long des bras et des mollets.

— Ces gens, dit Gursar, aiment follement les parures. Tous ces bijoux précieux sont des manifestations de leur richesse, car s'ils vivent dans des demeures en roseaux et ne se vêtent pas à cause de la douceur perpétuelle du climat, ils veulent faire voir qu'ils disposent d'or, de cuivre et de pierres précieuses en quantité. Jadis, nul ne portait de vêtement, mais la mode est venue de Meloukhkha de ceindre les reins de ces pagnes qui sont tissés dans les ateliers de cette lointaine contrée. Tu pourras remarquer qu'ils sont tenus sur leur taille par de larges ceintures fermées avec de grandes boucles en or.

— Tous les villages de cette île sont-ils construits de cette manière ?

— Tous, mais ils ont ici à l'intérieur et sur la côte nord, des temples en pierre consacrés à leurs dieux : Inzak, qui est comme notre Enki, la déesse Lakhamum qui vit dans la mer sous la forme d'un poisson, mais apparaît aux humains sous l'aspect d'une belle femme, et Meskilak. Ce village-ci, les indigènes l'appellent Ekara, ce qui est le nom du temple qu'ils ont élevé au dieu soleil que nous appelons Utu en Sumer. Car on prétend que dans cette île de Dilmoun étaient les jardins du soleil.

Djedefhor fut l'un des premiers à sauter dans l'eau, où il fut accueilli par des femmes qui posèrent sur sa tête une couronne de fleurs.

— Dis-moi, Gursar, demanda Djedefhor au capitaine lorsque ce dernier eut mis le pied sur la grève, près de lui, où serons-nous logés ici ? Devrons-nous établir un camp comme ces derniers jours ?

— Certainement pas, seigneur. Si j'aborde dans cette baie plutôt que vers les ports de la côte nord, c'est parce qu'ici les gens du village sont particulièrement accueillants. Ils réservent une grande maison aux voyageurs, mais on n'y reste jamais longtemps, quand encore on y entre, car ils se disputent pour recevoir les étrangers dans leurs propres demeures. Et sache que si c'est un grand honneur pour les pères de chaque famille d'avoir un étranger dans sa case, c'est un plus grand honneur encore quand il accepte de venir partager la couche de l'une de ses filles. C'est d'ailleurs pourquoi tu as pu voir que nombre d'entre eux ont la peau foncée. En fait, c'est parce que viennent aborder ici des marins de Meloukhkha. Or, les gens de cette contrée sont souvent sombres de peau. Il paraît que ce sont plus particulièrement les marins et les gens du peuple, car la classe dirigeante a la peau claire des gens du Sumer.

— Gursar, voilà une coutume qui va me plonger dans le plus grand embarras. Tu sais que je dois épouser la fille d'Igibar lors de mon retour. Nous avons été promis l'un à l'autre devant la reine Puabi. Aussi, je me suis interdit de m'unir à une autre femme, je veux me réserver pour ma future épouse.

— Seigneur, tu t'es engagé, que je sache, à n'aller voir ni la prostituée ni l'hiérodule : or, les femmes de Dilmoun ne sont ni l'une ni l'autre.

— Gursar, c'est là un bien misérable argument.

— Seigneur, il te revient d'agir selon ce que tu penses. Mais alors, évite d'accepter l'hospitalité d'une demeure où se trouvera une fille non mariée car il serait bien surprenant que le père ne te demande pas de t'unir à sa fille. Un refus serait à ses yeux une grave insulte.

La mise en garde laissa Djedefhor décontenancé. Gursar s'étant éloigné, Djedefhor préféra le suivre afin de pouvoir à tout moment quêter ses conseils, tant il craignait de commettre des méprises en se comportant comme il l'aurait fait selon ses habitudes. Il fut alors surpris de voir que le capitaine donnait l'ordre de vider les cales de toute la marchandise qu'elles recelaient.

— Pourquoi décharger les bateaux ? Ce sont là les biens que nous devons échanger contre de l'encens et de la myrrhe.

— Sans doute, répliqua Gursar, mais, pour le moment, nous allons tirer les bateaux sur le sable afin de voir si les coques n'ont pas trop souffert de cette navigation. Bien que vivant dans des cases en roseaux et en bambous qui ont l'avantage, dans cette région chaude, de rester aérées et fraîches, les gens de Dilmoun sont habiles dans tous les arts. Ce sont eux qui fabriquent ces beaux bijoux, ils plongent au fond des eaux pour recueillir dans les huîtres les perles irisées que tu vois ornant leurs oreilles et leur poitrine, et ils les sertissent ainsi dans l'or; ils façonnent les carapaces de tortues géantes, ils travaillent l'ivoire pour en faire des objets ravissants, ils pêchent et taillent le corail, ils confectionnent des boutres élancés, capables de braver les pires tempêtes. On pourrait leur demander de revoir les carénages pour rendre nos vaisseaux plus aptes à affronter la longue navigation qui les attend.

— Gursar, lui accorda Djedefhor, c'est toi le navigateur. Je te fais confiance : agis donc au mieux.

Djedefhor fut conduit devant le chef du village, appelé Uperi. Il y vint en compagnie de Gursar et du commandant du second bateau, ces deux derniers s'étant fait suivre de quatre marins chargés de cadeaux. Uperi reçut ses hôtes sous un dais de palmes entrelacées, assis sur un fauteuil en bois et en ivoire habilement travaillé. À cette occasion, Djedefhor apprit de la bouche de Gursar que le bois et l'ivoire ayant servi à confectionner le siège venaient de Meloukhkha.

— Je commence à croire, remarqua Djedefhor, que ce pays de Meloukhkha est particulièrement riche.

— Il semblerait, accorda Gursar, mais les gens d'ici, bien qu'habitant une petite île, sont plus riches encore tout en ne travaillant que peu, j'oserais presque dire pour leur plaisir, ce qui explique la délicatesse du travail des artisans. Car les richesses affluent dans les entrepôts de l'île où se font les échanges entre les marchands venus du Sumer, de Magan et de Meloukhkha; or, et c'est naturel, les Dilmounites reçoivent une part sur toutes les transactions commerciales. Eux sont en général artisans, mais ils ont des serviteurs qui travaillent la terre, une terre généreuse qui leur fournit les grains, les fruits et les légumes dont ils ont besoin. Les dattiers poussant en abondance, ils peuvent même exporter leurs dattes aussi délicieuses que celles de Magan. Ils les utilisent encore pour fabriquer une boisson forte mais exquise.

— Bienvenus, bienvenus... soyez les bienvenus à Ekara, leur dit Uperi en recevant les cadeaux.

Comme les gens du pays, il parlait une langue voisine de celle des Sumériens, ce qui permettait un dialogue étendu.

— Combien de temps nos amis comptent-ils demeurer parmi nous ? Apportez-vous des marchandises à échanger ?

Djedefhor laissa Gursar répondre :

— Nous resterons tout le temps qui plaira à mon seigneur, dit-il.

— Il devrait alors se compter en années, repartit généreusement Uperi.

— L'intention d'Abimilkou, le maître de nos navires, répondit Gursar en désignant Djedefhor, est de reprendre la route toujours plus loin vers le sud. Il veut suivre les côtes de Magan jusqu'à ce qu'il parvienne au pays où l'on recueille l'encens et la myrrhe.

— Ouhhh ! fit Uperi en levant le bras. C'est un long, un très long voyage. À ma connaissance, personne encore ne l'a tenté.

Il se tourna alors vers Djedefhor pour poursuivre :

— Il te faudra naviguer pendant des jours et des jours pour parvenir au cœur du pays de Magan, là où l'on trouve le cuivre et aussi les dattes les meilleures du monde. Tu devras ensuite doubler un cap : si tu navigues alors vers le levant, tu atteindras une côte que tu suivras longtemps pour enfin parvenir au pays de Meloukhkha. Si tu suis la côte vers le sud et vers le couchant, tu quitteras les rivages de Magan. Ce qu'il y a ensuite, nul ne le sait. Mais tu ne peux douter qu'il s'agisse de rivages désertiques, sans points d'eau, sans ports. Je ne sais même pas s'il y a des humains qui vivent dans ces régions habitées par les vautours et les démons.

— Peut-être, seigneur, lui répondit Djedefhor, mais ensuite, on ne peut que parvenir au pays de l'encens, au To Noutir et au Pount. Les Égyptiens s'y sont souvent rendus en navigant le long de leurs côtes. J'ai la certitude que, une fois passés ces déserts dont tu parles, il y a des villes et des ports accueillants.

— Tu seras mort de soif avec tes hommes avant d'y arriver, si jamais encore ces rivages accueillants comme tu le dis, existent vraiment. Non, mon ami. Si tu désires t'enrichir, va chercher toi-même du cuivre, des dattes, de l'or, de l'ivoire, du bois, à Magan et à Meloukhkha. Mais ne risque pas ta vie et celle de tes équipages en naviguant vers le sud et le couchant. C'est la mort qui t'attend là-bas.

Ces paroles du chef avaient sonné désagréablement aux oreilles de Djedefhor. Cependant, il ne songeait pas, pour autant, à abandonner l'expédition dans laquelle il avait engagé de si grands frais.

Ce soir-là, il mangea à la table d'Uperi, mais il se retrouva seul pour dormir dans la case des hôtes : Gursar et chacun des membres de l'équipage avaient trouvé une maison hospitalière où s'installer pendant tout le séjour à Dilmoun.

CHAPITRE V

Après sa journée de travail, qui durait parfois jusqu'à la tombée de la nuit lors de la saison de la germination au milieu de laquelle le soleil, s'étant retiré loin vers le sud, restait peu de temps dans le ciel de l'Égypte, Minkaf se retirait dans son jardin privé du Grand Palais, celui qu'avait fait construire Khéops. Là, ses serviteurs, tous des hommes d'un certain âge, l'aidaient à se baigner et lui apportaient un pagne propre. Il s'asseyait ensuite dans un large fauteuil couvert de coussins en attendant la venue de son royal frère. Il tuait alors le temps en lisant des textes concernant la religion ou des rapports de ses scribes. C'est dans ce dernier type de littérature fastidieuse qu'il était plongé lorsque entra Khéphren. Le roi ne portait qu'une ceinture ceignant ses reins et dont les larges pans flottants tombaient entre ses cuisses, tandis que son corps, encore ruisselant de sueur, était couvert d'une fine poussière. Comme nul serviteur n'était présent, Minkaf se contenta de relever la tête — devant des tiers il se levait lui-même et s'inclinait devant son frère afin de sauvegarder les apparences et manifester à son roi le respect religieux que chacun de ses sujets lui devait — et lui dit :

— En te voyant ainsi, mon frère, tout crotté et poussiéreux, les gardes du palais ont-ils reconnu en toi leur roi divin ?

— C'est que, mon bon Minkaf, ils n'en ont pas eu l'occasion, je suis passé par la brèche dans le mur d'enceinte, celle que tu voudrais faire boucher en tant que vizir et que je veux conserver, moi, car elle nous permet de sortir du palais sans que personne ne nous voie.

— Cette ouverture nous est certainement utile pour nos escapades, mais elle est également une issue par laquelle n'importe qui peut pénétrer dans le palais et parvenir auprès de Ta Majesté sans être aperçu. Au demeurant, cette résidence construite par notre père commence à devenir vétuste. Elle aurait besoin d'être remise en état, mais comme tu utilises toutes les forces vives du pays à la construction d'une pyramide qui prétend rivaliser avec celle du dieu justifié, il ne reste plus d'ouvriers compétents, et surtout de moyens, à consacrer à la remise en état du Grand Palais.

— Bah, qu'importe, pourvu que les toits ne nous tombent pas sur la tête, répliqua Khéphren avec désinvolture. Pour le reste, qui pourrait songer à se glisser dans le palais avec de mauvaises intentions à mon égard ? Au demeurant, cette réflexion m'étonne, venant de toi, alors que depuis tant d'années tu passes la plus grande partie de tes nuits dans des tavernes et que, depuis quelque temps déjà, je t'y accompagne. Crois-tu que si quelqu'un en voulait à notre vie, il n'aurait pas là la meilleure des occasions de nous assassiner ?

— Il faudrait d'abord qu'il nous reconnût, car,

n'en déplaise à Ta Majesté, même ceux qui auront eu l'occasion de t'apercevoir lors de quelque cérémonie publique pourraient difficilement imaginer que c'est le dieu vivant en personne qu'ils ont devant eux dans l'une de ces tavernes où tu chantes en t'accompagnant de ta cithare. Ils te prennent plutôt pour un baladin qui va de cabaret en cabaret et de ville en ville pour gagner par ces moyens, de quoi vivre.

— Et ils n'ont pas tort puisque, pour le spectacle que nous offrons, les taverniers nous donnent en abondance nourriture, bière et parfois même du vin. D'ailleurs, Minkaf, tu sais bien que pas un seul homme du peuple de ce pays n'oserait porter un coup à la personne sacrée de la majesté du dieu. Ceux qui n'hésitent pas à assassiner le roi, ce sont les membres de sa famille, ceux qui pourront ceindre la double couronne à sa place, et qui savent bien que nous sommes tous mortels, que le roi n'est pas un dieu incarné vivant en permanence dans une attitude hiératique, les sceptres croisés sur sa poitrine et ses couronnes sur la tête défendues par les uraeus. Ils savent que, comme eux, le roi mange et boit sans quoi il aurait tôt fait de mourir comme le premier venu, qu'il dort, parfois mal, qu'il s'unit à une femme comme le fait n'importe quel animal avec sa femelle, qu'il doit se baigner pour ne pas puer comme un rat mort, qu'il doit vider en permanence ses entrailles des liquides et des résidus de ses repas qui les encombrent, bref, qu'il est un homme comme les autres. La seule différence qu'il y ait entre le roi et les autres mortels, c'est qu'il peut faire tuer quelqu'un d'une manière légale sans être pour autant inquiété, alors que les autres, s'ils mettent un tiers à mort, ils doivent en répondre de leur vie devant la loi.

Tu vois donc que même le droit de vie ou de mort que les princes se sont arrogés ne les caractérise pas, car nous avons tous, non pas ce droit, mais cette capacité, à moins d'être impotents. Et encore, dans une telle circonstance, on peut déléguer à autrui ce pouvoir : il suffit d'y mettre le prix.

Tout en devisant de la sorte Khéphren était descendu dans le bassin pour s'y laver.

— Khafrê, tu aurais dû rester ainsi poussiéreux, lui dit Minkaf, car j'ai l'intention de t'emmener ce soir dans une taverne où tu n'as encore jamais mis les pieds.

— Je croyais que nous avions écumé toutes les tavernes de Memphis.

— Celle-là est située hors de la ville, dans un faubourg. Il paraît qu'elle est fréquentée par des paysans et des bouviers, de ces hommes que notre père aimait à fréquenter, avec lesquels il lui plaisait de partager leurs travaux.

— Crois-tu que ces gens se rendent dans leurs bouges, encore couverts de poussière et de la boue sur les pieds ?

— Je n'en sais rien. Nous verrons bien ce soir.

— Comment as-tu connu cette taverne ? demanda Khéphren en sortant du bassin.

— Un vizir a ses indicateurs. J'ai même préposé un homme uniquement à la recherche de nouvelles maisons de bière pour le plus grand plaisir de Ta Majesté et de son humble frère.

— Alors, allons-y de ce pas. Je n'ai pas besoin d'aller mettre un nouveau pagne. Prenons nos instruments de musique et allons.

— Tu reviens de la chasse ? demanda Minkaf à son frère tandis qu'ils marchaient sur la route poussiéreuse après avoir quitté subrepticement le palais.

— J'ai chassé dans le désert avec notre mère et Khentetenka, mais nous n'avons rien pris. Notre mère est extraordinaire ! Elle aime aller ainsi dans le désert avec notre sœur soi-disant pour chasser, mais dès qu'il est possible de frapper une belle gazelle de nos flèches, elle rechigne, elle plaint la pauvre bête, enfin elle fait tout son possible pour permettre à l'animal d'échapper à nos traits. De sorte que lorsque je vais avec elle à la chasse, nous rentrons toujours bredouilles.

— Pour ma part, je la comprends. C'est pourquoi je ne suis encore jamais allé chasser. Toute vie est déjà si courte ! Pourquoi en plus chercher à l'abréger par notre propre volonté ?

— C'est une loi universelle, lui fit remarquer Khéphren. Les uns broutent l'herbe, mangent les végétaux, les autres tuent et dévorent crus les animaux qui se nourrissent d'herbe. Et tu auras pu remarquer que les dieux, dans leur sagesse, ont fait généralement les herbivores, taureaux, bubales, gazelles, oryx, et même les moutons, de belle taille afin qu'une seule proie puisse fournir à manger à toute une famille de carnivores. Et même que souvent il en reste pour le lendemain.

La chute fit sourire Minkaf, qui précisa :

— Khafrê, la vie est courte pour eux, mais pour nous aussi. J'ai dit que je ne voulais aider à abréger la leur, mais non plus la mienne. Or la chasse, si elle est souvent funeste pour le gibier, elle est aussi dangereuse pour le chasseur car une flèche et même une lance sont souvent impuissantes face à une lionne elle-même en chasse ou un lion furieux d'avoir été dérangé dans sa digestion.

— Là, je te suis mieux. Mais c'est précisément ce danger qui participe à l'attrait de la chasse dans le désert. Et pour moi, mon plus grand plaisir n'est pas la chasse en soi, c'est de me retrouver avec notre mère et notre sœur. D'avoir Hénoutsen près de moi, encore si alerte, si vive, si jeune, c'est pour moi une sorte d'assurance de ne pas vieillir, d'être encore moi-même tout jeune. Et ça me rappelle encore notre enfance, quand elle nous emmenait en promenade dans le désert, ou quand nous allions avec elle chasser dans les marais. Là aussi la chasse n'était qu'un prétexte. Cela nous permettait de parcourir les canaux labyrinthiques des marais pour y découvrir la vie intense qui s'y cachait, pour voir ces chats sauvages, ces oiseaux aux mille couleurs qui s'envolaient des bosquets de papyrus. Tu te rappelles comme nous étions contents de plonger dans ces eaux pour tenter d'attraper une grenouille ou pour cueillir une fleur de lotus que nous offrions à notre mère ?

— Khafrê, comment pourrais-je oublier ces moments de bonheur simple ? Mais ils ont fui loin de nous, et sur nous pèsent des charges que nous n'aurions peut-être pas voulues.

— Non, pour moi, je suis content d'être roi. C'est un bon métier, surtout de la manière dont je le pratique. Et toi, avoue aussi qu'il ne te déplaît pas d'exercer la fonction de vizir, sans quoi tu m'aurais demandé de t'en démettre.

— Je le reconnais, car c'est un travail sans fin, toujours recommencé, qui occupe totalement une journée. On se sent alors utile, on en retire un sentiment de plénitude.

— Vraiment, Minkaf, tu as toutes les qualités pour faire un bon vizir.

— Et toi un bon roi ?

— Je ne sais pas. Mais je suis comme notre père. Ce qui compte, pour moi, c'est de laisser un monument éternel qui rappellera aux hommes la gloire de Khéphren.

— Que t'importera ta gloire future, si tu n'es pas présent pour la savourer ? Qu'importe que les hommes de l'avenir parlent de toi, si tu n'es plus là pour le savoir et jouir de cette gloire ? Or, qu'après la mort nous vivions dans les champs d'Ialou, ou encore dans l'île d'Osiris, ou même, comme le déclarait notre père à la suite de ses initiations, que nous soyons des êtres lumineux dans la barque de Rê, aucune gloire ne pourra nous toucher, et tout sera comme si nous n'avions pas existé, et les glorieux pourraient tout aussi bien être des personnages simplement inventés, nés de l'imagination d'un homme, que rien n'en serait pour autant changé. Vois : qu'Osiris ait réellement vécu, qu'il ait réellement régné sur la Terre chérie, qu'il ait été enfermé dans le coffre par son frère Seth, qu'il ait ensuite été dépecé dans la réalité, ou encore que toute cette histoire ne soit qu'une fantaisie issue de l'imagination des prêtres d'Abydos, en quoi cela change-t-il puisque tout notre peuple croit que c'est une histoire qui s'est réellement déroulée dans les temps primordiaux. Le fait de croire en quelque chose fonde la réalité de cette chose. C'est pourquoi je suis persuadé que les dieux existent, même s'ils sont une invention des hommes, car ne vient à l'existence que ce que nous désirons. Et s'il arrivait qu'un jour plus personne dans la vallée du Nil ne croie en l'existence d'Isis et d'Osiris, d'Horus et de Seth, ils seraient bel et bien morts, alors qu'actuellement ils sont bien vivants, ils vivent en nous, et c'est ce qui compte, seulement cela.

— Crois-tu vraiment que n'est vrai que ce que l'on croit être vrai ? Alors, Maât n'aurait d'existence qu'en nous, elle ne serait que la manifestation de notre sentiment d'une justice qui nous est propre et de l'harmonie universelle ? Mais si d'aventure nous cessions de pratiquer le culte de la déesse, si nous oubliions l'existence de Maât, le monde continuerait de marcher comme il le fait depuis la nuit des temps, on ne retomberait pas dans le chaos originel ?

— Khafrê, j'en suis persuadé.

— Tout rite serait donc inutile, sans portée ?

— Tout rite est utile mais n'a de portée que celle qu'on lui attribue. Vois : les autres peuples, ceux qui vivent au nord et au sud, vers le levant et vers le couchant, aucun de ces peuples ne pratique les mêmes rites que nous, ils croient en des dieux souvent bien différents, suivant ce qu'Ayinel et Ibdâdi nous ont appris. Et pourtant, le monde continue de subsister, le soleil continue de parcourir le ciel de l'est vers l'ouest, comme il l'a toujours fait, comme sans doute il le fera toujours, quoique nous fassions ou ne fassions pas. Vois, mon frère : c'est parce que je crois en tout et en rien que j'ai commencé à aller passer la plus grande partie de mes nuits dans les tavernes. J'aurais voulu ne pas avoir besoin de dormir, pouvoir passer tout le jour dans mes tâches quotidiennes, et toute la nuit à me réjouir dans les tavernes, à faire des maisons de bière. Ainsi j'aurais doublé le temps qu'il m'est donné de vivre, car le sommeil est déjà la porte de la mort, un temps qui nous est prélevé sur la vie. Mais je ne suis pas maître du sommeil, bien que je fasse tout pour dormir le moins possible. Pour moi, la véritable sagesse est de vivre aussi pleinement qu'on le peut, et aussi agréablement, selon ses propres désirs. Il convient d'éviter toute contrainte qui nous paraît déplaisante, de fuir toute douleur. Sais-tu pourquoi je ne veux ni d'épouse ni d'enfants ?

— Non, mais c'est une attitude qui désespère notre mère. De toute la belle famille de notre aïeul Snéfrou, de tous ses fils et petits-enfants, il ne reste plus que quelques filles et nous deux. Moi-même je n'ai que deux fils, Mykérinos et Khounerê, et toi, tu n'en as aucun. Ajoutons Nékaourê, le fils que Persenti a eu de Djedefhor et que j'ai adopté, qui me regarde comme son propre père, et nous avons déjà fait le tour des mâles qui subsistent de la grande famille de Snéfrou, car même notre oncle Néférou n'a pas eu d'enfants et il va bientôt s'éteindre, surtout maintenant qu'il a décidé de se retirer et m'a demandé de nommer à sa place un directeur des chantiers de la pyramide.

— Quelle utilité, Khafrê, d'avoir des enfants, puisqu'ils sont, comme nous, destinés à disparaître de cette terre après quelques décennies d'existence ? S'ils peuvent nous procurer des joies, ils peuvent également être cause de soucis et d'angoisses. Et si d'aventure on les perd après s'être attaché à eux, alors que de larmes, que de chagrins ! Et il en va de même avec les épouses qu'on prend par amour. Vois comment notre père s'est comporté envers notre mère, ou encore ce qu'il en est de toi avec Persenti ? Déjà tu t'en es lassé, déjà tu la délaisses. Et qu'advient-il ? Tu la fais souffrir, ce sont des pleurs pour elle, et pour toi l'irritation de la voir en quelque sorte mendier une parcelle de ton affection. Moi, je vais de fleur en fleur, je les butine, et je les quitte avant qu'elles ne s'attachent à moi. Car toutes ces filles que nous rencontrons dans les tavernes et auxquelles nous nous unissons dans un fourré ou dans une misérable cabane, nous les oublions le lendemain comme elles-mêmes nous oublient dans les bras d'un autre. C'est pourquoi je ne veux auprès de moi que de vieux serviteurs. Ceux-là, je ne risque pas de m'attacher à eux charnellement alors que si je m'entourais de jeunes filles ou de jeunes garçons, qui sait si je ne risquerais pas d'être pris au piège de l'un d'entre eux et, le temps aidant, d'en souffrir ou de les faire souffrir ?

— Mon bon frère, soupira Khéphren, il me semble que tu es parvenu à un niveau de sagesse ou de folie que je ne pourrais certainement jamais atteindre, bien que, depuis que tu m'as appris à vivre ainsi la nuit en allant de plaisir en plaisir futile mais toujours renouvelé, ce qui leur confère une sorte de continuité, sinon d'éternité, je crois parcourir en ta compagnie le chemin conduisant à une certaine forme sinon de sagesse, en tout cas de détachement.

Tout en devisant de la sorte, ils s'étaient engagés dans la rue centrale en terre battue d'un village tandis qu'était tombée la nuit. Ils s'arrêtèrent devant une maison isolée pourvue de volets fermés entourés de l'auréole jaune des lampes allumées à l'intérieur. De la porte entrouverte fusaient des rires et des appels, ce qui laissait supposer la présence de nombreux occupants.

— C'est la taverne en question, annonça Minkaf à son frère.

Il passa devant lui et poussa la porte. Ils pénétrèrent de plain-pied dans une grande salle éclairée par de nombreuses lampes à huile fixées sur une corniche de briques qui courait tout autour des parois intérieures. C'est là-dessus que posaient leurs gobelets de bière, ceux qui craignaient qu'ils ne fussent renversés. Les consommateurs étaient tous assis sur des nattes disposées tout autour de la pièce. Le centre était laissé vide de clients, seulement occupé par un socle de briques sur lequel étaient disposés des gobelets en bois ou en terre cuite et des cruches remplies de bière. La nourriture qui y était servie était préparée dans une salle contiguë.

Une servante vint au-devant des nouveaux hôtes et les salua gentiment. C'était une jeune fille qui, comme toutes les jeunes servantes restait entièrement nue, seule une ceinture ornée de petites perles multicolores ceignant ses hanches. Ce n'était pas la première que Khéphren voyait ainsi dans une taverne et il lui était arrivé parfois de terminer sa nuit en compagnie de l'une d'entre elles. Mais celle-ci retint particulièrement son attention. Car généralement c'étaient des filles du peuple aux traits souvent grossiers, dressées pour aguicher le client. Alors que celle-ci était gracieuse et offrait un visage charmant, avec des yeux pétillants de malice.

— Vois, lui déclara Khéphren soudainement inspiré, nous sommes deux frères qui allons de village en village et de taverne en taverne pour réjouir les francs buveurs de nos chansons amoureuses et gaies et de notre musique. Nous ne demandons, pour la joie que nous apportons, qu'un peu de nourriture et de la bonne bière, et, si l'hôte est satisfait, des sourires de la servante.

— Dans ce cas, répliqua la jeune fille, c'est à mon père que vous devez vous adresser. C'est à lui de décider.

Elle s'éloigna en laissant les deux hommes sur le seuil de la salle.

— Cette fille est bien jolie et me plaît infiniment, avoua Khéphren à son frère. Je ferais bien volontiers plusieurs maisons de plaisir en sa compagnie.

— Il est vrai qu'il est agréable de la regarder,

lui accorda Minkaf, mais c'est alors qu'on court le danger d'être pris au piège de ces belles oiseleuses. Mon bon frère, prends garde à ne pas te laisser consumer par l'un de ces feux qu'Hathor sait si bien allumer dans ton cœur, mais qui s'éteint bientôt.

— Ce qui compte avant tout, n'est-ce pas le plaisir qu'on en tire sur le moment ? Cela ne se situe-t-il pas précisément dans le sens de ta morale ?

Le taulier s'approcha d'eux, suivi de la jeune servante. Khéphren le salua, mains sur les genoux, et lui tint à nouveau d'une manière abrégée le discours qu'il avait concocté pour sa fille.

— Ouais, dit le tavernier, allez vous installer là-bas, au fond de la salle, sur cette natte. Jouez-nous quelque chose, et si je vois que mes clients sont satisfaits et qu'ils en redemandent, alors je vous servirai à boire et à manger. Car il n'est pas dans les habitudes de Senkaou de nourrir des vagabonds et des bons à rien.

— Mon hôte, répliqua Khéphren, si nous sommes des vagabonds, nous sommes bons à beaucoup de choses : nous mangeons bien, nous buvons bien, nous aimons les jolies filles, nous faisons une belle musique, nous savons avec nos bouches moduler de beaux chants...

— Manger et boire, tout le monde sait le faire, et rares sont ceux qui ne sont pas bons dans l'amour des filles. Nous verrons pour le reste.

Soutenu par son frère qui, mieux que lui encore, savait faire vibrer sa cithare, Khéphren chanta si bien qu'il conquit l'auditoire rustique, qui ne cessa de réclamer de nouveaux chants. Au point que c'est à peine si les deux faux baladins trouvèrent le temps de manger tout ce qui leur fut servi et de boire la bière qui coula en abondance, versée par la main de la jeune fille dont Khéphren n'oublia pas le nom, Hedjekenou. Et lorsque les clients se furent retirés les uns après les autres, pour regagner leurs demeures, Senkaou dit à Khéphren :

— Tu ne t'es pas vanté en déclarant tout à l'heure que vous mangiez bien, buviez tout autant, et que vous saviez faire une belle musique et moduler de beaux chants. Vois : mes clients sont tous repartis satisfaits et ils m'ont demandé si vous seriez tous les deux ici demain. Je leur ai répondu que vous reviendriez. Oui, venez demain, vous aurez tout ce que vous demanderez comme nourriture et comme boissons.

— La cuisine est bonne, la bière un peu trop amère, mais c'est ainsi qu'elle est la meilleure, à ce qu'on dit, répliqua Khéphren. Nous reviendrons demain, mon ami.

— Je vous attends, tous les deux, vous serez toujours les bienvenus dans ma maison. Maintenant, dis-moi, quels sont vos noms, car vous êtes frères, à ce que je crois ?

— Lui, il est mon jeune frère. Moi je me nomme Mérinéfer et lui... Ikéri.

En sortant dans la rue, ils découvrirent que déjà les premières lueurs de l'aube blanchissaient le ciel.

— Voilà une maison bien accueillante, se réjouit Khéphren.

— Au point que nous y avons passé la nuit entière sans nous en rendre compte, précisa Minkaf. Malgré l'habitude que j'ai prise de boire tout mon saoul, je sens que j'ai trop ingurgité de bière et je vais avoir du mal à marcher droit.

— Je te soutiendrai, mon frère, assura Khéphren. Nous reviendrons ce soir car non seulement la maison est accueillante, mais l'hôtesse est charmante et il est dans mes intentions de faire plus ample connaissance avec elle.

— Elle est encore bien jeune... À peine nubile.

— Certainement pas : elle a déjà une belle poitrine et un corps bien fait malgré l'air enfantin de son visage. Et son regard est celui d'une femme qui sait ce qu'elle veut.

— Je suis en tout cas certain qu'elle n'a pas connu le joug du mâle.

— Je l'espère bien, et j'espère tout autant être celui qui la mettra sous ce joug.

— Il ne semble pas que son père soit disposé à la donner à tout venant.

— Suis-je donc un tout venant ?

— Certainement puisque, à ses yeux, tu n'es jamais qu'un pauvre baladin, amuseur public sans le moindre bien.

— Si je la séduis avec de tels moyens, c'est donc qu'elle m'aimera pour moi. Voilà qui me plaît. Vivement ce soir car le désir me démange de la revoir et de commencer mon entreprise de séduction.

CHAPITRE VI

Laissant à Gursar le soin de s'occuper des bateaux, de les faire tirer sur la plage pour remodeler leur coque, Djedefhor avait décidé de parcourir l'île. L'histoire qui lui avait été rapportée du roi d'Uruk et la présence de la fontaine dans laquelle Gilgamesh se serait baigné, aiguisait sa curiosité car, malgré la manière dont toute son attention était occupée par les affaires commerciales dans lesquelles il s'était lancé, il lui arrivait de se rappeler qu'il était parti en une quête d'un livre secret et d'une île mystérieuse. Et, bien qu'il ne l'eût pas explicité, il s'avouait qu'il espérait que ce voyage entrepris vers le pays de Pount à partir de la mer du levant, lui donnerait peut-être l'occasion d'aborder dans cette île où se trouvait le livre de Thot. Il se demandait maintenant si cette île du Ka n'était pas cette Dilmoun où il se trouvait et si, en réalité, Gilgamesh ne s'était pas engagé dans la même quête que lui. Son premier soin fut donc de se faire indiquer le lieu où il pourrait trouver la fontaine dans laquelle s'était baigné le roi d'Uruk.

Gursar accepta d'être son guide. Il l'emmena dans une grande palmeraie qui occupait une partie de l'île, au nord de la baie où ils avaient abordé. Ils en sortirent pour pénétrer dans un bois plus clairsemé planté d'arbres aux formes les plus diverses dont la plupart étaient inconnus de Djedefhor. Là, en partie dissimulée par un bosquet, il découvrit la fontaine, dans une petite clairière. Elle consistait en un grand bassin naturel rempli d'une eau claire qui y tombait d'un rocher en une petite cascade.

— Cette fontaine est sacrée, lui apprit Gursar, car on rapporte que la déesse Meskilak, qui, comme notre Inanna éclaire le monde de sa beauté et fait que les êtres s'attirent, s'aiment et se multiplient, prend parfois une forme humaine pour venir y boire et s'y baigner. C'est elle qui fait sourdre de ce rocher cette eau limpide et fraîche.

— N'est-il pas interdit aux mortels de s'y baigner, dans ce cas ? s'enquit Djedefhor, non sans inquiétude.

— Pas du tout, au contraire. Les jeunes filles du village d'Ekara viennent parfois s'y tremper pour devenir fécondes et, le cas échéant, se trouver un amoureux qui les ensemencera. On prétend même que ceux qui s'y baignent avec constance en récitant certaines formules prolongent leur jeunesse, très longtemps, presque éternellement s'ils appliquent bien les formules.

— Je regrette de ne pas connaître ces formules, déclara Djedefhor en se dépouillant de son pagne pour descendre dans le grand bassin, où l'eau lui parut délicieusement fraîche.

Il était suffisamment profond pour qu'il pût y nager sans cependant y perdre pied. Gursar se contenta de s'y tremper avant de s'en retourner vers ses hommes. Djedefhor se résolut à sortir de la fontaine après s'y être longtemps prélassé, et il marcha ensuite au hasard, à la découverte de l'île. Il ne rentra au village que lorsque se couchait le soleil, au moment où les femmes terminaient de préparer le repas du soir qui était pris en commun par toute la population du village.

En parcourant l'île, les jours suivants, Djedefhor put voir qu'il existait d'autres villages vers les côtes nord et ouest. Tous étaient faits de roseaux et de palmes, et leurs habitants, tout aussi hospitaliers que ceux d'Ekara, avaient la même façon de vivre. Chaque village disposait dans le voisinage d'un temple, parfois en pierre, mais le plus souvent en bois et en palmes. Djedefhor interrogea les anciens qui faisaient office de prêtres et dirigeaient le culte, pour savoir si leur temple ne renfermait pas le livre de Thot. Ils parurent surpris de la question, d'autant plus qu'ils ne pratiquaient pas l'écriture. Certains se contentèrent de secouer la tête en signe de négation, d'autres lui rapportèrent de longues histoires concernant les dieux de l'île, mais personne n'avait entendu parler d'un tel livre, enfermé dans plusieurs coffres, ainsi que le leur décrivait leur interlocuteur.

Une dizaine de jours s'écoulèrent au bout desquels Djedefhor crut avoir visité tous les villages. Il ne lui restait plus qu'à explorer la partie nord-est de l'île, par-delà la fontaine où il n'était revenu qu'une seule fois.

Ce matin-là, Djedefhor en prit donc le chemin. Il s'engagea dans la palmeraie, pénétra dans le petit bois, mais, lorsqu'il parvint dans la clairière où se trouvait la fontaine, grand fut son étonnement de voir une femme s'y baigner. Il songea qu'elle devait être une fille d'Ekara ou d'un village voisin. En le voyant s'approcher la femme ne parut pas s'émouvoir. Elle continua de nager jusqu'à la cascade sous laquelle elle se plaça. Djedefhor s'était assis en retrait et la regardait. Elle sortit du bassin et vint vers lui. Il put voir que c'était plutôt une jeune fille qu'une femme et, comme elle était nue, il ne put s'empêcher d'admirer la beauté de son corps avant de découvrir celle de son visage que sa longue chevelure sombre, ruisselante d'eau, dérobait presque complètement. Elle serra ses cheveux entre ses mains et les releva sur sa tête, où elle les maintint à l'aide de tiges végétales. Elle s'était arrêtée devant lui et avec un sourire qui découvrait ses dents éclatantes, elle lui dit :

— Tu es certainement l'un de ces étrangers arrivés ces derniers jours sur deux grandes embarcations.

— Tu ne te trompes pas, répondit-il. Mais toi, n'habites-tu pas le village d'Ekara ?

— Si je l'habitais, ne m'aurais-tu pas distinguée parmi toutes les filles qui y résident ?

— Certainement, reconnut-il, car, plus il la regardait, plus elle lui paraissait belle et digne d'être admirée.

La réponse la satisfit car elle se mit à rire et s'accroupit auprès d'une grande racine sur laquelle était posé un peigne d'ivoire avec lequel elle entreprit de se coiffer.

— Pourquoi me regardes-tu de cette manière ? s'enquit-elle auprès de Djedefhor qui, en effet, la dévorait des yeux.

— Parce que je te trouve agréable à voir, répondit-il sans ambages.

— N'es-tu pas venu ici pour te baigner dans la fontaine ?

— C'est bien pour m'y tremper.

— Alors, qu'attends-tu pour y aller ?

Visiblement il lui déplaisait d'être ainsi observée pendant qu'elle se coiffait. Il se résolut à se détourner et alla se plonger dans l'eau fraîche.

Il se dit qu'elle allait profiter qu'il lui tournât le dos pour disparaître discrètement, mais il n'en fut rien. Quand il se redressa et se tourna vers elle, elle avait ceint ses reins d'un de ces étroits pagnes de couleur munis d'une large ceinture à boucle qui, d'après ce qui lui avait été dit, était un vêtement importé de Meloukhkha.

— Où habites-tu ? s'enquit-il en ressortant du bassin.

— Là-bas, vers le bout de l'île, répondit-elle en tendant le bras vers l'est.

— C'est la seule partie de Dilmoun que je n'aie pas encore parcourue. Me permets-tu de t'accompagner, car c'est par là-bas que je me rendais.

— Je serai ton guide, car c'est mon domaine.

— Ton domaine ? Serais-tu reine de cette partie de l'île ?

— C'est un peu cela. Il n'y a que moi qui vis dans cette partie de l'île. Il n'y a là-bas aucun village. Mais les marins qui passent le détroit entre Dilmoun et l'île d'en face, relâchent souvent au bas de la falaise et viennent me rendre visite. Et aussi ceux du village.

— Vis-tu toute seule ?

— Non, j'ai deux serviteurs que mon père a amenés de Meloukhkha, alors qu'ils étaient encore jeunes.

— Parce que ton père habitait cette lointaine contrée ?

— Oui. Toi, tu habites bien une contrée tout aussi lointaine ou presque. Ne viens-tu pas d'Ur, comme tes compagnons ?

— Je viens de là, mais ma patrie est plus loin encore. Et toi, es-tu née ici ou à Meloukhkha ?

— Je suis née dans la plus grande des cités de Meloukhkha. J'avais une dizaine d'années quand ma mère s'en est allée vers le monde inférieur. Mon père, qui faisait depuis longtemps du commerce avec Dilmoun et les marchands d'Ur, est alors venu s'installer ici car il disait que cette île est le lieu le plus agréable à vivre, que c'est le paradis où résidaient les dieux avant la venue des hommes.

Tout en devisant de la sorte ils cheminaient côte à côte, comme de vieilles connaissances.

— Tu vis ici depuis lors ? lui demanda Djedefhor, qui portait de plus en plus d'intérêt à cette fille qui lui était inconnue quelques instants auparavant et avec laquelle il se sentait en une curieuse communauté d'esprit. Peut-être à cause de sa beauté, se dit-il.

— Je ne suis plus jamais retournée à Meloukhkha.

— En parles-tu la langue ?

— Comment aurais-je pu l'oublier, d'autant que nos serviteurs ne connaissent que celle-ci.

— Que fait ton père ?

— Plus rien, en tout cas dans ce monde, car il est mort l'année dernière.

— Et toi, de quoi vis-tu donc ? N'as-tu pas d'époux ?

— Je n'en veux pas. Je suis mon propre maître. Mon père a bâti une belle maison, non pas en roseaux comme celles d'ici, mais en briques, comme on les construit chez nous, avec l'aide de ses serviteurs et aussi des gens des villages voisins qui ont voulu voir comment on procédait pour faire des briques. Comme chez nous nous fabriquons une bière selon une recette particulière, différente de celle des gens d'ici et aussi du vin de palme, mon père a transformé en taverne la plus grande salle de la maison et une partie extérieure. Les gens viennent de toute l'île pour goûter nos boissons et la cuisine de notre pays que préparent mes serviteurs. Mais ce sont surtout les navigateurs venus du Sumer et de Magan qui s'arrêtent ici.

— Pourrais-je à mon tour en goûter ?

— Certainement, si tu as de quoi me payer : cuivre, or, objets, bijoux, j'accepte tout, et même les produits de ce pays, ses poissons et les bêtes qu'on y élève.

— J'ai, dans les cales de nos bateaux, largement de quoi payer car j'en suis le maître.

— Dans ce cas, sois le bienvenu chez la cabaretière Sidouri.

— Quoi, Sidouri est ton nom ?

— Bien sûr. C'est le nom d'une déesse de chez nous, qui est comme Inanna chez vous et Meskilak à Dilmoun.

— Connais-tu l'histoire de ce roi d'Uruk qui est parti en quête de la plante d'immortalité loin vers le soleil levant, jusqu'à l'île où réside le Vivant, celui que les gens du Sumer appellent Ziusudra ?

— Non, mais j'aurai certainement plaisir à l'entendre si tu veux bien me la raconter, un jour.

— Je te la raconterai, si tu m'en donnes l'occasion. Mais dis-moi encore : y a-t-il longtemps que tu es arrivée dans cette île, avec ton père ?

— Quelque chose comme douze ans, ou plus peut-être. Je ne sais plus très bien.

Ils étaient sortis depuis déjà un moment du couvert du bois pour s'engager sur une petite colline dépourvue d'arbres, mais parsemée d'une végétation basse balayée par le vent du large. Djedefhor vit au bout du chemin une grande maison aux murs blancs qui se dressait là, solitaire, dominant la mer, face à l'île voisine que les deux bateaux de Djedefhor avaient doublée en s'engageant dans la passe qui leur avait donné accès à la baie où ils s'étaient établis.

— Nous voici parvenus au bout de l'île, annonça Sidouri. Là-bas, c'est ma demeure et ma taverne. Si tu veux, accompagne-moi, je te ferai goûter les plats de mon pays.

— Bien volontiers, lança Djedefhor sur un ton dont l'enthousiasme parut amuser la jeune femme car elle se tourna vers lui et lui répondit en souriant :

— Tu ne seras pas déçu.

— Mais vois, je n'ai rien sur moi pour te payer.

— Tu le feras plus tard. Car je suppose que tu ne reprendras pas la mer dès demain ?

— Pas avant des jours et des jours... sinon des mois, assura-t-il en la regardant.

— Dans ce cas, nous avons tout notre temps.

Les deux serviteurs de Sidouri étaient deux robustes gaillards à la peau sombre, de la teinte du bronze dont elle avait le brillant. Djedefhor ne s'en étonna pas car il se rappela ce qui lui avait été rapporté des gens de Meloukhkha dont certains avaient le teint presque noir et d'autres clair, comme c'était aussi le cas vers le sud de la vallée du Nil, où les Nubiens à la peau couleur de datte mûre vivaient à côté des Égyptiens au teint plus clair.

Sidouri fit installer Djedefhor sur une terrasse située derrière la maison, d'où l'on dominait la mer et l'île voisine. Elle était protégée des rayons du soleil par une légère toiture en roseaux, soutenue par des poteaux en bois, un bois dur et imputrescible venu du pays de Sidouri, selon ce qu'elle apprit à son hôte en lui faisant les honneurs de la demeure ; dans le même bois étaient taillés les sièges et les tables sur lesquelles étaient servis les clients de la taverne.

— Assieds-toi, installe-toi à ton aise, dit-elle à Djedefhor. Mes serviteurs vont te préparer à manger, je te porterai à boire.

Djedefhor prit place sur un fauteuil qu'elle lui avait désigné et, lorsqu'elle se fut éloignée, il resta immobile et rêveur, face à la mer qui scintillait au loin, dans le poudroiement argenté du soleil. « Ce lieu est certainement l'un des endroits les plus agréables de tous ceux que j'ai encore visités, se dit-il, mais que fais-je là ? Cette Sidouri est comme une déesse, elle est en train de m'ensorceler. Je le sens, je le sais, et je n'ai aucun désir de lui échapper, aucune volonté à lui opposer. Et pourtant Menlila m'attend, là-bas, sur les rives de l'Euphrate. » Une voix lui soufflait qu'il devait partir, s'en aller sans plus attendre, profiter de l'absence de la jeune femme pour fuir et quitter sans tarder cette île de l'oubli. Mais il ne trouvait pas la force de se lever, de quitter son siège.

Sidouri revint, souriante, portant une cruche et deux jolies coupes d'argile fine, décorées de feuilles hastées.

— Tu vas goûter la bière de chez nous, fit-elle. Tu verras, elle est si bien filtrée après de longues préparations, qu'on peut la boire sans crainte d'avaler en même temps des morceaux de dattes et de plantes qui ont servi à sa préparation. Car il paraît que chez vous, dans le pays de Sumer, on est obligé de boire la bière en l'aspirant avec des roseaux tant y restent en suspens des ingrédients qui ont échappé au filtrage.

Après avoir posé les coupes sur la table, elle les remplit d'un liquide doré, mousseux et lui tendit une coupe :

— Bois et tu oublieras ensuite le monde, seul le désir d'ivresse habitera ton esprit.

Il prit la coupe et la vida d'un trait. La boisson était fraîche, délicieusement amère, quoique douce et parfumée.

— On rapporte, reprit Sidouri, que ce sont les dieux qui ont appris aux hommes de notre vallée à confectionner cette boisson. C'est celle que boivent les dieux lorsqu'ils se retrouvent entre eux et désirent banqueter.

— Je veux bien te croire, admit Djedefhor, car je n'ai encore jamais bu aussi exquis breuvage.

Sans qu'il le lui ait demandé, elle lui servit une nouvelle rasade et but de son côté, à son tour, debout devant lui, son regard glissant vers lui entre ses paupières mi-closes. De son côté, il la regarda intensément et, après avoir levé sa coupe comme une offrande à sa divine hôtesse, il but à son tour à la coupe de l'oubli. Les paroles qu'avait prononcées Igibar lorsqu'il lui avait conté l'histoire de Gilgamesh revinrent alors à sa mémoire, claires, nettes, comme un avertissement, ou bien comme un chant incantatoire :

« Gilgamesh parvint au domaine de Sidouri, la cabaretière divine. Elle était assise sur un trône en or et près d'elle étaient une cuve et un pressoir en or où se prépare la boisson des dieux. Elle interrogea le héros, et il lui apprit tout ce qui le concernait, ce qu'il désirait. Mais elle, elle lui dit ces sages paroles : "Cette vie éternelle que tu cherches, tu ne la trouveras pas. En créant les hommes, les dieux leur ont réservé la mort, ils ont gardé pour eux la vie. Pour ce qui est de toi et des humains, il vous reste à faire de la vie une belle fête. Prends soin de ton corps et de tes vêtements, garde la tête bien lavée et baigne ton corps fréquemment. Pour le reste, songe à te réjouir, le jour et la nuit, danse et fais de la musique. Que ta bien-aimée dorme sur ton sein, réjouis-toi en regardant l'enfant qu'elle t'a donné, l'enfant que tu tiens par la main. Voilà ce qui revient à l'homme, ce qui est le mieux pour lui, tout le reste n'est que vent." »

Cette Sidouri, bien réelle, bien vivante devant lui ne possédait pas de trône d'or, mais sa puissance de domination était autrement plus efficace que celle de la cabaretière qui avait accueilli le héros d'Uruk. Car Gilgamesh avait repris sa route, vers le pays où résidait Ziusudra, alors que lui, Djedefhor, n'avait plus qu'un désir, vivre auprès de cette femme, oublier tout, ne plus jamais s'en retourner vers tout ce qu'il avait quitté.

CHAPITRE VII

Depuis maintenant deux ans que Khéphren l'avait épousée et l'avait installée dans le Grand Palais, Persenti avait eu plusieurs fois l'occasion de passer devant le temple d'Isis, mais jamais elle n'avait pu se résoudre à y entrer. Elle craignait qu'une telle visite ne lui rappelât des souvenirs d'un temps de désir et d'enthousiasme, des souvenirs qui risqueraient d'attrister son âme, désormais tournée vers son époux. Mais, en ce jour de la saison de la germination, elle se sentait si désemparée, si triste, peut-être à cause du ciel qui était gris, lourd de nuages tandis que soufflait un vent frais, qu'elle se décida à pénétrer dans l'enceinte du temple, pour y retrouver ces mêmes souvenirs qu'elle avait craint, jusqu'alors, d'évoquer. Des prêtres qui passaient dans la cour, ayant reconnu l'une des épouses royales, la saluèrent en ployant le torse, les mains aux genoux; elle répondait à leurs saluts par des sourires, et elle se dirigea vers la seconde enceinte isolant l'école de danse.

Elle se retrouva alors dix ans en arrière. Certes, elle ne vit, parmi les élèves qui s'entraînaient là, aucun visage familier. Depuis tant d'années, ses anciennes compagnes avaient abandonné une profession qui exigeait vigueur et jeunesse. Peut-être certaines d'entre elles étaient-elles devenues des musiciennes professionnelles, voire des danseuses qui s'exhibaient dans les tavernes, mais aucune n'aurait pu continuer d'être danseuse acrobate du dieu. Seul était toujours présent Sebekni, le maître des belles danses et des chants. En voyant paraître Persenti, il vint vers elle, il la salua :

— Persenti, dame royale, lui dit-il, c'est pour moi et mon école un grand honneur de recevoir la visite d'une reine qui fut, en son temps, la plus brillante de mes élèves. Comme nous avons tous regretté ton départ, ta disparition soudaine !

— Crois, Sebekni, lui répondit-elle, que je suis la première à déplorer d'avoir dû ainsi m'éloigner, malgré moi.

— Toi, tu ne dois pourtant avoir rien à regretter, à présent que tu résides dans le Grand Palais, aux côtés de Sa Majesté l'Horus Ouserib.

Persenti se contenta de sourire, ne voulant lui révéler que, tout au contraire, elle commençait à se consumer en regrets, à se reprocher son ancienne attitude, de s'être enfuie comme elle l'avait fait et de s'être ainsi interdit de continuer de vivre comme par le passé et de devenir l'épouse d'Hori. Car, maintenant qu'elle avait découvert la légèreté de son époux, qu'elle avait vu que sa passion amoureuse ne durait que le temps de la résistance de celle qu'il courtisait et de la rapide venue de la satiété une fois qu'elle avait cédé, elle se prenait à se repentir d'avoir choisi Khephren, parce que présent, vivant, amoureux, au détriment de celui qu'elle appelait toujours Hori, loin d'elle depuis si longtemps, absent, ne vivant plus que dans son souvenir.

— Sebekni, lui demanda-t-elle, présente-moi

tes élèves. J'aurais plaisir à les connaître, à leur parler, à les voir danser. Car si Sa Majesté continue à entretenir ce collège, comme l'a fait son prédécesseur, on ne vous voit plus guère lors des cérémonies.

— Les cérémonies pour lesquelles nous sommes requis deviennent de plus en plus rares, se lamenta Sebekni. Le dieu justifié, Khéops, nous sollicitait pour les fêtes qu'il donnait auprès de sa pyramide, pour les diverses grandes cérémonies annuelles, et aussi lors des funérailles princières. Les prêtres de la pyramide ont bien organisé des fêtes où nous avons été conviés lors du règne de l'usurpateur, mais lui-même n'apparaissait plus, toujours enfermé dans son nouveau palais. Quant à ton époux, Sa Majesté semble s'éloigner de plus en plus de ces grandes cérémonies ; il n'y paraît guère en personne, et jamais nous n'y voyons les reines.

— Le roi est très occupé ailleurs, reconnut Persenti.

— Il nous manque bien, le prince Djedefhor, lui qui a été un temps l'entrepreneur de toutes ces fêtes auxquelles nous participions. Mais il nous a quittés si vite !

— Certainement trop vite, soupira Persenti.

Sebekni comprit qu'il avait, de son côté, parlé trop rapidement, sans y réfléchir. Il détourna la conversation en reprenant, d'un ton léger :

— Viens, Persenti, je vais te présenter mes élèves. Mais sache qu'aucun d'entre eux n'égale celle qui fut la meilleur danseuse de son temps.

Persenti sourit en poussant un soupir et suivit le maître, qui demanda le silence à ses élèves.

— Mes enfants, leur dit-il, saluez Persenti, la Grande Épouse royale qui nous fait l'honneur de sa visite. Je vous demanderai de danser pour elle, et de chanter pour réjouir son cœur. Mais n'oubliez pas que celle qui est maintenant dans le Grand Palais, la grande qui voit Horus et Seth, a été la plus brillante des danseuses du dieu, celle que j'ai eu la fierté de former.

— C'est donc toi, cette Persenti dont le maître nous parle si souvent d'une voix si admirative ? lui demanda, sans plus de façon, une adolescente placée au premier rang.

— Voudrais-tu danser pour nous ? la pria à son tour un jeune garçon. Le maître rapporte que personne n'est capable de sauter comme tu le faisais et de retomber sur tes pieds.

— Je serais bien incapable de le refaire depuis tant d'années ! répondit Persenti.

— Pourtant tu n'es pas une vieille femme.

— Je n'ai plus ni la souplesse de mes quinze ans ni l'entraînement. C'est à vous, dorénavant, de me montrer ce que vous savez faire.

— Si tu as été ce que nous rapporte le maître, déclara une autre danseuse, nous aurons du mal à t'étonner. Car certainement nous resterons toujours au-dessous de toi.

— Tu ne devrais pas parler ainsi, répliqua Persenti. Il est bon de se donner un modèle, non pas pour l'imiter, mais pour le dépasser, pour faire mieux encore. Je suis certaine que nombre d'entre vous pourraient faire mieux que moi, s'ils voulaient s'en donner la peine.

— Tous nous nous donnons de la peine, nous éprouvons les souffrances et les fatigues d'un dur entraînement, mais est-il possible de se surpasser ?

— C'est toujours possible, mais il faut en avoir la volonté, ne songer qu'à cela, n'avoir dans l'esprit que ce désir d'aller encore au-delà de soi. C'est là la grandeur de votre métier.

— Je ne pourrais vous dire mieux que Persenti, qui a trouvé les mots qui conviennent, intervint Sebekni. Maintenant montrez ce que vous savez faire à la reine et n'oubliez pas que vous avez en elle un juge très compétent.

Persenti passa ainsi le reste de la journée dans l'école de danse. Elle y mangea en compagnie des élèves, elle les félicita pour leurs démonstrations, les encouragea. À leur demande, elle chanta à son tour, et elle dansa, car elle n'avait pas cessé de s'exercer en compagnie d'Hénoutsen et, ensuite de Khamernebti qui mettait un point d'honneur à imiter sa mère en toute chose, sans, pour autant, la surpasser.

En ce jour, Persenti renoua avec les plaisirs de son passé, elle se retrouva en ces temps heureux où elle découvrait son amour pour Hori, elle revécut les enthousiasmes de sa jeunesse. Puis elle s'en retourna au palais, le cœur en joie. Une joie qui s'effaça lorsque, une fois parvenue dans ses appartements, elle apprit que son époux était reparti pour ses courses nocturnes, ce à quoi elle s'attendait pourtant.

Car depuis que Minkaf lui avait fait découvrir le cabaret de Senkaou, chaque soir Khéphren y retournait avec son frère, pour l'amour de la belle Hedjekenou. Or, ce soir ne fut pas un soir comme les autres.

Alors que la journée touchait à sa fin, Senkaou fit venir sa fille devant lui et il ouvrit la bouche pour l'admonester.

— Hedjekenou, ma fille, ces deux vagabonds, et surtout celui qui paraît l'aîné, le plus grand, ce Mérinéfer, visiblement c'est toi qu'il lorgne, c'est pour toi qu'il revient chaque soir.

— Crois-tu ? demanda la jeune fille avec une fausse naïveté en simulant une surprise qu'elle n'éprouvait guère car elle était suffisamment futée pour avoir lu dans les regards de Khéphren le désir qu'il avait d'elle.

D'ailleurs, chaque fois qu'il en avait l'occasion, il lui caressait la main, lui effleurait la hanche, trouvait toujours des compliments à lui faire, et, lorsqu'il chantait des poèmes d'amour, il tenait le regard tourné vers elle.

— Allons, ma fille, ne joue pas à la jeune oie, tu as bien vu qu'il ne cesse de te manger du regard.

— C'est possible, mon père. Mais pourquoi me fais-tu cette remarque, alors que voici maintenant près de deux mois qu'il vient chaque soir dans la taverne.

— C'est précisément parce que cela fait trop longtemps que nous les nourrissons et les abreuvons, lui et son frère... S'ils reviennent ce soir encore, je leur fermerai la porte au nez, je les jetterai à la rue s'ils prétendent entrer chez moi.

— Mais, mon père, ils chantent si bien, ils font une si belle musique ! Ne nous attirent-ils pas de nombreux clients par leur seule présence ?

— Les clients s'en lassent. Certains m'ont dit qu'ils en avaient assez de devoir entendre chaque soir les mêmes chansons, la même musique. Car tu dois reconnaître qu'ils ne renouvellent pas souvent leur répertoire.

— Ils ne le renouvellent jamais, mais qu'importe, ils ont de si beaux airs !

— Toi, il me semble que tu en pinces pour ce Mérinéfer.

— Il est vrai qu'il ne me déplaît pas. Ne suis-je pas en âge de prendre un époux ?

— Peut-être, mais pas n'importe qui. Car je sens bien que ce vagabond ne serait pas fâché de t'épouser pour mettre un terme à sa vie de crèvela-faim, de traîne-misère, et de placer en même temps son petit frère dans notre taverne. Tu ne crois tout de même pas que je vais accepter de nourrir deux bons à rien, des parasites qui seront dans ma maison comme des souris dans un grenier à blé et qui, en plus, baiseront ma fille.

— Mais, père, je n'épouserai que Mérinéfer.

— Crois-tu qu'il chassera son petit frère ? En tout cas, s'il ne te mettait pas dans son lit avec lui, il nous imposerait sa présence.

— Pourtant, c'est un beau garçon, ce Mérinéfer et il sait me parler avec tant de gentillesse ! Vois, tous ces rustauds qui fréquentent le cabaret, ils ne connaissent pas les mots qui font plaisir, les paroles douces et tendres. Ce ne sont que des brutes, de lourds paysans.

— Il y a parmi eux des artisans, même des contremaîtres qui ont de bons métiers, et encore je connais un scribe...

— Quoi ! ce gros ventru qui pourrait être ton père ? s'indigna-t-elle.

— Tu plaisantes, il n'a même pas mon âge. N'a-t-il pas noué le bandeau de scribe au début du règne du roi Didoufri ?

— Sans doute parce que c'était un élève attardé car je soupçonne qu'il avait alors plus de trente ans, repartit avec esprit la petite.

Senkaou haussa les épaules et reprit, sans tenir compte de la réflexion de sa fille :

— Vois : n'a-t-il pas été scribe du bateau sacré, et maintenant ne va-t-il pas devenir le premier scribe du domaine royal de... je ne me rappelle plus le nom de ce domaine, mais peu importe. Un jour, il deviendra un ami de Sa Majesté, j'en suis persuadé et tu seras riche, tu vivras dans une belle maison, à Memphis. Ou, pourquoi pas, dans le Grand Palais, car ton époux pourrait bien devenir quelque chose comme préposé aux secrets du roi.

— Tout cela, père, c'est du rêve. Et surtout, je ne veux pas épouser ce gros hippopotame ! Je préfère encore rester servante dans ton cabaret. Au moins, ici, je suis chez moi, je suis ma propre maîtresse, je n'ai de comptes à rendre à personne d'autre qu'à mon père, à celui à qui je dois la vie.

— Si tu aimes tant ton pauvre père, pourquoi ne veux-tu pas épouser un riche scribe ? Je pourrais alors, peut-être, me débarrasser de cette maison de bière et vivre agréablement auprès de ma fille ?

— Sans rien faire ?

— Que pourrais-je faire ? Et quelle importance, si ton époux est riche ?

— Ainsi tu es disposé à te faire entretenir par un gendre que j'abhorrerais, mais pour rien au monde tu ne voudrais entretenir un gendre qui me plairait !

— Pourquoi pas ? Moi je marche vers la vieillesse, alors que ce gendre qui te plairait, car je vois bien de qui il s'agit, est en pleine jeunesse et doit travailler pour entretenir sa femme...

— ... Et son beau-père.

— Précisément. Vois, mon enfant : je peux comprendre que ce gros scribe ne te paraisse pas un beau mari, et je t'accorde que ton Mérinéfer n'a aucun mérite à lui être préféré. Alors, faisons ainsi : ce soir, je vais parler à ce Mérinéfer. Après tout, nous ne savons rien de sa famille ni de lui-même. Il faut qu'il me dise ses intentions. Et s'il prétend t'épouser, il devra me donner la preuve non seulement qu'il saura te rendre heureuse, mais surtout qu'il sera capable de te faire vivre dans l'aisance, toi, et les enfants que tu auras de lui, et aussi ton pauvre père. Je suis même disposé à lui laisser la taverne s'il se montre capable de la faire fructifier et s'il peut me donner, sur les revenus, une part suffisante pour que je vive à l'aise, sans plus avoir le souci de préparer toute cette bière, de recevoir tous ces clients que je commence à ne plus pouvoir supporter. Mon désir, c'est de prendre du repos, d'aller à la pêche, et même d'aller me promener dans les fourrés de papyrus pour y chasser les oiseaux, comme les seigneurs de la ville.

— Vraiment, père, tu lui feras cette proposition ?

— Je vais lui mettre le marché en main : il te prend pour épouse et je lui confie la taverne, mais lui, il s'engage à la gérer, avec son frère s'il le désire, et à m'entretenir. Mais je resterai le véritable propriétaire de la maison car on ne sait jamais. Si je la lui cédais par acte officiel, il pourrait tout aussi bien me jeter à la rue et en rester le seul propriétaire.

— Je ne le crois pas capable de tant de noirceur.

— On ne peut jamais préjuger des actes d'un homme qu'on connaît si peu, surtout quand on sait que ce n'est qu'un vagabond, un miséreux. Il faut se conserver des garanties. Ce projet te satisfait-il ?

— Certainement père. Mais s'il n'accepte pas ? Car il a peut-être d'autres ambitions que celle de devenir un simple aubergiste...

— Quand on est un besogneux sans biens, ma proposition est comme l'intervention d'un dieu. S'il refuse, c'est qu'il n'est qu'un écornifleur, un paresseux qui n'a pour ambition que de vivre sur les provisions d'autrui. Dans ce cas, il vaudra mieux que tu acceptes d'épouser le scribe.

Ainsi se conclut l'entretien. Bien que la nuit

tombât tôt à cette époque de l'année, Khéphren se présenta à la taverne avant le crépuscule, mais seul. Il lui arrivait d'ailleurs, depuis quelque temps, de venir seul, car Minkaf trouvait peu d'avantages à fréquenter une maison de bière dont la seule servante était la fille du propriétaire sur laquelle son frère avait des vues. Il allait ainsi de son côté vers d'autres maisons où il savait être aimablement accueilli par les serveuses, d'autant mieux que ce n'était plus un secret pour plusieurs d'entre elles que leur visiteur n'était autre, en réalité, que le vizir, c'est-à-dire le second personnage du royaume.

Dès que Khéphren se présenta sur le seuil de la taverne, le taulier l'entreprit :

— Mérinéfer, lui dit-il, avant de te laisser entrer dans ma demeure, je voudrais avoir un entretien avec toi.

— Je suis ton serviteur, répondit courtoisement Khéphren en se laissant entraîner à l'écart, hors de la maison.

— Mérinéfer, reprit alors Senkaou, je ne peux plus douter que tu aies des vues sur ma fille, car, reconnais-le, c'est bien pour elle que tu viens aussi assidûment dans cette maison, comme l'abeille vient butiner la centaurée et le mélilot.

— Senkaou, lui répondit franchement Khéphren, la comparaison me plaît et je me sens bien une âme d'abeille devant cette belle fleur qu'est ta fille.

— Mérinéfer, tu as bien vu qu'Hedjekenou est une jeunette, qu'elle est encore vierge : ne la déflorera que celui qui sera devenu son époux.

— Tes paroles me plaisent, Senkaou, car j'aurais été bien fâché si tu m'avais proposé d'entrer dans sa couche pour un peu d'or.

— Eh ! c'est que tu en aurais bien été en peine

car il me semble que depuis déjà trop de temps vous vous gavez à mes frais, toi et ton frère.

— Reconnais que, par nos chansons, nous t'avons acquis une nouvelle clientèle.

— C'est encore à voir. En tout cas, vu tout ce que vous mangez et buvez à tous les deux, je n'ai rien gagné dans cette affaire. C'est pourquoi je te le dis franchement, je ne peux plus t'entretenir, même toi seul, même chanterais-tu mieux que le directeur des chanteurs et des chanteuses du temple de Ré.

— Je n'ai pas cette prétention et je comprends ta réaction. Je te le dis donc sans balancer : j'aime ta fille et je suis prêt à l'épouser.

— Voilà qui est vite dit !

— Voudrais-tu que je le répète plus lentement ?

— Non pas, j'ai bien compris que tu espères faire ton épouse de ma fille Hedjekenou. Mais tu ne m'as pas dit, pour autant, comment tu comptes la nourrir, quel logis tu lui réserves. Car, pour ce qui est de la nourriture, il m'a semblé que tu attendais celle que nous te donnions ici. Quant au gîte, j'ai le sentiment que tu dors plutôt sous le toit du ciel.

— Eh, mon ami, quel plus beau palais que le monde, quel plus beau toit que la voûte céleste ?

— Sans doute, mais pour ce qui est du coucher ordinaire, surtout les jours de froid ou de pluie, il vaut mieux un solide toit comme celui de ma taverne, ne crois-tu pas ?

— Passons. Qu'attends-tu encore de moi ?

— Que tu me prouves que tu as de quoi faire vivre ma fille d'une manière décente. Car je ne sais rien de toi ni de ta famille. Qui me dit, après tout, que tu n'es pas un brigand recherché par les Medjaï ?

— Il est vrai que rien ne te prouve le contraire, sinon que je peux t'assurer que je ne crains pas les Medjaï.

— Si tu ne les crains pas, c'est que tu te joues d'eux, et donc que tu es peut-être un voleur.

— T'ai-je jamais volé ?

— Pas que je sache, mais tu as bien vécu à mes crochets. Qui sont ton père et ta mère ? Où demeurent-ils ?

— Mon père, je ne l'ai plus...

— Ah ! déjà, un orphelin c'est un garçon pauvre qui a été mal élevé par une pauvre mère seule.

— Ma mère loge à Memphis.

— Elle y a une demeure ?

— Sans doute puisque je te dis qu'elle y loge.

— Admettons, mais dans quel taudis ? As-tu d'autres frères et sœurs que cet Ikéri qui vit comme toi de la bienfaisance d'autrui ?

— En vérité, j'avais plusieurs frères qui sont morts...

— De faim, dans la misère sans doute, car tu es encore jeune.

— Mais il me reste un autre frère, outre celui que tu connais.

— Ah ! et où est-il ?

— Je l'ignore. Il est parti voilà bien des années, et il n'est jamais reparu.

— Encore un vagabond, un va-nu-pieds. Et tes sœurs ?

— Là, j'en ai plusieurs, quatre.

— Elles sont mariées ?

— Deux d'entre elles ont un mari, les deux autres sont veuves.

— Elles vivent de quoi, ces deux dernières, si elles n'ont plus de maris ?

— De ce qui leur est donné par la famille.

— Autant dire de rien. Enfin, tout cela fait du beau monde, mais bien peu de biens, sinon aucun. Alors, voilà ce que je veux te dire, car tu devras reconnaître que je suis un bon père et que je veux le bonheur de ma fille. D'abord, je ne te cache pas que ma fille a du sentiment pour toi, c'est pourquoi je vais te faire la proposition suivante : tu viens t'installer dans ma maison et tu épouses ma fille. En revanche, c'est toi qui deviens le taulier. Je t'apprendrai le métier, je te montrerai comment préparer la bière et ce que je sers à mes clients. D'ici moins d'une année, il faut que tu sois capable de tenir la maison seul avec ma fille. Alors moi, comme je me sens vieillir, je prendrai du repos. Il te reviendra, en compensation de ce que je te donne en héritage, de me faire une agréable vieillesse. Qu'en dis-tu ?

— Voilà qui demande réflexion car je ne me sens pas une vocation de tavernier.

— Misérable, c'est bien ce dont je me doutais. Tu voudrais être entretenu toute ta vie à ne rien faire et, en prime, pouvoir forniquer à ton aise avec ma fille !

— Calme-toi, mon ami. J'ai bien dit que si la belle Hedjekenou m'aime, je lui rends cet amour et que je suis prêt à la prendre pour épouse. Voilà un point où, me semble-t-il, nous sommes tous les trois d'accord, puisque tu m'as déclaré que tu étais disposé à me la donner pour femme.

— Oui, mais il faut y joindre les autres conditions que je viens de t'exposer. Vois : ma fille, c'est mon trésor, c'est tout mon bien. Je ne la donnerai qu'à un homme aisé qui sera capable de subvenir aux besoins du vieillard que je suis destiné à devenir si le dieu m'accorde encore de beaux jours. Comme elle t'aime, je suis favorable à votre union, mais je ne suis pas, pour autant, disposé à me sacrifier. Le marché que je t'ai proposé est pour toi des plus avantageux car il assure ton avenir, et il reste pour moi ma seule sauvegarde.

— Senkaou, je te l'ai dit, c'est une décision que je ne peux prendre à la légère. Accorde-moi qu'elle demande réflexion ! Pour moi, l'essentiel c'est que tu sois disposé à me donner ta fille en mariage. Je ne vais donc pas entrer avec toi dans la taverne. Ce soir, je ne t'imposerai pas ma présence. Tu auras demain ma réponse.

Elle pleura beaucoup, la pauvre Hedjekenou, ce soir-là et aussi toute la nuit. Car son père étant rentré seul dans la salle encore vide, elle était venue vers lui en s'étonnant :

— Père, pourquoi Mérinéfer n'est pas avec toi ?

— Il ne reviendra jamais, déclara-t-il, péremptoire, sûr de lui.

— Que dis-tu ? L'as-tu chassé ?

— Certainement pas, c'est lui qui est parti. Il accepterait bien de t'épouser, mais lorsque je lui ai fait savoir qu'il devrait apprendre le métier de tavernier et de brasseur et bientôt me remplacer dans cette tâche, j'ai vu qu'il sourcillait, qu'il commençait à prendre de la distance. Je n'ai pas de vocation de tavernier, m'a répondu ce misérable, et il a cru bon d'ajouter que cela demandait réflexion. Quel genre de réflexion ? Dis-moi un peu ! Il n'a rien, c'est un vagabond, sans feu ni lieu : je lui offre une maison, une épouse, un métier, mais sa paresse est telle qu'il s'effraie en songeant qu'il devra fournir un travail, cette seule idée le fatigue, l'épuise, car il s'imaginait qu'il allait partager ton lit et continuer de vivre à nos crochets.

— Mais alors, qu'a-t-il fait ? Pourquoi n'est-il pas revenu avec toi ?

— Il a dit qu'il me donnerait sa réponse demain, que ce soir, il préférait ne pas entrer dans la taverne. La belle excuse. Il a plutôt honte de lui et il a pris la fuite comme un vilain chien errant, la queue entre les jambes. Je parie tout ce que tu voudras qu'on ne le reverra plus jamais. Nous voilà débarrassés d'un importun, d'un pique-assiette... Non, ne pleure pas, mon enfant... Ce genre d'homme ne sait pas aimer, car s'il t'avait réellement aimée, il aurait tout accepté, même de se faire mon esclave, de travailler le jour et la nuit pour te manifester sa passion. Mais ne crains rien, je ne t'imposerai pas un mari dont tu ne voudrais pas, comme ce scribe...

Il se tut car Hedjekenou avait soudainement quitté la salle sans plus l'écouter tandis qu'entraient les premiers clients.

CHAPITRE VIII

Hedjekenou avait un moment espéré que son père se trompait, que Mérinéfer reviendrait le lendemain, qu'il se déclarerait prêt à travailler dans la taverne, à apprendre le métier par amour pour elle. Mais il ne réapparut ni le lendemain, ni le jour suivant, ni le jour d'après.

— Hein! tu le vois bien que j'avais raison, triompha Senkaou. Je connais le monde! On ne la fait pas à un vieux malin. J'ai bien vu que ton amoureux n'était jamais qu'un grand lézard paresseux doublé d'un pique-assiette. D'ailleurs, les deux vont de pair et forment un couple indissoluble car comment vivre, lorsqu'on refuse de travailler, sinon en volant ou en allant de maison en maison mendier son pain?

Hedjekenou avait cessé de pleurer. Elle se contentait de soupirer en regrettant que son père n'ait eu que trop raison. En revanche, elle se mit à détester un homme qui l'aimait si peu qu'il avait reculé devant la perspective de devoir, pour l'obtenir, apprendre un métier et s'y tenir. Aussi, quand, au début de cet après-midi, alors que les nuages avaient été chassés du ciel et que le chaud soleil recommençait à briller, annonçant l'arrivée prochaine de la saison de la chaleur, la jeune fille se rendit au bord du Nil avec sa cruche pour rapporter à son père l'eau qui servait à fabriquer la bière, fut-elle surprise et secrètement ravie, bien qu'elle voulût s'en défendre, de voir surgir Khéphren devant elle. Elle était entrée dans le fleuve jusqu'à avoir de l'eau aux genoux, afin de se mettre dans le courant et ne pas laisser entrer dans le récipient la boue de la berge, et, lorsqu'elle se retourna pour reprendre pied sur le sol sec, celui qu'elle n'espérait plus était là, debout, souriant, comme si de rien n'était. Elle resta alors immobile, comme paralysée par l'apparition d'un dieu. Elle aurait voulu le dédaigner, voire lui lancer à la tête la cruche qu'elle tenait sur l'épaule, mais tout autant lâcher son fardeau pour se jeter dans ses bras.

— Par la vie du roi ! s'exclama-t-il en riant, que t'arrive-t-il ? Ne reconnais-tu pas ton futur époux ? Ne suis-je pas ce Mérinéfer qui n'a d'yeux que pour toi ?

Il entra dans le fleuve, venant vers elle, les bras ouverts. Mais elle, elle décida de se montrer revêche, mécontente de sa disparition :

— Ne m'approche pas, lança-t-elle, je te déteste.

— Est-ce possible ? répliqua-t-il sans s'émouvoir ni, non plus, sans s'arrêter.

Elle ne se défendit pas lorsqu'il lui prit la cruche et, sans plus de façon, la jeta dans l'eau.

— Oh ! ma cruche ! s'exclama-t-elle en prenant un air scandalisé.

— Tu n'en auras plus besoin, assura-t-il en l'enlevant dans ses bras, une main sous les genoux, l'autre sous les reins.

Cette fois, elle s'abandonna et enlaça son cou, tout en posant sa tête sur son épaule. Sans paraître faire d'effort, il l'emporta ainsi le long de la rive du fleuve, du côté opposé à la demeure de Senkaou. Cependant, au bout d'un moment, alors qu'il progressait dans une végétation de plus en plus dense de roseaux et de papyrus, évitant de suivre le chemin à la lisière des champs, elle commença à s'inquiéter :

— Mérinéfer, où m'emmènes-tu ainsi ?

— Dans ta nouvelle demeure, assura-t-il.

— Notre demeure ? Est-elle près des marais du fleuve ?

— Tu verras. Je suis sûr qu'elle te plaira.

— Moi aussi, j'en suis sûre, car si je suis avec toi, même la pauvre hutte en papyrus d'un bouvier serait à mes yeux comme un palais.

Il sourit en songeant qu'elle ne savait pas si bien dire. Il se résolut à la déposer sur le sol, puis, lui offrant sa main qu'elle serra, il l'entraîna en courant.

— Mais que va dire mon père, en ne me voyant pas revenir, hasarda-t-elle en ralentissant sa course, toute haletante.

— Qu'importe ce qu'il dira ?

— Je le sais capable d'aller se plaindre aux Medjaï, car il pensera que c'est toi qui m'as enlevée.

— Il ne se trompera pas. Mais si nous nous aimons, nous ne craignons personne.

— Que je t'aime, tu le vois bien, sans quoi je ne te suivrais pas en restant aussi joyeuse, mais que nous n'ayons pas à craindre la colère de mon père, c'est encore autre chose.

— N'y songe pas. Pense que nous allons connaître tous les plaisirs qu'Hathor réserve à ceux sur qui elle se penche.

Ils quittèrent le couvert de la végétation pour découvrir, dans une ouverture de terre ferme au milieu des bosquets de roseaux et de papyrus, une petite hutte. Sur la rive, tout au bord de l'eau, était tiré un léger esquif en papyrus tressés et, dans l'espace libre entre la hutte et l'embarcation, se tenait accroupi Minkaf qui faisait rôtir des poissons sur des braises.

— Voici notre maison, annonça pompeusement Khéphren. Vois, mon frère et moi nous avons pêché pour toi ces poissons qu'il fait cuire.

— Ainsi, dit Hedjekenou, c'est ici que tu loges avec ton frère ?

— C'est un endroit où notre père nous a parfois conduits, quand nous étions enfants, pour y jouer et y pêcher, dit-il sans mentir, car Khéops l'avait souvent emmené avec ses frères dans ce lieu où l'on tenait en permanence une cabane en bon état, pour le bon plaisir de Sa Majesté. Il disait qu'il était bon de connaître la vie des gens simples, dans leur milieu.

— Vraiment, en t'entendant parler, on dirait que votre père était un riche scribe ou même un prince ! s'exclama la jeune fille en riant. Mon père m'a appris que tu lui avais dit avoir encore ta mère et des sœurs. Je suppose qu'elles ne partagent pas avec toi et ton frère cette petite hutte.

— Bien sûr que non. Je te conduirai chez notre mère.

Elle salua Minkaf, qui s'était levé pour l'accueillir, puis elle demanda :

— Vous vivez ainsi seuls, tous les deux ici ?

— Non, repartit Khéphren, mon frère va s'en aller, il loge ailleurs. En réalité, il passe ses nuits dans les tavernes et ne rentre chez lui qu'au petit matin. Cette belle maison est entièrement pour nous deux.

Elle fit une moue puis, se mettant à rire, elle reconnut :

— Il est vrai qu'avec toi, cette cahute me paraîtra une magnifique demeure, elle sera pour moi plus somptueuse que le Grand Palais où vit Sa Majesté.

— Je partage entièrement ton sentiment. D'ailleurs, qu'on dorme dans cette cabane ou dans un palais, on a toujours la voûte du ciel au-dessus de soi et c'est le plus beau palais, puisque bâti par le dieu. N'est-ce pas ton avis, mon frère ?

— Sans doute, Mérinéfer, mais puisqu'on se trouve sous ce grand toit, autant que ce soit dans un beau palais comme celui de Sa Majesté plutôt que dans une cahute qui peut à tout moment être emportée par le vent du désert... Porte-moi trois feuilles de nénuphar pour que je serve le poisson, il est cuit à point.

Ils s'accroupirent à l'écart du feu et mangèrent les poissons accompagnés de pains que Minkaf était allé chercher dans la cabane, avec une cruche de vin.

— Comment, s'étonna Hedjekenou, vous offrez même du pain et du vin à vos hôtes ? Où donc avez-vous volé tout cela ?

Les deux frères se regardèrent, surpris par la question, car le vin était celui qu'on servait à la table royale, puis ils éclatèrent de rire et Khéphren avoua :

— Nous l'avons volé à des serviteurs de Sa Majesté qui apportaient plusieurs cruches de ce vin au Grand Palais.

— Est-ce possible ?

— Puisque je te le dis. Goûte-le et tu me diras si tu as jamais bu meilleur vin que celui-là.

— Il est vrai qu'il est exquis, avoua-t-elle après avoir bu au goulot de la cruche que lui tendait Minkaf.

Une fois le repas terminé, Minkaf s'éloigna, abandonnant les lieux à son frère. Khéphren s'enhardit alors à faire ce qu'il désirait depuis qu'il avait rencontré la jeune fille ; il l'entraîna à l'abri de la hutte et lui dit, tout en la dépouillant de sa robe sans, d'ailleurs, qu'elle s'en défendît :

— Hedjekenou, je veux sans plus attendre faire de toi ma femme. Y consens-tu ?

— Serais-je ici, auprès de toi, si je m'y opposais ?

— Par amour pour moi, serais-tu disposée à vivre de rien, à loger dans cette demeure précaire ?

— Du moment que je serai dans tes bras, je me sentirai bien et heureuse partout où tu me conduiras.

— Je veux aussi t'avouer avant toute autre chose, que jamais je ne me résoudrai à devenir tavernier et à m'installer dans le cabaret de ton père.

— Je te comprends, moi aussi je suis lasse de servir ces rustres qui y viennent, d'entendre leurs vantardises et leurs plaisanteries, sans compter ceux qui cherchent à me toucher à l'insu de mon père ou qui me font des propositions qui me répugnent. Vraiment, je préférerais encore vivre toujours dans cette hutte et me nourrir des poissons que nous pêcherons, de tiges de papyrus, et des dattes que nous irons cueillir dans les palmiers.

— Dans ces conditions, Hedjekenou, tu es bien digne de devenir mon épouse et d'être aimée de moi.

En ne voyant pas revenir sa fille, Senkaou commença à s'inquiéter puis il se décida à partir à sa recherche. Comme elle avait pris la cruche pour rapporter de l'eau du Nil, il se dirigea vers l'endroit où il savait qu'elle allait puiser l'eau, tout proche de l'auberge. Il croisa en chemin un voisin à qui il demanda s'il n'avait pas vu sa fille.

— Je l'ai bien vue qui allait vers le fleuve avec la cruche sur la tête, lui fut-il répondu, mais je ne l'ai pas vue repasser.

Quand, parvenu au bord du fleuve, il retrouva la cruche à demi enfoncée dans la vase, il s'inquiéta. Il s'avança dans le fleuve en appelant Hedjekenou. Le Nil approchant de l'étiage, il fallait s'avancer loin dans le lit du fleuve pour risquer de perdre pied. Il se rassura en se disant qu'elle n'avait donc pu se noyer, emportée par le courant, d'autant que ce dernier était faible, paresseux. Il songea aux crocodiles, mais il y avait longtemps que ces sauriens avaient fui ces rivages où ils étaient impitoyablement pourchassés, pour se réfugier soit vers le sud, à la hauteur du Fayoum, soit vers le nord, dans les bras du Nil bordés de marécages. Un doute lui vint alors. Il rentra en courant à l'auberge pour en clore la porte, puis il se mit en route vers Memphis, jusqu'à la caserne des Medjaï. Il demanda à parler à un officier. On le conduisit devant un scribe à qui il expliqua, d'une voix tremblante de crainte et de colère, qu'un vagabond, un brigand, avait certainement enlevé sa fille. Il suppliait qu'on envoyât des hommes à sa recherche, qu'on arrêtât le ravisseur, qu'on le punît de mort et qu'on lui rendît sa fille, intacte.

— Pour ce dernier point, lui fut-il répondu, nous ne pouvons rien te garantir. Pour le reste, je vais envoyer des hommes à la recherche de ta fille, mais tout d'abord tu dois t'assurer qu'elle n'est pas rentrée chez toi entre-temps. Car elle a bien pu se rendre je ne sais où, sans penser à mal. De toute manière, avant de se lancer dans de telles recherches, nous devons en référer à mon seigneur le vizir, qui est seul apte à prendre de telles décisions.

— Combien de temps cela demande-t-il ?

— Avant que ne se soient écoulés trois ou quatre jours, nous aurons la réponse du vizir et nous pourrons dès lors agir si nous obtenons son accord.

— Quoi ? Trois ou quatre jours ? Mais d'ici là, ce bandit aura eu le temps de violer cent fois ma fille !

— Ton bandit serait-il un vrai bouc pour en faire tant en si peu de jours ? Si tel est le cas, qui te dit que ta fille n'en sera pas ravie ? Maintenant, retourne chez toi, vois si ta fille n'est pas rentrée, et viens ensuite nous avertir pour voir si nous devons entreprendre les recherches.

Quand il arriva en vue de sa maison, Senkaou caressa encore l'espoir d'y trouver Hedjekenou car, après tout, il s'était bien vite alarmé et s'était rendu chez les Medjaï sans attendre. Mais il ne vit pas la jeune fille et la maison était toujours vide. Il se laissa tomber sur un siège et demeura immobile, accablé, impuissant. Ce soir-là, la taverne n'ouvrit pas.

De fait, elle resta définitivement close. Car le lendemain, alors qu'après une nuit suivie d'une matinée pénible et agitée Senkaou sortait sur le seuil de sa demeure au moment où le soleil avait atteint le zénith, dans l'espoir de voir reparaître sa fille repentante, libérée par son ravisseur, il ne fut pas peu surpris d'y découvrir une litière en cèdre rehaussée d'ornements en ivoire, portée par deux ânes, et entourée d'une douzaine d'hommes. L'un d'entre eux, manifestement leur chef, s'avança vers le cabaretier, s'inclina en le saluant et lui dit :

— Si mon seigneur daigne prendre place dans

sa litière, ses serviteurs le conduiront dans sa nouvelle demeure.

— Que me chantes-tu là ? repartit Senkaou d'un ton bourru. Sais-tu qui je suis ?

— Bien sûr, seigneur : tu es Senkaou, le maître de cette taverne.

— Tu as parlé avec Maât sur la langue. Or sache que j'ai perdu ma fille et que je n'ai aucun serviteur.

— Seigneur, tu fais erreur, tu as tous ces serviteurs-là et d'autres encore.

— Je voudrais bien voir ça !

— Il te suffit de t'asseoir dans cette litière et tu pourras t'en persuader.

Quoique plutôt surpris par une aventure aussi inattendue, Senkaou songea qu'il n'avait rien à perdre. Il verrait bien qui s'amusait à lui faire une telle plaisanterie. Il se décida donc à se hisser dans la litière avec l'aide de deux hommes. Aussitôt après le cortège se mit en marche, pour le plus grand plaisir de Senkaou qui ne s'était encore jamais laissé transporter dans un pareil véhicule de grand. Il se sentait tout fiérot et glorieux en traversant un, puis deux villages, dans un tel équipage, car nombreux étaient les villageois qui se hâtaient de venir voir passer la chaise d'un grand, sans doute un Ami de Sa Majesté. La chaise s'arrêta finalement devant une vaste demeure, à peu de distance du Nil, mais suffisamment en hauteur pour ne pas être touchée par la montée des flots lors de l'inondation. Un homme qui se trouvait sur le seuil vint au-devant de la litière, s'inclina et invita Senkaou à le suivre dans sa nouvelle résidence. Le tavernier, de plus en plus étonné, ne se fit pas prier. Quand il pénétra dans une grande salle ouverte du côté du Nil, il y trouva quatre musiciennes qui l'accueillirent par des chants et une belle musique. On lui indiqua ce qui allait être sa chambre, et un serviteur se présenta pour lui déclarer qu'il était son chambellan. Il lui présenta un ensemble de pagnes, de sandales et de perruques destinés à le vêtir à partir de ce jour, afin qu'il fît son choix, puis il fut conduit dans un jardin pourvu d'un bassin où de jeunes servantes le baignèrent. Senkaou se laissait faire tout en se disant qu'il devait rêver et qu'il allait bientôt se réveiller, seul dans son auberge, car il n'oubliait pas l'enlèvement de sa fille. Il priait cependant tous les dieux pour que se poursuivît encore longtemps ce rêve, pour qu'un importun ne vînt pas le tirer brutalement d'un si agréable songe, par exemple en frappant à la porte de la taverne.

— Seigneur, lui dit le chambellan lorsqu'il fut prêt, lavé, rasé, oint de parfums, coiffé d'une perruque, il y a ta disposition une barque sur le fleuve dans le cas où tu désirerais y faire une promenade ou aller pêcher. La chaise dans laquelle tu es venu ici est à ta disposition jour et nuit...

— Bien, bien... Cessons cette plaisanterie et dis-moi ce qu'on me veut...

— Mais, seigneur, répliqua le chambellan, on ne te veut rien de particulier. Le maître nous a placés à ton service dans cette résidence qui est désormais tienne et, pour entretenir ton train, il a mis à ta disposition les revenus de deux villages, que tu pourras aller visiter lorsque tu en manifesteras la volonté.

— Alors, si Maât est sur tes lèvres, dis-moi donc qui est ce maître si généreux qui s'intéresse si soudainement à un pauvre cabaretier au point de lui offrir une existence de prince.

— Seigneur, parut s'étonner le serviteur, c'est Sa Majesté, l'Horus Ouserib.

— Oui, le roi est le maître de nous tous, mais je te demande qui est ton maître en particulier.

— Désormais, n'est-ce pas toi, seigneur ?

— Comment, moi ?

— Oui, toi, seigneur.

— Non, attends... je voulais dire qui est ce maître qui a placé à mon service toi et tous les serviteurs de cette demeure.

— Je viens te le dire, c'est Sa Majesté en personne.

— Par la vie du roi ! Dis-moi alors pourquoi Sa Majesté en personne s'intéresse-t-elle pareillement à un pauvre tavernier.

— Mais, n'est-ce pas ce que tu souhaitais ? N'as-tu pas déclaré que tu ne donnerais ta fille en mariage qu'à un homme capable de te réserver une vieillesse heureuse, sans plus avoir à travailler ?

— Je l'ai bien dit, c'est vrai, mais à un vagabond qui voulait m'enlever ma petite Hedjekenou, ce qu'il paraît avoir réussi... Mais, dis-moi, par hasard, ce vagabond qui fréquentait mon cabaret avec son frère, ne serait-ce pas le fils de quelque grand qui se faisait passer pour un musicien ambulant ?

— Seigneur, sur ce point je ne pourrais te le dire car je n'ai jamais mis les pieds dans ton cabaret.

Ainsi répondit le chambellan qui, en effet, n'avait pas été mis au courant des sorties nocturnes du roi.

Hénoutsen, que son fils avait naturellement tenu au courant de ses nouvelles amours et qui, après l'avoir accablé de reproches pour son attitude vis-à-vis de Persenti, s'était finalement résolue à se faire sa complice, avait organisé cette réception de Senkaou. Pendant les jours où Khéphren n'avait pas reparu dans le cabaret Hénoutsen s'était occupée de recruter les serviteurs parmi les gens de ses propres domaines et de faire aménager cette résidence comme il convenait pour son nouveau propriétaire. Tout d'abord, Khéphren avait pensé faire venir le père et la fille devant lui, dans son palais, assis sur son trône, pour faire éclater la vérité à leurs yeux. Mais Hénoutsen l'en avait détourné :

— Ce serait ridicule, lui avait-elle dit. D'abord, tu risques de blesser ces gens simples, qui se trouveront tout honteux de leur méprise devant toute ta cour. Ensuite, une si soudaine émotion risque d'avoir des conséquences funestes sur la santé de ce père qui me paraît être un homme brave mais bien simplet. Abandonne donc à ta mère le soin d'organiser ton nouveau mariage. Et, pour commencer, tu éprouveras une fois encore cette jeune fille en l'emmenant dans cette cabane rustique où ton père aimait souvent se retirer pour retrouver sa vie d'antan et vois si elle te porte un amour suffisant pour être disposée à supporter à tes côtés une vie aussi précaire. Si tu la juges toujours digne de ton amour, conduis-la devant moi, dans ma petite maison de Memphis, celle où loge toujours Inkaf. Je verrai à lui parler et à la juger. Je me charge de lui révéler qui est en réalité son amoureux, mais sache que je la mettrai face à une autre réalité, je veux dire les désagréments de vivre dans un palais où règne une étiquette rigide, ceux d'être mariée à un roi qui s'intéresse plus à la construction de sa pyramide qu'à sa famille, comme c'était déjà le cas de ton père, mais encore qui reste volage et se plaît à passer une partie de ses nuits dans les tavernes du pays, ce qu'en revanche ne faisait pas ton père.

— Est-ce un reproche, ma mère ? lui avait demandé Khéphren.

— Songerais-tu à le prendre pour un compliment ? Car si je sais que ma petite Khamemebti ne t'aime pas de l'amour d'Hathor et mène de son côté la vie qu'il lui plaît, comme d'ailleurs Méresankh qui n'a jamais eu pour toi que l'affection d'une sœur, il n'en va pas de même de Persenti, qui n'a certainement pas fait le meilleur choix en te préférant à Djedefhor. Il est vrai que toi tu étais auprès d'elle tandis qu'elle attend Hori en vain depuis trop d'années. Il n'en reste pas moins qu'elle souffre dans son amour maintenant délaissé. Et je crains qu'il n'en soit bientôt de même pour cette petite Hedjekenou car je ne peux douter que tu te lasseras rapidement d'elle.

— Ma mère, avait répondu Khéphren, s'il est vrai que je me sois pris de passion pour cette jeune fille, je n'en aime pas moins Persenti, et même mes autres sœurs, y compris Khentetenka qui vient parfois me retrouver dans mon lit, quand elle s'est lassée d'un amant du moment, il est vrai. Et parmi toutes mes épouses, Persenti est celle que je continue d'honorer le plus souvent.

— Il paraît, mais comme elle t'aime, elle voudrait que ce soit non pas souvent mais toujours.

— C'est ainsi que vient la lassitude, ce qu'elle ne veut pas comprendre quoique je le lui aie souvent répété. Quand donc les femmes comprendront-elles qu'elles font elles-mêmes leur malheur en prétendant tenir en permanence leurs époux sous le boisseau et les obliger à les aimer même quand ils n'en ont pas le goût ? Il n'est rien de mieux pour les éloigner d'elles et se rendre odieuses à leurs yeux. Ma mère, fais-le enfin comprendre à Persenti. Vois la sérénité de nos rapports, Khentetenka et moi, et aussi ceux que j'entretiens avec ma sœur Khamernebti ? Nous nous voyons pour rire, plaisanter, faire ensemble des promenades, en bateau ou dans le désert, nous confier nos propres aventures, de sorte que c'est pour moi un plaisir de les revoir après quelques jours d'éloignement et un plus grand plaisir encore de m'unir à elles et de retrouver une sorte de nouvelle virginité dans nos amours. Alors qu'une femme comme Persenti qui se montre devant moi toujours triste, malheureuse, qui quête mon amour, me devient de plus en plus insupportable.

Hénoutsen qui, à son âge, connaissait bien les hommes et leur caractère, ne pouvait s'étonner des discours de son fils et en comprenait les raisons, de sorte que, plutôt que de s'opposer au nouvel amour de Khéphren et lui faire de vains reproches, elle avait préféré prendre en main cette nouvelle affaire qui, dans le fond, ne lui paraissait pas manquer de piquant. Et lorsque, après sa nuit amoureuse dans la hutte, Khéphren avait conduit Hedjekenou devant elle dans l'ancienne demeure de Sabi, elle avait demandé à son fils de se retirer et de la laisser seule en compagnie de la jeune fille.

— Mon enfant, lui avait-elle alors dit, mon fils a décidé de faire de toi son épouse, et je ne vois pas de raison de m'opposer à sa volonté. Cependant, avant que tu ne te décides, je tiens à te faire savoir ce qui t'attend en réalité.

— En vérité, est-ce toi la mère de Mérinéfer ? demanda Hedjekenou d'une voix tremblante.

— Sans quoi, dis-moi pourquoi mon fils t'aurait-il conduite devant moi ?

— Mais je ne crois pas me tromper... Je crois t'avoir déjà vue alors que tu es passée en chaise devant la demeure de mon père... ne serais-tu pas...

— Tu peux plutôt dire que je suis la reine Hénoutsen...

— Mais alors, dans ce cas, ton fils...

— Mon fils que tu appelles Mérinéfer n'est autre que le roi, le maître des Deux Terres.

Sous le choc de la révélation la jeune fille se serait effondrée si Hénoutsen ne s'était précipitée pour la soutenir. Elle la fit asseoir dans un fauteuil et reprit, après lui avoir offert une coupe de vin :

— Est-ce possible ! s'exclama enfin Hedjekenou en retrouvant sa voix. Mérinéfer ne serait autre que Sa Majesté, l'Horus Ouserib ?

— C'est plus que possible, c'est certain.

— Et Sa Majesté ferait de moi, la petite Hedjekenou, son épouse, et toi-même m'accepterais dans ta demeure ?

— N'est-ce pas déjà fait, bien que cette petite maison ne soit pas ma résidence royale ? Ne t'émeus pas pour autant, mon enfant, il me suffit que mon fils t'aime, j'espère pour longtemps, mais cela dépendra grandement de toi. Il faut cependant que tu saches qu'être reine n'est pas toujours une fonction plaisante qui, trop souvent, se marie mal avec l'amour. Sur ce point, Isis et Hathor se trouvent en conflit. Tu ne dois pas non plus ignorer que le roi a déjà trois épouses. Tu seras la quatrième.

— Que m'importe ! Ce qui compte, c'est de me trouver près de celui que j'aime, même ne serais-je pas son épouse légitime.

— Tu le seras, mais tu n'en seras pas plus avantagée pour autant. Maintenant écoute-moi avec attention.

Hénoutsen l'avait alors chapitrée sur tout ce

qui concernait son nouveau rang et plus particulièrement les déconvenues qui risquaient de la frapper. Elle chercha à l'armer contre ces désenchantements et lui dispensa tous les conseils pour en éviter le plus possible. Ce n'est qu'après cet entretien et avoir entendu la jeune fille assurer qu'elle était prête à tout pour l'amour de Khéphren, qu'elle appela son fils et lui dit de l'emmener dans sa propre résidence de Memphis :

— Tu l'emmèneras dans ton palais seulement après qu'elle sera devenue ton épouse, lui avait-elle fait savoir.

Le chambellan terminait de s'entretenir avec Senkaou lorsqu'un serviteur vint annoncer l'entrée de la reine. Elle sortait de son entretien avec Hedjekenou et s'était rendue aussitôt dans la nouvelle demeure de Senkaou, curieuse de rencontrer le père de sa future belle-fille.

En voyant entrer Hénoutsen, qu'il avait aussi vue passer devant sa taverne, Senkaou tomba à genoux et flaira le sol devant la reine, qui lui dit d'un ton amène de se relever :

— Senkaou, reprit-elle alors, es-tu satisfait de ta nouvelle résidence ?

— Ma reine ! s'exclama-t-il, je dois encore rêver ! Que fait ton serviteur en ce lieu ? Et pourquoi te penches-tu sur moi avec tant de bienveillance ?

Hénoutsen commença par lui ordonner de se lever et elle fit signe au serviteur d'approcher à Senkaou un siège sur lequel elle l'invita à prendre place avant de lui demander :

— N'es-tu pas le père d'Hedjekenou ?

— Si fait, à moins qu'on ne me démontre le contraire, car m'est avis soudainement que tout est possible, même que je ne sois pas celui que je suis et, en conséquence, aucunement le père de ma fille.

— Voilà un bon état d'esprit qui me montre que tu es prêt à m'entendre. Donc, si tu es le père de cette Hedjekenou, moi, la reine Hénoutsen, je suis la mère de ce vagabond qui a enlevé ta fille et s'apprête à l'épouser.

— Quoi... je ne comprends pas bien... Toi, la reine, toi dont tout le monde sait que tu es la véritable maîtresse des Deux Terres, tu aurais aussi un fils vagabond et musicien, et même deux fils pareils, si Mérinéfer ne m'a pas encore une fois trompé en faisant passer cet Ikéri pour son frère ?

— Il ne t'a pas menti. Il s'agit bien de mon dernier fils dont le nom réel est Minkaf.

— Quoi, cet Ikéri ne serait autre que notre vizir, celui qui devait décider de l'enquête destinée à savoir où se trouvait ma fille ?

— Précisément et le ravisseur de ta fille n'est autre que mon fils Khéphren.

— Par la vie de tous les dieux ! Si je n'étais assis, je tomberais à terre.

— Crois que c'est bien pour cela que j'ai fait porter un siège afin que tu puisses m'entendre sans t'effondrer devant moi. Tout d'abord je suppose que, bien que mon fils Khéphren ne soit pas disposé à te succéder dans la tenue de ta taverne, tu ne lui refuseras pas la main de ta fille.

— Comment le pourrais-je ? N'est-il pas le roi ? Je comprends qu'il ait mieux à faire que de s'occuper d'une taverne de paysans.

— Voilà une réflexion sensée. Et comme tu exiges de ton futur beau-fils, à ce que l'on m'a rapporte, qu'il subvienne à tes besoins jusqu'à la fin de ta vie, Sa Majesté te fait don de cette demeure avec ces serviteurs et deux villages pour l'entretien de tout cela. Cet arrangement te convient-il ?

— Plus que je n'aurais jamais osé l'espérer.

— Alors, tout est pour le mieux. D'autant que certainement le roi te comptera-t-il désormais parmi ses Amis Uniques. Mais je préférerais te voir plus souvent pêcher dans le fleuve plutôt qu'à la cour, où tu ne manquerais pas de t'ennuyer.

— Il est bien vrai que c'est un monde qui n'est pas le mien et que je me sentirais plus en sympathie avec les poissons qu'avec les grands de la cour, reconnut-il. Mais surtout, mon plus grand plaisir sera d'inviter tous mes anciens clients pour qu'ils voient ce que peut réaliser l'intervention d'un dieu bienveillant.

— D'un dieu et aussi du dieu qui est sur le trône des Deux Terres et dont tu vas être le beau-père.

— De ceci, j'ai bien du mal à m'en persuader. Mais puisque je ne peux douter que je me trouve dans cette belle demeure devant la reine Hénoutsen, je dois bien admettre que je ne rêve pas et que je vais être le père d'une reine.

Quelques jours plus tard, Khéphren se mariait officiellement avec Hedjekenou, qui entra dans le Grand Palais comme quatrième épouse du roi.

CHAPITRE IX

Djedefhor se réveilla en sursaut. Il sortait d'un rêve dans lequel lui était apparue Menlila. Elle lui avait parlé comme l'aurait fait une épouse aimée, lui avait reproché une si longue absence et, finalement, lui avait dit : « Mon aimé, je dois te quitter, une voix m'appelle, en bas », et elle s'était estompée comme une personne happée par un épais brouillard ou, il ne savait plus très bien, quelqu'un emporté dans les tourbillons de sable de l'une de ces tempêtes qui noircissaient les cieux de l'Égypte et du Sumer et soulevaient des nuages agressifs de sable. Les lueurs blanchâtres de l'aube se glissaient dans la pièce par l'ouverture béante de la fenêtre et venaient éclairer la silhouette de Sidouri, couchée près de lui. La chaleur étant déjà moite et oppressante, la jeune femme dormait sur le dos, nue. Il posa sa main sur son ventre sensiblement arrondi jusqu'à ce qu'il sentît de légères secousses. Sidouri avait ouvert les yeux; elle le regarda avec un sourire :

— Oui, dit-elle, il commence à bouger. Dans deux ou trois mois, je ne sais précisément encore, tu seras père.

— Et toi, tu seras mère, ajouta-t-il en l'enlaçant.

— Quelle joie sera la mienne de te donner un enfant. Que le dieu fasse que ce soit un garçon.

— Je recevrai une fille avec autant de reconnaissance et de joie, précisa-t-il. Je ne demande qu'une chose, qu'elle te ressemble.

La présence de Sidouri, bien vivante à ses côtés, rassura Djedefhor, lui fit oublier son rêve. Mais lorsque, plus tard, il se rendit comme chaque matin à la fontaine pour s'y baigner, une fois encore il y trouva Gursar avec le capitaine du second bateau :

— Seigneur, lui dit aussitôt Gursar, il faut prendre une décision. Les hommes se plaignent de plus en plus haut, mais, le pire, c'est que le chef du village, Uperi, est venu nous trouver hier : son peuple est mécontent. Voilà maintenant des lunes et des lunes, bien plus d'une année que nous sommes arrivés à Dilmoun, que nous nous sommes installés dans les cases du village d'Ekara. Tant que nous avons pu faire des cadeaux, distribuer les biens accumulés dans la coque de nos bateaux, ils ne voyaient pas d'inconvénients à ce que nous mangions leur nourriture et nous unissions à leurs filles. Mais voilà plus d'un mois que les cales sont vides, que nous avons tout donné. Nous leur apparaissons comme des parasites. Et tu le sais, seigneur, ils commencent à nous mépriser, ils nous invitent à partir. Nous ne pouvons plus rester à Dilmoun sans risquer non seulement d'être à jamais déconsidérés, mais, si nous insistons encore, de subir l'humiliation de nous voir chassés, et le sang pourrait bien couler. Nos hommes sont las eux aussi, ils veulent rentrer à Ur, retrouver leur foyer, leurs femmes, leurs enfants. Vois : nous devions parcourir de nouveaux rivages, découvrir des horizons inconnus, ouvrir de nouvelles voies pour le trafic de l'encens et des résines précieuses, nous n'avons fait que dilapider les biens destinés à ces échanges et nous allons rentrer sans rien, les mains vides.

— Gursar, les biens dilapidés sont les miens. Toi-même et nos équipages ont vécu tout ce temps sur mon propre bien. Qu'avez-vous alors à vous plaindre ?

— C'est possible, seigneur, mais ils se lamentent sur leur exil, ils s'irritent de leur inaction. Il est agréable pour tout homme de vivre quelques jours, voire quelques lunes dans les plaisirs de Dilmoun, mais même de cela on se lasse et vient le moment où chacun désire rentrer chez lui, retrouver l'existence d'antan. Toi-même, ne devais-tu pas rentrer pour épouser la fille du seigneur Igibar ? L'aurais-tu oublié entre les bras de la cabaretière ?

Djedefhor sentit trop la justesse de ces reproches pour y répondre avec hauteur car il savait que c'était là l'attitude des faibles et des lâches qui cherchent, par la colère ou l'arrogance, à se donner une bonne conscience. Depuis quelque temps déjà il savait qu'il devrait se résoudre à quitter l'île, à rentrer à Ur, sans avoir accompli la mission qu'il s'était fixée. Mais il remettait toujours à plus tard le moment du départ, retardant une inexorable échéance. Il se justifiait en se disant qu'il devait attendre la naissance de l'enfant qu'allait lui donner Sidouri ou, encore, qu'il commençait à maîtriser la langue des gens de Meloukhkha, qu'il apprenait avec sa concubine, mais qu'il lui fallait encore quelques mois pour la posséder parfaitement. Il savait au fond de lui-même que ce n'étaient que des prétextes, qu'il devrait bien se résoudre à quitter Sidouri pour revenir vers Menlila, sans plus d'ailleurs savoir laquelle des deux était la plus chère à son cœur. Quoique, dans ces instants, il lui semblât que ce fût celle qui était près de lui et qui allait le rendre père.

— Qu'on commence à préparer les bateaux à reprendre la mer, se décida-t-il pourtant à ordonner. Dites à Uperi et aux gens du village que nous reviendrons et qu'ils seront largement dédommagés.

En s'en retournant vers la taverne, il se dit que les hommes avec leurs capitaines pouvaient bien s'en retourner seuls. Lui-même pouvait demeurer auprès de Sidouri, jusqu'à la naissance de leur enfant, et plus longtemps encore. Pour toujours, peut-être. Il se reprochait alors de telles pensées, se persuadant qu'il n'avait pas le droit d'abandonner ainsi ses hommes et, surtout, de trahir la confiance d'Igibar, oublier Menlila.

Il ne révéla rien de ce qui venait de se passer à Sidouri. Par délicatesse, pour ne pas la blesser, par scrupule ou, mieux encore, par lâcheté ? Il ne chercha pas à qualifier son attitude. Il laissa encore passer quelques jours, dans l'oubli. Mais bientôt, Gursar revint à la charge, avec un argument pressant :

— Seigneur, lui annonça-t-il, un bateau est arrivé d'Ur, dans un village de la côte septentrionale. Nous avons appris par l'un des marins venu hier à Ekara, que la coterie qui soutenait le prince Akalamdug a réussi une révolution de palais. Emisum, le commandant de l'armée de la ville et l'amant de la reine, a été assassiné. Comment se sont ensuite passées les choses ? Il n'a pu nous le dire précisément. Toujours est-il que le prince a été placé sur le trône et que sa sœur, la reine Puabi, est morte peu de jours après, d'une méchante maladie, paraîtrait-il, un démon l'aurait emportée dans le royaume d'Ereshkigal, l'inflexible déesse. Je crois qu'il devient impérieux de rentrer à Ur, car on ne sait ce que sont devenus Igibar et sa fille Menlila, l'une des premières compagnes de la reine.

Djedefhor comprit qu'il devait rentrer sans plus attendre, qu'il avait peut-être déjà trop tardé à prendre une telle décision.

— Gursar, lui dit-il, que les bateaux soient mis à la mer, qu'ils soient prêts à appareiller demain, au lever du soleil. Je viendrai vous rejoindre.

Il voulait passer une dernière journée paisible, une dernière nuit amoureuse avec Sidouri. Pour qu'il pût en être ainsi, il ne pouvait lui faire part de sa décision, lui annoncer son départ imminent, car c'est dans les pleurs, les supplications, les reproches que se serait terminée leur liaison. Aussi se fit-il un visage joyeux pour revenir vers la jeune femme et, pendant tout ce jour et toute la nuit, il se montra prévenant, amoureux, gai.

Tiré de son sommeil aux premières lueurs du jour, il se leva en prenant soin de ne pas réveiller sa compagne. Il se glissa hors de la demeure, comme un voleur. Il courut jusqu'à la fontaine où il se trempa rapidement, pour se débarrasser des moiteurs nocturnes, puis il partit au pas de course en direction d'Ekara. Toute la population était déjà sur la plage, entourant les marins qui commençaient à embarquer. Djedefhor vint saluer Uperi, lui fit des excuses et le remercia pour son hospitalité, lui promit de revenir et d'apporter aux gens du village mille cadeaux. Uperi se satisfit de ces paroles, il souhaita un bon voyage aux navigateurs et, tandis que le soleil s'élevait dans le ciel, la voile déployée de chaque bateau claquait dans le vent du matin et les rames plongeaient dans l'eau calme de la baie. Le cap fut bientôt contourné et les bateaux s'engagèrent dans le détroit, entre les deux îles. Djedefhor restait le regard tourné vers l'ouest, du côté de la maison de Sidouri dont les formes cubiques, éclatantes de blancheur dans les rayons du soleil, se découpaient dans le ciel d'un bleu lumineux. Et alors, il put voir la jeune femme qui, ayant sans doute aperçu les bateaux après avoir en vain cherché son amant, était descendue en courant vers la plage et elle commença à s'avancer dans l'eau, les bras levés. Djedefhor ne pouvait douter qu'elle criât qu'elle l'appelât, mais dans le vent contraire ses paroles étaient emportées sans parvenir jusqu'à lui, ce qu'il préféra. Il craignit cependant qu'elle ne poursuivît sa progression dans la mer, jusqu'à perdre pied, incitée par une volonté de se noyer. Mais si elle avait un instant été animée d'une telle impulsion, la présence de son enfant en elle l'avait détournée d'une pareille action. Non sans soulagement, Djedefhor la vit rester immobile un moment, seul son torse sortant de la mer, puis elle s'en était retournée vers la plage et avait regagné sa demeure.

Maintenant, Djedefhor n'avait plus qu'une hâte, rentrer au plus vite à Ur. Aussi demanda-t-il aux marins un gros effort, il exigea qu'ils fissent force rame pour couvrir la distance qui les séparait de leurs foyers. Et le désir des hommes de retrouver leurs familles après tant de temps était si puissant, qu'ils ne rechignèrent pas, qu'ils souquèrent ferme, sans paraître se fatiguer, peut-être parce qu'ils avaient pris tant de repos...

Les bateaux s'engagèrent dans les canaux,

dans les lagunes formées par l'union du Tigre et de l'Euphrate; enfin apparurent les murailles d'Ur qui se reflétaient sur les eaux. À peine les deux bateaux avaient-ils accosté à proximité des entrepôts de la firme d'Igibar que Djedefhor sauta à terre et y courut. Il trouva Shinab assis sur une natte, dans la salle où se tenait en général Igibar, où il recevait ses clients et ses scribes afin de leur faire part de ses ordres. En voyant paraître Djedefhor, Shinab se leva et vint vers lui :

— Seigneur ! Te voici enfin de retour, vivant ! Que mon dieu Asham soit exalté ! Nous craignions que la tempête ne vous ait tous emportés avec les bateaux, ou que vous ne soyez morts de soif dans un désert brûlant.

— Mon bon Shinab, rien de tout cela ne nous est arrivé, mais je n'ai pas réussi à atteindre le pays de l'encens. Mais tout d'abord dis-moi où est le maître ? Est-il dans sa demeure ?

Le visage de Shinab se rembrunit, il baissa la tête, enfin il ouvrit la bouche :

— Seigneur, articula-t-il, un grand malheur s'est abattu sur la maison d'Igibar. Comme tu le sais, Menlila était l'une des quatre filles de compagnie de la reine Puabi. Or, je dois t'apprendre que maintenant est assis sur le trône d'Ur Akalamdug, le fils de Meskalamdug. Il a renversé le pouvoir de la reine, et Puabi est morte peu après, elle est descendue dans le pays d'où l'on ne revient pas. Or, la reine a été ensevelie dans une tombe souterraine, magnifique, avec ses atours d'apparat, couverte de bijoux en or, coiffée d'or, avec en quantité des vases, toute une vaisselle en or. J'ai assisté à la cérémonie d'enterrement, j'ai vu le corps de la reine sur son traîneau, j'ai vu tous les trésors qui ont été enfouis avec elle. Mais encore l'ont accompagnée dans son voyage dans l'éternité, des dizaines de gardes, de serviteurs et aussi toutes ses servantes, et en particulier ses filles de compagnie. Oui, Abimilkou, Menlila a suivi la reine dans sa tombe. Elle et ses compagnes y sont entrées avec leurs instruments de musique pour, une fois la tombe close, continuer de charmer la morte par leurs chants et la musique funèbre des harpes, jusqu'à ce que la mort les emporte, les conduise auprès de la reine afin de lui faire un cortège dans sa descente aux enfers.

— Shinab, que me dis-tu ? Quoi, serait-il vrai que Menlila soit morte, qu'elle ait été enterrée vivante avec la reine ?

— Avec la reine et bien d'autres serviteurs. Mais nul n'a souffert. Avant de pénétrer dans les appartements souterrains, chacun a bu une potion, un poison doux, au goût un peu amer à ce qu'on m'a rapporté, mais qui leur a bientôt figé le sang, et ils sont partis dans l'autre monde sans même s'en rendre compte.

— Par la vie du dieu ! s'écria Djedefhor, est-ce donc possible ? Mais Igibar, qu'a-t-il dit ? Qu'a-t-il fait ?

— Que pouvait-il faire ? Que pouvait-il dire ? Mais ne te lamente pas, seigneur. Pour les gens de ce pays, c'est un honneur que de suivre le souverain dans son voyage nocturne. Une vie éternelle leur est promise, aux côtés du roi devenu dieu. Si Menlila était attristée, c'est parce qu'elle ne t'a pas revu, qu'elle n'a pu devenir femme entre tes bras. Pour le reste, elle a subi son sort avec une grande sérénité, pas une larme n'a coulé de ses yeux.

Djedefhor resta un moment muet, effondré, avant de demander :

— Et Igibar, qu'est-il devenu ?

— Il est vrai que la mort de sa fille lui a été fatale. Il lui a survécu un court mois. Chaque jour qui passait le voyait se voûter, s'amaigrir. Je soupçonne le démon d'une maladie de l'avoir saisi, de l'avoir rongé de l'intérieur. Il attendait ton retour, mais tu ne rentrais toujours pas. Alors il est venu vers moi et m'a dit : « Shinab, j'ignore combien j'ai encore de jours à vivre. Je vois que tu sais maintenant bien t'occuper de nos affaires. Je suis venu devant le roi et les anciens de la ville. J'ai pris deux témoins et j'ai déposé aux archives royales mon testament. Je fais Abimilkou, qui m'est comme un fils, l'héritier de tous mes biens, de ma demeure, de mes bateaux, de mes entrepôts, de mes champs, de tout ce que je possède. S'il reparaît un jour devant toi, je te prie de lui remettre tout cela, car je suis persuadé que tu conserveras scrupuleusement tous ces biens, que tu les feras fructifier. Sans quoi, tout te reviendra, mais pas avant que plusieurs années, sept fois treize lunes, ne se soient écoulées, pour être certain que ce fils que j'aurais voulu avoir a, lui aussi, quitté ce monde. Il m'a fait voir les tablettes, il m'a montré qu'il y a aussi stipulé que, pendant tout ce temps, c'est ton serviteur, c'est moi, Shinab, qu'il désigne pour gérer tous ses biens, et il est aussi écrit qu'il veut que tu me gardes à la tête de cette firme, auprès de toi, seigneur. Ensuite, il est mort dans la paix.

— Shinab, mon bon Shinab, nul plus grand malheur ne pouvait me frapper. Je te suis reconnaissant d'avoir sauvegardé cette firme dans l'attente de mon retour. Pour ce jour, je veux simplement exhaler mon chagrin. Je vais me retirer dans la demeure d'Igibar, je t'abandonne la gestion de nos affaires.

Dix jours Djedefhor demeura dans la maison d'Igibar. Il y pleura, il y rôda à la recherche d'ombres chères, il se maudit pour avoir tant tardé à rentrer à Ur en se disant que s'il était revenu plus tôt, il aurait épousé Menlila et si l'on avait voulu l'obliger à suivre la reine dans sa tombe, il aurait réuni ses richesses sur ses bateaux, il aurait fui avec elle et avec Igibar. À Shinab, qui s'était aussi installé dans la demeure et qui venait le retrouver chaque soir pour tenter de lui apporter une consolation, il fit part de ses affres, de ses regrets. Mais Shinab le rassura, chercha à chasser ses scrupules et ses regrets :

— Seigneur, lui dit-il, tu n'as pas à t'adresser de reproches. Ni Igibar ni Menlila, même l'aurais-tu épousée, n'auraient accepté de fuir avec toi, si encore cela eût été possible. Ils avaient leurs croyances, leurs usages, leur amour de leurs dieux et de leur cité. Je te l'ai dit, Menlila est partie sans autre regret que celui de ne pas t'avoir revu. Mais c'est si peu de chose face à l'éternité qu'elle croyait obtenir par son sacrifice ! Elle aurait refusé de fuir avec toi, de quitter à jamais sa patrie, d'abandonner ses dieux et même sa reine car, bien que morte, elle croyait qu'elle continuerait de vivre ou, plutôt, qu'elle entrerait dans le monde de lumière où les humains connaissent une vie éternelle dans la béatitude. C'est à cette existence nouvelle dans un autre univers qu'elle aspirait en buvant le poison mortel. Et toutes ces choses, Igibar me les a confirmées avant de me quitter. Je le soupçonne même d'avoir pris des doses quotidiennes d'un poison qui a été cause de son si rapide déclin, de cette consomption qui l'a fauché en si peu de jours, car il n'avait plus qu'un désir, rejoindre sa fille dans cet autre monde qu'on dit si beau, si lumineux, ce monde où vivent les dieux immortels, dans une éternelle jeunesse.

Ces paroles réconfortèrent Djedefhor ; ainsi Shinab parvint-il à lui rendre une certaine sérénité, à le consoler, à étouffer ses scrupules. Il quitta sa retraite, il alla se présenter au roi, il lui rendit hommage, il reçut la confirmation de son héritage. Puis, pendant plusieurs mois, il réorganisa la firme, la consolida, il fit construire un grand bateau. Puis, un soir, il déclara à Shinab :

— Vois, mon ami : le bateau que j'ai fait construire, je vais le faire charger de marchandises, de tous les bons produits que nous gardons pour le troc. Cela prendra deux jours, trois tout au plus puisque nos magasins sont pleins. Ensuite, je mettrai à la voile, je repartirai vers Dilmoun et ensuite vers le pays de l'encens. Je ne sais si je reviendrai. Toujours est-il que je te confie la gestion de notre firme. Continue de la faire prospérer et n'oublie pas que dans sept ans elle deviendra ta propriété si je ne suis pas revenu. Et même si je reviens, n'es-tu pas là comme le véritable propriétaire ? Et comme je vois que tu n'as toujours ni épouse ni enfants, tu as ton avenir assuré, tu resteras jusqu'à la fin de ta vie à la tête de cette entreprise, à moins que cette cité ne soit frappée par le malheur comme l'a été Sodome, mais de cela, nous ne sommes pas les maîtres.

Ainsi parla-t-il, ainsi fit-il.

Quelles étaient les intentions réelles de Djedefhor en quittant à nouveau les rivages d'Ur ? En réalité, il ne le savait pas lui-même. Il s'était persuadé que si une divinité avait voulu la mort de Menlila et d'Igibar, c'est parce que là n'était pas son destin. Était-ce pour qu'il fût libre face à Sidouri ? Il allait en faire l'expérience. Si elle l'attendait encore avec leur enfant, il dédommagerait les gens d'Ekara, puis il entreposerait la marchandise dans la demeure de Sidouri et renverrait à Ur son bateau avec son équipage. Sinon, il verrait alors ce qu'il y avait lieu de faire.

Or, lorsqu'il débarqua sur le rivage de Dilmoun, il fut accueilli par Uperi. Comme il lui apportait de nombreux cadeaux, à lui et à tous les gens du village, il fut reçu dans la joie, avec des cris d'allégresse. Mais lorsque ensuite il dit à Uperi qu'il se rendait chez Sidouri, ce dernier le retint :

— C'est inutile, tu n'y trouveras plus personne. Sidouri est partie avec ses serviteurs et la fille qu'elle a eue de toi. Elle a pensé que jamais plus tu ne reviendrais, vu la manière brusque et subreptice dont tu l'as quittée.

— Où est-elle allée ? Comment a-t-elle pu quitter Dilmoun ?

— Il n'y a rien de plus facile. Nombreux sont les vaisseaux de Meloukhkha qui abordent notre île, qui y viennent pour commercer. Elle s'est embarquée sur l'un de ces bateaux et elle s'en est retournée chez elle, dans le pays de ses pères, avec son enfant et ses serviteurs, avec tous les biens qu'elle a amassés pendant son séjour à Dilmoun.

— Où est son pays, sa patrie, sa cité ? interrogea Djedefhor.

— Loin, très loin, quelque part vers le lieu où se lève le soleil. Mais où se trouve précisément sa cité ? Où est-elle allée ? Je ne saurais te le dire. Si tu veux un conseil, rentre chez toi, retourne à Ur, car même naviguerais-tu pendant des années et des années, tes cheveux deviendraient blancs, que tu ne l'aurais sans doute pas retrouvée car le monde est immense, beaucoup plus grand que ne peuvent le supposer ceux qui n'ont pas quitté leur ville ou leur campagne. Il faudrait un bien merveilleux hasard, ou la volonté d'un dieu, pour que tu parviennes à la retrouver dans l'immensité du monde.

Djedefhor baissa la tête. Il n'était que trop persuadé de la justesse des paroles d'Uperi.

— En vérité, soupira-t-il alors, ma patrie n'est pas Ur. C'est l'Égypte qui se trouve au loin, quelque part vers le couchant.

— Nous avons entendu parler de ce royaume, bien que jamais aucun Égyptien, toi donc excepté, n'ait abordé nos rivages. Mais vois : si ton désir est de t'en retourner en Égypte, de revenir dans ta patrie, rentre au Sumer, et suis à l'envers le chemin qui t'a conduit jusque-là depuis l'Égypte. Souviens-toi que tu m'as déjà questionné sur les mers et les rivages qui conduisent au pays de l'encens. Nul homme, à ma connaissance, n'a encore osé s'aventurer sur ces dangereux chemins de la mer.

— Non Uperi, je ne reviendrai pas en arrière. Je suivrai les côtes de Magan, je contournerai le cap au-delà duquel se partagent les eaux, où bifurquent les routes. Je ne traverserai pas le détroit, je ne naviguerai pas vers le levant. Je suivrai toujours la même côte, je persisterai dans cette voie sans crainte des côtes désertes, sans crainte de la chaleur et des vents, de la colère de la mer et de la présence de nomades. En poursuivant toujours ma route vers le couchant, je ne peux manquer d'atteindre le pays de l'encens et ensuite je continuerai de naviguer, le regard fixé vers les régions où se couche le soleil pour renaître à l'orient. Ainsi viendra forcément un moment où je parviendrai sur les côtes de l'Égypte, je retrouverai le chemin de mon foyer, de ma maison, de ceux que j'ai laissés là-bas depuis bien des années.

En vain l'homme de Dilmoun tenta-t-il de le dissuader de se lancer dans une si périlleuse navigation. Djedefhor avait le sentiment que c'est un dieu qui lui inspirait tant d'audace et de détermination, que le temps était venu de rentrer dans la Terre chérie.

CHAPITRE X

Un vent de tempête soufflait du fond de la mer, drossait le bateau vers le rivage désert. Djedefhor, devenu maître dans la conduite et la manœuvre des vaisseaux à voile, tenait l'une des rames de gouverne, son chef d'équipage s'étant chargé de l'autre, et il criait des ordres que les marins, affolés et courant sur le pont, percevaient à peine. Ils avaient d'ailleurs le plus grand mal à se tenir droits tant le bateau tanguait, souvent heurté par de plus fortes lames qui balayaient le pont. La voile avait été carguée et les rameurs s'arc-boutaient sur leurs avirons pour tenter de s'éloigner du rivage, face au vent. Mais la force des vagues et des bourrasques les rejetaient inlassablement vers la côte rocheuse. Djedefhor avait repéré, à travers le brouillard d'écume et de pluie, une petite anse fermée par une plage sur laquelle il espérait réussir à s'échouer. En effet, si la coque heurtait l'un des écueils menaçants que laissaient à découvert les hautes vagues, elle serait immanquablement éventrée et le bateau coulerait avec toute sa marchandise. Une marchandise des plus précieuses car, au cours du long périple qui des plages de Dilmoun l'avait conduit jusqu'à des rivages étirés à l'infini face au To Noutir, il avait échangé toutes ses marchandises de peu de valeur aux regards des Sumériens contre de l'encens, de la myrrhe, de la casse, en grande quantité, des défenses d'éléphants, de l'or fin. Il n'avait conservé, des produits prélevés dans les magasins d'Ur, que des blocs de lapis-lazuli importés de la lointaine Aratta, des huiles parfumées, des dattes de Magan, et plusieurs amphores de cette huile de terre qui sourdait du sol de Sumer et de Magan et qui brûlait si longtemps en produisant une grande chaleur et plus encore de lumière. La perte de tels trésors qu'il avait eu tant de mal à acquérir ou à conserver serait une véritable catastrophe.

Abandonnant sa rame de gouverne, Amarsi, le chef de l'équipage, se tourna soudain vers le large, debout, les bras ouverts, la tête levée vers le ciel, et articula une prière à Enki. Et, comme si le dieu l'avait entendu, alors que Djedefhor lui criait de reprendre la barre, le bateau fut emporté par un immense tourbillon. Il tourna sur lui-même en plusieurs tête-à-queue, et, drossé brutalement dans la baie, il fut projeté sur la rive où la lame gigantesque qui l'y avait apporté l'abandonna sur une grève, couché sur le flanc. Plusieurs hommes de l'équipage furent précipités sur le sable tandis que ceux de la nage s'accrochaient à leurs rames. Tout le monde soit se releva, soit sauta à terre, tous sains et saufs. Mais Djedefhor craignait que de nouvelles vagues n'emportassent le bateau dont le mât s'était brisé, ou ne réussissent à faire éclater la coque, et que l'eau n'inondât la cale et ne gâtât la marchandise. Aussi ordonna-t-il à ses hommes de vider en toute hâte la cale et lui-même, donnant l'exemple, se mit à l'ouvrage.

Après une nuit agitée, lorsque le soleil illumina un ciel lavé qui, sur l'horizon, se confondait avec la mer retombée sur elle-même, la coque béante du bateau gisait sur la grève, la poupe encore plongée dans les eaux riveraines. Les marchandises, sauvées dans leur ensemble, étaient entassées sous un bosquet de palmiers. Au-delà, la plage était dominée par des montagnes basses aux sommets érodés, éclatées en leur milieu par une large échancrure : le lit d'un ancien fleuve asséché.

— Rendons grâce aux dieux, put alors dire Djedefhor à son chef d'équipage, Amarsi. Nous sommes tous en sécurité sur ce rivage et la marchandise a été sauvée.

— C'est grâce à la prière que j'ai adressée à Enki, remarqua Amarsi. Maintenant, il s'agit de prier le dieu pour qu'il nous montre notre route. Car il semblerait que nous ayons été rejetés sur un rivage désert, sinon hostile.

— Vois, Amarsi, il y a de nombreux palmiers. Cette rive n'est pas totalement désertique. Voyons si, d'aventure, il n'y aurait pas un puits fermé près de ces palmiers.

Djedefhor ne se trompait pas. Il eut tôt fait de découvrir une dénivellation circulaire dont le fond était sablonneux. Mais ce sable, accumulé peut-être là par les vents du désert, ne faisait que dissimuler un grand couvercle de pierre qui obturait l'orifice d'un puits profond. Et, dans une cavité aménagée près de l'orifice, dans le puits même, ils découvrirent une longue corde et deux outres en peau de chèvre. La première outre ruisselante d'eau fraîche qui fut tirée, fut applaudie par les hommes de l'équipage et chacun put boire à satiété.

— Nous avons sauvé des provisions en

nombre suffisant pour survivre pendant plusieurs jours, dit alors Djedefhor, sans compter les dattes de Magan que je préfère conserver pour l'instant. Nous allons constituer trois équipes. L'une sera préposée à la garde des marchandises. Les hommes qui la composeront pourront, en attendant, voir si le bateau peut être réparé. C'est pourquoi tous les charpentiers en feront partie. Une seconde équipe, dans laquelle seront intégrés les meilleurs archers de l'équipage, ira explorer la région pour tenter de chasser. Avec la troisième je vais m'engager dans cette vallée pour voir où elle conduit. Il est possible que, par-delà ces montagnes, nous trouvions un village indigène.

Djedefhor put décidément penser que les dieux de son pays daignaient enfin se pencher sur lui pour mettre un terme à ses épreuves. À deux heures de marche du campement, il découvrit une petite oasis de palmiers au bord d'une source auprès de laquelle étaient construites des huttes en roseaux. Lui-même et ses compagnons étaient vêtus soit de la longue robe croisée sur le devant des marchands d'Ur, soit simplement du kaunakès en poils de chèvre. Il semble que ce sont ces étranges vêtements qui étonnèrent les indigènes, car tous étaient nus. Les hommes avaient la taille ceinte d'une ceinture en fibres végétales à laquelle était attachée l'extrémité d'un étui pénien, et les femmes ne portaient qu'une large ceinture à la hauteur des hanches. En revanche, leurs poitrines étaient ornées de nombreux colifichets. Djedefhor vint vers eux en levant les mains en signe de paix. Il inspirait visiblement confiance car plusieurs enfants coururent vers lui tandis que les femmes frappaient dans leurs mains et poussaient des sortes de gloussement.

Djedefhor s'arrêta devant trois hommes qui avaient fait quelques pas dans sa direction. Il les salua à la manière égyptienne puis il leur parla dans la langue des gens du Pount. Mais ils le regardèrent en hochant la tête, visiblement sans le comprendre. Il utilisa alors le langage utilisé à Havilah sans parvenir à mieux se faire entendre. De leur côté, les indigènes échangèrent des paroles dans leur langue qui lui parut hermétique. De guerre lasse, il s'adressa à eux en égyptien. Alors ils sourirent et lui répondirent dans la même langue.

— Que le salut soit sur vous, que Ha et Merouel — il avait choisi avec intention ces deux divinités, l'une des gens du désert, l'autre des Nubiens — protègent votre campement.

— Bienvenue, que l'étranger soit le bienvenu, répondirent en même temps les trois hommes.

— Nous arrivons de la mer, poursuivit alors Djedefhor. Notre bateau a été jeté sur la grève. Nous naviguions vers l'Égypte, vers la vallées du Nil.

Les hommes hochèrent la tête puis, celui qui semblait être leur chef, ne serait-ce parce que sa barbe clairsemée était blanche, lui répondit :

— L'Égypte est là-bas, le Nil coule vers le couchant.

Tout en parlant ainsi il fit un signe de la main, en direction de l'ouest. Cette révélation remplit le cœur de Djedefhor d'une joie profonde, mais il cacha l'émotion qui l'avait soudain saisi.

— Tu dis que le Nil se trouve vers le couchant ? Est-ce loin d'ici ?

— Trois ou quatre jours de marche, assura le vieillard.

Djedefhor avisa un petit troupeau d'ânes qui broutaient l'herbe drue tout alentour :

— Vois, j'ai de quoi te dédommager, de beaux objets, des perles venues de très loin, d'autres choses encore. Je te donnerai ce que tu me demanderas si tu me loues tes ânes pour porter ma marchandise jusqu'aux rives du Nil.

— Le transport de marchandises est notre domaine. C'est pourquoi nous élevons ces ânes. Dis ce qu'il te faut, nous parviendrons à un accord et nous porterons tout ce que tu veux jusqu'au port de Coptos.

— Quoi, tu prétends que si nous poursuivons notre route le long de cette vallée nous parviendrons à Coptos ? La mer d'où nous venons serait-elle la mer de Coptos ?

— Ne le savais-tu pas ? s'étonna le vieillard.

Le marché fut conclu : les exigences des bédouins se concentrèrent sur les vêtements. Les hommes de l'équipage se débarrassèrent des robes et des kaunakès qu'ils avaient emportés comme rechange, marchandise toute nouvelle et des plus précieuses pour des gens qui ne possédaient rien pour se couvrir.

Six jours plus tard, la caravane d'ânes escortée des hommes de l'équipage et de quelques nomades du désert fièrement drapés dans des robes sumériennes, faisait son entrée dans Coptos, en Haute-Égypte, sous les regards curieux des gens de la rue. Les marchandises furent déchargées sur un quai au bord du Nil et, peu après, embarquées dans un large bateau loué à peu de frais par Djedefhor. Le lendemain, dès les premières lueurs du jour, la lourde embarcation, mue par plusieurs rames, entreprenait la descente du fleuve.

Ce n'est que pendant ce voyage que Djedefhor ressentit pleinement l'émotion de se retrouver dans la Terre chérie. Jusqu'à ce moment, il avait eu du mal à prendre conscience qu'il était de retour en Égypte, que le fleuve sur lequel il voguait n'était plus l'Euphrate mais le Nil. Il avait conservé néanmoins son vêtement sumérien et s'était présenté sous le nom d'Abimilkou. Il avait évité de s'enquérir du nom du roi qui régnait sur le pays, craignant que ce ne fût toujours Didoufri. Il avait même toute raison de croire que son demi-frère, plus jeune que lui, se tenait toujours sur le trône d'Horus. Par une telle réserve, il voulait n'éveiller aucun soupçon. Au demeurant, les Égyptiens qu'il avait rencontrés ne semblaient s'intéresser en aucune manière au nom du maître du pays, car la succession des règnes ne changeait en rien la condition de chacun. Et il restait d'autant plus ancré dans sa certitude que Didoufri résidait toujours dans le Grand Palais, qu'il avait surpris la conversation de deux hommes, sur les berges de Coptos, qui avaient cité le nom de Didoufri comme s'il était le roi vivant. Ses compagnons ne parlant que le langage du Sumer, lui-même s'ingéniait à massacrer la langue égyptienne comme l'eût fait un étranger qui ne la dominait que médiocrement, ce qui lui évitait d'être interrogé d'une manière trop précise par les gens chargés de la police du port. À ceux-ci, il s'était contenté de déclarer qu'il était un marchand venu d'un pays lointain pour vendre aux temples et aux scribes de Sa Majesté les produits du pays de Pount. Il ne prononça même pas le nom du Sumer, qu'il savait totalement étranger à ses compatriotes.

Ainsi défilèrent sous ses yeux les rives du Nil bordées par ses villes et villages, jusqu'à ce qu'il parvienne en vue de Memphis. Pendant tous ces jours de navigation il avait eu tout loisir de songer à ce qu'il allait bien pouvoir faire. Il n'était évidemment pas question de se rendre au Grand Palais pour se présenter à son frère car, malgré le temps écoulé, il ne savait quelles pourraient être ses dispositions. La seule solution possible, en tout cas en un premier temps, était de se rendre à la résidence royale de Memphis et de se présenter à sa mère Mérititès et à Hénoutsen. Elles seules étaient susceptibles de le mettre au courant de ce qu'il avait pu advenir pendant toutes ces années.

Les épaisses murailles de briques cuites qui protégeaient Memphis de la montée des eaux se dessinèrent à l'horizon du fleuve. Cette fois, une grande bouffée d'émotion monta dans la poitrine de Djedefhor car s'imposa alors à lui avec une intensité douloureuse l'image de Persenti, enfouie depuis si longtemps au fond de lui-même, chassée loin de son esprit par la présence ou les souvenirs de Menlila et de Sidouri. Il se demanda ce qu'elle avait bien pu devenir, et même si elle était encore vivante. Mais il repoussa avec horreur l'idée de sa mort et se demanda si elle avait pu l'attendre pendant tant d'années. Il avait laissé une fille jeune et ardente, il ne pouvait que retrouver une femme mûre et posée, triste sans doute... À moins qu'elle n'eût trouvé un mari susceptible de lui avoir apporté la joie et le bonheur qu'elle méritait. Mais cette idée oppressa le cœur de Djedefhor.

Il passa la main sur les yeux et s'efforça d'éloigner de son esprit tout tourment. Il serait toujours temps de voir, savoir et aviser.

Le bateau, après s'être engagé dans le canal qui menait à Pernufer, était parvenu à l'entrée du port. Or, alors qu'il pénétrait dans la rade par le sud, vers le nord s'éloignait un cortège de barques chargées de monde. Sur l'une d'entre elles, des pleureuses laissaient comprendre qu'il s'agissait d'un cortège funèbre, celui d'un grand qu'on menait dans sa tombe. Et, en effet, Djedefhor put distinguer, dans le bateau de tête, le catafalque entouré de musiciens.

L'embarcation vint accoster un quai et Djedefhor commença par se soucier de louer un entrepôt pour y entreposer sa marchandise. Il s'adressa à un bureau où se tenait le scribe chargé de la répartition et de la location des magasins, discuta, enfin s'entendit sur le prix de l'emplacement loué.

— C'est là ton bateau ? s'enquit le scribe, qui l'avait accompagné pour lui montrer l'entrepôt.

— C'est celui-là. Il est lourdement chargé.

— Tout pourra tenir dans le magasin que tu as loué, conclut-il, sûr de son estimation.

— Dis-moi, osa alors demander Djedefhor, poussé par une curiosité qui ne lui paraissait pas déplacée, en arrivant ici, j'ai vu s'éloigner un cortège funèbre dont l'importance laisse à penser qu'il s'agit d'un personnage haut placé...

— Ô combien ! s'exclama le scribe. La personne qu'on conduit dans sa pyramide n'est autre que la reine Méritités, la Grande Épouse royale du dieu justifié Khéops.

Sous le choc de la révélation, Djedefhor resta muet et un voile passa devant ses yeux. Ainsi le destin était-il si cruel qu'on emportait sa mère dans sa tombe le jour même où il rentrait chez lui, heureux de venir devant elle et de lui dire : « Ma mère, voici ton fils, le dernier de tes fils après une si longue absence. »

— Bon, dit le scribe, le tirant de son état stuporeux, tout est bien. Tu peux faire décharger ton bateau. Mais dis-moi, sais-tu où loger ici ? Sais-tu à qui vendre cette marchandise ?

Djedefhor le regardait sans répondre, comme assommé par la nouvelle. Le scribe reprit :

— Quoi qu'il en soit, tu peux à tout moment t'adresser à moi. Je te conduirai dans une bonne auberge, je te désignerai ceux qui te donneront le meilleur prix de tes marchandises. Au fait, de quoi s'agit-il ?

Djedefhor lui désigna Amarsi, oubliant qu'aucun ne parlait la langue de l'autre :

— Demande-le-lui.

Et, sans plus attendre, il s'engagea tout le long de la berge du canal, en direction du grand palais de Khéops. Il savait mieux que personne où devait être ensevelie Méritités puisque c'est lui-même qui avait terminé la construction de sa petite pyramide, dans l'ombre de celle de Khéops. Aussi songea-t-il à suivre par la berge le cortège funèbre pour tenter de reconnaître les personnes qui y étaient intégrées. Mais les bateaux, mus par plusieurs rames, progressaient plus vite que lui qui, de la berge, devait faire des détours pour éviter des passages bourbeux ou des fourrés de papyrus qui déjà envahissaient les bords du canal. Lorsque, après une longue et pénible route, il parvint à la hauteur du port de la pyramide, le convoi funèbre avait déjà atteint son but et s'était arrêté à la hauteur du temple haut de la pyramide de Khéops.

La foule des curieux, paysans de villages voisins mais aussi habitants de Memphis, était contenue au bas de la chaussée par des gardes, ce qui interdisait à Djedefhor toute possibilité de parvenir au pied de la pyramide sans risquer de se faire reconnaître. Il songea que le fait de pouvoir voir de loin le sarcophage où gisait le corps momifié de sa mère ne changerait rien en définitive à ses sentiments ni à sa douleur. Il passa derrière la foule pour se diriger vers le sud afin de mieux discerner ce qui l'étonnait : les bases immenses d'un monument élevé derrière la pyramide de Khéops. « Est-il possible, se dit-il, que Didoufri se soit finalement décidé à se faire construire une pyramide près de celle de notre père ? » En continuant de marcher vers le sud, il passa devant la statue colossale que s'était fait dresser Khéops puis, un peu plus loin, il s'étonna de découvrir que la statue gigantesque du sphinx dont Khéops avait ordonné la construction, n'avait que relativement peu progressé en tant d'années. Ce qui lui fit penser que Didoufri n'avait affecté qu'un nombre réduit d'ouvriers à des travaux que leur père aurait terminés depuis longtemps, s'il avait encore vécu.

Il se décida enfin à s'en retourner vers le port pour surveiller le déchargement des marchandises, sans plus chercher à apercevoir les personnes de sa famille qui, toutes, avaient certainement assisté aux funérailles.

Djedefhor patienta jusqu'au lendemain pour se rendre au palais de Memphis, là où il avait jadis sa propre résidence. Il avait pris la précaution d'emporter un coffret rempli d'encens et un autre lourd de poudre d'or, et s'était gardé de se défaire de sa robe sumérienne. Au serviteur qui vint le recevoir à la porte du jardin des résidences royales, il déclara :

— Je suis un marchand venu de très loin, du pays des Deux Fleuves. Je viens porter ces présents à la reine Hénoutsen afin qu'elle me soit favorable.

— La reine n'est pas ici pour le moment. Reviens demain, lui répondit le serviteur.

— Me recevra-t-elle ?

— Certainement, surtout si tu me confies ces

présents pour que je les lui remette en l'avisant de ta visite. Qu'y a-t-il dans ces coffrets ?

— Vois, lui répondit Djedefhor en soulevant les couvercles.

Le serviteur écarquilla les yeux en voyant briller la poudre d'or et en reniflant le parfum des blocs de résine d'encens.

— Bien, reviens demain et laisse-moi ces coffres, fit-il en les refermant lui-même.

Djedefhor le regarda s'éloigner dans les allées du jardin les coffrets sous les bras. Ses pas le portèrent ensuite naturellement vers la demeure où il savait pouvoir trouver Inkaf, cette maison où il avait connu tant de joie lorsqu'il y recevait Persenti. Mais les volets étaient fermés et en vain il frappa à la porte. Il osa alors faire ce qu'il redoutait le plus : il se rendit à la demeure de Chédi. Peut-être Persenti en personne lui ouvrirait-elle la porte. Il chercha à imaginer la scène et, surtout, il se tint les divers discours possibles qu'il pourrait débiter devant elle. Allait-elle se jeter dans ses bras ? Mais encore fallait-il qu'elle le reconnût. Et si d'aventure elle était mariée et que ce fût son époux qui l'accueillit sur le seuil de la maison ? Dans ce cas, se rassura-t-il, elle n'habiterait plus chez son père. Ses réflexions le talonnèrent jusque sur le seuil de la maison de Chédi. Mais là encore il connut une déception : portes et volets étaient clos et, pis encore, le crépi des murs de briques crues était tombé et les murs eux-mêmes se lézardaient. Il avisa un vieillard accroupi sur le seuil de sa demcure, dans le voisinage :

— Le maître de cette demeure, n'est-ce pas l'ébéniste Chédi ? lui demanda-t-il.

— Ouh ! fit le vieillard en secouant sa main droite, il y a bien longtemps qu'il est parti ! Des années et des années !

— Il n'est jamais revenu ? s'inquiéta Djedefhor.

— Une fois, il y a aussi plusieurs années, pour en retirer les meubles. Depuis, personne ne l'a plus revu.

— Et sa famille ? Sa femme, ses filles, son fils ?

— Tout le monde est parti. Où ? Comment le saurais-je ! La maison est vide, à l'abandon. Si tu veux t'y installer, personne ne t'en chassera.

Djedefhor le remercia et rentra à son auberge.

Le lendemain, il se présenta dès le matin à l'entrée du palais de Memphis. Il fut reçu par un serviteur différent de celui de la veille. Il lui demanda à voir la reine Hénoutsen. Mais ce dernier lui répondit que le premier venu n'avait pas accès aussi facilement à une audience de la reine. Il rappela alors sa visite précédente, ainsi que les cadeaux qu'il avait remis à l'intention de la reine.

— Je ne sais pas, je ne suis pas au courant, lui fut-il répondu. Ce n'est pas moi qui t'ai reçu. Quoi qu'il en soit, la reine n'est pas là.

— Puis-je revenir demain ? demanda-t-il.

— Si tu n'as pas mieux à faire, se contenta de répondre le serviteur, laconique et, lui tournant le dos, il s'éloigna.

Un instant Djedefhor songea à le suivre, forcer la porte, puis il se résigna, toujours prudent, désireux de ne pas attirer l'attention sur lui.

— Seigneur, lui dit Amarsi lorsqu'il fut de retour auprès de ses hommes, quelles sont tes intentions ? Il conviendrait de commencer à écouler toute cette marchandise car les hommes attendent leur salaire pour enfin pouvoir se reposer et se réjouir dans les tavernes. Or, tu es le seul à parler la langue de ce pays. Nul ne peut agir que toi.

— Amarsi, je te charge de leur faire une distribution d'or prélevé sur notre stock. Je m'occuperai plus tard de l'écoulement des marchandises.

— Mais ensuite, seigneur, combien de temps allons-nous demeurer dans ce pays ?

— Amarsi, tu as pu voir que j'ai soigneusement sélectionné l'équipage avant de partir. Ce sont tous des hommes sans famille, sans attaches. Un certain nombre d'entre eux sont même des anciens esclaves qui travaillaient dans les mines de sel de mon père adoptif. Toi-même, lorsque je t'ai recruté pour devenir le chef de l'équipage, tu m'as dit que tu n'avais pas non plus d'attaches, que tu avais sillonné les mers, que tu connaissais de nombreux pays et aussi que tu parlais les langues des gens d'Havilah et de ceux de Meloukhkha : c'est même un peu pour cela que je t'ai embauché, et tu as pu voir que, pendant tout le voyage, je me suis ingénié à m'entretenir avec toi dans cette dernière langue afin de perfectionner mes connaissances. Alors, que vous importe, aussi bien à toi qu'à nos hommes d'être ici, en Égypte, ou ailleurs ? Laisse-moi faire. Je vous procurerai à chacun une maison, vous aurez des biens, vous pourrez vous choisir une femme, et même plusieurs si vous le désirez. Nous sommes liés à présent depuis de nombreux mois, plus d'une année, depuis le jour où nous nous sommes embarqués sur le même bateau, dans le port d'Ur. Vous resterez à mon service et je ne crois pas que vous aurez à vous en repentir.

Une fois encore, le lendemain, Djedefhor vint se présenter à la porte du palais. Il se trouva non plus devant l'un des serviteurs, mais face à quatre soldats, des gardes armés, ce qui l'étonna non sans l'inquiéter sourdement.

— Que veux-tu, étranger ? lui demanda l'un des gardes.

— Je suis un marchand d'Ur. Je viens de loin par la mer. J'apporte de précieuses marchandises du pays de Pount. Or, l'autre jour, je suis venu ici, j'ai demandé à un serviteur qui m'a reçu, de voir la reine Hénoutsen. Je lui ai remis des cadeaux pour la reine, mais elle était absente. Il a pris les cadeaux, il m'a dit de revenir, plus tard, qu'il ferait part de ma visite à la reine. Je viens pour demander une entrevue avec la reine.

Les gardes éclatèrent de rire :

— Que nous chantes-tu là ? se décida enfin à lui demander l'un d'eux. Va, étranger, passe ton chemin si tu ne veux pas recevoir du bâton. Crois-tu donc que la reine reçoit ainsi le premier venu, tous les étrangers de passage dans la ville ?

Djedefhor insista, éleva le ton, tant et si bien qu'en fin de compte, comme on le lui avait promis, il fut roué de coups de bâton par les gardes, qui le pourchassèrent sans cesser de le frapper. Cependant l'altercation avait été si bruyante qu'Hénoutsen, passant par hasard dans le jardin, interrogea un serviteur, précisément celui qui avait reçu les coffrets des mains de Djedefhor et qui, naturellement, les avait gardés pour lui, tout en ayant l'adresse d'en distribuer une partie à son collègue et aux gardes pour s'en faire des complices.

— Dis-moi, Mékhou, que se passe-t-il, quelle est la raison de tout ce tapage ?

— Je ne sais, maîtresse, dit-il, cependant inquiet des réactions de la reine.

— Va donc auprès des gardes et renseigne-toi, lui ordonna-t-elle.

Il courut vers les gardes, bien que sachant parfaitement la raison du vacarme, puis il revint en lui disant la vérité :

— Ce n'est rien, ma reine. Simplement un

marchand qui prétendait avec une sorte de rage être reçu par toi. Et comme on lui a dit que la reine n'accordait pas d'audience au premier étranger venu, il est devenu violent, il a voulu bousculer les gardes, s'introduire de force dans le palais. Ils ont été obligés de le chasser à coup de bâton.

Étonnée qu'un marchand ait voulu lui parler, Hénoutsen répondit :

— Comment se fait-il qu'on éconduise ainsi un étranger qui désire me voir ? De quel droit ? Qui a osé prendre une telle initiative ?

Devant une réaction aussi inattendue, le serviteur se sentit mal à l'aise.

— Ma reine, je ne pense pas que les gardes l'aient éconduit brutalement. D'après ce qu'il m'a semblé, il s'agissait d'un forcené qui voulait venir devant toi, manifestement rempli de mauvaises intentions.

Hénoutsen lui jeta un regard soupçonneux, visiblement peu convaincue, puis elle rentra dans sa résidence.

Désolé, contusionné et particulièrement mécontent, Djedefhor s'en retourna à son auberge pour s'y laver et panser ses ecchymoses. Malgré la colère qu'avait éveillée en lui l'attitude agressive des gardes, il se félicitait de ne pas s'être trahi, car ils auraient alors bien été capables de le conduire directement devant Didoufri.

Après mûre réflexion, il commença à se reprocher d'avoir tenté le premier serviteur en lui confiant les coffrets précieux. À l'évidence il avait partagé leur contenu avec l'autre serviteur et les gardes, de sorte qu'on lui opposait une barrière pour l'empêcher d'approcher Hénoutsen. Il ne lui restait dès lors qu'une seule solution : se poster dans les environs du palais et attendre qu'Hénout-sen en sortît. Il pourrait alors l'aborder. Mais cette solution lui parut d'autant plus hasardeuse qu'elle ne devait plus sortir qu'en litière et escortée de soldats. Elle serait dès lors difficile à approcher et la reconnaissance serait bien indiscrète si elle devait ainsi se faire dans la rue.

Il avait été si vigoureusement roué de coups qu'il se sentit incapable de quitter sa chambre. Il résolut d'y rester jusqu'au lendemain afin de se remettre de ces violences.

CHAPITRE XI

L'après-midi était très avancé et, reposé de son aventure de la matinée, Djedefhor se leva de sa couche, examina les parties bleuies par les coups de son corps, se félicita d'avoir gardé sa robe dont l'épais tissu l'avait protégé, alors que, s'il n'avait eu que son pagne, sa peau aurait pu éclater en plusieurs endroits de son dos et de ses bras. Malgré cela, il n'éprouvait aucune animosité contre ces hommes qui l'avaient traité d'une si indigne manière. Il s'en réjouit d'abord en se disant que c'était peut-être cela le début de la sagesse, puis, en y réfléchissant, il se dit qu'il était plutôt tellement heureux de se sentir dans son pays, de respirer à nouveau l'air du Nil, qu'il était prêt à oublier toutes les trahisons. Car si la sagesse consistait à pardonner les offenses, voire à les oublier, ce serait laisser aux offenseurs, autrement dit aux perfides, à ceux qui ont pour eux la force, la porte grande ouverte à leurs vices, une invitation à persister dans leurs exactions et leur arrogance. Ne pas vouloir le châtiment de ces hommes qui, non contents de l'avoir dupé, l'avaient roué de coups de bâton, c'était encourager leur malignité, les rendre plus pervers encore en flattant leurs penchants.

Ainsi méditait-il lorsqu'on frappa à la porte. Surpris d'une visite, car il avait dit à Amarsi qu'il ne voulait pas être dérangé, il se hâta d'endosser sa robe et alla ouvrir. Seule sa joie dépassa sa surprise lorsqu'il vit devant lui Hénoutsen, qu'il reconnut tout de suite, tant elle lui semblait toujours semblable à la femme qu'il avait laissée. Dans un élan naturel, ils tombèrent dans les bras l'un de l'autre :

— Hénoutsen, ma mère, ma reine si chère à mon cœur ! s'exclama Djedefhor.

— Hori ! Je me doutais bien que c'était toi...

— Que dis-tu ? Comment m'as-tu trouvé ?

— Très facilement pour la femme qui est, en fait, la véritable maîtresse des Deux Terres, lui déclara-t-elle en le prenant par la main pour l'entraîner devant la fenêtre afin de voir son visage en pleine lumière. Vois, ce matin, j'ai appris par un mien serviteur qu'un étranger avait prétendu s'introduire auprès de moi, sans doute avec de mauvaises intentions. Je l'avais interrogé car j'avais entendu des éclats de voix et des cris alors que je me trouvais dans le jardin. Comme il m'a aussi dit qu'il s'agissait d'un marchand, j'ai voulu éclaircir l'affaire car j'étais très étonnée qu'un marchand étranger ait fait une démarche pour me voir. C'est une chose qui n'arrive jamais. Il est vrai que rares sont les marchands étrangers venus pour commercer chez nous. Aussi je me suis rendue sur le port, où est établi le scribe chargé de la location des entrepôts qui, tous, appartiennent au roi. Tu peux déjà imaginer sa stupéfaction en voyant sa reine venir lui faire une visite ! Il reniflait le sol avec tant d'ostentation que je ne parvenais pas à le faire se redresser. Il m'a ensuite appris qu'en effet, il y a trois jours, est arrivé un bateau d'un marchand qui a déclaré venir du pays des Deux Fleuves. Je ne sais par quelle intuition, j'ai senti qu'il s'agissait de toi, que tu étais rentré en secret, sans doute par crainte de ton traître de frère. Comme c'est ce même scribe qui t'a indiqué l'auberge où t'établir, je n'ai eu aucun mal à t'y retrouver. Mais je dois te dire tout de suite que tu peux paraître au grand jour : Didoufri est mort et depuis maintenant six ans, c'est ton frère Khéphren qui est assis sur le trône d'Horus.

— Par la vie du roi ! Comme ce que tu m'annonces là me remplit de joie ! Mais hélas, tandis que j'entrais par le sud dans le port, le corps de ma mère Mérititès le quittait par le nord.

— Un dieu a voulu qu'il en soit ainsi, soupira Hénoutsen. Car ta mère était visiblement lasse d'une vie devenue pour elle une suite de gestes chaque jour répétés jusqu'à l'écœurement, à ce qu'elle me confiait à la fin de sa vie.

— Et toi, tu es restée toujours aussi jeune, aussi active, aussi pétillante de vie !

— Hori, je vais te prendre de longues journées à mon seul profit afin de t'entendre, car tu dois avoir bien des choses à me raconter. Je vois que tu as dû mûrir au cours de toutes ces années. Si ton visage a peu vieilli, j'aperçois déjà des fils blancs dans tes cheveux.

En parlant ainsi, elle lui avait saisi entre deux doigts un cheveu qu'elle lui arracha pour le lui montrer. Il le prit en soupirant.

— J'ai eu trop souvent l'occasion de vieillir, mais je crois avoir trouvé une sagesse qu'en vain j'ai cherchée dans le monde et qui, finalement, se trouvait ici, auprès des miens.

— En es-tu vraiment sûr ?

Il évita de répondre car, au fond de lui-même,

il ne savait trop ni en quoi pouvait consister la vraie sagesse ni où elle pouvait bien se trouver.

— Hori, reprit Hénoutsen en s'éloignant de lui et de la fenêtre, maintenant que te voilà rentré dans la Terre chérie et redevenu prince royal, tu vas quitter cet étrange vêtement qui doit te tenir bien chaud et revêtir le pagne de chez nous. Nous autres, Égyptiens, autant les hommes que les femmes, Khnoum nous a donné des corps si beaux, si sveltes, à l'exception, il est vrai de quelques gras scribes qui ont trop bien réussi à s'enrichir, que la mode veut que nous les montrions pour le seul plaisir du spectacle que nous offrons. Pour se draper dans des robes si lourdes et si épaisses, je soupçonne les gens du pays d'où tu viens d'être adipeux et difformes.

— Difforme serait beaucoup dire, mais il est vrai qu'ils sont souvent forts et quelque peu enrobés de graisse. Mais je ne pense pas que ce soit pour cela qu'ils portent de telles robes.

Tandis qu'ils parlaient ainsi, Hénoutsen le dépouilla de sa robe, sous laquelle il avait justement mis un pagne égyptien, mais elle poussa un cri en découvrant les ecchymoses que cachait le vêtement.

— Quoi, sont-ce là les traces des coups dont tu as été roué par mes gardes ?

— Précisément, et je me réjouis d'avoir alors porté cette même robe. Mais ce que tu parais ignorer, c'est que je suis responsable de cette aventure.

— De quelle manière ?

— J'ai fait la sottise de remettre au serviteur qui m'a reçu le premier jour, deux coffrets remplis l'un d'encens et l'autre de poudre d'or, en présents pour toi. Je le soupçonne de les avoir gardés et de s'être débarrassé de moi de cette manière.

— Il sera facile de retrouver ce gredin. Il te reviendra de le reconnaître. Il sera chassé, ainsi que les gardes et tous ses complices, après avoir été roués de coups de bâton car je ne peux admettre des serviteurs pervers et voleurs dans ma demeure.

Satisfait de cette décision, Djedefhor se décida enfin à poser la question qui lui brûlait les lèvres :

— Sais-tu ce qu'est devenue Persenti et sa famille ?

— Hori, lui répondit Hénoutsen en posant ses mains sur ses épaules, tu dois comprendre que, après tant d'années d'absence, Persenti a cru que jamais plus on ne te reverrait dans nos vergers d'Osiris. D'autant qu'il nous a été rapporté que tu étais mort noyé, enlevé par une lame lors d'une tempête. Ce n'est que des années plus tard qu'Ayinel, qui t'a cherché dans tous les ports du Kharou, a entendu parler d'un Égyptien, esclave dans des mines de sel. Après la mort de Didoufri, sur mon ordre il a organisé une expédition vers ce pays, mais la contrée avait été ravagée par des barbares et nul n'a pu lui donner des renseignements te concernant.

— Dis-moi seulement ce qu'est devenue Persenti.

— Elle s'était réfugiée auprès de ton frère Khéphren, à Éléphantine, pour fuir Didoufri. Des années elle a vécu auprès de lui et de Khamernebti, sans que Khéphren ne la touchât, quoiqu'il fût tombé follement amoureux d'elle. Elle-même, le temps passant et n'ayant plus d'espoir de te revoir, s'est résolue à épouser Khéphren, à devenir sa troisième épouse, après Khamernebti et Méresankh.

— C'est bien, c'est mieux ainsi. Il aurait été

navrant qu'elle consumât sa jeunesse en une vaine attente. Elle méritait mieux. Je me doutais d'ailleurs qu'elle ne pouvait qu'être séduite par le charme de Khafrê, sa bonne humeur, ses manières si agréables. C'est un si bon compagnon et il aime tant les femmes !

— Trop à mon goût. Car il a maintenant pris une quatrième épouse, la fille d'un cabaretier d'un faubourg de Memphis. Une fille, par ailleurs, bien jolie et aimable, et trop amoureuse. Khafrê ne s'en est pas encore lassé. Cependant, je ne puis que me réjouir de cette passion car, paradoxalement, l'amour de cette cabaretière semble l'avoir rappelé à sa dignité royale et il a cessé de courir les tavernes comme il le faisait jadis. Mais il est comme ton père, il ne vit plus que pour la construction d'une pyramide à sa propre gloire, un monument d'éternité qui rivalisera avec celle du dieu Khéops.

— Hénoutsen, je voudrais avant tout revoir Persenti.

— Tu la verras, mais pas avant demain. Je dois tout d'abord la préparer à recevoir le choc. Je dois aussi avertir Khafrê et toute la famille de la joie que nous procure ton retour.

— Je te demande une seule chose : pour le moment, n'avertis de ma venue que Persenti. Je tiens à la rencontrer seul tout d'abord. Ensuite, je reverrai mon frère et mes autres parents.

— Je te comprends. Pour ce jour, reste encore dans cette auberge. C'est là qu'elle viendra te retrouver car il me paraît difficile de te conduire devant elle dans le Grand Palais sans que tout le monde ne soit au courant, à commencer par le roi.

— C'est une sage précaution, reconnut Djedefhor. Mais dis-moi encore : que sont devenus ses parents ?

— Chédi a reçu la direction d'un grand atelier près du palais. Il a formé de nombreux apprentis car il est chargé par Sa Majesté de fabriquer tous les meubles, non seulement du palais et de la famille royale, mais aussi des grands de la cour. Ce qui fait qu'il ne manque pas de travail. Mais asseyons-nous afin que je te donne des nouvelles de toute la famille.

— Je voudrais surtout savoir comment s'est terminé le règne de Didoufri.

— Mal, très mal, grâce à ta sœur Khentetenka. Je vais donc commencer par lui. Mais encore, il faut que je te dise : Hori, Persenti a eu un enfant de toi, un beau garçon, appelé Nékaourê. Il va très bientôt couper la tresse de l'enfance. Ton frère Khafrê l'a adopté, il l'a fait élever comme son propre fils.

Cette nouvelle provoqua dans le cœur de Djedefhor un doux choc, sans pour autant l'émouvoir trop vivement car, ce qui lui causait le plus grand tourment, malgré cette impassibilité qu'il voulait s'imposer devant le malheur, c'est qu'il avait perdu Persenti, devenue l'épouse de son frère, devenue l'une des reines des Deux Terres.

Il était tard lorsque Hénoutsen quitta Djedefhor. Lui-même connut une nuit agitée car en son esprit se mêlaient les images de Menlila, de Sidouri et de Persenti, ses trois amours, toutes trois malheureuses. Il se réjouissait cependant en songeant qu'il allait revoir cette dernière, tout en se demandant comment elle-même allait accueillir la nouvelle de son retour, et, par ailleurs, il s'attristait en songeant que, même la flamme d'Hathor brûlerait-elle dans leurs cœurs à tous deux, leurs destins divergeraient forcément puisqu'elle était devenue l'une des épouses royales de son frère. Il allait et venait dans sa chambre, tout en pensant ainsi, mais il parvenait toujours à la conclusion qu'elle ne pourrait plus lui porter que de vagues sentiments d'affection, tout fraternels au plus, car ce n'était pas sans avoir sondé son propre cœur qu'elle s'était finalement décidée à porter son choix sur Khéphren.

Une vive émotion étreignit sa poitrine lorsque furent frappés quelques coups légers à sa porte. Il se hâta d'aller ouvrir. Persenti se tenait sur le seuil, telle qu'il l'avait vue pour la dernière fois, tout aussi belle et gracieuse à ses yeux.

Il recula pour la laisser entrer. Elle fit deux pas dans la pièce. Ils se regardèrent, comme s'ils se découvraient pour la première fois.

— Hori ! souffla-t-elle enfin, c'est bien toi ? Tu es enfin de retour, bien vivant ?

— Persenti ! C'est aussi toi qui te trouves devant moi, plus belle et désirable encore que quand je t'ai rencontrée la première fois et suis tombé fou d'amour pour toi !

Comme si cette confession avait soudainement réveillé la passion qui couvait toujours au fond de sa poitrine comme un feu que rien ne peut éteindre, Persenti se jeta dans ses bras en fondant en larmes, des larmes de tristesse et de joie, de regrets et de plaisir.

CHAPITRE XII

Lorsque Djedefhor ouvrit les yeux, un flot de jour et un air chaud envahissaient la pièce, venus de la fenêtre à peine voilée d'un léger rideau de lin, gris de la poussière qui montait des quais du port. Comme c'était le cas dans tous les logements populaires, le lit consistait en une estrade basse en brique sur laquelle étaient jetés des nattes de roseaux tressés et un drap de lin. Il se redressa et s'assit au bord du lit, seul. Un court moment il se demanda s'il sortait d'un rêve ou s'il venait réellement de vivre une longue nuit en compagnie de Persenti. Il fit quelques pas vers la fenêtre et découvrit au-dessous de lui les quais du port dont le dallage d'argile était trop ostensiblement usé, cassé, lorsqu'il n'était pas couvert d'une épaisse croûte noirâtre accumulée au cours des nombreuses inondations qui l'avait recouvert lors des grandes crues. À l'époque où il avait quitté l'Égypte, tous ces aménagements étaient récents, ainsi que les bâtiments en brique, docks, tavernes, auberges, tout respirait l'opulence et la propreté. Maintenant, les crépis des façades se lézardaient, leurs couleurs étaient passées tandis que la boue séchée se craquelait sur les sols. Djedefhor songea alors seulement à s'en étonner, comme s'il n'avait encore rien remarqué de ce début de délabrement du grand port rêvé et réalisé par son père Khéops, bien qu'il fût installé dans cette auberge depuis déjà plusieurs jours. Mais, depuis son retour, il avait été tellement préoccupé par son désir d'échapper aux regards des agents de son frère Didoufri et de retrouver Hénoutsen qu'il en avait négligé des détails pourtant frappants. Maintenant, il portait sur les choses un regard nouveau, libre de ses premiers soucis. Et il s'inquiéta de l'abandon dans lequel étaient laissées ces parties pourtant vitales de la capitale d'un si florissant royaume.

Cependant, il se détourna bien vite de ces constatations pour se rappeler qu'il était décidément rentré dans la Terre chérie, que son frère préféré régnait désormais sur l'Égypte, que son frère ennemi avait rejoint son ka, qu'il avait retrouvé son premier amour. Car il ne pouvait plus douter qu'il n'avait pas rêvé, que Persenti avait passé cette nuit auprès de lui, et il se désolait de ne l'avoir pas retrouvée à ses côtés ce matin. Elle avait dû le quitter avant l'aube, avant que le sommeil ne la saisisse et il ne songea en aucune manière à lui reprocher cette fuite. Désormais, comme elle le lui avait dit, elle était la troisième grande épouse royale, et nul ne devait pouvoir soupçonner qu'elle ait osé quitter le palais pour aller retrouver un amant, aurait-il été le frère du roi et celui à qui elle s'était tout d'abord promise. Et cette pensée vint l'assaillir avec violence, car, s'il avait pu l'occulter pendant le temps où il avait joui pleinement de son amour, il ne pouvait encore continuer de l'ignorer. Pour que Persenti pût en toute liberté venir vivre avec lui, il fallait que Khéphren la répudiât, ce qu'il ne pouvait faire sans un motif très grave. Or, complaire à un frère n'était en rien un mobile acceptable aux regards ni des grands ni du peuple, lequel gardait les yeux tournés vers son roi d'essence divine. Sans doute Persenti lui avait confié les raisons qui l'avaient dans une grande mesure détournée de son époux : et tout d'abord la manière dont il semblait s'être lassé d'elle si rapidement après qu'il l'eut épousée. Il est vrai qu'il avait vécu dans une véritable intimité avec elle pendant tant d'années qu'elle ne lui avait apporté rien de nouveau dans leurs relations conjugales, sinon la jouissance d'un corps qu'il avait eu chaque jour l'occasion d'admirer, avec lequel il s'était ainsi trop familiarisé. Elle aurait peut-être pu lui pardonner ses sorties nocturnes pendant lesquelles il cherchait, comme il le lui avait confessé, à doubler son temps de vie en veillant le jour et la nuit, ce qui n'était jamais qu'un leurre, car on ne peut échapper à la contrainte du sommeil, et il perdait dans le jour ce qu'il espérait avoir gagné la nuit. De toute manière, la fatigue accumulée aurait finalement triomphé de son désir de dominer la volonté des dieux qui avaient leur raison pour avoir imposé le repos et le sommeil à leurs créatures, qu'elles fussent animales ou humaines, même n'aurait-il pas rencontré Hedjekenou. Car, depuis qu'il avait fait d'elle une épouse royale et l'avait installée dans sa résidence, il avait abandonné cette double vie dans laquelle il était, le jour, le roi dieu adoré comme tel par son peuple et, la nuit, un simple musicien errant. Inkaf lui-même commençait à se lasser de ces sorties nocturnes qu'il avait un moment poursuivies seul. On ne le voyait plus que rarement dans les tavernes, seulement dans celles où il avait trouvé quelque satisfaction dans des amours qui lui apportaient plus de plaisir que la fugitive jouissance de la nouveauté. Mais ce qu'elle ne pouvait que difficilement admettre, c'est qu'il l'ait délaissée non plus sous ce vain prétexte, mais parce qu'il s'était si rapidement épris d'une autre jeune fille et qu'il en avait finalement fait son épouse favorite, car c'est à elle qu'il consacrait la plus grande partie des instants de loisir que lui laissait sa fonction royale.

Persenti, qui avait trouvé suffisamment de moments, lors de leurs interludes amoureux, pour lui parler de Khéphren et des relations qu'elle entretenait avec son époux, avait confessé le chagrin que lui avait causé son comportement, tout en manifestant la conscience qu'elle avait de sa propre légèreté lorsqu'elle avait accepté de devenir l'épouse d'un roi. Hénoutsen l'avait bien mise en garde contre les inconvénients que présentaient les honneurs d'une telle situation. Il est vrai que Khéops ne l'avait pas délaissée pour écumer les tavernes, mais pour l'amour d'une autre femme qui avait réussi à le prendre dans ses filets, ce qui, en fin de compte, n'était pas mieux, tout au contraire, car il n'avait plus alors vécu que pour cet amour, et aussi pour cette œuvre qu'il s'était imposée : la réalisation de son rêve de pierre. Et voilà que son fils s'était désormais engagé dans la même voie : depuis qu'il avait épousé Hedjekenou, il ne semblait plus vivre que pour cet amour et pour la réalisation de son propre rêve, la construction d'une pyramide qui rivaliserait avec celle de son père et de ce monstre divin gardien de la nécropole qu'était le grand sphinx.

— Vois, avait-elle confié à Djedefhor, Khafrê, ton frère, avait deux épouses de sang royal lorsqu'il m'a prise pour femme, sa sœur Khamernebti qui lui a donné trois enfants, ta sœur Méresankh par qui il a reçu le sang divin de la reine Méritités, et dont il a eu récemment une fille Nébemakhet. Pour moi, je vivais depuis si longtemps auprès de lui que le peuple et même les grands de sa cour avaient oublié mon obscure origine, d'autant plus que la reine Hénoutsen me présentait partout comme sa propre fille. J'étais auprès de Sa Majesté lorsqu'il a ceint les deux couronnes, et à la cour on me considérait comme sa sœur avant même que je ne sois son épouse. Mais lorsqu'il a fait entrer dans son palais cette Hedjekenou, nul ne pouvait ignorer qu'elle était la fille d'un simple cabaretier que Sa Majesté venait de sortir d'une misérable taverne de faubourg pour l'élever au rang d'Ami du roi. Dès lors, son comportement s'est complètement modifié, comme pour imposer plus fortement sa propre majesté et la faire, de cette manière, rejaillir sur son obscure épouse. Non seulement il n'apparaît plus hors du palais qu'en majesté, sur le palanquin royal suivi de ses porte-éventail ou dans l'une des barques divines, mais il a imposé à la cour une étiquette que le dieu Khéops avait fait oublier, renouant avec les anciennes traditions qui, m'a-t-on assuré, remontent aux temps où les dieux régnaient sur l'Égypte. Nous-mêmes ses épouses, nous sommes celles qui voyons Horus et Seth, suivant l'antique appellation des reines, comme si cela pouvait faire que moi-même je ne sois plus la fille d'un ébéniste et Hedjekenou celle d'un tavernier.

Elle lui avait aussi appris que la jeune épouse de Khéphren venait de lui donner un nouveau fils, Sékhemkarê, naissance que le roi avait fêtée ostensiblement.

— Penses-tu, lui avait alors demandé Djedefhor, que mon frère pourrait se comporter à l'égard de cette femme comme notre père l'a fait avec Noubet et nommer cet enfant prince héritier ?

— Je ne sais pas, mais ce que je peux t'assurer, c'est qu'il n'en sera pas ainsi tant qu'Hénoutsen sera de ce monde. Car elle porte une grande affection à Mykérinos et elle ne tolérerait pas que soient encore une fois renouvelées les dangereuses incertitudes qu'ont laissé planer sur leurs choix aussi bien ton aïeul Snéfrou que ton père, le dieu Khéops. Elle n'aura de cesse qu'elle ait contraint le roi à désigner officiellement son fils aîné comme l'héritier du trône d'Horus.

Ce n'est qu'après s'être ainsi entretenus, tandis que tombait la nuit, après que l'aubergiste leur eut apporté un repas qu'était allé lui commander Djedefhor, que Persenti s'était décidée à aborder le sujet le plus délicat à ses yeux :

— Hori, ta divine mère a déjà dû te l'annoncer, un enfant est né de nos anciennes amours.

— Oui, elle me l'a dit.

— Nous l'avons appelé Nékaourê, mais officiellement, au regard de tous, il est le fils de ton frère, le fils de Sa Majesté.

— Il est heureux qu'il ait eu un père, et j'en suis le premier satisfait, avait répliqué Djedefhor sincèrement.

Et maintenant qu'il se retrouvait seul, en évoquant ces instants, lui revint à la mémoire l'image de Sidouri et il se rappela ce que lui avait annoncé Uperi, avant qu'il ne quitte Dilmoun, qu'elle avait eu de lui une fille qu'elle avait emmenée avec elle. Ainsi se trouvait-il deux fois père sans pouvoir jouir de ces paternités, comme si le dieu voulait qu'il restât toujours seul, condition première pour parvenir à l'acquisition de cette sagesse dont il avait un moment voulu faire sa seule épouse... Et il se demanda si une telle épouse ne laissait pas dans les cœurs un goût amer de solitude.

Cet enfant, bien que de son sang, ne devait, ne pouvait se connaître pour père que Khéphren, et lui-même ne pourrait lui apparaître que comme un oncle faisant soudainement irruption dans sa vie. D'ailleurs, savait-il qui était son vrai père? Car il n'avait pas pensé à poser la question à Persenti, trop troublé par cette pensée d'un enfant qui, une fois encore, lui échappait.

Djedefhor fut tiré de ses pensées par l'apparition sur le quai d'un cortège composé de prêtres au crâne rasé, de soldats armés de lances, de femmes qui dansaient tout en chantant des hymnes à la gloire du roi, et de Nubiens qui portaient un palanquin vide. Le cortège s'arrêta devant l'auberge dans laquelle pénétrèrent trois hommes qui marchaient à sa tête. Peu après, comme il s'y attendait, l'aubergiste se présenta devant Djedefhor.

— Seigneur, lui dit-il avec d'ostensibles marques de respect, en s'inclinant profondément, les bras levés, Sa Majesté envoie auprès de toi ce palanquin, il convient que tu daignes descendre dans la salle basse où t'attendent des grands du royaume afin de te conduire dans le Grand Palais devant Sa Majesté.

Djedefhor, qui attendait cette intervention et s'était préparé, le suivit aussitôt tant il avait de hâte de revoir son frère aimé et ses sœurs, tout autant qu'Hénoutsen dont il ne doutait pas qu'elle fût à l'origine de cette invitation à laquelle était conféré un caractère particulièrement solennel. Il se trouva devant les trois grands venus à sa rencontre dans la vaste salle de l'auberge, qui s'inclinèrent pour le saluer, puis celui qui se tenait devant les deux autres s'adressa à lui en ces termes :

— Seigneur, mon nom est Ankhmarê, ton serviteur est un ami de Sa Majesté, et Sa Majesté le roi de Haute et de Basse-Égypte, Vie, Santé et Force, a fait l'insigne honneur à son serviteur de l'envoyer auprès de son frère afin de le conduire dans le Grand Palais, devant la Majesté du dieu.

— Ankhmarê, lui répondit Djedefhor, je suis honoré de cette invitation et satisfait de te connaître. Je te suis, car j'ai grande hâte de saluer Sa Majesté après tant d'années d'absence qui ont été pour moi des temps de deuil.

Les deux autres grands saluèrent à leur tour le prince en se présentant. Lorsque Djedefhor eut pris place sur le palanquin, privilège royal qui lui fit favorablement préjuger de la réception que lui réservait son frère, il demanda à Ankhmarê, qui marchait à ses côtés, quelle était sa fonction dans le Grand Palais :

— Seigneur, lui fit-il savoir, ton serviteur a été comblé par Sa Majesté qui a fait de lui son directeur des travaux. J'ai succédé dans cette illustre fonction à ton oncle, le seigneur Néfermaât qui a demandé à Sa Majesté à être renvoyé dans ses demeures et à ses plaisirs anciens pour jouir des dernières années qui lui restent à vivre sur la Terre chérie, car le poids des ans commençait à trop se faire sentir pour lui.

— Ainsi est-ce toi qui es chargé de la construction de la pyramide de Sa Majesté et aussi du grand sphinx, gardien de la nécropole ?

— Le serviteur de Sa Majesté a mis tout son savoir au service du roi, et il poursuit cette divine entreprise que sont les constructions de la demeure des millions d'années du roi, de ses temples funéraires et de ce sphinx qui veillera pour l'éternité sur les pyramides des dieux.

— Je t'en félicite. Mais éclaire-moi : où as-tu donc appris les secrets des constructions de ces divins monuments ?

— Ton serviteur a été élevé dans la maison de vie du temple de Thot à Hermopolis, puis il est entré dans cette école de Memphis qui a été illustrée par Imhotep et son fils Ankhaf. C'est pourquoi le regard de Sa Majesté s'est porté sur son serviteur lorsqu'il a cherché quelqu'un capable de succéder à mon seigneur le prince Néfermaât.

— Dis-moi encore, s'enquit Djedefhor, si tu es le maître des chantiers royaux, es-tu aussi le protecteur de la nécropole royale et le berger de la pyramide lumineuse ?

Car telles étaient les charges que lui avait attribuées son père Khéops et il était curieux de savoir qui lui avait succédé dans ces fonctions.

— Pendant un temps, ton oncle Néfermaât t'a remplacé dans ces dernières charges, lui apprit Ankhmarê, mais il ne pouvait assumer tant de travaux car il avait aussi été chargé de la direction des chantiers de Sa Majesté, par le roi dont on ne prononce pas le nom.

— Tu veux parler de mon frère Didoufri, se fit préciser Djedefhor.

— C'est bien lui, admit l'architecte. Mais sache que Sa Majesté et les prêtres du temple de Rê ont maudit son nom que nul ne doit plus jamais prononcer.

— Il en sera fait comme c'est prescrit, conclut Djedefhor qui, cependant, n'en voulait pas suffisamment à son frère pour aller jusqu'à refuser de lui accorder un léger souffle de vie en prononçant son nom. Mais tu n'as pas répondu à ma question.

— Ton serviteur voit sa vie entièrement dévorée par ses responsabilités de Directeur des travaux. La direction de la nécropole et les soins du culte du dieu ont été dévolus à Néfermaât, le troisième du nom, le fils de la princesse Néferkaou, le proche cousin de mon seigneur, un homme savant qui a été éduqué par les prêtres de Rê à Héliopolis.

Djedefhor se rappela son jeune cousin dont il était l'aîné de sept ans ; il l'avait souvent vu auprès de son père Ibdâdi, et déjà il se montrait avide de savoir. Lorsqu'il avait quitté la Terre noire, Néfermaât avait une vingtaine d'années, et il était, en effet, entré dans la demeure du Phénix depuis déjà quelque temps. Il était tout désigné pour s'occuper du culte de son royal oncle Khéops et de sa pyramide.

Le palanquin fut déposé dans une large embarcation où le cortège prit place, avec les femmes qui cessèrent de danser mais se mirent à chanter en s'accompagnant de tambourins et de double-flûtes ou en frappant dans leurs mains. Mais depuis l'apparition de Djedefhor, elles n'avaient plus à la bouche que des éloges du prince de sagesse et des chants d'allégresse pour fêter son retour parmi les siens.

À la porte du palais, Djedefhor fut accueilli par Minkaf revêtu de son long pagne propre à sa fonction de vizir, flanqué d'Ayinel et d'Ibdâdi que la vieillesse n'avait encore réussi à briser car il se tenait droit et paraissait encore vigoureux comme un cèdre de son pays natal. Ils échangèrent des saluts, exprimèrent leur joie en levant les bras vers le ciel, puis Minkaf prit la parole :

— Te voici revenu parmi nous, mon frère ! Immense est notre joie ! Que ton cœur se réjouisse, que tes mains soient heureuses car tu es rentré dans la Terre chérie après tant d'années d'absence.

À leur tour, Ayinel et Ibdâdi formèrent des vœux pour Djedefhor qui leur déclara sa joie de les revoir, puis on entra dans la grande cour du palais. Le prince fut ainsi conduit par son frère jusqu'à la salle du trône où étaient réunis tous les amis du roi qui formaient une haie, et ils levaient les mains et inclinaient le torse sur son passage en lui souhaitant la bienvenue dans la demeure du roi.

Khéphren se tenait sur un vaste podium dressé au fond de la salle, au bout de l'allée constituée par une double colonnade semblable à une arborescente forêt de papyrus qui auraient élevé jusqu'au plafond leurs tiges géantes terminées par une fleur épanouie. Le roi était assis sur son fauteuil, la tête coiffée de la double couronne rouge et blanche ; sur son front se dressait l'uraeus royal en or, et il maintenait, croisés sur sa poitrine, les deux sceptres, le fouet et le crochet. Derrière lui se tenait, droite et majestueuse, Hénoutsen, dans une fine robe de lin blanc, semblable à Isis lorsqu'elle se manifeste auprès du trône de son époux Osiris, à côté de sa belle-sœur Néferkaou, la dernière des filles royales de la génération de Khéops. À droite du siège royal, Djedefhor reconnut ses sœurs devenues les grandes épouses royales, Méresankh et Khamernebti, tandis que Persenti avait pris place à la gauche du roi, avec une autre jeune femme qu'il jugea devoir être la quatrième reine, Hedjekenou.

Les enfants royaux, Mykérinos, Khamernebti, Kounérê et Nékaourê, étaient assis au bas des marches donnant accès au podium, avec les autres princesses issues du sang de Khéops, Merseankh et Néferhétépès, tandis que Khentetenka et Hétephérès, les deux filles de Noubet, restaient aussi debout, l'une à la droite d'Hénoutsen, l'autre à la gauche de Néferkaou. En reconnaissant ainsi toute sa famille réunie pour l'accueillir, le cœur de Djedefhor s'émut, mais il s'émut plus encore en revoyant Persenti et en examinant les princes afin de distinguer lequel pouvait être son fils.

Djedefhor s'était arrêté au pied du trône et il s'inclina devant son frère qui, bien que conservant un air grave dans sa majesté royale, laissait éclairer son visage par un léger sourire de satisfaction.

— Djedefhor, mon frère, lui dit-il alors, l'âme de Ma Majesté se réjouit de te revoir enfin après une si longue absence, toujours vert, vigoureux comme le sycomore qui voit passer le temps sans en souffrir. Sois le bienvenu dans le pays de tes pères, parmi ta famille qui a toujours conservé l'espoir de te revoir un jour, de retour d'un si grand voyage.

— Khéphren, mon frère, lui répondit-il, mon âme à moi se réjouit plus encore de revoir Ta Majesté établie sur le trône de nos pères, entourée d'une si belle famille, toute la lignée riche et féconde du dieu Khéops justifié, maintenant assis parmi les dieux.

Khéphren se leva alors, afin de manifester son attachement à son frère et, descendant les sept marches du podium, il vint enlacer Djedefhor sous les acclamations des courtisans et de la famille royale. Comme par ce geste Sa Majesté manifestait son plaisir de retrouver son frère, les courtisans exultèrent, ils s'empressèrent de venir s'incliner devant le prince, de lui faire part de leur joie de le revoir. Ceux qui l'avaient connu lui rappelèrent leurs relations, les autres l'assurèrent de leur respectueux attachement.

CHAPITRE XIII

Tout le reste de ce jour fut consacré à fêter le retour de l'enfant prodigue dans sa patrie. La famille royale au complet se réunit autour de lui, dans le jardin intérieur du palais, et chacun put congratuler Djedefhor qui fit aussi la connaissance de ses neveux et de Nékaourê qui lui fut présenté par Khéphren comme son propre fils. Djedefhor comprit alors qu'il devait le considérer officiellement comme son neveu et non comme un enfant né de sa chair. Il ne savait cependant si Nékaourê se croyait réellement le fils du roi ou s'il feignait d'ignorer sa réelle filiation. De son côté, Persenti semblait éviter de se montrer trop avenante vis-à-vis du prince, mais, si elle gardait une certaine distance, ses regards se tournaient sans cesse vers lui, tandis que lui-même, afin de ne pas la compromettre, ne cherchait pas à la prendre en aparté. Ainsi, lorsqu'il regagna les demeures royales de Memphis avec Hénoutsen afin de s'installer dans l'ancien palais qu'avait habité sa mère Méritités, Djedefhor n'avait adressé à Persenti que quelques banales paroles. En revanche, pressé de questions par ses neveux et ses sœurs, il avait trouvé là une raison de paraître se désintéresser de celle pour qui s'étaient ravivées les braises rougeoyantes de son ancien amour.

— Il est à craindre, lui dit Hénoutsen tandis qu'ils rentraient à Memphis, que vous n'ayez quelques difficultés à vous retrouver ensemble, toi et Persenti, car, malgré l'amitié qu'il te porte, Khafrê peut difficilement laisser son épouse royale prendre un amant et il ne peut non plus la répudier sans que tous deux ne perdent la face.

— Je n'en suis que trop persuadé, soupira Djedefhor.

— Il ne faut pas que cette pensée t'attriste. Vous pourrez toujours vous rencontrer en secret, ce qui confère un certain piquant à des relations amoureuses.

Elle ne lui précisa pas qu'elle parlait d'expérience et que l'un des attraits qu'elle avait ressentis pour Sabi dans sa jeunesse résidait dans le secret de cet amour, dans le risque qu'elle courait si jamais il avait été révélé en pleine lumière. Car, selon une loi qui n'était, il est vrai, que rarement appliquée mais qui n'en existait pas moins, un tel adultère pouvait être puni par la mort sur un bûcher, les cendres de la coupable étant ensuite jetées dans le Nil.

— Je vois plutôt, répondit-il en toute sincérité, que ma véritable épouse doit être cette sagesse pour laquelle je ne sais quel dieu a suscité en moi une étrange passion. Vois : toutes les femmes que j'ai cru ou voulu aimer ont été éloignées de moi soit par ma faute, soit par celle d'une volonté supérieure qui m'est contraire. Je t'ai raconté combien ont été malheureuses mes amours étrangères, et je vois maintenant qu'il n'en peut aller différemment pour celles des femmes de notre terre. Car outre Persenti, j'avais une inclination pour ma jeune sœur Méresankh, et elle-même ne m'a alors pas caché qu'elle n'aurait pas détesté devenir la maîtresse de ma maison. Mais voici que mon frère l'a épousée afin de légitimer son accession au trône. Or je ne peux rien lui reprocher car il a agi en toute bonne foi, surtout avec Persenti puisqu'il a attendu si longtemps pour réaliser son désir. Je suis responsable de tout ce qu'il m'arrive, mais aussi, et c'est ce qui me trouble le plus, de ce qu'il est advenu à celles qui ont cru pouvoir m'aimer.

— Vraiment, Hori, repartit Hénoutsen, tu te tourmentes à tort car si quelqu'un est responsable, ce ne peut être que le dieu qui se joue de toi comme si tu n'étais qu'un pion du jeu du serpent. Nous sommes comme des poupées entre les mains des divinités qui président à nos destinées.

— Hénoutsen, comment pourrais-je partager ton opinion ? S'il en était ainsi, nous serions déchargés de toute responsabilité, nous n'aurions pas à répondre de nos actes devant Maât, nous n'aurions pas à confesser nos erreurs devant le tribunal d'Osiris.

— Hori, tu sais bien que ce tribunal d'Osiris est une invention des prêtres d'Abydos pour semer la crainte dans les cœurs des gens simples. Au mieux, ce n'est jamais que le symbole de ce que doit être la sagesse et l'équité. Quant au reste, tu as, comme moi, trop entendu parler ton père, maître de sagesse, pour ignorer que l'esprit lumineux, l'*akh* qui représente notre esprit immortel, ne peut jamais mourir, qu'il va rejoindre l'âme universelle, le grand Akh qui est la lumière éternelle, une fois qu'il s'est purifié de ses passions terrestres.

— Sans doute, admit-il, mais les expériences que j'ai eues au cours de mes voyages, les sagesses étrangères qui m'ont été révélées, me rendent plus modeste et je ne suis pas du tout certain qu'il en est de l'au-delà comme le déclarait mon vénéré père. En vérité, cette quête de la sagesse dans laquelle je me suis lancé, les nouvelles connaissances qu'il m'a été donné d'acquérir, tout cela m'a éloigné du but que je m'étais fixé plutôt que rapproché. Je n'ai pas trouvé l'île du Ka, ce lieu mystérieux où est enfermé le grand livre de sagesse, le troisième livre de Thot. Lui seul est susceptible de nous faire connaître les fins dernières, le destin de l'homme, mais il me semble que n'est pas encore né le mortel qui pourra accéder à cette île, au fond de la mer de Coptos. Je croyais pourtant l'avoir découverte dans la mer du Sud, cette mer du Levant où se trouve une île que les gens du Sumer appellent Dilmoun, mais j'ai dû me résoudre à admettre que, si c'est un lieu de beauté où l'on aimerait vivre délicieusement jusqu'à la vieillesse, ce n'est pas pour autant l'île du Ka, l'île où est cachée la Vérité, la résidence de Maât.

— Crois-tu qu'un tel lieu existe dans notre monde? interrogea Hénoutsen qui poursuivit aussitôt après : pour moi, je ne le crois pas. C'est pourquoi, même aurais-tu consacré le reste de ton temps à naviguer en quête de cette île, jamais tu n'aurais pu y poser les pieds. Car elle est la résidence d'un être d'illusion et si jamais tu la découvrais, elle disparaîtrait aussitôt après.

— Hénoutsen, combien tes paroles sont étranges! s'exclama Djedefhor. Quel esprit t'a soufflé ces mots qui me semblent exprimer une réalité si simple et pourtant si profonde qu'elle était restée étrangère à ma réflexion. Le monde où nous vivons, que nous voyons, ne serait-il pas, comme cette île, une illusion, quelque chose comme un rêve dépourvu de toute réalité ? Et n'en découle-t-il pas que la sagesse, cette expression de la pensée du dieu, nous demeure inaccessible parce qu'appartenant à un autre monde ? Cette île du Ka ne se trouve-t-elle pas dans un univers inaccessible aux humains, l'univers réel pour un dormeur qui fait un rêve et se croit dans la réalité sans s'étonner des incongruités de cette illusion du réel ?

— Vraiment, Hori, tu te poses trop de questions auxquelles tu me parais aussi incapable que moi de répondre. Contente-toi de ce que tu as acquis et qui te tient lieu de sagesse et laisse le reste au caprice des dieux. Ils gardent des secrets qu'il n'appartient pas aux vivants de dévoiler. Pour le reste, tu es encore jeune...

— Le penses-tu vraiment ? l'interrompit-il. J'aurai quarante ans l'année prochaine et j'ai le sentiment d'avoir vécu deux fois plus que mon âge.

— Tout au contraire. Tes voyages, tes navigations t'ont conservé un corps svelte aux muscles durs, alors que tes frères et même mon pauvre Khoufoukhaf, quoique morts bien jeunes, avaient déjà acquis l'embonpoint des scribes. Tu ne serais pas mon beau-fils et je ne t'aurais pas connu tout enfant, je pourrais t'aimer sans m'y efforcer et aspirer à devenir la maîtresse de ta maison. Tu as encore bien des années à vivre et viendra peut-être le jour où tu trouveras une épouse digne de ton amour.

— De cela, j'en doute, car la seule femme qu'il me plairait de faire entrer dans ma demeure est Persenti... et toi... mais ne partageons-nous pas déjà les mêmes demeures et n'es-tu pas pour moi plus qu'une mère ?

Hénoutsen préféra ne pas lui répondre et interrompit la conversation en lui souhaitant de passer une bonne nuit dans sa demeure retrouvée.

Le lendemain, Hénoutsen réunit tous les serviteurs et les gardes du palais memphite pour leur présenter le prince, fils aîné du dieu Khéops et frère de Sa Majesté, afin qu'ils se prosternent devant lui. Parmi eux se trouvaient évidemment Mékhou et les gardes qui avaient frappé Djedefhor, auxquels Hénoutsen n'avait encore rien dit. En découvrant dans le prince, maître du palais, l'étranger qu'ils avaient cru pouvoir spolier en toute impunité, leur âme tomba dans leurs mains et ils restaient prosternés, le front dans la poussière, sans oser se relever.

— Mékhou, l'interpella alors Hénoutsen, pourquoi toi et tous ces petits chiens agressifs demeurez-vous ainsi à renifler la terre ? Aurait-elle une odeur tellement suave ?

— Maîtresse, se décida alors à déclarer Mékhou, que Maât nous pardonne, mais nous avons failli, ton serviteur a été pris au piège de l'or, il n'a pas réussi à s'en échapper et il y a entraîné d'autres hommes, mais lui seul est coupable car, pour réussir dans sa manigance, il a corrompu de bons serviteurs.

— Mékhou, repartit Hénoutsen surprise par la réaction du serviteur alors qu'elle s'attendait à ce qu'il nie ou encore cherche à faire partager à ses complices le poids de sa responsabilité, il est bon que tu acceptes de prendre sur ta tête le prix de ta malversation, mais je doute que tes complices soient d'aussi bons serviteurs que tu veux le laisser penser. Toi et tes compagnons de rapine, vous allez commencer par me restituer les coffrets que vous avez détournés à votre profit. La punition que je vous destinais était de vous faire couper le nez et de vous jeter à la rue. Rendez grâce au prince Djedefhor qui, dans sa mansuétude, m'en a détournée et m'a demandé de lui laisser le choix du châtiment; j'ai accédé à sa requête.

Après avoir ainsi parlé, elle s'assit sur le siège disposé sous un dais qu'elle avait fait dresser dans la grande cour qui s'ouvrait à l'entrée de l'ensemble palatial, laissant la parole à Djedefhor.

— Avec cet or, dit-il alors, je vous ai éprouvés et vous avez aussitôt succombé à la tentation. Vous avez sans doute montré une grande faiblesse, sans songer au mal que vous pouviez faire tout autant à autrui, c'est-à-dire à celui que vous avez spolié, qu'à vous-mêmes. Et, finalement, votre avidité s'est retournée contre vous car il n'est pas possible que Maât, dans son équité, ne fasse un jour justice des offenses qui lui sont faites. Vous avez entendu de la bouche de la reine Hénoutsen quel châtiment vous était destiné. Comme dans sa bonté, elle m'a abandonné la décision qu'il convenait de prendre, j'y sursois et puisqu'elle m'a déclaré ne plus vouloir garder des serviteurs tels que vous, j'ai décidé de vous prendre à mon service. Je vous accorde toute ma confiance, veillez à ne pas la tromper car, pour aussi magnanime que soit mon âme, il me serait dès lors impossible de vous accorder un nouveau pardon.

C'est ainsi que Djedefhor recruta les premiers serviteurs et gardes de sa demeure où il fit ensuite venir tous les hommes qui l'avaient accompagné dans son périple afin qu'ils eussent un logement et une activité en attendant qu'ils prennent la décision soit de rentrer chez eux, soit de fonder un foyer, tout en restant au service de leur maître, et de recevoir une fonction déterminée.

Djedefhor consacra les jours qui suivirent à la réorganisation de sa maison. Il n'en avait pas encore terminé lorsque Mékhou, qu'il avait promu directeur de sa résidence, lui annonça l'arrivée au palais d'une troupe composée de musiciennes et de danseuses. Le prince vint au-devant des jeunes filles qui restaient dans le grand jardin, rangées sur deux files. À leur tête se trouvait Sebekni, le directeur des danses du temple d'Isis. En le voyant, et bien qu'il s'inclinât profondément, Djedefhor ne put s'empêcher de le prendre dans ses bras et de l'accoler :

— Seigneur, lui dit Sebekni, ton serviteur est grandement honoré d'être traité d'une manière si amicale par toi et il se réjouit d'autant plus de ton retour d'un si long exil.

— Moi, lui répondit Djedefhor, je suis rempli de joie en te revoyant toujours si vert dans ta fonction. Mais qui sont ces jeunes filles qui t'accompagnent ?

— Seigneur, ce sont des danseuses et des musiciennes de mon école. Sa Majesté a ordonné à son serviteur de sélectionner les plus habiles et les plus charmantes de mes élèves et de les conduire dans ta résidence afin qu'elles y soient logées à demeure pour te distraire par leurs chants et leurs danses.

— Je reconnais là l'amabilité de mon royal frère et je m'empresserai d'aller le remercier. Mais je ne voudrais pas que ces jeunes filles soient menées devant moi contraintes et forcées car, si elles entrent dans mon harem, il leur sera difficile de continuer de s'exercer sous ta direction.

— Sache, prince, que je n'ai eu que l'embarras du choix car toutes se sont portées volontaires pour entrer à ton service. Il faut que tu saches que celles qui n'ont pas été élues se sont senties lésées. Pour ce qui est de leur entraînement, je viendrai moi-même chaque matin dans ton palais afin d'y pourvoir.

Djedefhor tint alors à les interroger à tour de rôle, s'enquérant de leur nom, de leur famille, de leurs désirs, puis il demanda à Mékhou de les loger dignement dans le harem de sa résidence, laquelle était particulièrement vaste et pourvue d'un important quartier des femmes où la reine Hétep-hérès et ensuite sa fille Méritités avaient logé leurs nombreuses servantes.

Quand Hénoutsen vit ainsi peuplé le palais de son beau-fils, elle en rit et lui dit :

— Vois Hori, combien ton cher frère est rempli d'attentions à ton égard. Sans doute espère-t-il que tu oublies Persenti entre les bras de ces charmantes filles.

— Ce ne sont pas toutes ces jeunes beautés qui pourront me la faire oublier, répliqua-t-il. Ce qu'ignore Khafrê, c'est que, pendant toutes ces années d'exil, j'ai cultivé la chasteté et que je ne puis maintenant m'unir qu'à une femme pour qui j'éprouve plus que du désir. Ce qui ne m'empêchera pas de goûter le spectacle de leurs danses. Mais, en tout cas pour l'instant, car on ne peut jamais préjuger de rien, je ne me sens pas disposé à aimer l'une d'entre elles. Si elles caressent l'espoir de devenir mes concubines ou se jalousent même pour que je fasse de l'une d'entre elles la maîtresse de ma maison, elles ne pourront qu'être déçues.

— Ce sont là de bonnes dispositions par lesquelles tu feras parmi ces jeunes filles bien des infortunées car tu as à leurs yeux tout ce qu'il faut pour les séduire : belle stature, beau visage, tout cela uni à ton titre princier et à toutes les prébendes que tu es susceptible de recevoir, car je sais que mon fils a décidé de te combler de revenus.

— J'apprécie la bienveillance de Khafrê, mais il ignore aussi que je suis peu sensible aux richesses de ce monde et que je sais me contenter de peu. Si j'accepte ses bontés, ce sera pour pourvoir aux besoins de tous ces serviteurs qui sont installés dans ma demeure, mais pour ce qui me concerne, je me contente de bien peu. Au reste, serait-on possesseur de nombreux champs et de villages, nous ne pouvons pas plus manger que ne l'accepte notre appétit, ni dormir dans plusieurs lits en même temps.

— C'est aussi ce que pensait ton père, en tout cas avant qu'il ne montât sur le trône d'Horus car, ensuite, la construction de sa pyramide lui a coûté des sommes exorbitantes, aussi bien en nourriture pour entretenir autant de travailleurs qu'en objets précieux pour récompenser les artisans qui se dévouaient avec tant d'ardeur à la tâche qu'il leur avait assignée.

— Il me semble qu'il en va de même avec Khafrê, car j'ai pu voir que nombreux sont les hommes qui travaillent à sa pyramide et au sphinx, tandis que les aménagements du port commencent à tomber en ruine.

— Il est vrai, reconnut Hénoutsen, que toute l'énergie de notre peuple est canalisée vers ces constructions gigantesques de sorte que le roi est conduit à négliger des choses plus communes. Ton père avait déjà commencé à épuiser les richesses du royaume par la réalisation de son rêve de pierre; ton frère, qui lui a succédé sur le trône d'Horus, a plus encore accablé le peuple en prélevant des impôts de plus en plus lourds et, finalement, mon fils s'est engagé dans des entreprises qui, pour aussi grandioses qu'elles soient, ne risquent pas de relever les finances du pays. Tu peux croire que je lui en ai fait le reproche, mais il est jaloux de votre père dont il admire la grandeur et la majesté, au point qu'il veuille rivaliser avec lui dans la construction d'une pyramide qui serait l'égale de la Lumineuse, miroir de l'Univers.

— Une telle ambition suppose à mes yeux un manque de sagesse. Vois, je n'ai jamais oublié l'incident dont nous avons été témoins le jour où notre père nous a fait pénétrer dans les arcanes de sa pyramide, au moment où nous sommes revenus au jour. Hémyounou et Khaesnéfrou étaient venus devant lui pour lui faire part de la misère du peuple, des souffrances qui étaient les leurs du fait de cette tâche inhumaine qui leur était imposée. Il vaudrait mieux utiliser toute cette main-d'œuvre et ces richesses à remettre en état tout ce qui a été réalisé par nos aïeux plutôt que de renouveler un exploit qui n'ajoutera rien à la gloire du roi.

— En cela tu te trompes, car tous les aménagements auxquels tu fais allusion sont destinés à disparaître à plus ou moins brève échéance, alors que la pyramide de Khéops et celle que fait construire ton frère Khéphren sont susceptibles de défier le temps et rappeler aux générations futures la gloire et la grandeur des rois qui les ont fait construire.

— C'est bien possible, mais qu'en est-il du présent, de ceux qui se privent et souffrent pour la réalisation de ces grandioses projets ?

— Ils ne se privent ni ne souffrent en vain. Notre vie, nos demeures de terre, nos palais pour aussi vastes et somptueux qu'ils soient ne subsisteront pas au-delà de quelques générations. Le témoignage de la grandeur d'un peuple, de son haut degré de civilisation se manifeste dans des œuvres comme ces demeures des millions d'années que sont ces pyramides construites par tes aïeux. Si le peuple de la Terre noire ne mettait pas toute son énergie à la construction de ces éternelles demeures des dieux et des défunts, nous disparaîtrions sans laisser aucune trace de notre existence sur la terre, de notre passage dans ce monde, et notre souvenir serait bientôt effacé de toutes les mémoires. De plus, tous ces bras qui demeurent inutilisés durant les inondations resteraient inemployés comme par le passé, ce qui n'est pas une bonne chose. Tu le sais, me semble-t-il, avant que tes aïeux n'entreprennent ces vastes travaux qui laissent leur marque dans la pierre, les paysans passaient la saison du débordement dans l'oisiveté. Eux-mêmes s'en plaignaient d'autant plus que, ne travaillant pas, les rois ne leur distribuaient la nourriture qu'à regret, juste ce qu'il fallait pour qu'ils survivent jusqu'aux prochaines semailles. Depuis qu'ils sont utilisés pendant ces périodes creuses pour le transport des pierres, ils sont bien nourris, eux et leurs familles, et ils n'ont pas le temps de se désoler et de réfléchir sur leur sort. Pour qu'un peuple reste paisible et fidèle aux lois, il convient qu'il ait le ventre plein. Dès lors, les agitateurs n'ont guère de prise sur des cœurs satisfaits.

— Peut-être, admit Djedefhor, mais pourquoi ne pas utiliser ces bras pour l'entretien du port et des quais, ou encore pour d'autres travaux plus utiles que l'érection de si gigantesques monuments ? Pourquoi le roi ne se contenterait-il pas, comme les premiers souverains mortels qui ont régné sur la Terre noire, de ces tombes en brique qui imitaient les palais et dans lesquels le roi pouvait, après sa mort, paraître continuer de vivre dans sa résidence ? Les grands, les amis de Sa Majesté, les princes royaux s'en contentent bien.

— N'as-tu pas appris, lors de tes séjours dans les temples de Rê et de Thot, que la pyramide est l'escalier du ciel, qu'elle permet à l'âme du roi devenu dieu de s'élever ainsi dans la barque solaire qui parcourt le ciel éternellement ?

— On le dit, mais moi je sais bien que l'akh qui anime chaque homme n'a pas besoin de cet escalier matériel pour s'élever vers l'empyrée. Il lui suffit d'un mouvement de sa volonté pour atteindre les étoiles.

— Hori, il y a ce que tu sais ou ce que tu crois savoir, et ce que pensent les autres qui peut être tout autre chose. Vois : ton frère Khafrê est persuadé que sa tâche la plus utile dans la Terre chérie est de bâtir cette pyramide et de terminer l'érection de ce sphinx qui aura son visage. Il en est si fortement persuadé qu'il y investit toutes ses forces, occupe son esprit à ce seul labeur. Au point qu'il s'est installé dans l'ancien palais de votre père sans songer à le rendre plus confortable, à l'agrandir ou même à faire certaines réparations qui pourtant s'imposent. Il ne nous appartient pas de le décourager, de l'inciter à porter ailleurs sa volonté de s'affirmer. Son frère Minkaf gère à sa place le royaume comme un bon vizir, juste et compétent, car il est établi dans cette fonction depuis maintenant de nombreuses années. J'ai la conviction que le royaume est bien gouverné. Il sera temps, lorsque seront achevés ces grands travaux, de s'intéresser à des tâches plus humbles dans la mesure où elles peuvent attendre.

CHAPITRE XIV

Malgré le désir qu'il en avait, Djedefhor avait évité de se rendre au Grand Palais où il craignait de rencontrer Persenti en compagnie de son frère. La jeune femme, de son côté, ne retourna pas une nouvelle fois auprès de lui, ce qui laissa dans le cœur de Djedefhor un certain goût d'amertume, bien qu'il ne pût douter de la renaissance de son amour à en juger par la manière dont elle s'était donnée à lui le jour où elle était venue le retrouver dans son auberge. Mais son temps et son esprit étaient si totalement occupés par l'organisation de sa maison, les visites fréquentes d'Hénoutsen et de ses sœurs, la présence des danseuses et des musiciennes qui meublaient sa solitude, la nuit venue, sans qu'il se décidât à en élire une pour l'accompagner dans son sommeil, qu'il en oubliait celle qui n'était plus maintenant que sa belle-sœur.

Enfin un matin son neveu Néfermaât, le fils d'Ibdâdi et de Néferkaou qui avait sa demeure sur le plateau où se dressait la pyramide de Khéops, à peu de distance du temple d'Isis, vint en personne devant Djedefhor et, après l'avoir salué, il dit :

— Seigneur, mon oncle bien aimé, Sa Majesté

m'envoie pour te prier de venir auprès de lui. Sa Majesté va se rendre devant la pyramide lumineuse, et c'est là que ton serviteur est chargé de te conduire.

— Néfermaât, mon neveu, lui répondit Djedefhor, je suis content de te voir devant moi car je n'ai fait que t'entrevoir lors de la réception qui a été donnée pour mon retour dans la Terre noire. Ainsi est-ce toi qui es chargé du culte de notre père, le dieu qui est auprès d'Osiris.

— Ton serviteur t'a succédé dans cette charge que la jalousie d'un impie t'a empêché de remplir. Mais face à toi, je me trouve bien indigne d'un si grand honneur.

— Néfermaât, tu es trop modeste. Ton père est un grand sage et je suis persuadé qu'il t'a inculqué sa sagesse de sorte que tu es certainement digne d'accomplir le rite. Allons, je te suis, ne faisons pas attendre Sa Majesté.

Lorsque Djedefhor parvint sur le plateau où se dressait la pyramide lumineuse, en compagnie de Néfermaât, Khéphren était déjà installé sur un siège dressé sous un grand dais, en compagnie de Minkaf et de divers grands de sa cour. Il vint s'incliner devant son frère qui se leva et, après l'avoir accolé, le prit par le bras en lui demandant :

— Hori, mon frère bien-aimé, es-tu satisfait de ton installation dans le palais de ta divine mère ? As-tu trouvé le loisir d'apprécier les servantes que Ma Majesté t'a envoyées ?

— Khafrê, comment pourrais-je n'en pas être satisfait, moi qui ai connu tant d'adversités et qui prétend atteindre cette sagesse grâce à laquelle ses élus savent se contenter de rien ? Ta bonté est telle que, en fin de compte, elle risque de m'être un mal, car je dois lutter avec toute mon énergie contre les tentations que m'offrent tous les biens et toutes les personnes si belles qui m'entourent. Mais c'est aussi une bonne épreuve car si d'aventure j'y succombais, ce serait la preuve que je suis encore loin d'avoir acquis cette sérénité de l'âme que je crois avoir trouvée.

— Tes paroles sont décidément celles d'un homme qui a trouvé la vraie sagesse. Tu devrais occuper tes loisirs à mettre par écrit les préceptes conduisant à un tel détachement des biens du monde et indiquer les chemins qu'il convient de suivre pour devenir capable de s'imposer de telles règles.

— Crois, mon frère, que j'y songe car il me paraît que je ne vais pas manquer de loisirs pour réaliser une si noble tâche.

— Je ne sais si tu pourras disposer de loisirs aussi étendus que tu pourrais l'espérer car il plairait à Ma Majesté que tu acceptasses la délicate mission d'instruire les princes, de leur inculquer ta sagesse, d'une part, et, d'autre part, leur enseigner les langues que tu connais et leur ouvrir de nouveaux horizons en leur parlant des peuples et des hommes que tu as été amené à rencontrer et à connaître lors de tes pérégrinations.

— C'est là, en effet, une charge difficile à remplir que tu voudrais me voir assumer, mais je ne me déroberai pas, bien que je ne sois pas persuadé que tous les princes soient disposés à s'engager dans le long et pénible labeur que représente l'étude de toutes les langues que ton serviteur a été amené à apprendre.

Ils feront ce qu'ils pourront. Je crois que mon fils aîné, Mykérinos, est déjà trop âgé pour s'imposer de si longues études. Il est destiné à me succéder sur le trône d'Horus de sorte que de telles connaissances ne lui seront que de peu d'utilité. Pour ce qui le concerne, c'est plutôt le discernement dans le gouvernement des hommes qu'il convient de lui inculquer. Mais tu auras aussi la mission d'éduquer son frère Kounérê et le fils de Persenti, Nékaourê, et aussi celui d'Hedjekenou, Sékhemkarê. Encore que, pour ce dernier, il soit trop jeune pour être confié à tes soins.

— Quoi qu'il en soit, Ta Majesté me confie là une mission qui m'agrée et je ferai tout ce qui est en mon pouvoir pour la remplir aussi heureusement que la déesse Shesat m'en donnera la faculté.

— Je te remercie, mon frère, pour ton acceptation. Maintenant, sache que si je t'ai demandé de me retrouver devant la pyramide de notre père, c'est pour une autre raison que celle de te proposer la charge de précepteur des princes, tes neveux. Vois : notre père t'avait confié non seulement le soin de son culte dans le temple de sa pyramide, mais encore ce qui concerne les rites secrets du temple caché. Tu es le seul à qui il ait confié non seulement le secret de ces rites, mais aussi le moyen d'accéder au lac souterrain.

— Ce secret était aussi connu des trois premiers prêtres parmi les cent vingt que le dieu notre père avait chargés de l'entretien du temple, lui fit remarquer Djedefhor.

— C'est exact, reconnut le roi, mais après que le dieu Khoufou eut été déposé dans le sarcophage et que l'usurpateur fut monté sur le trône des Deux Terres, toi-même une fois éloigné de l'Égypte, les mystères divins n'ont plus été pratiqués, l'usurpateur a chassé les prêtres qui avaient refusé de pratiquer leur office sous sa direction, comme il l'aurait voulu. Et, depuis, les trois prophètes, maîtres du secret de la porte du temple caché, sont morts et tu restes ainsi le seul à connaître le mécanisme qui permet l'ouverture de cette porte. En vain, lorsque je suis devenu le maître de ce pays, j'ai essayé de faire ouvrir l'accès au temple souterrain du dieu. Certes, il aurait été possible de percer la paroi à l'aide de nos outils, mais ç'aurait été commettre un sacrilège. Nous allons donc tous les deux, uniquement toi et moi, descendre dans la galerie inférieure, et tu ouvriras la porte, si tu n'as pas oublié les gestes qu'il faut faire.

— Comment aurais-je pu les oublier? Mais il serait utile de nous faire accompagner de Néfermaât, et peut-être de Minkaf, afin que je ne reste pas seul à connaître les manœuvres indispensables à l'ouverture de la porte. Ce n'est pas par caprice que notre père a voulu que, outre moi-même, trois hommes pieux soient les détenteurs du secret. Et c'était à peine suffisant puisque tu m'apprends qu'ils ont rejoint leurs *kaou*, et que, si je n'étais pas revenu dans la Terre chérie, ce secret serait perdu à jamais et tu aurais été dans l'obligation de commettre le sacrilège d'arracher les vantaux de pierre qui séparent la galerie souterraine du lac où se trouve l'île de l'Embrasement.

— Qu'il en soit fait comme tu le proposes. Minkaf et toi, Néfermaât, vous nous accompagnerez dans la pyramide : Ma Majesté vous charge de tenir les torches qui éclaireront nos pas.

Après avoir ainsi parlé, en se tournant vers son frère et son cousin, Khéphren s'avança vers l'échelle par laquelle on accédait à l'entrée surélevée de la pyramide. Les lourdes pierres de fermeture avaient été retirées et trois prêtres se tenaient près du seuil, gardiens de la porte du ciel et de la terre.

— Khafrê, interrogea Djedefhor lorsqu'ils se furent engagés dans la galerie, es-tu revenu dans la salle haute, dans la chambre que notre père appelait la Douat ?

— Jamais, répondit spontanément Khéphren. Je me suis arrêté à l'entrée de la grande galerie dont les parties hautes disparaissent dans les ténèbres, cette galerie qui est comme le chemin du ciel conduisant à la Douat. Rappelle-toi ce que nous a déclaré le dieu, notre père, lorsqu'il nous y a entraînés : nous ne devions désormais plus revenir dans cette salle à moins que nous ne soyons initiés à ses mystères. Or, même toi qui es allé le plus loin dans la connaissance des secrets divins, si tu es passé par Héliopolis et Hermopolis, tu es resté ignorant des mystères d'Abydos et de Dendérah. Vois : même notre frère impie, lorsqu'il était assis sur le trône des Deux Terres, n'a pas osé enfreindre l'interdiction. Il craignait même si vivement la colère des dieux qu'il n'a jamais mis les pieds dans la pyramide, il ne l'a même pas approchée.

— De sorte, conclut Djedefhor, que depuis que le dieu Khoufou est monté dans la barque de Rê, jamais plus n'ont été célébrés les mystères du dieu grand.

— Les prêtres-*sem* ont seulement continué d'entretenir le culte du dieu Khoufou dans son temple. Tu le sais, c'est maintenant Néfermaât qui est chargé de leur direction, selon la volonté de Ma Majesté.

Djedefhor prit des mains la torche que tenait Néfermaât pour s'enfoncer le premier dans la galerie obscure. Suivi de ses frères et de son cousin, il emprunta le couloir descendant qui conduisait dans la salle inférieure que Khéops leur avait dit être le monde de la mort, le domaine de l'angoisse et des ténèbres. Un silence épais régnait dans la salle obscure et vide, qui sembla s'animer lorsque les lueurs tremblantes des torches chassèrent les ténèbres [1]. Minkaf ne put alors s'empêcher d'avouer, en élevant son flambeau afin de mieux éclairer la pièce :

— Mes frères, lorsque notre père nous a introduits dans cette salle, j'ai éprouvé je ne sais quel sentiment d'angoisse et je me suis senti si mal à l'aise que j'ai eu envie de prendre la fuite. Nous n'avons fait qu'y passer et pourtant j'ai eu l'impression d'y avoir séjourné pendant des heures, et plus encore. Ce fut un grand soulagement pour moi de revenir vers la lumière du jour. Vingt années se sont écoulées, et pourtant je ressens de nouveau ce même sentiment d'effroi, la terreur que doit ressentir l'âme du mort lorsqu'elle traverse les galeries obscures qui précèdent la salle où trône Osiris pour le grand jugement.

— Un tel sentiment te vient parce que nous sommes proches du mystère de la mort, lui répondit Djedefhor en rendant sa torche à Néfermaât à qui il demanda de l'éclairer.

Il s'était placé devant la paroi rocheuse située sur sa droite dont il tâta les faibles aspérités jusqu'à ce qu'il sentit sous ses doigts les points singuliers de lui seul connus, sur lesquels il exerça une pression. Une pierre peu épaisse, d'environ deux coudées de côté, pivota sur un axe central, découvrant une profonde cavité. Il ne s'y trouvait qu'une épaisse poignée de bronze que Djedefhor tira vers lui en fournissant un effort soutenu. Ses compagnons purent alors

1. Voir *Le Roman des Pyramides,* t. II, *Le Rêve de pierre de Khéops,* chapitre XXIII.

voir qu'une lourde dalle, qui occupait la plus grande partie du fond de l'étroit couloir qui s'ouvrait au fond de la salle, tourna lentement vers la droite, découvrant l'accès d'une nouvelle galerie obscure. Djedefhor recula tout en tirant sur la poignée métallique fixée à une longue chaîne de bronze jusqu'à ce que la dalle ait effectué un tour de quatre-vingt-dix degrés et soit venue se plaquer contre la paroi de droite de la galerie.

— Il s'agit d'un mécanisme aussi simple qu'ingénieux, commenta Djedefhor. La poignée que j'ai tirée est reliée par une longue chaîne à une clenche fixée à la dalle de fermeture. Cette chaîne s'intrique dans un jeu de poulies de sorte que, lorsqu'on la tire, elle relève la clenche qui dégage un levier enfoncé dans la pierre, destiné à maintenir solidement en place la grande dalle servant de porte. En continuant de tirer sur la clenche on fait, comme vous avez pu le constater, pivoter la porte pourvue de gonds qui tournent dans des crapaudines de bronze; celles-ci ont été, au préalable, remplies de cette même substance huileuse que j'ai rapportée du pays de Siddim, grâce à quoi les pivots tournent sans bruit ni sans gros efforts. Pour refermer la porte et la bloquer, il suffit, lorsqu'on revient ici, de tirer la dalle en relâchant la chaîne qui la tient ouverte; la dalle étant posée avec une légère inclinaison, elle se ferme toute seule et le levier glisse ensuite dans sa crapaudine entraîné par son propre poids.

Ayant ainsi parlé, Djedefhor reprit la torche des mains de Néfermaât et s'engagea dans l'étroite galerie.

Pour la première fois, ils firent alors en sens inverse le chemin du retour vers la lumière qu'ils avaient accompli à la suite de leur père vingt ans auparavant. Djedefhor, qui allait en tête, désigna d'une main levée les pierres lisses du plafond bas de la galerie pour rappeler ce qu'avait alors dit Khéops :

— Que le dieu grand fasse que jamais nous n'ayons à faire basculer ces dalles qui libéreront la terre et les pierres destinées à combler cette galerie et à fermer à jamais l'accès du temple de l'île de l'Embrasement, l'image mystique de l'Univers.

— Quelle raison aurions-nous de fermer cet accès ? répliqua Khéphren avec toute la certitude d'un souverain assuré de sa puissance.

— Sans doute, Khafrê, en cet instant aucune crainte n'effleure ton esprit car tous s'inclinent devant ta majesté, tout ploie devant ta volonté. Mais tu sais bien qu'en vérité tu es mortel comme tout homme, comme notre père, et que viendra un jour où tu seras dépouillé de toute ta puissance terrestre. Vois : pour aussi vénéré et respecté qu'ait été notre père, le jour où son âme a quitté son corps, il a perdu tout pouvoir, et son fils dévoyé a pu imposer à la Terre noire ses caprices et il a injurié Maât sans que personne, mortel ou dieu, ne soit intervenu. Et si notre sœur n'avait réussi à lui faire voir la sombre couleur, il serait encore assis sur le trône d'Horus et continuerait de faire triompher l'injustice sous le regard impassible de Rê. Comment peux-tu alors préjuger de l'avenir ? Je ne doute pas de la droiture de ton fil aîné Mykérinos dont tu as fait le prince héritier, mais sait-on comment il évoluera avec les ans ? Et que feront ses successeurs ? N'oublie pas que l'île de l'Embrasement est remplie de richesses : ce que tu n'as peut-être pas remarqué, ce que notre père ne vous a pas dit mais qu'il m'a révélé par la suite, c'est que toutes les colonnettes et les coupelles où brûlent les feux qui illuminent l'île sont en or. L'or et les pierres précieuses abondent dans le temple. Il est heureux que notre frère l'ait ignoré, sans quoi il aurait été bien capable de commettre le sacrilège de casser les dalles d'accès et de s'emparer des trésors ensevelis avec le corps de notre père dans le temple du dieu.

— S'il en est bien ainsi, reconnut Khéphren, je comprends les précautions qu'a prises notre père pour défendre l'accès du lac souterrain et de l'île de l'Embrasement.

Ils étaient parvenus au fond de la galerie fermée par une nouvelle porte close. De part et d'autre des deux vantaux de la porte, sur chaque côté de la paroi, des torches éteintes étaient insérées dans des anneaux fixés dans la pierre. Djedefhor les alluma avec sa propre torche. En voyant monter les flammes dans un doux crépitement, Minkaf manifesta sa surprise :

— Est-il possible que ces torches soient restées là depuis tant d'années et qu'elles s'allument encore aussi facilement ?

— Tu peux t'en persuader, lui répondit Djedefhor. Elles sont enduites d'une résine que ne peut atteindre le temps, surtout dans ce lieu parfaitement sec.

Les deux vantaux formés chacun par une haute et épaisse dalle de granit étaient fermés par une lourde barre de bronze glissée dans des œillets fixés dans la pierre de sorte que, s'il était facile d'ôter la barre et de pousser les dalles qui pivotèrent aussi sans mal sur leurs gonds, il était impossible de les ouvrir lorsqu'on se trouvait de l'autre côté. C'est pourquoi, le jour où Khéops s'était retrouvé avec ses enfants devant cette porte, après la navigation dans les canaux et sur le lac souterrain, il avait dû souffler dans une conque pour alerter les portiers installés dans la petite salle terminant la galerie inférieure.

Lorsqu'ils se trouvèrent sur la courte jetée qui s'avançait dans les eaux noires du lac souterrain, les quatre hommes restèrent un moment silencieux, comme écrasés par les ténèbres qui enveloppaient l'immense grotte à laquelle ils venaient d'accéder.

— Les lampes de l'île sont éteintes et tout semble aussi sombre que silencieux, remarqua Khéphren.

— Après tant d'années, lui demanda Djedefhor, tu ne t'attendais pourtant pas à ce que les feux aient pu continuer de brûler dans les coupelles. Depuis longtemps l'huile a été épuisée et les mèches se sont consumées.

Néanmoins, la grande embarcation sur laquelle ils avaient navigué vers l'île, et ensuite vers le petit môle sur lequel ils se tenaient, se trouvait toujours amarrée à quai, complètement immobile, car pas le moindre souffle ne ridait les eaux mortes du lac.

— Soyons prudents en montant dans le bateau, dit Khéphren. Le bois pourrait bien en être pourri.

— C'est du bois imputrescible des cèdres des montagnes d'Argent, fit remarquer Djedefhor en sautant le premier dans l'embarcation qui tangua doucement.

Il rendit à son cousin la torche et vint saisir la longue gaffe posée à la poupe, destinée à remplacer les avirons le cas échéant. Néfermaât, dernier à embarquer, détacha l'amarre et, vigoureusement poussée par la perche que maniait habilement Djedefhor, la longue embarcation s'éloigna lentement du quai puis glissa sur les eaux calmes, dans un léger bruit mouillé.

— Sais-tu précisément où se situe l'île, dans cette obscurité ? demanda Khéphren à son frère.

— Je me dirige droit sur elle, répondit Djedefhor avec assurance.

— Comment peux-tu en être sûr ? s'étonna le roi.

— Je suis revenu plusieurs fois dans l'île avec notre père, et il a voulu que je manie moi-même la gaffe pour apprendre à diriger le bateau d'une main sûre, dans la bonne direction.

— Tu ne nous en as alors rien dit.

— Le dieu qu'était alors Sa Majesté m'a interdit de révéler à qui que ce soit le secret de nos voyages dans ce monde caché d'Osiris. Je puis maintenant le dire devant toi qui es le roi, mais il m'est interdit de vous révéler les mystères qu'il m'a alors fait connaître. Je ne pourrai les communiquer qu'à quelqu'un qui aura été initié à ceux d'Héliopolis, d'Hermopolis et d'Abydos.

— Pourtant toi-même n'es jamais allé à Abydos.

— Notre père a jugé que ma connaissance des mystères était suffisamment avancée pour m'initier lui-même à ceux d'Osiris. Il l'a fait ici même, dans l'île de l'Embrasement qui est comme celle où se déroulent les mystères du dieu dans son temple souterrain d'Abydos.

— Cela aussi tu l'as gardé secret, tu ne nous en as jamais rien dit.

— Je n'en ai parlé à personne et moins encore à toi puisque tu te trouvais alors à Éléphantine.

Les contours estompés de l'île se dessinèrent dans la lueur des torches que Minkaf et Néfermaât tenaient à bout de bras pour éclairer le plus loin possible. Mais Djedefhor paraissait si bien connaître la direction à suivre sur la nappe aquatique qu'il semblait n'avoir même pas besoin de lumière pour conduire l'embarcation jusqu'au quai de l'île contre lequel il la rangea, puis il sauta à terre et amarra à une bitte le cordage que lui envoya Néfermaât.

Djedefhor reprit la torche et se hâta vers la première coupelle d'éclairage sur laquelle il se pencha, puis il approcha la torche d'un bout de mèche qui surnageait sur un épais liquide ambré. Aussitôt la mèche s'enflamma et dispersa sa lumière dans les ténèbres. Djedefhor courut alors vers l'autre coupelle qu'il alluma pareillement.

— Voyez ! s'exclama-t-il, les lumières ne se sont pas éteintes d'elles-mêmes après avoir épuisé le combustible. Les mèches semblent neuves et l'huile intacte. Elles ont été éteintes volontairement, je ne sais quand.

— Certainement par les trois prêtres chargés de les entretenir, avança Khéphren. Lorsque tu t'es éloigné et qu'ils ont craint les réactions de l'usurpateur, ils ont dû tout éteindre et fermer les accès à l'île.

— Telle doit être la vérité, renchérit Minkaf. Lorsque notre frère m'a eu intronisé comme son vizir et après ton départ, Hori, il m'a demandé de rechercher les prêtres chargés du culte de notre père. Je les ai trouvés et je leur ai parlé. Ils m'ont alors dit qu'ils ne pouvaient continuer d'assumer leur tâche qui devenait inutile tant que tu serais absent et que régnerait le prince désigné par le dieu. Ils l'avaient déjà jugé et redoutaient son avidité et son impiété. C'est pourquoi ils ont peu après disparu sans que nul n'ait pu savoir où ils s'étaient retirés. C'est alors qu'ils ont dû éteindre les feux et fermer les portes de la galerie inférieure. L'usurpateur n'a pas paru s'en soucier car lorsque je suis venu lui dire qu'ils étaient introuvables, c'est à peine s'il m'a écouté et, par la suite, il ne m'a jamais plus parlé d'eux. Il semble qu'il les ait complètement oubliés, tant il portait peu d'intérêt aux œuvres de notre père. Je crois même qu'il voulait ostensiblement les ignorer, raison pour laquelle il a tenu à ce que sa pyramide soit construite loin d'ici, vers le nord, comme s'il craignait de se trouver sous le regard de notre père assis dans la barque du soleil.

— Cet éloignement n'aurait pas changé grand-chose, remarqua Khéphren. Ne dit-on pas que le soleil voit tout ce qui tombe sous ses rayons ?

— Le soleil, peut-être, répondit Minkaf, mais certainement pas notre bien-aimé père. Sans quoi il n'aurait pas attendu huit ans pour jeter son fils au bas de son trône.

— D'autant, renchérit Djedefhor, que ce n'est pas lui mais sa fille, la propre sœur de l'usurpateur, qui a tranché le fil de ses jours, comme le chat coutelier le fait avec le serpent dans le monde des démons.

Tout en progressant le long de l'allée conduisant au palais-temple qui dressait dans l'ombre sa masse prodigieuse, Djedefhor allumait les lampes dont les flammes s'élevaient, vibrantes, vers la voûte de l'immense grotte. La façade du palais souterrain fut alors suffisamment éclairée pour qu'ils puissent prendre la mesure de ses dimensions et de la beauté du travail des artisans qui l'avaient érigée. Djedefhor fit le tour du monument afin d'allumer toutes les lampes qui l'entouraient et le baignèrent alors dans une lumière dorée qui parut comme le lever du soleil dans toute sa gloire lorsqu'il déchire le sombre voile de la nuit.

Ils entrèrent alors dans le bâtiment qui semblait soudainement renaître à la vie. Djedefhor s'avançait dans le labyrinthe des galeries avec une parfaite assurance qui révélait sa connaissance des lieux. Ils débouchèrent bientôt dans la salle centrale entourée du portique, dont Djedefhor alluma les lampes qui, ici aussi, semblaient apprêtées pour cet emploi. Ils s'approchèrent avec une crainte respectueuse du grand sarcophage en granit rose disposé sur le podium central : c'est là que le roi défunt, Khéops, avait été déposé selon ses vœux par les prêtres-*sem* dirigés par Djedefhor en personne. Or, lorsqu'ils se penchèrent sur la cuve, quelle ne fut pas leur stupeur de la trouver vide ! Ils s'entre-regardèrent en silence puis Khéphren s'adressa à son frère :

— Hori, es-tu certain que le corps de notre père a été placé dans ce sarcophage ? N'aurait-il pas été déposé dans celui qui se trouve dans la salle haute de la pyramide ?

— Khafrê, lui répondit-il, Ta Majesté doit porter suffisamment d'estime à la lucidité de son frère bien-aimé pour lui accorder sa confiance lorsqu'il lui affirme que c'est bien dans ce coffre de pierre, dans cette salle, dans ce palais, dans cette île, dans ce lac souterrain que le corps de notre royal père a été déposé, sans qu'aient été pratiqués sur lui les rites de la momification, suivant en cela ses exigences souveraines.

— Il est alors possible que, dans la crainte d'une profanation, les prêtres aient déposé le corps dans la pyramide, suggéra Minkaf. Maintenant que tu es le roi, Khafrê, nous autorises-tu à nous rendre dans cette salle, bien que notre père nous en ait interdit l'accès tant que nous n'aurons pas reçu les initiations préalables ?

— Je n'ai pas d'autorité pour cela, répondit

Khéphren, mais Hori peut s'y rendre sans commettre de sacrilège. Cependant, auparavant, faisons une visite complète de ce palais dans le cas où les prêtres auraient disposé le corps divin dans une autre salle moins accessible.

— Il n'en peut être ainsi, assura Djedefhor. Je connais toutes les chambres et les galeries de ce bâtiment. Il ne s'y trouve qu'une seule grande salle, c'est celle où nous nous trouvons. En transportant ailleurs le corps du roi, les prêtres se seraient rendus coupables d'une véritable profanation. Jamais ils n'auraient osé prendre une telle initiative.

Néanmoins, pour chasser tout doute, Khéphren tint à visiter les pièces, peu nombreuses, de la demeure et les galeries d'accès. Or les salles étaient encombrées de vases précieux en albâtre ou de vaisselle de terre cuite contenant de la nourriture, des vins et des parfums, d'objets en or et en argent, de meubles en bois d'ébène incrusté d'ivoire et de nacre, toutes offrandes destinées à accompagner le défunt dans son voyage nocturne, que personne n'avait touchées, selon la remarque de Djedefhor qui avait dirigé leur mise en place. Ce qui prouvait que le palais sépulcral n'avait pas été violé, que nul voleur n'y avait pénétré. La question se posait donc toujours de savoir qui avait bien pu retirer la dépouille royale de son sarcophage et où elle avait bien pu être transportée.

— Mes frères, dit enfin Khéphren, nous n'avons plus rien à faire ici. Hori, tu vas te rendre dans la salle supérieure car j'ai hâte de savoir si tu y trouveras le corps de notre père.

— Khafrê, j'y monterai si tel est ton désir, mais je sais que je n'y trouverai rien, elle est vide et le restera car telle était la volonté de notre père. Je ne puis non plus croire que les prêtres aient osé prendre la décision de l'enlever de cette demeure souterraine qui est celle où le roi avait voulu être enseveli.

— Admettons, répliqua Khéphren, qu'il en soit comme tu le dis. Mais alors, où se trouve le dieu ?

— Khafrê, notre père n'était ni plus ni moins dieu que nous, que toi qui es maintenant assis sur son trône, que moi ou Minkaf ou Néfermaât, ou que n'importe quel être vivant sous le soleil. Tous nous sommes mortels, mais tous nous sommes issus du dieu grand et c'est de lui que nous tenons ce qu'il y a en nous de divin, la partie immortelle de notre être, notre akh. C'est l'un des enseignements de notre père : le roi doit être considéré par le peuple comme une incarnation du dieu car les hommes ont besoin d'adorer un être visible et vivant sous leurs yeux et ainsi, proche d'eux, car le dieu grand ne peut être vu ni même conçu du seul fait qu'il enferme dans son sein tout l'Univers, manifestation sensible de son être infini et éternel. C'est pourquoi les dieux que nous donnons à adorer aux hommes épousent des formes humaines et animales car ils ne sont que des attributs sensibles du dieu grand, des symboles de sa présence, des formes tangibles de son être, susceptibles d'être appréhendés par le commun des mortels. Car l'homme est fait de telle manière qu'il ne peut ni concevoir ni adorer une divinité qui ne serait que pur esprit. Sa capacité d'adoration est bornée à ce qu'il peut voir, toucher, ou tout au moins imaginer. Et il ne peut imaginer que des êtres ou des objets dont il a une expérience sensible ; il ne peut imaginer l'abstrait, ce qui ne peut être défini que par des mots, supports des concepts. S'il imagine le dieu, il ne peut le concevoir que sous un aspect familier, un homme, une femme, un animal, un mélange des deux, à la limite un objet, une pierre dans laquelle il croit que s'est manifesté le dieu, invisible par essence puisque incorporel. Car s'il avait un corps, il connaîtrait la génération, la naissance et la mort et il ne serait alors plus dieu.

— Hori, l'interrompit Khéphren, Ma Majesté ne te suit plus dans tes spéculations et tu es en train de trop me persuader de mon humanité au point que, si tu continues à discourir de la sorte, j'aurai du mal à ne pas éclater de rire lorsque mes sujets viendront flairer le sol à mes pieds en me considérant comme un dieu vivant. Dis-nous plutôt ce que tu penses donc de la disparition du cadavre de notre père.

— Je pense qu'il n'était peut-être pas mort.

La réponse fut suivie d'un silence avant que Khéphren ne reprenne :

— Que veux-tu dire par là ? Quoi ! Notre père aurait soudainement mis un terme à son règne et se serait fait ensevelir encore vivant ?

— Il n'a pas été enseveli et il a manifesté sa volonté de ne pas être momifié, il a tenu à ce qu'on le dépose dans sa tombe le lendemain, que dis-je ! le jour même de sa mort. C'est ce qui a été fait. Mais de tels vœux, qui allaient contre la coutume et même le plus simple bon sens, ne vous semblent-ils pas étranges ? Voyez : lorsqu'on a trouvé notre père dans cet état de raideur extatique qu'on a pris pour la mort, il avait réalisé son rêve de pierre, sa pyramide était achevée ainsi que son œuvre dans la Terre noire. Ne nous a-t-il pas quittés en pleine jeunesse ? Sa Grande Épouse Hénoutsen ne vit-elle pas parmi nous, toujours éclatante de vigueur, encore jeune ?

— Elle avait quelques années de moins que lui, remarqua Minkaf.

— Si peu !

— S'il faut t'en croire, reprit Khéphren, notre père aurait quitté sa tombe pour terminer sa vie ailleurs ? Mais où et pourquoi ?

— D'où venait, reprit vivement Djedefhor, et où allait cet homme mystérieux qu'avait rencontré notre père sur ce même lieu où il a fait ériger sa pyramide, ce Philitis qui lui a révélé l'existence de ces galeries souterraines dont notre père a voulu faire une image de la Douat, selon ses propres paroles ? Où est-il ensuite allé ? Je soupçonne notre père, une fois son rêve réalisé, une fois son monument éternel livré aux générations futures en témoignage des mystères auxquels il a été initié, d'être allé rejoindre ce Philitis dans la véritable Douat, ou encore dans cette île du Ka, cette île de la mer de Coptos qu'en vain j'ai cherchée pendant tant d'années.

Ces paroles résonnèrent si étrangement dans les cœurs de ses frères et de son cousin qu'ils restèrent tous silencieux comme pour mieux en saisir la matérialité, pour se persuader d'une réalité qui leur paraissait pourtant bien improbable. Enfin Khéphren rompit un silence devenu pesant :

— Rentrons, dit-il. Qu'il soit réellement mort ou qu'il nous ait quittés pour aller où tu le dis, notre père a disparu à nos regards depuis de trop nombreuses années pour que ta supposition change quoi que ce soit pour nous. Néanmoins, il plairait à Ma Majesté que tu te rendes dans la salle haute de la pyramide pour voir de tes yeux dans quel état elle se trouve, depuis tant d'années que nul n'y a pénétré.

Comme Djedefhor s'apprêtait à étouffer les lumières :

— Non, intervint Khéphren, laisse brûler les

lampes et que désormais cette île de l'Embrasement soit toujours illuminée, car n'était-ce pas aussi la volonté de notre père ? Il me plairait d'y revenir parfois pour y méditer. Nous procéderons à une sélection de prêtres chargés de garder ses mystères.

Ils s'en retournèrent dans la barque que Djedefhor conduisit jusqu'à la jetée. Lorsqu'il eut fermé le double huis de pierre et posé la barre de blocage, Khéphren dit alors :

— Si réellement notre père avait quitté son palais souterrain, il n'aurait jamais pu le faire qu'avec la complicité des prêtres chargés de son culte car cette porte une fois close, il aurait été bien en peine de sortir au jour.

— Sans doute, admit Djedefhor, à moins qu'il n'existe une sortie cachée au fond de l'un des nombreux boyaux formant des canaux souterrains.

— De cela je veux avoir le cœur net, dit alors le roi. Je vais préposer une équipe d'ouvriers à la recherche d'une issue secrète.

— Ils ne pourront alors que travailler à l'extérieur, lui fit remarquer Djedefhor. Songe qu'il serait sacrilège de les faire entrer dans le lac souterrain maintenant qu'il a été consacré par notre père. Je crois même qu'ils se refuseraient à y pénétrer.

— Ils travailleront donc à l'extérieur et je chargerai les prêtres destinés à entretenir les feux et le culte dans le palais souterrain de parcourir les canaux à la recherche d'une issue possible.

CHAPITRE XV

Suivant les recommandations de Khéphren, Djedefhor s'était aventuré tout le long de la grande galerie d'où il avait pénétré dans la chambre haute. Il l'avait retrouvée vide et nue avec sa grande cuve, telle qu'il l'avait vue en compagnie de son père. Lui-même avait été une fois témoin des mystères institués selon la volonté de Khéops. Il lui revint alors à la mémoire que c'est Djédi en personne, l'étrange sage qu'il était allé chercher à Hermopolis à la demande de son père, qui avait organisé la cérémonie avec le roi.

— Khafrê, dit-il à son frère lorsqu'il fut revenu auprès de lui, la cuve est vide, la chambre est vide, là-haut ne règnent que le vide et les ténèbres.

— Djedefhor, mon frère, répliqua le roi, n'est-ce pas une illusion de ta perception que cette viduité et cette ténèbre ? Car si, comme l'a voulu notre père, cette salle haute est l'antichambre du ciel, elle devrait être lumineuse comme le laisse entendre le nom même que notre père divin a attribué à cette pyramide.

— Il doit en être ainsi, par-delà les apparences. Mais écoute : il m'est revenu à l'esprit que la personne que notre père a associée aux mystères de la chambre haute n'est autre que ce Djédi que j'ai ramené d'Hermopolis et qui, d'après ce que m'a fait savoir Hénoutsen, est venu jusqu'à Éléphantine pour te faire part de la folie de notre frère. Saurais-tu où il réside maintenant, si encore il est de ce monde ?

— Il est bien vivant, assura Khéphren. Une fois Ma Majesté assise sur le trône d'Horus, il a voulu s'installer à Héliopolis et je lui ai permis d'aller s'y établir. Je lui ai même proposé la fonction de Grand des voyants de Rê à Héliopolis, car Iziânkh, le premier du clergé du dieu, commence à se faire vieux, mais il a décliné mon offre, il a voulu se retirer dans la demeure du Phénix afin d'y méditer et continuer d'approfondir son savoir, sans les soucis du culte, tant il est avare de son temps.

— C'est l'avarice d'un sage qui sait la vie trop courte pour qu'on en gaspille les précieux moments qui la constituent, constata Djedefhor qui reprit aussitôt : il serait utile que Ta Majesté le fît venir dans son palais, ou encore que je me rendisse auprès de lui afin de l'interroger sur notre père. Car il sait peut-être plus de choses que nous ne pouvons l'imaginer. Et il reste aussi le seul détenteur des mystères de la pyramide lumineuse.

— Nous le convoquerons dans notre palais. J'enverrai une ambassade auprès de lui, et on le portera devant nous avec tous les soins et les honneurs dus à un homme habité par le dieu.

Puis, comme soudainement inspiré, il regarda Djedefhor et précisa :

— Hori, mon frère, c'est toi qui es allé chercher Djédi à Hermopolis suivant la requête de notre père. Tu le connais mieux que nous. Ma Majesté te charge de cette mission : fais préparer une cange et rends-toi à Héliopolis. Va devant lui et invite-le à te suivre, au nom de Ma Majesté. Je le recevrai non pas dans la grande salle d'audience du palais, mais dans notre jardin, avec toi, Minkaf, mon vizir, et toi, Néfermaât, et aussi mon fils bien-aimé Mykérinos, l'héritier du trône d'Horus, afin que ses oreilles se remplissent du miel de la sagesse qui coule des lèvres de Djedi.

Djedefhor obéit aux ordres du roi sans déplaisir car il aspirait à revoir Héliopolis où il avait longtemps séjourné lorsqu'il étudiait les lois du monde dans la demeure du Phénix, sous la férule bienveillante d'Iziânkh, avant qu'il ne soit nommé Grand Voyant du dieu, après la mort de Sendjemib.

Il fit donc armer le bateau qui lui avait été attribué par le roi et il se fit transporter à Héliopolis. Il avait emporté une chaise en bois d'ébène dont les brancards étaient sculptés dans du bois de cyprès incrusté de motifs en or. Il la destinait à Djedi ; lui-même marchait à côté de la chaise, avec ses serviteurs. Iziânkh, averti de sa visite par un message porté par un pigeon voyageur lâché sur ordre de Khéphren au moment du départ de la cange, vint au-devant de lui et s'inclina pour le saluer. Mais Djedefhor se hâta de le relever et l'accola en lui disant :

— Iziânkh, mon seigneur, c'est à moi qu'il convient de m'incliner devant ta sagesse, devant toi de qui je tiens les éléments de tout savoir.

— Il me semble, Hori, répliqua le prêtre avec un sourire entendu, que tu es devenu plus sage que moi, ou, tout au moins, plus savant, si j'en crois tout ce qui m'a été rapporté à ton sujet.

— Je n'ai que l'avantage sur toi d'avoir parcouru le monde et vu plus de pays. Il te revient,

Iziânkh, de me conduire auprès de ce Djedi que je dois ramener devant Sa Majesté, mon royal frère.

— Je suis devant toi pour te mener auprès de lui, assura le Grand Voyant.

— Lui as-tu parlé de ma venue ?

— Je ne lui ai rien dit. D'ailleurs, je ne l'ai pas vu depuis de nombreux jours. Il lui arrive souvent de s'installer dans une cabane de feuillages à l'orée du désert de Kerahâ, où il reste des jours et des jours en méditation. Les femmes du pays lui apportent alors de la nourriture, du miel sauvage, de l'eau et même du vin, mais lui n'accepte de boire que de l'eau, et il ne mange que quelques légumes et un peu de miel. Tout le reste, il le distribue aux bergers et aux pauvres qui viennent lui rendre visite. C'est dans ce désert où il s'est retiré depuis déjà quelque temps que je vais te conduire.

Ils s'éloignèrent des rives du Nil qu'ils perdirent bientôt de vue et, évitant la ville, ils s'engagèrent dans un chemin qui serpentait dans les terres cultivées pour rejoindre une piste du désert tout proche. Après une heure de marche, ils parvinrent à une falaise crayeuse brûlée de soleil. À son pied était bâtie une hutte de palmes et de roseaux jaunis, pourvue d'une large ouverture dans laquelle apparut Djedi, assis les jambes repliées sous lui, les mains sur les genoux. Il ne portait pas le moindre vêtement, mais, bien que disposant uniquement d'une natte sur laquelle il se tenait, son visage, son crâne et son corps, soigneusement rasés, étaient propres et enduits d'huile parfumée. Car il ne manquait jamais de faire chaque jour des ablutions avec l'eau tirée d'un puits voisin.

Tandis que le cortège restait en retrait, Djedefhor vint devant Djedi, le salua et s'agenouilla face à lui, s'asseyant sur ses talons. Le sage leva alors la tête vers son visiteur.

— Djedi, commença Djedefhor, peut-être m'as-tu oublié depuis tant d'années que tu ne m'as pas vu ?

Mais Djedi ne le laissa pas poursuivre :

— Bienvenue ! Sois le bienvenu ! Tu es Djedefhor, le fils royal de Khoufou à la voix juste. C'est toi qui es venu devant moi alors que j'étais à Hermopolis, déclara-t-il. Et il conclut : je t'attendais.

— Comment pouvais-tu m'attendre ? s'étonna Djedefhor. Quelqu'un t'aurait-il avisé de ma visite ?

— Personne ne m'a parlé de toi, personne ne m'a fait savoir que tu étais rentré dans la Terre noire. Je savais pourtant que tu allais venir et je t'attendais.

— Comment pouvais-tu le savoir alors que moi-même je ne le savais pas encore ce matin même ?

— Pourtant je savais que tu viendrais me chercher pour me conduire devant Sa Majesté, le roi, ton frère.

— C'est, en effet, la raison pour laquelle je me trouve devant toi, confirma Djedefhor sans oser insister pour apprendre de sa bouche par quel moyen son hôte avait été avisé de sa venue. Il n'était pas sans savoir que certains initiés parvenus à un haut degré de sagesse et de connaissances pressentaient certaines configurations de l'avenir par la seule puissance de leur esprit.

— Pourquoi Khafrê veut-il me voir ? demanda Djedi.

— Le roi admire ta sagesse et je lui ai rappelé que c'est toi qui avais organisé la cérémonie initiatique qui s'est déroulée dans la chambre haute de la Lumineuse, suivant la volonté de mon père Khoufou le justifié. Aussi Sa Majesté désire-t-elle te poser quelques questions.

— Je vais me rendre auprès du roi, car il m'apparaît qu'il a besoin de conseils pour demeurer dans le droit chemin de Maât.

— Quoi qu'il en soit, il n'est pas de roi, aussi sage soit-il, qui puisse faire fi des conseils d'un homme tel que toi, renchérit Djedefhor, sans flagornerie car l'admiration qu'il portait à Djedi n'était pas feinte.

Il lui tendit les deux mains pour l'aider à se lever puis ceignit ses reins d'un ample pagne. Il ne se fit pas prier pour s'installer dans la chaise que les porteurs enlevèrent, et l'on prit, sans plus tarder, le chemin du retour afin d'être à Memphis avant la fin du jour.

Lorsque le bateau eut abordé les quais de la grande cité, du côté du fleuve, ce qui était le plus pratique lorsque l'on venait du nord, Djedefhor emmena son hôte dans sa propre résidence car Djedi avait manifesté le désir de passer cette nuit seul dans un jardin, loin de tout bruit pour méditer en regardant les étoiles.

Comme il l'avait déclaré à son frère, Khéphren reçut Djedefhor le lendemain, dans le jardin de son palais, en compagnie de son fils aîné, le prince héritier Mykérinos, Minkaf, Néfermaât et Djedefhor qui conduisit le sage devant le roi.

— Djedi, lui dit Khéphren lorsque le sage l'eut salué, Ma Majesté est heureuse de te voir devant moi. Voilà maintenant bien des mois que tu es allé t'établir à Héliopolis, loin de mes yeux...

— J'étais loin des yeux de Ta majesté, mais près de ceux du dieu grand, de l'Unique.

— Il est bon que des hommes illuminés soient en communion avec le dieu grand, reconnut le roi. Mais ces hommes sont rares et toi-même es le seul qui pourrais renouer avec les rites secrets que mon père Khoufou à la voix juste a jadis accomplis dans la chambre de la Lumineuse. Tu étais avec lui, c'est toi qui as alors instauré ce rite.

— Le roi Khoufou détenait des secrets qui me sont étrangers, lui seul pourrait renouveler les rites, renouer avec la tradition qu'il aurait voulu instaurer. Ton serviteur est maintenant trop vieux et cependant point encore assez savant, il n'a pas pénétré suffisamment en profondeur les arcanes de la science divine pour oser assumer seul la célébration du culte du dieu dans la chambre haute de la Lumineuse.

— Quoi, Djédi, penses-tu qu'il soit mieux que, comme l'a déclaré mon frère Djedefhor, ne règnent plus dans la chambre que le vide et les ténèbres ?

— Djedefhor a prononcé devant toi les mots qui convenaient. Car c'est bien le vide et les ténèbres que le roi, ton père, a voulu faire triompher dans la chambre haute.

— Que dis-tu là ? s'étonna Khéphren. Le vide et les ténèbres, c'est le néant, c'est le rien, c'est l'opposé de la lumière et de la vie, c'est le non-être.

— C'est ce que tu dis, mais c'est aussi son contraire. Car c'est du vide et des ténèbres que sont issus la lumière et la matière, les astres qui tournent dans le ciel, le Soleil et les planètes, la Lune et la Terre. Tout l'Univers tel que croient le découvrir nos regards est né du vide, du rien, et des ténèbres est issue, en un jaillissement soudain, la lumière par qui tout devient vie. Le vide primordial a engendré le temps et l'espace qui n'ont pris de réalité que par la présence de la matière et du mouvement qui lui a été insufflé par le dieu créateur dont la substance propre était le vide. Or c'est bien cet état primordial de l'Univers que le dieu Khoufou a voulu retrouver, reconstituer dans la chambre haute de la Lumineuse. En elle sont le vide et les ténèbres, et elle apparaît pourtant dans tout son éclat comme la Lumineuse : ainsi enferme-t-elle en sa forme et sa structure l'ensemble de l'Univers, sa partie invisible et sa partie visible, ce qui est à l'intérieur et ce qui est à l'extérieur, le plein et le vide, le jour et la nuit, manifestations toujours renouvelées en alternance des ténèbres et de la lumière du commencement du monde.

— Les ténèbres et la lumière ne se livrent-elles pas une guerre éternelle ? Leurs natures ne sont-elles pas opposées ? s'étonna Khéphren.

— Elles le sont en apparence, pour des yeux qui voient ce qui est dehors et non ce qui est dedans. Car en réalité l'une sort de l'autre, l'autre est dans l'une, et ténèbres et lumière forment un tout, un ensemble indissociable.

— De toutes ces paroles tombées de tes lèvres, Ma Majesté doit-elle comprendre que les rites de la pyramide lumineuse ne doivent pas être renouvelés, qu'il convient de laisser la chambre secrète toujours vide et plongée dans l'obscurité ?

— Telle est la volonté du roi justifié, de ton père Khoufou, assura Djedi.

— Il en sera donc fait comme l'a voulu notre père, déclara Khéphren, qui reprit aussitôt après : on a rapporté à Ma Majesté que le dieu t'avait accordé la vision des choses non encore accomplies. Ce que m'a confirmé mon frère Djedefhor qui m'a dit que tu savais qu'il allait venir devant toi pour te conduire dans le palais royal, exécutant en cela ma volonté.

— Il m'arrive d'entrevoir ce qui va se passer dans le futur. Et il n'y a là rien d'extraordinaire puisque nous savons que l'Univers forme un tout, qu'il enferme dans son sein l'espace et le temps, et que ce tout pourrait être comparé à une immense sphère sur les bords de laquelle les mortels progressent sans pouvoir la saisir dans son ensemble, dans son devenir. Nous symbolisons cette réalité par l'œuf, la fleur du lotus et le serpent qui se mord la queue. Pour nous, le présent est le point où nous nous trouvons, le passé le chemin que nous avons parcouru, le futur le chemin qu'il nous reste à parcourir. Mais bien que nous ne percevions pas ces voies, elles n'en existent pas moins, de sorte que le futur est pourtant déjà accompli dans son ensemble, même si nous ne l'avons pas encore découvert. Or le dieu permet à certains mortels d'entrevoir ce futur, comme le voyageur peut apercevoir le chemin qui lui reste à parcourir pour parvenir dans la ville qu'il distingue dans un flou lointain et où se trouvent sa demeure et les siens.

— S'il en est ainsi, t'est-il possible d'entrevoir les étapes du chemin qui s'ouvre dans le temps sous les pas de ton roi ? lui demanda Khéphren.

— Tu as bien parlé en prononçant le mot étapes. Car ce ne sont que quelques-unes de ces étapes que peut entrevoir le devin. Mais pour ce qui concerne Ta Majesté, son serviteur voit plus loin encore, il a eu la révélation du destin de ta descendance.

— Djedi, tu m'intrigues, s'enflamma Khéphren. Dis-moi ce que tu as entrevu, apprends-moi quel est le destin de notre dynastie.

— Il m'a été donné de voir une femme, l'épouse d'un prêtre de Rê, seigneur de Sakhébou, le sanctuaire du dieu qui trône dans la demeure du Phénix.

— Qu'en est-il de cette femme ? s'étonna le roi.

— Elle est enceinte de son époux. Elle donnera le jour à un homme destiné à exercer la fonction bienfaisante.

— Entends-tu par là qu'elle va enfanter un homme qui montera sur le trône d'Horus, un homme qui ne descendra pas de Ma Majesté ? s'indigna Khéphren.

— Il doit bien en être ainsi, affirma Djedi.

— Si je faisais mettre à mort cette femme, ta prophétie ne pourrait se réaliser.

— Certainement si cela était en ton pouvoir. Mais dans ce cas, je n'aurais pu te faire cette prophétie. Et cette femme, je ne sais pas plus que toi qui elle est, ni même ce prêtre de Rê qui n'est peut-être pas encore né.

— S'il en est ainsi, je n'ai moi-même rien à craindre, ni même mon fils ici présent, le prince héritier.

— Je ne le pense pas, mais ce que je viens de te dire s'accomplira et la double couronne reviendra au fils d'un prêtre de Rê, seigneur de Sakhébou.

— S'agirait-il du Grand Voyant, peut-être d'Iziânkh ? demanda Khéphren.

— Certainement pas. Ni d'Iziânkh ni de son successeur. Cet homme ne sera qu'un simple prêtre, mais il sera le père de celui qui est destiné à régner un jour sur les Deux Terres. Seigneur, ne m'en demande pas plus, car je ne vois pas autre chose.

— Ne peux-tu pas te tromper ? Ne peut-il arriver que tu voies ce qui pourrait advenir mais qu'une volonté plus forte pût empêcher de se réaliser ?

— C'est aussi possible, car sache que tout n'est pas décidé d'avance et que la destinée de chacun de nous peut être modifiée par la force de notre propre volonté.

— Dans ce cas, Ma Majesté est décidée à faire tout ce qui est en mon pouvoir pour empêcher que la double couronne puisse ceindre une autre tête que celle de mon fils et ensuite de mon petit-fils et de mon arrière-petit-fils, et ainsi de suite jusqu'à la fin des temps.

— Il t'appartient d'agir ainsi, accorda Djedi, et qui vivra verra ce qu'il adviendra.

CHAPITRE XVI

Khéphren avait voulu que ses enfants, et plus particulièrement son fils aîné, soient élevés parmi les autres fils des grands et même de ses sujets moins fortunés, afin qu'ils restassent en contact avec le peuple et les autres enfants de leur âge. Il savait que son père Khéops avait aimé, dans sa jeunesse, vivre parmi les bouviers et les paysans, et il avait ainsi inculqué d'une certaine manière ses conceptions à ses enfants en les emmenant souvent dans cette même cabane au bord du fleuve où lui-même s'était uni à Hedjekenou. Il considérait que c'était une éducation heureuse pour un futur roi, grâce à laquelle il ne restait pas étranger aux besoins et aux pensées du troupeau humain dont les dieux lui confiaient la conduite. Comme ses frères et ses cousins, comme ses parents, Mykérinos avait joué avec les enfants de son âge comme un simple fils de la Terre noire, restant toujours nu, hiver comme été, le crâne partiellement rasé, la tresse de l'enfance pendant sur le côté droit de la tête. Avec eux, il s'était exercé à la lutte et s'était baigné dans le Nil, sans crainte des crocodiles et des hippopotames. Ce n'est que depuis moins d'un an qu'il avait coupé la tresse pour entrer dans le monde des adultes et qu'il avait ceint un pagne pour la première fois de sa vie. Comme les fils des grands, il avait appris à lire et à tracer les lettres sacrées dans l'école des scribes et, lorsqu'il était rentré avec son père d'Éléphantine, il avait écouté les leçons des prêtres d'Isis, dans le temple de la déesse voisin de la pyramide lumineuse.

Parmi tous ses compagnons d'adolescence, Mykérinos s'était plus particulièrement attaché à l'un d'entre eux qu'il avait connu après son retour à Memphis. Kabaptah, tel était le nom de ce garçon, était de quelques mois plus jeune que son compagnon princier; plus petit que Mykérinos, presque gracile, avec un air mélancolique et timide, il marquait pour le prince une grande admiration que l'autre lui rendait en une amitié passionnée et protectrice, comme cela arrive parfois entre des adolescents. Cependant, malgré l'étroitesse des liens qui les unissaient, Mykérinos savait peu de chose sur son ami. Il était parfois allé partager son repas familial dans la petite maison du quartier des artisans de Memphis, où il vivait avec sa mère. Il n'avait jamais eu l'occasion de rencontrer son père, mais il savait qu'il était batelier et passait sa vie à conduire une lourde barge avec laquelle il transportait sur le Nil des marchandises entre la première cataracte au sud, et Memphis à la balance des Deux Terres, voire plus au nord encore, sur les divers bras qui conduisaient l'eau du fleuve à la mer, la Grande Verte. De sorte que ce marinier était si rarement chez lui que son fils le connaissait à peine et que Mykérinos ne l'avait jamais vu.

Or, depuis plus d'un mois Kabaptah avait disparu de l'horizon de Mykérinos. Alors qu'ils se retrouvaient tous les jours à la lisière du désert occidental, au sud de la nécropole où, en compagnie d'autres garçons de leur âge, ils allaient chasser le petit gibier avec leurs javelots ou s'exerçaient à la lutte dans un grand carré de sable qu'ils avaient aménagé pour s'adonner à cette pratique, ou encore pour se livrer à divers jeux de mains et de corps, Mykérinos qui, bien que considéré comme un adulte, continuait d'y fréquenter n'y avait plus revu son ami. Il s'était finalement décidé à se rendre à sa demeure, mais il n'y avait trouvé que la mère.

— Kaba est absent, lui avait-elle appris, son père l'a emmené sur son bateau, mais il reviendra bientôt.

— Va-t-il rester absent encore longtemps ? lui avait demandé Mykérinos.

— Il sera forcément de retour avant l'inondation, lui avait-elle déclaré. Puis, elle avait repris, sur un ton attendri :

— Ainsi, tu l'aimes bien, mon petit Kaba ?

— Je l'aime et il me manque, avait reconnu l'adolescent.

— Lui aussi t'aime bien. Il parle toujours de toi avec admiration.

Si la mère de Kabaptah s'adressait à Mykérinos avec cette familiarité, c'est parce que ni elle, ni son fils, ni, non plus, leurs autres compagnons de jeux ne savaient qu'il était le fils du roi, l'héritier du trône d'Horus. Si Khéphren avait tenu à ce que son fils soit élevé comme un enfant de famille simple, il avait aussi voulu que sa véritable identité soit tenue secrète. D'abord pour une simple raison de sécurité, afin que personne ne pût exercer sur lui une trop facile vindicte ; mais aussi parce qu'il savait que, si ses camarades avaient su qui il était, une telle reconnaissance aurait faussé le jeu et ils se seraient comportés à son égard d'une manière peu naturelle, sans compter les petits malins qui, préjugeant du futur, se seraient immiscés dans son amitié en vue d'en tirer des avantages lorsque le prince serait devenu le maître des Deux Terres. Khéphren avait eu alors recours à sa mère qui l'avait encouragé à élever son petit-fils dans cet esprit, près du peuple qu'il était destiné à diriger. Elle avait alors une fois encore utilisé la maison qui avait été celle de Sabi. Mais, ne pouvant tenir elle-même le rôle de mère car elle était trop connue des gens du peuple, ce qui pourtant l'aurait amusée, elle y avait établi Nikaânkh. Bien qu'elle eût alors plus de vingt ans, la sœur de Persenti n'avait pas voulu se donner un maître dans un époux. Les déboires amoureux de son aînée l'avaient éloignée de tout désir de s'engager dans la même voie qu'elle. Et comme Hénoutsen, qui s'était attachée à elle, l'avait prise à son service, c'est-à-dire sous sa protection, et en avait fait l'une de ses compagnes favorite avec Khentetenka, elle ne s'était pas trouvée dans la nécessité de prendre un époux pour devenir la maîtresse de ses biens, en d'autres termes pour se faire entretenir par lui. Aussi avait-elle été amusée de devenir, aux yeux des compagnons de jeu de Mykérinos, non pas la mère, bien entendu, mais la sœur aînée du jeune garçon, ce qu'elle était en vérité dans la mesure où, depuis le jour où elle avait accompagné Persenti et Hénoutsen à Éléphantine et s'était installée avec ses parents dans le château de Khéphren, il y avait de cela une douzaine d'années, elle avait toujours vécu dans l'intimité du prince qu'elle avait connu alors qu'il avait trois ans. Ne s'était-elle pas aussi occupée de lui, quand sa mère Iou s'était érigée, avec l'accord de Khamernebti, la gouvernante des enfants royaux et des siens propres ? Mykérinos la considérait d'ailleurs comme telle et, bien qu'il fût prince royal, il trouvait naturel qu'elle l'appelât par son joli nom de Menki, d'autant que, somme toute, sa sœur était aussi sa belle-mère en tant qu'épouse royale de son père.

Il arrivait d'ailleurs souvent que Mykérinos, au lieu de rentrer dormir dans le palais de son père, ou, plus souvent, dans la résidence memphite de sa grand-mère Hénoutsen, dînât et couchât dans la maison que tenait Nikaânkh avec l'aide de deux servantes et un serviteur surnommé Abou [1], lequel était un homme d'une force peu commune dont la véritable fonction était de servir de garde du corps du prince et de veiller à la sécurité de la demeure.

Or, un matin où Mykérinos avait retrouvé ses compagnons dans leur lieu habituel de rendez-vous, Kabaptah refit son apparition. Lorsqu'il le vit s'approcher, Mykérinos, qui se colletait avec un compagnon pour le jeter sur le sable en une prise de lutte, se sépara de lui pour venir à la rencontre de son ami :

— Kaba ! te revoilà enfin ! s'exclama-t-il joyeusement. Qu'étais-tu donc devenu ? Quoi ! Qu'est-ce que je vois ? Tu as coupé la tresse de l'enfance et tu as revêtu le pagne ! Tu m'as ainsi rejoint dans la classe des hommes...

Il enlaça son compagnon qui s'était, de son côté, jeté dans ses bras. Puis il lui prit la main pour l'entraîner vers les autres adolescents qui jouaient au jeu appelé « sauter au-dessus de l'oie », dans lequel plusieurs garçons s'asseyaient par terre, les jambes roides, leurs mains tenant leurs pieds, tandis qu'un autre devait sauter pardessus la barrière vivante qu'ils formaient ainsi.

1. C'est le nom égyptien de l'éléphant.

— Kaba, dit Mykérinos, ôte ton pagne et luttons. Maintenant, je suis sûr que tu me battras.

Il avait parlé ainsi parce que, d'habitude, c'était toujours lui, plus grand et plus robuste, qui renversait son compagnon et se trouvait à califourchon sur lui. Mais, contre son attente, l'adolescent secoua la tête :

— Menki, dit-il, je n'ai envie ni de lutter ni de jouer...

— Que dis-tu là ? Pourquoi es-tu ici parmi nous si ce n'est pour jouer ?

— Je suis venu vers toi parce que ma mère m'a dit que tu t'étais rendu chez nous à plusieurs reprises, que tu t'étais inquiété de ne plus me voir. Me voici de retour. J'étais avec mon père, je l'ai accompagné dans une de ses navigations. Il m'a fait couper la tresse.

— C'est bien, mais en quoi cela t'empêche-t-il de participer à nos jeux ?

— Je ne peux te le dire ici. Viens, accompagne-moi. N'avons-nous pas à nous parler ? Profitons-en, parce que mon père veut me placer auprès de l'un de mes oncles, ou plutôt un grand-oncle afin de m'instruire dans la connaissance des choses divines.

— Veux-tu dire que tu vas devoir aller loin d'ici ?

— Oui. À la fin de l'inondation, il m'emmènera dans le Sud.

Tout en parlant, Mykérinos avait noué son pagne puis, se tournant vers son compagnon, il lui dit :

— Allons. Où veux-tu que je te suive ?

— N'importe où. Marchons un peu, je voudrais rester seul avec toi.

Ils s'éloignèrent, la main dans la main, en silence, après avoir lancé un salut à leurs compagnons qui poursuivaient leur jeu sans plus s'occuper d'eux. Lorsqu'ils furent seuls, sans personne en vue, Kabaptah s'arrêta puis se tourna vers Mykérinos.

— Vois, lui dit-il, je n'oserai plus ôter mon pagne devant nos compagnons.

— Pourquoi me dis-tu ça ? s'étonna Mykérinos.

— Je crains qu'ils ne se moquent de moi.

— Et pourquoi donc ? Nous avons tous eu la tresse coupée, mais cela nous empêche-t-il de nous dévêtir pour jouer et nous exercer ?

— Certainement pas, mais pour moi, c'est différent. Vois.

En parlant ainsi, il dénoua son pagne. Mykérinos ouvrit de grands yeux et enfin lui demanda :

— Que s'est-il passé ? Que t'a-t-on fait ?

— J'ai été circoncis. Car telle a été la volonté de mon père.

— Qu'est-ce que ça signifie ? Il est vrai que c'est bien ridicule, et même obscène de se mutiler de la sorte et d'exhiber ainsi un membre tout décalotté.

— Tu vois donc que toi aussi tu me bafoues ! Je te sens même près de me mépriser alors que j'ai été ainsi traité contre ma volonté, soupira-t-il en remettant son pagne.

— Pourquoi ton père a-t-il voulu te faire subir une telle mutilation ?

— Ce n'est pas vraiment une mutilation. C'est un signe d'appartenance, de consécration.

— D'appartenance ? De consécration ? Que veux-tu dire par ces mots ?

— Une consécration au dieu.

— À quel dieu ? Quel dieu peut être assez cruel et stupide pour exiger que ses adeptes se coupent ainsi un bout de la verge ?

— Si je te le dis, tu ne me critiqueras pas ? Tu ne me dénonceras pas ?

— Vraiment, Kaba, tu me tiens un langage bien étrange et je n'y comprends rien. À qui pourrais-je te dénoncer et pourquoi ?

— Parce que moi et ma famille, nous sommes consacrés à un dieu qui a été rejeté par le roi Khoufou, un dieu protecteur des artisans, le créateur du monde, le dieu de Memphis, le dieu Ptah. Les anciens prêtres du dieu, tous ses adorateurs, ont conçu un moyen de reconnaissance par la circoncision. C'est pour eux un sacrifice à la divinité et une manière de se reconnaître entre eux.

— Kaba, dit Mykérinos, je t'avoue que je ne connais pas ce dieu. Jamais je n'ai entendu parler de lui dans ma maison. Il est vrai qu'il y a près de chez nous un temple fermé, laissé à l'abandon, dont j'ai entendu dire qu'il avait été la demeure de ce Ptah, mais je ne savais même pas qu'il s'agissait d'une divinité.

— Alors, il faut que tu saches que mon grand-père s'appelait Ptahouser. Il était le grand prêtre de ce dieu, il portait le titre de Grand Chef de l'art. Il dirigeait ce temple, il était placé à la tête d'un clergé et d'un clan très puissant. Il s'est trouvé que Ptahouser a soutenu le fils cadet du roi Snéfrou, vie, santé, force, le dieu qui régnait alors sur les Deux Terres. Ce prince s'appelait Rahotep. Il a conspiré contre l'héritier légitime, le roi Khoufou. C'est lui qui a gagné dans cette lutte pour le trône d'Horus, et son royal frère a été mis à mort, et le nouveau roi a fait fermer le temple, il a interdit le culte de Ptah, le nom du dieu n'a plus été prononcé à la cour, son clergé a été dispersé, mon grand-père a été exécuté. Mon père n'était alors qu'un enfant. Il a été élevé par l'un de ses oncles qui l'a éduqué dans le culte de Ptah et dans la tradition de la famille. S'il est devenu marinier, c'est parce qu'il doit gagner sa vie, mais encore ses voyages lui permettent d'aller de ville en ville et même de village en village pour retrouver les fidèles du dieu, les enfants et les petits-enfants des prêtres et des adorateurs de Ptah de Memphis. Et tous se reconnaissent au signe de la circoncision.

Cette révélation laissa Mykérinos d'autant plus stupéfait qu'il ne lui semblait pas que son royal père ait jamais entendu parler de l'existence de ces fidèles d'un dieu persécuté par son propre grand-père.

— Sais-tu ce que veulent les adorateurs de ce dieu ? demanda-t-il à son ami. Leur ambition serait-elle de renverser le roi qui se trouve sur le trône d'Horus ?

— Certainement pas. Le souverain de l'Égypte est lui-même dieu, Horus d'or et fils d'Osiris. Mais ils perpétuent leurs croyances dans l'espoir que viendra le jour où un roi bienveillant acceptera de rouvrir le temple du dieu, de le rendre à ses adorateurs, de redistribuer à ses prêtres les biens qui leur ont été confisqués.

— Ton père est-il le chef de ces gens de Ptah ?

— Il n'y a plus de chef, mais comme il est le fils du dernier grand prêtre du dieu, il jouit de plus de prestige que les autres.

— Pourquoi, alors ne vient-il pas devant le roi pour le prier de rendre le temple du dieu à son culte ?

— Vois : le roi ne peut ignorer ce qui s'est passé, et pourtant, maintenant qu'il est solidement établi sur le trône d'Horus, que son père, le dieu justifié, est monté dans la barque de Rê, il ne parle pas de rouvrir le temple, comme s'il jugeait que la punition infligée aux anciens prêtres du dieu devait se perpétuer sur leur descendance pendant des générations et des générations. Si jamais il parvenait à être reçu par le roi, mon père craindrait trop de se voir saisi et condamné comme son propre père.

Mykérinos hocha lentement la tête, car il songeait que les craintes de Kabaptah étaient peut-être fondées.

Kabaptah parla encore de son père et des fidèles de Ptah, mais Mykérinos ne l'écoutait que d'une oreille distraite car il s'était plongé dans les réflexions qu'avait suscitées en lui la révélation de son ami et il imaginait que peut-être un dieu avait voulu que son compagnon lui fasse cette confidence pour qu'il puisse se charger d'accomplir ce que des étrangers n'auraient pu faire, sonder son père, intervenir auprès de lui en leur faveur afin qu'il se décidât à rendre au dieu son temple, ses prêtres et ses biens.

— Par la vie du dieu, dit enfin Kabaptah, tu ne rapporteras rien de ce que je t'ai confié à ta famille, à personne, car nous pouvons toujours craindre la colère du roi.

— Pourquoi supposes-tu qu'il pourrait nourrir une quelconque colère contre les fidèles de Ptah ? s'étonna Mykérinos.

— Parce qu'il est le fils du roi Khéops et qu'il semble persister dans la position que son père a prise contre nous.

— Il vous a plutôt oubliés, ne crois-tu pas ?

— Comment le saurais-je ? Dans un tel doute, le silence est le chemin de la prudence.

La constatation fit sourire Mykérinos :

— Vraiment, Kaba, tu t'exprimes comme notre maître qui nous a appris à lire et à écrire à travers de belles maximes.

La remarque dérida Kabaptah qui éclata de rire.

Mykérinos se hâta auprès d'Hénoutsen dont il savait qu'elle était la seule à qui il pourrait parler en toute liberté et sans trahir son ami.

— Séni, l'entreprit-il sans préambule, qu'était ce dieu Ptah ?

La question surprit Hénoutsen car il n'avait jamais plus été question de cette divinité depuis que Khéops avait fait fermer son temple et interdit de prononcer son nom.

— Mon chéri, lui demanda-t-elle en le faisant asseoir près d'elle, qui t'a parlé de ce dieu ? Pourquoi me poses-tu maintenant cette question ?

Sans se laisser troubler par cette réponse sous forme de question, il répliqua :

— Je me promenais avec des compagnons, et nous sommes passés devant son grand temple. Il n'est pas bon que les demeures des dieux soient ainsi laissées à l'abandon. C'est ce que nous a dit un passant qui nous a appris que c'était le temple de Ptah.

Ces paroles reportèrent Hénoutsen de nombreuses années en arrière, à l'époque où le temple abritait tant de prêtres et de richesses, à l'époque de sa jeunesse. C'était là qu'elle avait retrouvé une fois Néférou, qu'elle avait parlé à Ptahouser, qu'elle avait failli être tuée par Rahotep, enfin qu'elle avait retrouvé le corps momifié de Tjazi qu'elle croyait encore vivant. Elle l'avait oublié ; elle se demanda s'il reposait toujours dans cette salle profonde où son jumeau entretenait son culte.

— Séni, insista Mykérinos, pourquoi ne me réponds-tu pas ?

La question renouvelée la fit sursauter. Elle se tourna vers son petit-fils et lui caressa le visage.

— Je pensais à d'autres choses, reconnut-elle, à l'époque où j'étais encore jeune et belle et où le temple était ouvert à ses fidèles, à tout le peuple de Memphis.

— Toi, tu es toujours belle et aussi encore jeune, assura-t-il en lui rendant ses caresses. Mais dis-moi pourquoi ce temple a été fermé et qui l'a fermé ?

— Ce fut une décision de ton grand-père Khoufou.

— Par quel caprice ?

— Le roi, ton aïeul, n'a jamais agi par simple caprice. Tous ses actes ont été justifiés par des raisons d'État. Jamais il n'a pris une décision à la légère, sans avoir mûrement réfléchi à ses conséquences et à la nécessité dans laquelle il se trouvait d'agir comme il le faisait.

— Avait-il alors une si forte raison de faire fermer le temple ?

— N'en doute pas.

— Pourquoi personne ne m'a jamais parlé de ce temple et des prêtres de Ptah ? Ne suis-je pas l'héritier du trône d'Égypte ? Ne suis-je pas destiné à être concerné par de telles questions ?

— Certainement, mais il revient à ton père de t'entretenir de ces choses.

— Alors je lui poserai la question.

— Attends plutôt qu'il t'en parle. Il ne serait pas bon que tes questions l'irritent car je ne sais quelle est sa position sur ce sujet.

— Mais toi, ne peux-tu lui en parler ? N'es-tu pas pour lui la voix d'une divinité, n'est-ce pas toi qui décide souvent des grandes questions concernant le royaume ?

— Menki, pourquoi donc t'intéresses-tu si vivement à ce dieu ? Que les mots de cet inconnu que tu viens de me rapporter t'aient intrigué, je peux le comprendre, mais je te sens presque disposé à demander à ton père qu'il fasse rouvrir le temple du dieu, qu'il lui rende ses prêtres et ses biens.

— Pourquoi ne le ferait-il pas ?

— S'il n'en a jamais parlé, c'est qu'il a ses raisons.

— Dans ce cas, qu'il me persuade par ses raisons, sinon, lorsque je serai monté sur le trône d'Horus, c'est moi qui rendrai au dieu son temple et ses biens.

— Tu seras alors maître d'agir comme il te plaira, mais peut-être auras-tu alors changé d'avis car il est toujours hasardeux de conférer quelque pouvoir à des hommes susceptibles de les utiliser contre toi, ou, pour le moins, à tes dépens.

— À moins qu'ils ne m'en soient reconnaissants et me servent alors fidèlement.

— C'est aussi possible, mais toujours douteux. Sans doute tant qu'ils seront faibles, ils parleront comme toi, avec toi, mais s'ils deviennent puissants, quelque prêtre se lèvera parmi eux qui pourra se dresser contre toi. Rappelle-toi l'étrange prophétie que ce Djedi a faite devant le roi en ta présence : le clergé d'Héliopolis est devenu très puissant, il n'a plus face à lui, pour contrebalancer son influence, le clergé de Memphis, de sorte qu'il devient arrogant et il semble que viendra un jour où l'un de ses chefs cherchera à s'emparer de la double couronne.

— Je peux t'assurer qu'il ne réussira pas tant que mon père et ensuite moi-même nous serons assis sur le trône de nos ancêtres, ce trône des Deux Terres que nous a légué Osiris.

La détermination de l'adolescent fit sourire Hénoutsen qui lui caressa le front en lui répondant :

— Je veux bien le croire, en t'entendant parler avec tant d'autorité. Mais après toi, sais-tu qui te succédera sur le trône d'Horus ?

— Ce sera mon fils, celui qui naîtra de mon mariage avec ma sœur Nebty. Il sera élevé comme je le suis, il sera grand et fort, et il t'aura pour le conseiller, le diriger, lui prodiguer tes si sages recommandations.

Hénoutsen soupira en se disant que, même si elle se sentait jeune, elle serait alors bien vieille, vivrait-elle encore.

— Menki, lui dit-elle alors, si tu trouves que mes conseils sont précieux, suis alors celui que je vais te donner : évite de parler à ton père de ce dieu. Toi-même, cherche à en savoir plus sur lui, interroge des anciens, adresse-toi, par exemple, à ton grand-oncle Néférou, il pourra longuement t'en parler. Moi-même, je pourrai aussi te rapporter quelques faits concernant ses prêtres. Car il est bon que tu saches ce qu'il en est, et seulement alors tu pourras te former un jugement et décider s'il serait bon et utile de rendre à son culte le temple de Ptah.

Elle avait parlé ainsi en songeant que, si jadis le clergé de Memphis avait acquis une telle puissance qu'il avait été utile de dresser face à son influence un contrepoids en favorisant celui d'Héliopolis, ce serait de bonne politique de susciter un clergé nouveau susceptible de combattre l'emprise que commençait à exercer le dieu d'Héliopolis sur le peuple et la vie politique de l'Égypte.

CHAPITRE XVII

Dans le Grand Palais, chacune des épouses de Khéphren disposait d'un quartier auquel on donnait le nom d'*Opet*, et qu'elle occupait avec ses servantes et ses enfants. Le roi n'avait pas voulu que les femmes fussent toutes réunies dans un seul secteur. Chacune avait son propre *Opet* situé dans l'ensemble palatial en fonction des relations que Sa Majesté entretenait avec son épouse. Ainsi Hedjekenou, qui restait la reine favorite, avait-elle sa résidence contiguë aux appartements privés de Khéphren alors que Méresankh et Khamernebti avaient les leurs dans le voisinage de la grande cour d'honneur et proches de la porte du palais. Persenti occupait avec son fils Nékaourê la partie la plus retirée du palais, dans un ensemble dont les pièces étaient agencées sur trois côtés d'un jardin intérieur. Si Khéphren avait attribué ce logement à la jeune femme dès son installation dans la résidence royale, ce n'était pas pour pouvoir mieux surveiller ses déplacements, car, en ces temps, il était trop assuré de son amour et son attachement pour craindre une quelconque infidélité, mais simplement parce que les salles, bien aérées, s'ouvraient sur ce jardin, le plus charmant de ceux qu'on avait plantés dans l'enceinte du palais. C'était Khéops lui-même qui avait présidé à son aménagement ; il avait fait venir de Canaan et de la région de Byblos de nombreuses plantes exotiques, inconnues en Égypte, à commencer par des cyprès, des pins et un cèdre. Les buissons de fleurs marquetaient le sol de leurs teintes éclatantes, parfumant les allées qui conduisaient à un bassin central. Car c'est pour son épouse étrangère, pour Noubet, que Khéops avait fait aménager cette résidence, et c'est là qu'avait continué de vivre la reine après la disparition du roi, une fois son fils Didoufri installé dans son nouveau palais, dans le voisinage de sa pyramide restée inachevée. Noubet ne s'était pas contentée de faire entretenir ce jardin charmant et exotique, elle lui avait accordé tous ses soins, avait réaménagé allées et parterres de fleurs, y avait ajouté de nouvelles essences et avait fait abattre le mur de clôture pour en reconstruire un nouveau en retrait afin d'agrandir l'espace réservé au jardin.

Malgré le charme de l'endroit, sans doute la partie la plus agréable du Grand Palais, aucune des femmes de la famille royale n'avait voulu s'y installer après la mort de Didoufri : les filles de Noubet, Khentetenka et Hétep-hérès qui, jusqu'alors, avaient vécu dans le nouveau palais de leur frère parce qu'elles voulaient oublier tout ce qui restait attaché à Didoufri et aussi parce qu'elles avaient préféré s'installer dans le voisinage d'Hénoutsen en qui elles voyaient en même temps une compagne et une autre mère ; Mérésankh et Khamernebti parce que c'était le lieu où avait vécu la femme qui avait été la cause de l'abandon, relatif il est vrai, de leurs mères par leur père. Persenti, qui n'avait à s'embarrasser d'aucun de ces scrupules et qui n'avait aucune raison de se trouver en délicatesse avec la mémoire de Noubet, avait accepté avec joie de s'installer dans un lieu pourvu de tant d'agréments. De son côté, Khéphren n'avait eu qu'à s'en féliciter : au début parce qu'il venait retrouver dans ce jardin enchanteur celle pour qui il se consumait alors de désirs, ensuite du fait même de l'excentricité de la situation de ce quartier qui lui permettait de quitter ses propres appartements sans que l'épouse abandonnée puisse s'interposer ou même s'en rendre compte, en tout cas pendant les premiers temps.

Lorsque Hénoutsen était venue auprès de Persenti pour lui faire part du retour en secret de Djedefhor, il lui avait ainsi été facile de quitter le palais sans attirer l'attention et, dans le cas où le roi l'aurait demandée, elle avait dit à ses servantes de déclarer qu'elle était allée rendre visite à la reine mère, Hénoutsen s'étant faite la complice de sa fugue. Dans les jours qui suivirent, bien que les heures passées en compagnie de Djedefhor aient suffi à ranimer la flamme dont elle avait brûlé pour lui, elle s'était interdit de venir le retrouver dans sa résidence de Memphis où elle savait qu'il s'était établi. Hénoutsen l'avait mise en garde contre une manifestation trop ostensible de ses sentiments.

— Ma chère enfant, lui avait-elle dit, depuis tant d'années que nous vivons ensemble, tu le sais, je te considère comme ma propre fille et je me sens d'autant plus proche de toi que j'ai connu des sentiments voisins de ceux qui sont maintenant les tiens. Je comprends que, après tant d'années de fidélité au souvenir d'Hori, tu n'aies pu réellement te déprendre de lui. Et tu en es d'autant moins blâmable que mon royal fils t'a délaissée comme je l'ai été moi-même par mon propre époux. Mais voilà : ton mari n'est pas le premier venu, il est le maître tout-puissant de ce pays. Aux yeux de son peuple, il est l'incarnation d'Horus, comme nous-mêmes, les reines, nous leur apparaissons comme les manifestations terrestres d'Isis et d'Hathor. De sorte que Khafrê ne peut te répudier, pas plus qu'il ne t'est possible de te séparer de lui. Le mieux, si vous en aviez tous deux la force, Hori et toi-même, serait de n'avoir l'un pour l'autre que les yeux d'un beau-frère et d'une belle-sœur.

— Je crains de n'en avoir pas la force ! soupira Persenti. Mais je comprends ton conseil. J'en ai parlé avec Hori, et lui-même m'a rappelé nos situations respectives. Je veux pourtant tenter de dominer mes sentiments, m'astreindre à étouffer cette flamme qui s'est rallumée dans mon cœur si vivement, d'une manière si inattendue.

Persenti avait tenu parole, pendant plusieurs jours. Mais chaque jour qui passait, et bientôt chaque heure, au lieu de lui faire oublier son amour, ne faisait, au contraire, que le ranimer plus encore. Bientôt, elle ne pensa plus qu'à Djedefhor, au point qu'elle tomba dans un état étrange où la prostration succédait à des moments d'enthousiasme lorsqu'elle parvenait à se convaincre que sa passion était si forte qu'elle était disposée à tout abandonner et à repartir avec son Hori dans l'un des lointains pays d'où il venait. Ne lui avait-il pas dit qu'il était maître de nombreux biens, d'une grande entreprise de commerce dans la lointaine Ur ? Ne lui avait-il pas parlé aussi de cette île merveilleuse, cette Dilmoun où avaient habité des dieux avant d'en faire une terre d'élection pour les hommes ? Pourquoi s'imposer de rester en Égypte où tout les séparait ? Puis elle songeait à leur fils, à Nékaourê. Il croyait que son père était Khéphren, de sorte qu'il n'accepterait jamais de suivre sa mère loin de celui qu'il considérait comme son père. Il avait, en effet, toujours vu Khéphren auprès de lui, rempli d'attentions à l'égard de sa mère, de sorte qu'elle n'avait pas eu le courage de le décevoir en lui révélant que son vrai père était mort, ou, en tout cas, qu'il avait disparu, que jamais plus il ne le verrait. L'enfant, comme tous les enfants, avait besoin d'un père et, comme il l'avait trouvé en Khéphren, il aurait été cruel de sa part de lui ôter cette illusion, d'autant plus que le prince se comportait avec lui de la même manière qu'il le faisait avec Mykérinos et Kounérê, le regardant comme un troisième fils. Par ailleurs, le roi s'était suffisamment attaché au jeune garçon pour qu'il refusât de le laisser partir avec sa mère et son propre frère. D'ailleurs, elle doutait que le roi accepte de l'autoriser à quitter le pays avec Djedefhor.

Ainsi restait-elle inquiète et malheureuse, partagée entre des désirs irréalisables et une secrète volonté de tenter l'impossible. Néanmoins, lorsqu'elle se trouvait en présence de Khéphren, elle lui faisait bonne figure, elle se montrait même plus amène en présence d'Hedjekenou. Elle avait d'abord détesté la nouvelle épouse royale qui lui avait pris l'amour du roi. Elle s'était ensuite fait une raison en songeant, comme le lui avait d'ailleurs fait remarquer Khamernebti, qu'elle-même avait enlevé Khéphren à l'amour de sa sœur et grande épouse ; et, surtout, que Khéphren l'avait délaissée pour courir après on ne savait quelle chimère, dans les tavernes de la ville. Hedjekenou n'était arrivée que bien plus tard, après que l'amour que le roi portait à Persenti se fût déjà bien refroidi. Et maintenant qu'elle avait retrouvé Djedefhor, Persenti ne voyait plus dans la fille du cabaretier devenue reine une heureuse rivale, mais une complice involontaire ; car, comme elle occupait l'esprit du roi — la nuit, il est vrai, car le jour il vaquait à ses royales tâches et, plus particulièrement, à la surveillance de ses réalisations architecturales —, ce dernier n'accordait plus guère d'attention à ses autres épouses, ce qui leur laissait la plus grande liberté d'action.

Son désir de revoir Djedefhor finit par triompher, mais elle se donna le prétexte de rendre visite à Hénoutsen pour justifier son intrusion dans le palais de Memphis. Comme elle ne voulait pas qu'on puisse l'accuser de s'être secrètement absentée du Grand Palais, elle fit avancer sa chaise et se fit escorter de serviteurs, ainsi que l'exigeait l'étiquette de la cour. Lorsqu'elle se présenta à l'entrée de la résidence d'Hénoutsen, une servante lui apprit que la reine était absente, qu'elle était allée en promenade dans le désert occidental en compagnie de ses filles Khamernebti et Khentetenka. Bien que cette dernière ne fût jamais que sa belle-fille, à double titre puisqu'elle avait aussi été l'épouse de Khoufoukhaf, le défunt fils aîné d'Hénoutsen, on la disait toujours sa fille, mais elle lui était avant tout une bonne compagne et une complice lors de leurs promenades de chasse dans le désert ou encore dans les fourrés de papyrus.

— Crois-tu qu'elle va encore tarder à rentrer ? s'enquit-elle auprès de la servante.

— Je ne saurais te le dire, maîtresse. Tu le sais, la reine est imprévisible. Elle peut être de retour dans l'instant qui vient aussi bien que demain, ou encore plus tard.

Persenti soupira, puis elle décida :

— Je vais me promener dans le jardin, en l'attendant.

Prétexte pour ne pas repartir sans plus tarder, dans l'espoir de rencontrer Djedefhor. Et, afin de se donner le plus possible de chances de le croiser, elle laissa son escorte dans la demeure d'Hénoutsen et alla errer dans les jardins, vers la résidence contiguë, celle qui avait abrité la reine mère Hétep-hérès et ensuite sa fille Mérititès, celle que maintenant occupait le prince aimé. Elle avait pourtant peu d'espoirs de l'y voir, songeant qu'il devait être occupé à l'extérieur ; son émotion fut d'autant plus vive lorsque, s'approchant de la demeure qui déployait au fond du jardin sa façade peinte ornée de colonnes, elle en vit sortir Djedefhor en compagnie de Mékhou, l'ancien serviteur d'Hénoutsen dont il avait fait l'intendant de son palais. Il lui donnait visiblement des instructions que le serviteur écoutait en manifestant une profonde attention, puis il le congédia. Il avait aperçu Persenti parmi les arbres et les parterres, raison pour laquelle il s'était empressé d'éloigner Mékhou, puis il se hâta vers elle. Elle lui avait tourné le dos afin de ne pas paraître s'intéresser à lui de trop près, et elle marcha à pas lents vers un petit kiosque caché dans la verdure d'un bosquet d'arbres feuillus. C'est là qu'il la rejoignit.

— Persenti, appela-t-il, ne m'as-tu pas vu ? Me fuirais-tu ?

Elle se retourna et lui adressa un sourire :

— Comment peux-tu croire que je te fuis, alors que je n'ai qu'un désir : être auprès de toi ?

Il s'arrêta devant elle, tout près d'elle, mais il ne chercha pas à la prendre dans ses bras, ni à la toucher. Ils se regardèrent un instant, puis il ouvrit la bouche et dit :

— Tu n'aurais pas dû venir vers moi.

Elle s'attendait à une manifestation plus chaleureuse, aussi se détourna-t-elle et répondit d'un ton désinvolte :

— Je ne suis pas venue vers toi. Je venais voir Hénoutsen. On m'a appris qu'elle était sortie. J'ai voulu l'attendre... Je m'ennuie, dans le Grand Palais.

— Il ne serait pas bon qu'un serviteur nous vît ici, seule à seul.

— Craindrais-tu à ce point ton royal frère, toi qui as voyagé en de si lointaines contrées, toi qui as affronté tant de périls, toi dont la sagesse et le savoir te mettent au-dessus des plus grands de ce pays, toi qui, en réalité, es le fils de la reine Méritités et l'héritier légitime du trône d'Horus ?

Il ne fut pas insensible au ton railleur, voire persifleur de ces remarques.

— Je ne crains pas pour moi. Mais il nous faut nous incliner devant les faits : tu es l'épouse de mon frère et c'est lui qui est sur le trône d'Horus, quelle que soit la légitimité de sa couronne. Il serait mal qu'un serviteur nous vît ensemble et vînt rapporter la chose à Khéphren, non pour moi, mais pour toi.

— Moi, je ne crains pas le roi. C'est lui qui a tourné autour de moi comme un grand singe pendant des années, c'est lui qui m'a arrachée à toi ; et il n'a réussi dans cette entreprise que parce que tu ne te décidais pas à rentrer dans la Terre chérie, tu préférais vivre loin de moi, car tu m'avais alors oubliée.

— Persenti, allons-nous gâcher les rares instants où nous sommes ensemble en nous adressant des reproches ?

— Hori, c'est à peine si je te reconnais ! Que s'est-il passé pendant ces quelques jours ? As-tu oublié la manière dont nous avons exprimé notre amour lorsque nous nous sommes retrouvés après tant d'années de séparation ?

— Comment aurais-je pu l'oublier ? soupira-t-il. Mais je me trouvais alors sous le coup de l'émotion causée par ton apparition et je n'avais pas alors entrevu la profondeur du fossé qui nous sépare.

— Que parles-tu de fossé ? Après tout, un fossé ne peut-il se combler ? Il suffit de le vouloir.

— Ou de le pouvoir.

— Notre amour n'est-il pas plus fort que tous les obstacles qui se dressent entre nous ? Je sais que je ne peux espérer que Khéphren me répudie pour me donner à toi. Même le voudrait-il, il ne le pourrait. Hénoutsen me l'a trop bien fait ressortir. Mais ne pouvons-nous nous rencontrer à son insu ? Le secret sera même un adjuvant à notre passion, il l'aidera à maintenir haut la flamme d'Hathor qui brûle nos cœurs.

— Nous pécherons contre Maât sinon contre Hathor.

— Les dieux sont justes, ils lisent dans les cœurs. De plus, Hathor aussi bien que Maât sont femmes : elles me comprendront mieux encore, comme l'a fait Hénoutsen qui a été la première à me suggérer de te rencontrer en secret, sans tenir compte du fait que mon époux est son fils.

— Il est vrai qu'Hénoutsen a toujours suivi le chemin qu'elle s'était elle-même tracé et elle ne s'est jamais embarrassée des jugements d'autrui. Je ne sais pourtant si ses conseils sont toujours judicieux, en tout cas justes. Car il n'en reste pas moins que Khéphren est ton seigneur et maître. Contre cela, même Hénoutsen, malgré l'immense pouvoir dont elle dispose et son ascendant sur son fils, n'y peut rien.

— Il n'est jamais à mes yeux que le mari que je me suis donné. Je considère qu'il a trahi mon amour : il n'est désormais plus rien pour moi.

Le raisonnement fit sourire Djedefhor qui, néanmoins, ne put s'empêcher de remarquer :

— Ce qu'il en est pour toi n'en va pas de même aux yeux de Khafrê et de tout le peuple de la Terre noire qui regarde le roi et sa famille comme des modèles divins.

— Dans ce cas, si tu m'aimes vraiment, pourquoi ne m'emmènes-tu pas loin d'ici, dans cette île merveilleuse dont tu m'as parlé l'autre jour ?

Djedefhor se décida à enlacer ses épaules et à l'entraîner vers le pavillon.

— Tu sais bien que c'est là un rêve irréalisable. D'ailleurs, maintenant que je suis rentré dans la Terre chérie, je n'imagine pas en repartir, et, qui pis est, comme un voleur, à l'insu de tous. Nous ne sommes pas seuls, nous ne pouvons oublier tous ceux qui sont près de nous et nous aiment, à commencer par notre fils, même s'il ne sait pas que je suis son véritable père.

Ce qu'il ne dit pas, ce qui était aussi la raison la plus forte qui lui interdisait de s'en retourner à Ur ou à Dilmoun en compagnie de Persenti, ce sont les souvenirs qui l'y attendaient, ceux de Menlila et de Sidouri dont il avait pu se déprendre depuis son retour en Égypte, mais qui continuaient de hanter ces lieux lointains où il ne voulait plus revenir. Il s'était définitivement persuadé que c'est en Égypte, dans sa terre natale, qu'il parviendrait à la sagesse suprême, que si toutes les aventures qu'il avait vécues en terre étrangère avaient été utiles pour fortifier son âme et lui apprendre à affronter toutes les situations, ce n'avait pas été une fin en soi, seulement l'une des voies pour atteindre le but que lui-même ou, plutôt, les dieux lui avaient fixé.

De son côté Persenti n'était que trop certaine qu'il avait raison, que toute fuite était rendue impossible, aussi bien du fait des obstacles familiaux et sociaux que de leur propre état d'esprit. Car, si visiblement Djedefhor ne semblait en aucune manière décidé à l'emmener dans un quelconque ailleurs, elle-même s'imaginait mal quittant tout ce qui lui avait été cher, à commencer par son propre fils et Hénoutsen qui lui était plus qu'une mère, pour aller à l'aventure avec un homme qui, malgré tout, ne semblait pas prêt à l'aimer comme elle aurait été en droit de le souhaiter. Si le passage du temps n'avait pas éteint le désir qu'il avait pour elle, il avait visiblement érodé sa passion. Et même ce désir ne trouvait-il pas sa cause dans l'absence de compagne dont visiblement il avait souffert pendant tous les mois passés en mer ? Et, en se posant cette question, elle ne se doutait pas qu'elle touchait une vérité cruelle. Car si en la regardant, encore si charmante et gracieuse, il était envahi par la tentation de faire avec elle un jour de fête, il se demandait s'il l'aimait encore avec la violence qui avait marqué ses premières amours. Il avait depuis aimé deux autres femmes, à la folie, en particulier Sidouri qui l'avait comme ensorcelé et qui, encore, occupait son esprit, en particulier la nuit, lorsque, seul sur sa couche, il sortait de l'un de ces rêves renouvelés où elle lui apparaissait toujours pour lui reprocher son départ, la lâcheté avec laquelle il l'avait fuie, lui qui se voulait un modèle de sagesse et de domination de soi.

Sans doute, alors qu'il sentait sous sa main la peau douce de l'épaule de la jeune femme, que la chaleur de son corps tout contre lui le pénétrait comme un parfum capiteux, qu'il entendait le son musical de sa voix, il se sentait saisi par une envie irrésistible de l'emmener dans le pavillon pour s'unir à elle, mais ensuite, lorsqu'il aurait satisfait ce besoin de ses sens, que resterait-il de sa passion ? Car la dernière fois où il avait joui de sa beauté, dans la pauvre chambre qu'il occupait dans l'auberge du port, il avait ensuite éprouvé il ne savait quelle amertume, quelle tristesse. Et, après avoir analysé un si surprenant sentiment alors qu'il aurait dû être toute joie, tout bonheur, il avait dû se convaincre qu'il était né non pas, comme il se l'était dit tout d'abord, de l'affliction que provoquait en lui la disparition de l'aimée, du regret de son absence, mais plus réellement de la conscience refoulée, bien qu'aiguë, que cette flamme d'Hathor dont il croyait toujours être consumé était près de s'éteindre. Puis il s'était réconforté en cherchant à se persuader que les émotions causées aussi bien par les événements accompagnant son retour que par l'apparition trop soudaine de la jeune femme avaient dénaturé son jugement, l'avaient infléchi, qu'une nouvelle familiarité avec celle qu'il avait tant aimée rendrait à son amour sa véritable dimension, son poids réel. Mais, après plusieurs jours de réflexion et maintenant qu'elle se tenait si près de lui, il ne savait plus que penser : il doutait de l'intensité de son amour, mais, ne pouvant se dissimuler la véhémence de son désir, il ne distinguait plus la confusion entre les deux pulsions.

C'est pourquoi, rejetant toute sagesse et laissant en lui triompher son inclination, il l'emmena dans le pavillon afin, songea-t-il, de lui prouver la sincérité de ses penchants.

CHAPITRE XVIII

Comme chaque matin, après avoir entendu Minkaf, son vizir, lui faire son rapport sur les événements de la veille, Sa Majesté quitta son palais pour se rendre sur le chantier de sa pyramide. Khéphren sortit dans la grande cour, dans l'air brûlant par cette journée de la saison de l'inondation. Ses serviteurs l'avait coiffé du *némès* en tissu feutré présentant des bandes horizontales alternées blanches et rouges, revêtu d'un simple pagne de lin blanc, attaché à son cou un collier de perles de lapis-lazulis et de turquoises du désert des Neuf Arcs, serties dans de l'or. Il prit place sur le palanquin entouré des douze robustes serviteurs qui s'étaient prosternés lors de son apparition. Ils élevèrent le véhicule royal sur leurs épaules et se mirent en route, précédés de gardes armés de lances, suivis par deux grands tenant chacun un éventail et d'un troisième chargé de porter les sandales du roi. Une dizaine de Medjaï armés d'arcs et de haches fermaient le cortège. Dès qu'ils commencèrent à s'élever vers les chantiers, les porteurs entonnèrent leur chant habituel par lequel ils s'encourageaient dans une tâche qui les plaçait au-dessus du commun des mortels :

« Ce n'est agréable de te porter que lorsque tu es chargé !

Le roi monte dans le palanquin, et il est juste.

Le roi monte dans le palanquin, et il est bon.

Les traverses sont sur les épaules des serviteurs,

le palanquin de Sa Majesté est pesant comme on peut le souhaiter.

Ce n'est agréable de le porter que lorsqu'il est chargé. »

Tout en écoutant d'une oreille distraite le chant des porteurs, Khéphren restait raide sur son siège, le regard fixé sur un horizon que lui seul voyait : l'horizon de ses soucis et de ses désirs.

Ainsi passa-t-il figé sur son trône, sans prêter la moindre attention aux hommes et aux femmes qui, sur son passage, se prosternaient dans la poussière. Suivant les directives données par Minkaf, lequel se faisait le porte-parole du roi, au capitaine des gardes qui marchaient en tête, le cortège royal se dirigea vers le bas de la colline sur laquelle étaient construites les pyramides, jusqu'au chantier où se poursuivait la construction du sphinx et du temple d'accueil de Khéphren, érigé dans son voisinage immédiat. Les porteurs déposèrent le palanquin devant lequel furent déployées des nattes, afin que Sa Majesté ne meurtrisse pas ses pieds nus. Khéphren descendit du trône et s'avança sur l'allée de nattes, suivi de son porte-sandales et des deux flabellifères. Ayant aperçu le palanquin royal, Ankhmarê, qui inspectait les travaux de la chaussée conduisant du temple bas à la pyramide dont la silhouette tronquée entourée de plans inclinés en terre sur lesquels étaient tirés les blocs de pierre bardés chacun sur un traîneau, se dressait au loin, se hâta au-devant du roi qui s'était arrêté devant le sphinx. Nombreux étaient les ouvriers qui travaillaient à la construction de son corps gigantesque, fait de blocs soigneusement ajustés, que des sculpteurs terminaient de conformer au dessin préétabli à l'aide de marteaux de pierre et de burins de cuivre.

Ankhmarê tomba à genoux devant Khéphren puis, sur un signe du roi, il se remit droit.

— Ankhmarê, lui dit-il, Ma Majesté est contente du travail accompli. Je vois que bientôt va être façonnée la tête du lion gardien de la nécropole.

— Lion divin à l'image de Ta Majesté. En lui est manifesté le dieu soleil dans tous ses aspects, Khépri au moment de son lever, Rê à midi, Atoum le soir, toutes formes du dieu incarnées dans Ta Majesté.

— Oui, je le sais, Ankhmarê. Et, justement, Ma Majesté est venue devant le sphinx car j'ai eu la visite du dieu, cette nuit et de précédentes nuits. La construction d'un temple est prévue devant le monument, n'est-ce pas ?

— C'est ce qui a été requis par Ta Majesté, suivant les suggestions de son serviteur.

— Il sera toujours temps de le construire. Vois : Ma Majesté veut que soit aménagé sous le monument tout un réseau de galeries dont nous dresserons ensemble les plans. Il faut que ces galeries cachées constituent un labyrinthe dans lequel se perdra tout imprudent qui ne sera pas initié à leur secret. Une seule d'entre elles devra donner accès au lac sacré et à l'île de l'Embrasement. Car Ma Majesté a décidé que, une fois ces galeries achevées, l'accès du lac par la chambre inférieure de la pyramide lumineuse sera définitivement obturé, comme cela a d'ailleurs été prévu par mon père, le dieu justifié.

— Seigneur, il en sera fait comme l'exige Ta Majesté, bien que ton serviteur soit surpris de cette soudaine décision, alors que le roi justifié Khéops n'avait jamais prévu d'autre accès que celui que vient de nommer Ta Majesté.

— Il n'avait pas encore reçu la révélation du dieu, se contenta de répliquer Khéphren qui fit quelques pas en direction du sphinx avant de reprendre :

— Les ouvriers vont bientôt mettre en place la tête du lion. Ma Majesté recevra dans son palais l'artisan chargé de faire le modèle. Je veux évidemment que ce soit mon visage et je serai coiffé de ce même némès que je porte ce jour. Je tiens à cette coiffe car tu n'ignores pas que c'est le chef mystique, celui qui ouvre les chemins du ciel.

— Ton serviteur est passé par la maison du Phénix et ailleurs encore, se contenta de rappeler modestement l'architecte. Ainsi, connaît-il aussi le sens caché de ces rayures et leur puissance magique. Pour ce qui concerne l'homme qui préparera le modèle, Ta Majesté peut être tranquille : c'est un excellent artiste. Ton serviteur l'a sélectionné parmi les meilleurs. Il viendra devant Ta Majesté lorsque tu en manifesteras le désir. Ton serviteur est aussi à la disposition de Ta Majesté pour la préparation de ces galeries souterraines. Néanmoins, j'oserai faire remarquer à mon seigneur qu'une telle entreprise va requérir énormément de main-d'œuvre et qu'il va falloir y attacher beaucoup d'hommes. Or, ton serviteur, en tant que maître des maçons du roi, s'est rendu hier au barrage que le père de Ta Majesté, le dieu Khéops le justifié, a fait construire sur les collines du désert oriental, pour contenir les eaux de l'ultime rivière [1]. Car ton serviteur a été alerté par les hommes chargés de la surveillance du barrage.

— Que veux-tu dire ? s'étonna le roi.

— La poussée des eaux retenues par le barrage a commencé à l'éroder, elle a disjoint des pierres. Il est, pour l'instant, presque asséché. Il serait peut-être utile de prélever des ouvriers travaillant sur les chantiers royaux pour consolider le barrage avant les prochaines pluies. Si d'aventure il tombait trop d'eau, le barrage risquerait de céder : ce serait une catastrophe, comme le sait évidemment Ta Majesté.

— Ankhmarê, Ma Majesté ne pense pas qu'il soit d'une telle urgence de consolider une digue si soigneusement construite par les architectes de mon père. Elle a bien résisté jusqu'à ce jour, elle tiendra encore quelque temps, jusqu'à ce que soient conduits à leur fin les travaux de ma pyramide et du sphinx. Tu pourras alors disposer de toute la main-d'œuvre que tu voudras pour t'occuper de ce barrage.

Le ton du roi était si péremptoire que l'architecte jugea bon de ne pas insister afin de ne pas irriter son souverain. Il s'inclina :

— Puisque Ta Majesté le dit... Le roi ne peut se tromper et son serviteur est maintenant certain que l'ouvrage tiendra tant que Ta Majesté n'en aura pas décidé autrement.

L'apparition d'Hénoutsen, assise dans son propre palanquin avec son escorte, surprit Khéphren qui, se détournant d'Ankhmarê, se dirigea

1. Il s'agit d'un barrage d'une longueur de 125 m construit sur l'actuel Wadi Garawi, au sud du Caire, dont il reste les ruines des deux extrémités, qui subsistent l'une sur 24 m (aile nord) et l'autre sur 27 m (aile sud) ; il est appelé par les Arabes Saad al-Kafara. Pour son projet de construction par Khéops, voir le t. II du *Roman des pyramides, Le Rêve de pierre de Khéops*, pp. 209 et 271.

vers sa mère qui venait de mettre pied à terre. Elle-même alla à sa rencontre, mais c'est lui qui s'inclina devant elle. La reine avait un air sévère, contrairement à son visage habituel qui était plutôt enjoué et souriant, et, le fait qu'elle s'était déplacée en grande pompe, elle qui se plaisait à aller à pied et, malgré ses cinquante-sept ans, toujours vive et svelte, n'avait pas abandonné l'un de ses plaisirs favoris qui consistait à aller se promener dans le désert et observer la nature en compagnie de sa fille Khamernebti et de ses deux belles-filles, Khentetenka et Hétep-hérès. Khéphren, en la voyant paraître ainsi, avait tout de suite compris la raison de sa visite, mais il feignit de l'ignorer.

— Ma royale mère, c'est un bien grand honneur pour Ma Majesté de te voir paraître sur ce chantier, sans crainte de la poussière, et moins encore des ardeurs du soleil.

— Khafrê, lui répondit-elle, tu sais bien que je ne crains ni la poussière ni la chaleur du soleil.

— Viens-tu voir où en sont les travaux destinés à assurer la gloire immortelle de ton royal fils ?

— Je vois qu'ils avancent, lentement il est vrai, mais, finalement, peut-être plus rapidement que ceux qu'avait entrepris ton père et qui ont épuisé toutes les richesses du pays. Ce que tu ne fais d'ailleurs qu'aggraver.

— Ma mère, es-tu devant moi pour renouveler tes reproches ?

— Non... pas ceux-là, en tout cas, car je sais que tout ce que je peux te faire remarquer sur ce sujet n'a pas plus d'effet sur toi que mes paroles n'en ont eu sur ton père. Mais commence par me faire visiter ton chantier sans que des oreilles indiscrètes se trouvent dans notre voisinage.

Khéphren se tourna vers les gens de sa suite et fit un geste de la main suffisamment éloquent pour qu'ils comprissent tous qu'ils devaient se tenir à distance. Hénoutsen lui prit alors le bras et se dirigea avec lui vers le temple bas dont on commençait à dresser les piliers hauts et massifs à section carrée, taillés dans une seule pierre.

— Toi aussi, lui dit-elle alors, tu espères défier les millénaires avec toutes ces constructions magnifiques. Finalement, je ne t'en blâmerais pas si tu acceptais de prendre ton temps et de ne consacrer à ces soins qu'un nombre réduit de bras afin de libérer tous ceux dont le royaume a besoin pour entretenir ce qui existe déjà.

— Mère, si j'agissais ainsi, combien d'années faudrait-il pour que de telles entreprises parviennent à leur terme ? Vois, malgré tout le personnel que mon père a affecté à la construction de sa pyramide et des monuments annexes, toutes ses années de règne n'y ont pas suffi puisqu'il a laissé inachevé ce sphinx que je m'emploie à terminer, comme les pyramides qu'il destinait aux reines.

— Elles ont été terminées suffisamment à temps. Et même celle dans laquelle Khoufou a voulu que mon corps mortel soit enseveli n'a plus qu'à attendre que je m'y installe. Il est inutile que je te précise que je souhaite qu'elle patiente le plus longtemps possible, car je n'ai pas l'intention de m'y établir de si tôt.

— Crois que ton fils est le premier, peut-être même avant toi, à partager ton souhait.

— Pourtant, remarqua-t-elle, je te suis une mère quelque peu encombrante et exigeante.

— Ni l'une ni l'autre, assura-t-il. Tu es pour moi et pour tous ceux qui t'entourent un modèle de vie. Tu m'es aussi de judicieux conseil.

— Je le crois, je le crois... il me semble même que tu suis certains de mes conseils ou de mes remontrances avec trop de conviction. Maintenant que je te vois, imbu de ta royauté, hiératique, pareil au dieu que le peuple doit croire que tu es, je commence à regretter le temps où tu te montrais tellement plus libre avec toi-même et les autres, même lorsque, entraîné par ton frère, tu consacrais tes nuits à courir les tavernes.

— C'est que, il m'a fallu un certain temps pour que je prenne une nette conscience de mes devoirs de roi. Mais une fois que j'ai eu mesuré l'importance de ma fonction et son caractère sacré, j'ai adopté le comportement qui lui était adapté.

— Avec trop de sérieux, en définitive. Mais il en a été de même pour ton père. Et toi, tu suis ses traces en toutes choses, jusque dans ton comportement avec tes épouses.

Ils marchèrent encore un court instant, jusqu'au bas de la chaussée en construction. Suivant les interventions des contremaîtres, les ouvriers se tenaient respectueusement à l'écart, faisant un vide autour du souverain et de sa mère.

— C'est pour me dire cela que tu t'es déplacée, que tu es venue jusqu'ici dans cet apparat ?

— Pas précisément. Hori m'a appris que tu avais décidé de le nommer Grand Voyant de Rê, en conséquence de quoi il va devoir quitter sa résidence pour aller s'installer à Héliopolis.

— N'est-ce pas là l'un des postes les plus enviables ? Digne du frère de Ma Majesté ?

— Peut-être. Cependant, j'aimerais que tu m'énumères franchement les raisons qui t'ont poussé à prendre cette décision.

— D'abord, la démission d'Iziânkh, premier

prophète du dieu. Il est venu devant moi, il m'a rappelé qu'il avait atteint un âge avancé, qu'il commençait à ressentir la fatigue des ans, qu'il priait Ma Majesté de lui accorder la retraite à laquelle il aspirait, de nommer un autre Grand Voyant à sa place afin qu'il puisse se retirer dans son domaine, parmi les champs que je lui ai donnés, afin d'y terminer paisiblement les jours qui lui restaient à vivre dans ce monde.

— Il y a bien d'autres personnages susceptibles de remplir cette fonction, à commencer par l'assistant du Grand Voyant, le premier lecteur du temple.

— Par sa sagesse et son savoir, et à la suite de ses initiations, Djedefhor n'est-il pas le mieux placé parmi tous les hommes du royaume ?

— Peut-être. Mais encore ?

— Ma Majesté...

— Khafrê, je t'en prie, quand tu t'adresses à moi en privé, cesse de te donner ce titre... Ça m'agace...

Il soupira mais ne put s'empêcher de sourire avant de reprendre :

— J'ai donc pu voir que le clergé d'Héliopolis, jadis allié et soutien de notre trône, commence à acquérir sur le peuple et les clans une emprise qui pourrait se révéler finalement dangereuse pour nous.

— Est-ce la prophétie de Djedi relative à l'accession au trône d'Horus d'un fils né d'un prêtre de Rê ?

— Pas uniquement. Car c'est parce que nous avons constaté, Minkaf et moi-même, la montée en puissance du clergé de Rê que je suis enclin à ajouter foi à la vision de Djedi. Il ne doit pas avoir parlé en vain devant moi. C'est pourquoi j'ai décidé de placer Djedefhor à la tête du clergé d'Héliopolis. Comme nous ne pouvons mettre en cause sa fidélité, nous pouvons sans la redouter laisser s'accroître la puissance du clergé d'Héliopolis. Tu devrais admirer la finesse de ton fils, ma vénérée mère. Vois : si je m'avisais de briser brutalement la puissance du clergé de Rê, en fermant son temple comme mon père l'a fait pour celui de Ptah, je risquerais de provoquer une révolution. Si j'usais de ruse et de moyens dilatoires, en lui retirant des terres, des biens, des villages, les prêtres et le clan d'Héliopolis risqueraient de provoquer des séditions, ou, pour le moins, dresser le peuple contre mon autorité par des paroles judicieusement distribuées. En plaçant Djedefhor à la tête du clergé, je complais à ces prêtres qui tous admirent mon frère et seront flattés d'avoir pour chef un homme de sang divin. Ils seront satisfaits de voir leur puissance se fortifier et leurs richesses augmenter, mais cela se fera finalement au profit de notre trône.

— Il est vrai que tu peux compter sur la loyauté d'Hori, reconnut Hénoutsen. Mais qu'en sera-t-il de ta première décision de confier à ses soins l'éducation de tes fils ?

— Cette nomination la fortifie. Nous-mêmes et tous les enfants royaux avant nous n'ont-ils pas été éduqués dans la maison du Phénix, à Héliopolis ?

— Ce fut le cas pour la plupart d'entre eux, accorda Hénoutsen.

— La fonction de Grand Voyant de Rê s'accorde avec celle de précepteur des fils royaux, l'une implique même l'autre.

— Je ne te contredirai pas. Mais dis-moi, Khafrê, n'y a-t-il pas encore une raison qui t'a poussé à prendre cette décision ?

Il tourna vers elle un regard qu'il voulut étonné et interrogateur.

— À quoi penses-tu donc ? lui demanda-t-il.

— Par cette nomination tu éloignes Hori de moi, et surtout de Persenti...

Khéphren n'hésita pas à répondre :

— C'est aussi une heureuse conséquence. Il est vrai que, ces derniers temps, ma troisième épouse vient souvent rendre visite à sa belle-mère... En tout cas, c'est ce qu'elle déclare à ses servantes lorsqu'elle quitte le palais, presque chaque jour.

— Tu sais que j'aime sa compagnie. Et toi, tu n'as aucun scrupule à la laisser seule se faner dans ton palais, loin de tes regards, loin de ton amour.

— Les obligations d'un roi sont plus importantes que ses sentiments.

— Pas tous ses sentiments, car tu trouves encore du temps à consacrer à Hedjekenou. Ce que je ne te reproche pas, d'ailleurs. Mais moi qui ai connu ce genre d'abandon de la part de ton père, je comprends d'autant mieux l'attitude de Persenti. Tu as trompé son amour.

— Si pour le moins, elle avait été comme cette charmante Khentetenka qui n'a pas réclamé le mariage pour se donner à moi, selon nos bons plaisirs, à elle et à moi, les choses se seraient passées bien différemment. Mais cette oie de Persenti n'a accepté de faire avec moi des maisons de plaisir qu'à l'intérieur des liens du mariage. Qu'elle en porte les conséquences. Et vois encore, ma mère : si elle est si souvent dans ta résidence, crois-tu que je ne me doute pas que c'est parce qu'elle est contiguë à celle de Djedefhor ? En l'éloignant, j'évite à Persenti de prendre le risque d'être accusée d'adultère. Car, dans le cas où éclaterait un scandale aux yeux de la cour, même ma puissance royale ne pourrait aller contre la loi, je me trouverais moi-même dans l'obligation de prononcer une sentence que mes lèvres auraient tant de mal à articuler que je préfère prévenir une telle disgrâce et prendre les devants. L'éloignement de Djedefhor est certainement la meilleure résolution que je puisse prendre pour éviter de devoir ensuite agir contre ma volonté.

Hénoutsen était si pénétrée de la justesse des raisons de son fils qu'elle ne chercha pas à le détourner de sa résolution, ni même à justifier Persenti. Cependant, elle ne put s'interdire de remarquer :

— C'est souvent un malheur d'être femme. Car toi, parce que tu es un homme et le roi, tu peux t'attribuer autant d'épouses que tu le désires, tu as même pu faire des maisons de bière et de plaisir autant que tu l'as désiré pendant des années, sans jamais risquer le moindre reproche, en toute liberté. Mais si une femme faisait le dixième de ce que tu as fait, elle serait aussitôt condamnée et mise à mort.

— Hénoutsen, reconnut Khéphren en se tournant vers elle, j'en suis conscient et je reconnais l'injustice qui vous est faite. Mais même mon pouvoir royal ne me confère pas suffisamment de puissance pour changer cet état de fait, ces conventions sociales qui sont au-dessus de nous, qui nous enferment dans leur carcan. Seul un dieu pourrait les modifier, car il devrait pour commencer modifier la mentalité des hommes, transformer leur vision des choses, faire qu'ils cessent de s'arroger des droits que les femmes non seulement ne leur contestent pas, mais qu'elles confirment et affermissent par leur propre consentement. Les hommes déclarent : nous sommes les dominants parce que le dieu l'a voulu ainsi, ce à quoi les femmes répondent que, puisqu'ainsi l'ont voulu le dieu et la coutume, nous devons donc nous plier nous-mêmes à ces lois qui, dès lors qu'elles sont instituées par un dieu, ne peuvent être mauvaises et doivent être observées. Voilà pourquoi, même le voudrais-je, je ne pourrais rien changer à ce qui est, voilà pourquoi je dois agir de la sorte pour éloigner Hori de Persenti et, par cette décision, leur sauver la face, dans le cas où ils auraient passé outre aux lois et aux coutumes de notre pays.

CHAPITRE XIX

Les confidences de Kabaptah avaient intrigué Mykérinos, mais pas au point de le tourmenter. De sorte que, lorsqu'il le revit, les jours suivants, il songea plus à s'amuser avec lui, lutter, aller chasser, dans les fourrés de papyrus et de roseaux, les oiseaux aux plumages multicolores qui y avaient établi leurs demeures, que de l'interroger sur ce dieu Ptah. Puis, un jour, il dit à son compagnon :

— Vois, c'est la fin de l'inondation. Toi, tu vas partir je ne sais où vers le sud et moi, j'ai appris que j'allais être envoyé dans la demeure du Phénix pour y apprendre les sciences humaines et divines. Je crains que nous ne soyons longtemps séparés.

— Peut-être pas autant que tu peux le redouter, lui répondit Kabaptah. Vois, j'ai appris que mon oncle allait venir s'établir à la maison, et c'est lui qui m'initiera aux secrets de notre dieu Ptah. J'ai été heureusement surpris lorsque mon père m'a avisé ce matin même que je ne quitterai pas Memphis : je resterai auprès de ma mère, car c'est mon oncle qui va s'installer chez nous. Il était en compagnie de mon père, aussi je ne peux douter de ce qui m'a été annoncé.

— Je me réjouis de cette nouvelle. Héliopolis n'est pas loin et nous pourrons nous retrouver à mi-chemin entre Memphis et ma résidence. Il me sera même facile de revenir souvent à Memphis.

— Si tu veux bien m'accompagner à ma maison, je voudrais te présenter à mon oncle. Il y a aussi mon père : ce sera pour toi une occasion de le voir, car tu le connais à peine; il est si rarement à la maison ! Profitons-en. Lui aussi voudrait mieux te connaître.

Khouenptah, que Kabaptah appelait son oncle, était le frère cadet de Ptahouser, son grand-père. Il avait une trentaine d'années lorsque Khéops avait supprimé le culte du dieu de Memphis, il était maintenant au seuil de la vieillesse. Mais c'est lui qui avait conservé l'essentiel de la tradition du clergé memphite et il avait été initié au culte du dieu. Comme il n'était pas prouvé qu'il avait participé activement à la conspiration ourdie par Rahotep et Ptahouser contre le prince héritier, Khéops s'était contenté de l'exiler loin de Memphis, à Khentmim, la ville du dieu de la fertilité Min. Khouenptah n'en avait pas, pour autant, abandonné le culte de son dieu qu'il pratiquait en secret avec d'autres prêtres qui l'avaient accompagné dans sa retraite. Il avait aussi été initié au culte de Min, ce dieu représenté toujours nu, sa verge raide, afin de marquer sa vigueur génésique. Khouenptah avait ainsi appris qu'il était proche d'Atoum et que, comme ce dernier, il était une manifestation de l'Être suprême qui avait créé le monde avec son sperme, en se masturbant. Mais ce sperme, qu'il dispensait largement, n'était jamais que le symbole de la genèse sans cesse renouvelée par le dieu qui augmentait et perfectionnait ses créations à l'aide de sa propre semence. Aussi l'ancien adorateur de Ptah avait-il eu souvent de grandes discussions avec les prêtres de Min à propos de l'origine du monde et des dieux.

Contrairement à son fils, qui tenait de sa mère un charmant visage et un corps délicat aux formes graciles, Hérou était un homme robuste, à la peau tannée et aux muscles durcis grâce à sa profession de marinier qui l'obligeait à passer la plus grande partie de sa vie sur un bateau, en plein soleil, et à manier la gaffe et l'aviron. Son oncle, Khouenptah, proclamait sa fonction de scribe et de prêtre par son crâne et tout son corps soigneusement rasés et un certain embonpoint qui rendait jovial son visage arrondi.

— Menki, dit Khouenptah à Mykérinos après que le père et la mère de Kabaptah lui eurent ménagé l'accueil le plus chaleureux, Kaba nous a dit tant de bien de toi, pendant tout le voyage qu'il a fait en ma compagnie et en celle de son père, il n'a eu aux lèvres que ton éloge, si bien que nous avons tenu à te voir et à te féliciter pour la bonne influence que tu ne peux manquer d'exercer sur mon cher petit neveu. Ton serviteur s'étant consacré au service des dieux et vouant un culte particulier à Maât et à Shesat, je ne peux que me réjouir de l'amitié qui le lie à un garçon tel que toi, car je ne doute pas que tes qualités de sagesse et de camaraderie, qu'a si vivement vantées Kaba, soient bien réelles.

— Seigneur, lui répondit Mykérinos flatté en son cœur par un éloge aussi vibrant et inattendu, ton serviteur craint que dans son amitié Kaba ne m'ait dépeint meilleur que je ne suis. Cependant je voudrais ne pas démériter et je tiens à rester digne des louanges dont tu as bien voulu me combler.

— Cette seule réponse me fait bien voir que je

ne t'ai pas surestimé à partir de ce que Kaba nous a confié sur toi. Aussi sois le bienvenu dans cette demeure qui est la tienne. D'après ce que nous a dit Kaba, la demeure où tu loges n'est pas très éloignée de celle-ci.

— Elle est assez voisine, mais, hélas, je ne vais pas y rester longtemps encore car il a été décidé que j'irai étudier dans la maison de vie du temple d'Héliopolis.

— Que pourras-tu encore y apprendre puisque, selon ce qu'a rapporté Kaba, tu manies fort honorablement le pinceau et le calame, tu sais tracer avec habileté les signes de l'écriture sacrée, tu connais par cœur tous les enseignements qu'on dispense aux fils de scribes destinés à assumer d'honorables fonctions dans l'administration de Sa Majesté.

— Mes parents considèrent que ce ne sont là que les prémisses du savoir. Je dois maintenant me préparer à l'initiation aux mystères du Phénix et apprendre bien d'autres choses encore concernant la terre et le ciel et toutes les sciences qui en pénètrent les secrets.

— Et de telles études semblent te plaire...

— Je ne le sais. Je verrais ce qu'il en sera lorsque je les aurai abordées.

— Que la bénédiction de Shésat soit sur ton père qui veut faire de toi un bon scribe, et peut-être un prêtre de Rê.

— Peut-être, se contenta de répondre Mykérinos.

La mère de Kaba fit alors irruption dans la salle commune aux murs peints de vives couleurs.

— Menki, dit-elle au jeune homme, si tu n'es pas attendu par tes parents, tu partageras notre repas, car c'est bientôt l'heure.

La liberté qui lui était laissée incita Mykérinos à accepter l'invitation. On s'assit sur des nattes jetées sur le sol et la mère et sa servante apportèrent des cruches de bière avec des chalumeaux de roseaux pour aspirer la boisson.

— Si j'en crois ce que m'a rapporté Kaba, dit alors Hérou à Mykérinos, tu vas lui manquer car il s'est fortement attaché à toi. C'est même pour ne pas l'éloigner de toi que nous avons décidé de faire venir mon oncle pour l'éduquer, au lieu de l'envoyer là-bas, à Khentmim.

— Je m'en suis réjoui, répondit Mykérinos, mais je ne peux aller contre la volonté de mon père. Néanmoins, je reviendrai souvent ici. Le chemin est court entre Héliopolis et Memphis. Et encore, Kaba peut aussi venir me rendre visite à Héliopolis. Il pourra même rester pour dormir avec moi car je sais que j'aurai une chambre pour moi seul.

— Je viendrai avec plaisir, assura Kabaptah. Nous pourrons alors échanger nos connaissances. Moi, je te parlerai de ce que m'aura appris mon oncle et toi de ce qu'on t'aura enseigné pendant les jours où nous aurons été séparés.

— Ce sera une bonne chose, et je t'écouterai avec attention de mon côté, opina Mykérinos.

Khouenptah profita de la manière dont tournait la conversation pour glisser à son tour :

— Je crois que Kaba t'a dit quelques mots de ce qu'il allait apprendre avec moi.

— Oui, et il m'a aussi parlé de l'étrange initiation qui l'a fait entrer dans le clan d'un dieu dont j'ignorais même l'existence.

— Et pourtant, soupira Khouenptah, ce dieu a été longtemps le maître de Memphis, le seigneur de tous ces artisans qui sculptent ces belles statues, couvrent les murs de ces peintures vivantes, édifient ces maisons, ces palais, ces demeures éternelles, aussi bien celles des particuliers que les pyramides royales. Oui, ce fut un bien grand malheur qui a frappé l'Égypte lorsque le roi justifié, qui est maintenant assis dans la barque de Rê, a ordonné la fermeture de son temple, la dispersion de ses serviteurs. Sans doute mon frère avait commis une faute en soutenant le frère de Sa Majesté, mais le châtiment a trop largement dépassé le crime. Et maintenant, puisque tu vas aller étudier à Héliopolis, tu pourras voir que les prêtres de Rê et d'Atoum ont profité de la chute du clan de Memphis pour accroître leur puissance et dominer l'esprit de Sa Majesté. Mais ce que semble ne pas voir notre seigneur, c'est que, maintenant que les prêtres d'Héliopolis n'ont plus de rivaux comme c'était le cas lorsqu'il existait un clergé de Ptah à Memphis, prêt à soutenir les droits du roi légitime, ils commencent à intriguer, et viendra le jour où le prince héritier, le petit dieu Mykérinos, tombera entre leurs mains, et, finalement, sera chassé par eux du trône qui lui revient pour qu'ils y placent l'un de leurs prétendants.

Ce discours ne surprit pas le jeune prince car il lui semblait corroborer ce qu'avait prédit Djedi à son royal père. Il ne voulut pas répondre que le roi y avait songé, raison pour laquelle il avait nommé son frère Djedefhor à la tête du clergé d'Héliopolis afin de ne pas laisser supposer qu'il était au courant des finesses de la politique.

— En vérité, concéda-t-il, ce que tu dis là est atterrant, mais nous devons mettre notre confiance dans la sagesse de Sa Majesté.

— Et en celle du prince héritier qui ne se laissera pas dominer par des prêtres ambitieux, renchérit Hérou.

Tandis que se déroulait la conversation, la mère vint déposer dans un grand plat, au milieu du cercle, du lait caillé, salé et assaisonné avec de l'ail et de la coriandre, que chacun puisa à l'aide de morceaux de pains ronds encore chauds.

Mykérinos, qui par un certain côté se sentait mal à l'aise et craignait de se trahir, préféra changer de sujet tout en satisfaisant sa curiosité :

— J'aimerais bien savoir qui est ce dieu Ptah, dit-il. Est-il, comme Horus, Osiris et Isis, né de la création d'Atoum ? Est-il un enfant de Geb et de Nout, de la Terre et du Ciel ?

— Menki, on a dû te l'apprendre, répondit Khouenptah, les enfants de Geb et de Nout sont le dieu bon Osiris, son épouse Isis, Seth, son frère ennemi et Nephthys. Ce sont les prêtres d'Héliopolis qui prétendent que le dieu créateur est Atoum. Ils disent qu'au commencement il y avait Noun, les Eaux primordiales sur lesquelles était le *ba* d'Atoum, son esprit. Et voici qu'Atoum, qui serait né on ne sait comment, peut-être de sa propre volonté, à ce que j'ai entendu dire, a décidé de créer Shou et Tefnout. Et comment s'y est-il pris ? Les uns prétendent qu'il a fait comme Min : il s'est masturbé, et de sa semence sont nées les deux divinités primordiales de la Grande Ennéade. D'autres prétendent qu'il a créé Shou en éternuant et Tefnout en crachant. Tout cela est puéril. Qu'en penses-tu, Menki ?

— Seigneur, je n'en pense rien, car je ne sais si les prêtres du dieu présentent sa création de cette façon. S'il en est bien ainsi, je reconnais que c'est un peu simple, mais ce ne sont peut-être là que des symboles.

— Les prêtres d'Héliopolis le disent aussi pour leur défense, mais ils n'expliquent pas comment le dieu est né de sa propre volonté car, pour avoir une volonté, il faut déjà être venu à l'existence, à l'être. Ils feraient alors mieux de dire qu'il est né du Noun, c'est-à-dire du chaos primitif. Mais alors il n'est pas un dieu tout-puissant, il est issu de la matière, de quelque chose qui lui préexiste et dont il dépend.

Mykérinos, qui ne s'était jusqu'alors guère posé de questions sur ce sujet singulier, se trouvait quelque peu embarrassé, mais il avait quelques connaissances et de la repartie.

— C'est ce qu'il semble, admit-il. Mais ce dieu Ptah est-il plus habile qu'Atoum, est-il au-dessus de lui ?

— Menki, ce n'est pas la divinité d'Atoum que je mets en doute en parlant ainsi, c'est l'ignorance des prêtres d'Héliopolis que je tiens à souligner. Car, en réalité, tous les dieux ne sont jamais que des manifestations diverses et pourtant similaires du grand dieu. Les différences apparentes tiennent aux noms qu'on leur attribue et aux interprétations de leur nature qu'en donnent les hommes. Parmi ces derniers, certains sont proches du dieu et connaissent ses mystères, d'autres sont ignorants mais inventent n'importe quoi afin de laisser croire qu'ils sont savants et initiés à ses mystères.

— Mais toi, Khouenptah, as-tu été initié aux mystères d'Atoum ?

— Il m'a suffi d'avoir été introduit dans ceux de Ptah, car c'est là que gît la vérité, c'est avec Ptah que s'est mariée Maât.

— Est-elle vraiment l'épouse du dieu ? s'étonna Mykérinos.

Khouenptah sourit :

— C'est une image car les dieux ne sont pas des humains et lorsqu'on parle de leurs relations matrimoniales, c'est pour mieux faire saisir une réalité en utilisant des images familières. Maât, l'ordonnatrice de l'Univers, l'équilibre du monde, la force qui rend l'Univers cohérent, qui fait que les étoiles et les planètes, la Terre, le Soleil et la Lune tournent dans le ciel sans jamais tomber, toujours également, la loi qui a organisé le chaos pour en faire un ensemble harmonieux, n'est évidemment pas une femme, même si nous la représentons ainsi. Abstraction inconcevable, son apparence physique sous l'aspect d'une belle femme coiffée de la plume de justice n'est conçue que pour symboliser une force divine qui échappe à toute description, à toute représentation.

La servante qui apportait des poissons du Nil grillés avec du fenouil et de l'aneth, accompagnés de lentilles et de pois, interrompit la discussion.

— Mon oncle, dit alors la mère de famille, il me semble que tu tiens à ces jeunes garçons des propos bien difficiles et bien sérieux. Réserve-les pour Kaba, lorsque tu auras commencé son enseignement. Quant à notre cher Menki, il va avoir l'esprit tellement rempli de ces merveilles, lorsqu'il sera aux pieds de ses maîtres à Héliopolis, qu'il n'est peut-être pas indispensable de commencer dès ce soir.

— C'est parce que je crains que les prêtres de Rê ne lui enseignent que des sottises que je profite de sa présence pour le mettre en garde et lui révéler la grandeur de Ptah, répliqua Khouenptah.

Puis, se tournant vers Mykérinos :

— Mon enfant, si tu trouves mon discours trop difficile ou ennuyeux, ne crains pas de me le dire.

— Je crois, avoua-t-il, ne pas encore être prêt à t'entendre, surtout ce soir, dans cette compagnie. Mais je prendrai plaisir, plus tard, lorsque j'aurai aussi commencé à recevoir les enseignements des maîtres d'Héliopolis, à t'écouter me parler de Ptah.

Lorsque vint le moment de se séparer, Khouenptah déclara :

— Menki, tu ne peux rentrer seul chez toi car la nuit est tombée. Nous allons t'accompagner, moi, Kaba et toi aussi, Hérou.

— Il m'arrive parfois d'aller seul par les rues de la ville, protesta Mykérinos. Je peux rentrer seul.

— Que diraient tes parents s'ils savaient que nous t'avons laissé aller seul dans la nuit. Ce sera aussi une occasion pour les connaître.

— Je ne sais s'ils seront rentrés. Car mon père réside plus souvent dans le Grand Palais où il travaille et ma mère est généralement avec lui. Kaba le sait, je vis surtout avec ma sœur qui m'est comme une mère.

— Dans ce cas, nous serons satisfaits de connaître ta sœur, insista Khouenptah.

Mykérinos dut s'incliner car il lui semblait difficile de refuser d'être raccompagné, bien que son intention ait été de rentrer au palais de Memphis où il demeurait avec sa sœur Khamernebti, plus souvent que dans le Grand Palais. Il se dirigea donc vers la maison où s'était installée Nikaânkh, tenant par la main Kabaptah, et suivi par le père et l'oncle de son compagnon. Grande fut sa surprise, proche de la confusion lorsque, en pénétrant dans la maison, il y vit Hénoutsen avec Djedefhor. Car, ne voyant pas arriver son petit-fils qu'elle attendait dans sa résidence, Hénoutsen s'était inquiétée après que la nuit fut tombée. Comme elle ne voulait pas se rendre dans l'ancienne demeure de Sabi avec des hommes d'armes, elle avait demandé à son beau-fils de l'accompagner. Hérou, Kabaptah et Khouenptah étant entrés avec lui dans la grande pièce commune, Mykérinos resta muet, ne sachant comment présenter sa grand-mère et son oncle.

— Menki, dit aussitôt Hénoutsen, c'est mal de ta part de t'être absenté si longtemps sans avertir ta sœur. Nous nous sommes fait du souci.

C'est Khouenptah qui prit alors la parole :

— Je te prie de lui pardonner, c'est nous qui l'avons retenu pour partager notre repas. Nous sommes les seuls coupables et je te supplie de ne pas user de sévérité à son égard, car ton fils est le garçon le plus aimable et le plus poli que j'aie jamais eu l'occasion de rencontrer. Moi, je suis le grand-oncle de Kaba, et voici son père, Hérou. Tu peux être rassurée car ton fils était en parfaite sécurité en notre compagnie.

Au fond d'elle-même, Hénoutsen se sentit flattée que Khouenptah ait pu la prendre pour la mère de Mykérinos et, en conséquence, l'épouse de Djedefhor, bien que les lampes à huile ne répandissent qu'une lumière diffuse qui pouvait dissimuler ses premières rides, encore peu visibles, il est vrai, à peine esquissées. Mykérinos s'enhardit alors à présenter ses compagnons et à désigner Djedefhor comme son père. Ankhmarê, qui connaissait bien Kaba, l'accola, puis elle offrit de la bière qui ne fut pas refusée. Néanmoins, Mykérinos se garda de dire que Khouenptah était un ancien prêtre de Ptah et qu'il lui avait parlé du dieu. Il songea qu'il était préférable de laisser ignorer ces faits. Cependant, il craignit qu'Hénoutsen ne découvrît cette vérité lorsque, une fois leurs hôtes partis, la reine resta songeuse avant de révéler le fond de sa pensée :

— Ces gens sont avenants et affables, mais j'ai l'impression de connaître ce Khouenptah. Ou, plutôt, son visage ne m'est pas totalement étranger. Mais quand aurais-je pu le voir ? Et où ?

De leur côté, Kabaptah et ses parents firent l'éloge de leurs hôtes, pendant tout le chemin du retour.

— Je suis bien content d'avoir enfin rencontré les parents de Menki, disait Kabaptah. Sa mère est une bien belle femme, et aussi son père. Je trouve qu'il lui ressemble.

Cependant, lorsque Hérou se retrouva seul avec son oncle, une fois rentrés dans leur demeure, et Kabaptah mis au lit, il ouvrit la bouche et dit :

— Mon bon oncle, je ne sais si c'est une illusion de la lumière, mais j'ai trouvé que le père et la mère de Menki ressemblent à des personnes que j'ai eu l'occasion d'entrevoir.

— Me diras-tu qui ? lui demanda Khouenptah.

— Simplement la reine Hénoutsen et Djedefhor, le fils de Khoufou.

— Pour ce dernier, je ne pourrais rien t'en dire, mais pour Hénoutsen, sache que tu ne te trompes pas, assura Khouenptah.

— Que veux-tu dire ? s'étonna Hérou.

— Mon neveu, je ne t'ai rien dit jusqu'à ce jour afin de ne pas te troubler, car il est mieux de rester ignorant de certaines choses. Mais il est temps de te mettre au courant, puisque l'occasion s'en présente. Sache que, après que j'ai eu appris l'existence de cet ami de ton fils dont on m'a fait tant d'éloges, j'ai voulu savoir ce qu'il en était. Tu sais que nous devons nous méfier de tout et de tous, ce qu'ignore Kaba. Aussi je pouvais craindre qu'il ne laissât échapper des paroles compromettantes devant des personnes qui pourraient nous être hostiles et les utiliser à nos dépens. Il m'importait de savoir qui était cet ami à qui il est si étroitement lié et qui pouvaient être ses parents dont ton garçon ne savait quoi me dire. J'ai envoyé à Memphis deux de mes fidèles, deux hommes sûrs et discrets, car il ne faut pas, non plus, oublier que ton fils est l'héritier de mon frère, le dernier représentant de notre famille, celui que je veux voir un jour devenu le nouveau grand chef de l'art dans un temple de Ptah rouvert. Or ces hommes ont suivi le garçon, ils ont surveillé ses faits et gestes. Ils m'ont appris que lorsqu'il quitte cette maison où nous l'avons accompagné, il partage son temps entre le Grand Palais et le palais royal de Memphis. Quant à sa soi-disant sœur Nikaânkh, ils ont appris qu'elle n'est autre que la sœur de Persenti, la troisième épouse royale. Sache que le compagnon de ton fils est Menkaourê, le prince héritier, que son père a voulu élever incognito avec les autres enfants de son âge, parmi son peuple. Et la femme que tu as vue tout à l'heure est bien Hénoutsen, la grand-mère du garçon. J'ai craint un moment qu'elle ne me reconnaisse car elle m'a vu à plusieurs reprises dans le temple de Ptah, alors que nous étions tous deux bien plus jeunes. Et lors de cette tragique nuit où Rahotep a voulu la tuer en la surprenant dans le temple, je me trouvais auprès de ton père. Et je dois te dire que j'ai été horrifié et j'aurais moi aussi voulu intervenir en sa faveur. Car c'est une femme belle et courageuse. Vois : elle m'a paru à peine vieillie, alors que moi, heureusement, j'ai suffisamment changé pour qu'elle ne me reconnaisse pas.

— Ainsi Menki serait le prince héritier ! s'exclama Hérou d'un air abasourdi.

Khouenptah porta un doigt contre ses lèvres :

— Hérou, c'est le dieu qui a voulu qu'il en soit ainsi. Il nous appartient de protéger ce garçon, de nous faire aimer de lui, de lui apprendre qui est Ptah, quelle est sa vraie nature. Et le jour où il montera sur le trône, je peux te prédire qu'il rendra notre temple à son culte et peut-être même fera-t-il de ton fils ce que j'espère, le nouveau grand chef de l'art. D'ailleurs, qui pourra-t-il placer à ce poste sinon son meilleur ami? Car il aime visiblement ton fils et il faut inciter celui-ci à continuer d'admirer son ami.

— Et s'il arrivait malheur à Menkaourê? Ou encore si le roi, imitant son père, ce fils de Seth, faisait du fils de la quatrième reine, Sékhemkarê, le prince héritier?

— Je ne pense pas qu'il y ait quoi que ce soit à craindre. En tout cas, je sais que la reine Hénoutsen est en adoration devant son petit-fils et que, tant qu'elle vivra, jamais nul n'osera destituer Menkaourê de son titre de prince héritier.

— Alors, que le dieu leur donne longue vie!

— Pour ce qui est d'Hénoutsen, nous n'en sommes pas maîtres, mais pour Menkaourê, sache que j'ai lancé sur ses talons quatre bons chiens de garde. Des hommes robustes et de bons guerriers, car il est vrai que sa vie pourrait être menacée si s'ébruitait sa véritable identité. Ils m'ont fait serment de sacrifier leur propre vie, le cas échéant, pour sauver celle du prince.

— Mon oncle, comment imaginer que quelqu'un, sachant que Menki est en réalité le fils du roi, oserait s'attaquer à lui? Pourquoi en voudrait-il à sa vie?

— Vois, mon neveu, j'ai tout un réseau d'informateurs, tu n'es pas sans le savoir puisque tu as été le principal lien entre nous tous. Or apprends que le roi a deux ennemis qu'il ignore, deux hommes qui vivent pour une vengeance que leur a léguée leur père. Deux hommes qui, sachant que j'ai connu leur père et que mon frère a été exécuté sur l'ordre de Khoufou, sont venus devant moi. Ils avaient avec eux de l'or qu'ils m'ont proposé pour m'aider à renverser le roi et à rendre à Ptah son temple et ses biens. Leur projet était aussi fou que ceux de leur père. Ce dernier, appelé Abedou, avait été l'architecte malheureux du roi Snéfrou. Il voulait se venger de Khoufou qu'il accusait de l'avoir bafoué et ruiné. Il a d'ailleurs tenté de le faire assassiner à plusieurs reprises, mais en vain. Pour ma part, j'ai éconduit ces deux hommes qui n'étaient autres que ses fils. Mais poliment, en leur faisant ressortir que je n'étais plus rien qu'un pauvre prêtre attaché au temple de Min. Je n'allais pas leur dévoiler l'existence de notre réseau formé par les anciens partisans de mon frère et les prêtres de Ptah.

— Que sont devenus ces deux hommes ?

— Je les ai perdus de vue pendant longtemps, puis je les ai retrouvés par hasard, peu après la mort de Didoufri. Ils caressaient le projet d'assassiner le nouveau roi car ils avaient appris que, la nuit venue, il quittait le Grand Palais en compagnie de son frère et vizir Minkaf, pour aller incognito écumer les tavernes de Memphis. Je les ai détournés d'un projet dangereux pour nous. Car s'ils avaient échoué dans leur entreprise, s'ils avaient été pris par le roi et reconnus, on se serait souvenu des relations de leur père avec le clergé de Ptah et c'est nous qui aurions été accusés d'avoir organisé un complot auquel nous aurions pourtant été totalement étrangers. Ils semblent avoir abandonné leur entreprise ou, en tout cas, ne pas avoir réussi à la mettre à exécution, peut-être parce que le roi a bientôt cessé de chercher à prolonger ses jours en vivant la nuit, après avoir épousé cette petite cabaretière devenue reine d'Égypte. Or j'ai appris qu'on les a revus à Memphis. Y sont-ils encore ? Je l'ignore et s'il en est bien ainsi, je ne sais où ils demeurent. Si d'aventure il leur revenait que le prince héritier vit simplement sous une identité d'emprunt, ils seraient bien capables d'exercer sur lui une vieille vengeance qui semble trop leur tenir à cœur. Or, de quelque manière qu'ils agissent, que ce soit en tentant d'assassiner le prince ou le roi en personne, ce qui serait maintenant bien difficile, sinon impossible, c'est toujours nous qui risquons d'en supporter les conséquences. Il ne faut pas oublier que nous vivons dans un pays quadrillé par les scribes, fonctionnaires royaux et que les services du Grand Palais savent où est chacun de nous. On nous a toujours laissés tranquilles, sans pour autant nous ignorer. Comme nous nous sommes insérés dans la vie du pays, que nous avons intégré d'autres temples contrôlés par le vizir, comme nous n'avons manifesté aucune hostilité contre les héritiers de Khéops, nous n'avons pas été inquiétés, mais nous pourrions l'être s'il fallait trouver des responsables d'un quelconque attentat contre Sa Majesté ou sa famille.

— Je comprends alors que tu veuilles protéger le prince. Mais pourquoi ne pas essayer de retrouver ces deux hommes et les raisonner, leur montrer qu'il serait aussi fou que stupide de se venger sur ce garçon innocent d'une offense faite à leur père il y tant d'années par son aïeul ?

— Il m'a paru qu'ils étaient des chiens enragés de sorte que je doute qu'on puisse leur faire entendre raison. Si mes hommes les retrouvent, ils ont ordre de les supprimer, c'est le moyen le plus sûr de les rendre inoffensifs.

CHAPITRE XX

Durant les quelques mois qu'il avait passés à Memphis, dans la résidence royale, entouré de serviteurs et de servantes, Djedefhor s'était abandonné aux agréments de son nouvel état. Il s'était justifié vis-à-vis de lui-même en se disant que, après les souffrances endurées pendant sa longue navigation, il était bon de prendre un repos bien mérité et, comme l'avait fait Gilgamesh de retour de sa vaine quête de l'immortalité, jouir des plaisirs de la vie et faire de ses jours des fêtes renouvelées. Aussi avait-il tout d'abord reçu avec consternation la décision de son frère Khéphren le nommant à l'une des fonctions pourtant des plus enviées par les grands du royaume, car cela le contraignait à s'éloigner de ces agréments de la vie dont la proximité d'Hénoutsen et, dans une certaine mesure, celle de Persenti n'en étaient pas des moindres. Aussi, lorsqu'il avait rapporté à Hénoutsen la décision royale, cette dernière s'était scandalisée et elle serait sans plus tarder allée trouver son fils dans le Grand Palais pour lui manifester son courroux si Djedefhor n'avait modéré ses ardeurs. Puis il avait mûrement réfléchi à l'affaire et il avait trouvé mille raisons pour approuver Khéphren dans sa décision. Il était même disposé à l'en remercier et l'aurait fait si Hénoutsen ne l'en avait détourné :

— Il n'est pas bon de rendre grâce à un roi pour une décision qu'il prend à l'endroit d'un tiers sans consulter l'intéressé, surtout quand il s'agit de son frère aîné, lui avait-elle dit. C'est l'encourager dans ses certitudes de ne pouvoir se fourvoyer et dans sa croyance en sa propre infaillibilité. Or un souverain n'est infaillible que dans la mesure où les courtisans et son peuple le déclarent tel, car il faudrait être un dieu pour connaître tous les cœurs et les secrets du monde et ne jamais pouvoir commettre une erreur ou se tromper dans un jugement. Or, c'est bien parce que le peuple croit que l'enfant sorti de mon ventre est dieu maintenant qu'il se trouve sur le trône d'Horus, qu'on le dit tel, mais, en réalité, il est tout aussi humain et mortel que nous le sommes toi et moi, sa propre mère. Il y a bien de la naïveté chez les humains pour croire qu'un dieu puisse naître d'une simple femme. Il est vrai que ce n'est jamais qu'un consensus entre les hommes qui fait les dieux et leur accorde une puissance qu'ils n'ont pas en réalité. Toi-même à la suite de tes voyages, tu as pu voir que chaque peuple adore ses propres dieux et qu'il ne croit pas en la réalité ou en tout cas à la puissance de ceux des autres, sans quoi il les adorerait au même titre et les mettrait dans son panthéon. Or, si le ou les dieux de chaque peuple se contentent des adorations de leurs seuls fidèles sans être capables d'imposer leur culte aux autres peuples, leur impuissance donne la preuve qu'ils ne sont jamais que des créations de leurs prêtres et de leurs adorateurs.

— Je ne peux te désapprouver, avait reconnu Djedefhor, mais cela n'implique pas l'existence du dieu dont nous sommes en quête.

— Pour ce qui est de ce dieu, il est si loin de nous et surtout de notre esprit que nous aurions bien de la peine, nous autres humains, à le concevoir et plus encore à l'adorer, adoration dont il n'a d'ailleurs aucunement besoin, contrairement aux rois pour qui ces manifestations de la soumission des humains sont nécessaires afin d'asseoir leur propre puissance et se conforter dans leurs prétentieuses certitudes. Dans tous les cas, il ne peut rien avoir à faire avec les rois humains et les prêtres des divers dieux, et il peut moins encore être le père d'un dieu incarné : le croire, c'est soit l'abaisser au rang des mortels, soit se moquer des hommes en les croyant si stupides qu'ils peuvent ajouter foi à une pareille absurdité.

— Et pourtant ils y croient, avait remarqué Djedefhor. Et c'est une bonne chose car ils y trouvent une consolation à leurs misères et un espoir en un monde meilleur. Pour moi qui vais devenir le premier prêtre de Rê, je ne puis approuver tes vues que dans la mesure où elles restent entre nous.

— Sache que je ne les communiquerais pas au premier venu, ne serait-ce que parce qu'il ne me suivrait pas dans cette voie qui lui paraîtrait faire injure aux dieux. Comme je suis reine et toute-puissante, il opinerait pourtant, mais n'en penserait pas moins. Cependant, n'est-ce pas des vérités de cette nature qui sont enseignées au plus secret des temples, à ceux qui marchent dans les sentiers lumineux de l'initiation aux vérités premières ?

— Pas tout à fait, quoique je ne sois pas allé aussi profondément dans ces connaissances, contrairement à mon père.

— C'est à la suite de conversations avec mon

cher époux que je tiens une partie de ces vérités. Il disait même qu'adorer quelque dieu que ce soit en faisant ses louanges, exaltant sa grandeur, sa miséricorde, sa toute-puissance, c'est lui faire injure, lui attribuer un mesquin sentiment de vanité, le regarder comme un être animé par des passions humaines, ce sentiment ridicule qu'est la fatuité, le rabaisser au rang des simples humains devenus rois soit suite à leur naissance, soit par un coup d'État qui les plaçait sur un trône. Il ajoutait encore que c'était un témoignage, inconscient il est vrai, de la faiblesse et de l'impuissance de ce dieu à qui ses adorateurs conféraient les plus grands pouvoirs afin de s'en convaincre eux-mêmes, restant pourtant aveugles devant ses faiblesses. Car si le dieu d'un peuple était aussi omnipotent que le prétendent ses adorateurs, il devrait leur accorder non seulement le bonheur sans distinction de classe, mais encore la domination de son propre peuple sur les autres souverains, ce qui est loin d'être le cas.

Elle n'avait pas précisé qu'une autre partie de son discours qui pouvait conduire jusqu'à la négation de tout dieu, quelle que fût sa nature, elle l'avait induite de ses relations étroites avec Sabi pour qui les dieux tout autant que le dieu créateur étaient des inventions humaines et que, en vérité, il n'y avait ni divinités ni vie de l'âme dans un autre monde, ne serait-ce que parce que l'idée de l'âme n'était que le fruit du délire des hommes, une invention pour se rassurer devant l'horreur du néant de la mort. Il faut faire de sa vie une belle fête et profiter de tout ce que nous offre le monde, disait-il, car encore aucun de ceux qui sont descendus dans le tombeau n'en sont revenus pour nous dire ce qu'il y avait dans l'au-delà. Et il n'y a visiblement rien, sans quoi nous n'aurions aucun mal à communiquer avec ceux que nous avons aimés et qui sont morts. Au demeurant, concluait-il, peux-tu imaginer de vivre éternellement, de recommencer chaque jour la vie que nous connaissons pendant l'éternité, ainsi que le croient ceux qui espèrent survivre dans les champs des guérets ? C'est surtout cette question qui avait longtemps tourmenté Hénoutsen et l'avait conduite à mettre en doute la survie de l'âme — voire son existence — sous quelque forme que ce fût.

La première de ces raisons qui inclinait Djedefhor à se réjouir de sa nouvelle fonction, c'est qu'elle l'obligeait à abandonner une vie oisive et sans projet dans laquelle il perdait rapidement cette tension d'esprit vers un but déterminé, qui l'avait jusqu'alors dirigé dans son existence et son comportement. Il allait retrouver une raison d'agir et de vivre, ne serait-ce que dans l'enseignement qu'il devait dispenser à ses neveux dont il avait l'intention de faire des disciples, peut-être avec d'autres jeunes gens élevés dans le temple. Par ailleurs, c'était une occasion de s'éloigner de Persenti qui, depuis le jour où elle était revenue le voir dans le palais de Memphis et où il l'avait entraînée dans le pavillon, ne cessait plus de le harceler au point d'obtenir une attitude contraire à celle qu'elle souhaitait susciter par trop de preuves d'une passion réanimée : il commençait à se lasser de ses exigences et de ses reproches, comme s'il avait été responsable de son propre exil et du consentement qu'elle avait finalement donné à Khéphren à leur mariage. Lorsque Hénoutsen lui avait rapporté la discussion qu'elle avait eue avec son fils le jour où elle était allée le retrouver sur le chantier du sphinx, au cours de laquelle le roi avait laissé entendre qu'il soupçonnait leurs relations secrètes et voulait ainsi éviter à Persenti les risques d'une mortelle condamnation, Djedefhor en avait été d'autant plus reconnaissant à son frère que, de toute évidence, il avait fermé les yeux sur une réalité qui aurait pu provoquer chez un autre souverain des réactions aussi violentes que funestes.

Ainsi Djedefhor s'était-il établi à Héliopolis avec un train modeste, laissant à Memphis serviteurs, gardes, musiciennes et danseuses. Il n'avait emmené avec lui qu'Amarsi afin qu'il l'aidât dans l'enseignement des langues lointaines qu'il voulait dispenser à ses futurs élèves et plus particulièrement à Nékaourê, bien qu'il n'ait jusqu'alors fait que l'entrevoir. Mais Persenti l'avait assuré que le garçon était, comme son vrai père, avait-elle précisé, curieux de tout, éveillé, avide de savoir. Tout ce qu'un père pouvait espérer d'un fils dont il voulait qu'il le surpassât dans tous les domaines, même ceux dans lesquels il avait excellé.

Les enfants royaux vinrent s'établir à Héliopolis auprès de leur oncle et maître quelques jours plus tard. Il y avait Mykérinos, impatient d'être initié aux mystères du dieu avec un oncle dont on lui avait vanté la sagesse et le savoir, son jeune frère Kounérê, Nékaourê, et aussi les filles, Khamernebti et Néferhétépès, la fille qu'Hétephérès avait donnée à son frère Didoufri. Elle n'était que dans sa onzième année, mais elle avait déjà appris à lire et à tracer les signes sacrés, et elle maîtrisait aussi l'écriture linéaire que les anciens scribes avaient adaptée à partir des hiéroglyphes pour rédiger d'une main plus rapide les textes courants. Elle vivait avec sa mère dans le palais de Memphis, dans le voisinage d'Hénoutsen qui exerçait un tel prestige et montrait une telle aménité à leur égard que tous les enfants royaux la regardaient un peu comme leur mère. Sa belle-sœur Néferkaou s'étant retirée dans ses domaines au sud de Memphis, à peu de distance de la pyramide où reposait son père Snéfrou, Hénoutsen demeurait pour toute la famille, comme la reine mère et la gardienne de la tradition royale. Ainsi Néferhétépès avait-elle souvent eu l'occasion de voir Djedefhor et de l'écouter, de sorte qu'elle s'était attachée à cet oncle qui exerçait un si grand prestige au regard de toute la cour. Lorsqu'il avait pris le chemin d'Héliopolis, elle avait demandé à sa mère de suivre sa cousine Khamernebti dans cette ville pour devenir comme elle une disciple du nouveau Grand Voyant, ce qui lui avait été accordé, non sans réticences il est vrai, Hétep-hérès trouvant sa fille encore un peu jeune. En réalité, elle avait quelque mal à se séparer de cet enfant qui lui avait coûté le mépris de son frère et époux. Néanmoins, comme son aînée Merseankh, alors âgée de dix-sept ans, demeurait auprès d'elle, plus comme une compagne que comme une fille, elle s'était fait une raison, cédant par ailleurs aux exhortations d'Hénoutsen.

— Il est bon que les enfants soient séparés de leur mère, même les filles, assura-t-elle. Ce sera aussi une raison pour nous d'aller les voir à Héliopolis. On s'y rend rapidement, les deux villes sont voisines, on y est en quelques coups d'avirons. Et nous pourrons aussi devenir des disciples d'Hori.

Par ces mots, elle avait éradiqué tous les scrupules, toutes les hésitations. Ainsi Djedefhor s'était-il retrouvé avec ses cinq neveux et nièces, chargé de la délicate mission d'assurer leur éducation et de les élever à sa propre hauteur d'âme.

Comme il était naturel, Djedefhor prêta une attention particulière à Nékaourê. Il avait à peu près le même âge que son demi-frère Kounérê, tous deux, à douze ans, n'ayant pas encore coupé la tresse de l'enfance. Mais il eut la satisfaction de découvrir que son fils marquait le plus vif intérêt pour les récits qu'il leur faisait de ses voyages, de ses aventures et pour ce qu'il leur apprenait sur les dieux, les mœurs, les usages et les traditions des peuples qu'il avait connus ; il manifestait un grand désir d'apprendre les langues de ces hommes, contrairement à Kounérê, lequel, comme son aîné Mykérinos, s'intéressait d'une manière plus évidente à ce qui concernait son propre pays, aux sciences des astres et aux mystères des dieux. Néanmoins, nul d'entre eux ne restait indifférent à la quête de la sagesse et du savoir dans laquelle s'était engagé Djedefhor, bien que sa conclusion, selon laquelle la sagesse se trouve en soi et chez soi, qu'une telle quête conduite au loin serait en elle-même inutile si elle ne permettait pas de mieux connaître les divers peuples de la terre et de se persuader qu'il existait d'autres manières de vivre qui n'étaient pas inférieures à celle qu'on pouvait pratiquer dans son propre pays, ne satisfasse pas leur soif de rêve et d'aventures et leur désir de connaître le monde.

— Moi, disait Nékaourê, quand j'aurai coupé la tresse de l'enfance, je partirai à travers le monde, comme tu l'as fait, et j'irai en quête de cette île de la mer de Coptos que tu n'as pas réussi à trouver.

Néferhétépès demandait alors à son demi-frère :

— Dis, tu m'emmèneras avec toi dans tes voyages. Car moi aussi j'aimerais connaître les pays dont parle notre oncle Hori. D'ailleurs, comme Menki est destiné à épouser Nebty, c'est de toi que je voudrais devenir la femme. Il faudra bien alors que je t'accompagne.

Nékaourê la regardait avec un mélange de tendresse et de sentiment de supériorité avant de lui répondre :

— Nous avons bien le temps. Tu es encore trop jeune. Et puis, les filles...

— Quoi, les filles ? Vois Hénoutsen, elle en remontre à tous les hommes, et pareillement ma tante Khentetenka. D'ailleurs, je veux aussi apprendre comme elle à tirer à l'arc et à lancer le javelot. Et encore à manier la fronde.

Tous les enfants admiraient plus que tout chez leur oncle la manière dont il utilisait avec une merveilleuse habileté la fronde dont il avait appris à se servir chez les gens des rives de la mer de Sel, ainsi que le bâton de lancer avec lequel, dès le plus jeune âge, les jeunes Égyptiens apprenaient à frapper de loin les oiseaux lors des chasses dans les marécages.

Djedefhor s'était pris si vivement au jeu de l'enseignement qu'il consacrait la plus grande partie de son temps à cette tâche. Non content d'inculquer à ses élèves des préceptes de sagesse, de leur dévoiler ce qui pouvait être révélé des mystères du dieu grand, de leur faire apprendre, pour commencer, les langues des gens du Sumer, de Canaan et du Ta Noutir, de les entretenir des nations parmi lesquelles il avait vécu, il s'occupait encore de leur entraînement physique. Il leur enseignait les maniements de l'arc, de la lance et de la hache, de la fronde et du bâton, il les faisait lutter, les emmenait en de longues marches dans le désert voisin de Kerâha. Là, ils allaient à la cueillette de miel sauvage et de diverses plantes, ils apprenaient à lire sur le sable les traces qui y restaient empreintes, à connaître et observer les animaux de toutes les tailles, du lion et du taureau sauvage au serpent et à l'araignée ; et aussi à poser des pièges, à débusquer le gibier, à le chasser, car, malgré ce qu'il lui avait été appris que le monde formait un tout, que les animaux possédaient au même titre que l'homme un caractère divin et que toute création procédait du dieu, Djedefhor ne nourrissait pas les mêmes scrupules qu'Hénoutsen à l'égard des autres êtres vivants et, malgré l'intérêt qu'il portait aux bêtes et la compassion qu'il était susceptible de manifester à leur égard, il ne méprisait pas la chasse.

Il restait alors à Djedefhor peu de temps à consacrer à son sacerdoce qui consistait essentiellement en rites quotidiens effectués matin et soir au nom du roi, rites dont il abandonnait la responsabilité au premier lecteur, la plupart du temps. Cependant, il réservait quelques heures chaque jour à lire tous les papyrus engrangés dans la maison du Phénix et à rédiger de sa propre main tous les préceptes dont il faisait la base de son enseignement afin de constituer un livre de sagesse. Il avait laissé à Amarsi le soin d'enseigner aux enfants la manœuvre des bateaux et aussi, à ceux qui le désiraient, la langue des habitants de Meloukhkha. Ce dernier n'avait finalement gardé que deux élèves, après que les autres eurent tout d'abord assisté à ses cours, Nékaourê et Néferhétépès, les deux enfants qui s'étaient fixé pour but de naviguer vers ces lointains rivages. Et il s'en montrait particulièrement satisfait car, volontairement tournés vers cette étude, ils y faisaient des progrès qu'admirait leur maître.

C'est ainsi que Djedefhor s'établit dans sa nouvelle situation et qu'il y puisa une grande exaltation et une autre raison de vivre.

Comme il arrivait souvent qu'Hénoutsen vienne lui rendre des visites, généralement en compagnie d'Hétep-hérès désireuse de revoir sa fille, mais aussi de Khamernebti, la Grande Épouse royale de Khéphren et de Khentetenka, Djedefhor voyait son auditoire ainsi agrandi, car elles écoutaient ses enseignements avec attention, même lorsqu'il donnait ses cours de langues, non pas qu'il fût dans leur intention de les apprendre, mais parce que ces sons et ces mots étrangers les amusaient et les intriguaient. Seule Persenti, fâchée de la docilité avec laquelle Djedefhor avait accepté la décision de son frère et s'était éloigné de Memphis sans marquer de regret, se refusait à accompagner Hénoutsen dans ses visites à Héliopolis. Elle espérait, par cette attitude, ranimer la flamme de son amant, lui rendre son absence pesante, insupportable même.

CHAPITRE XXI

Persenti dut reconnaître qu'elle s'était trompée dans son calcul. Son absence n'avait pas paru émouvoir Djedefhor outre mesure ni, comme elle l'espérait, rallumer le feu de son amour. Les mois s'écoulèrent sans qu'il se manifestât. Elle avait de ses nouvelles par leur fils Nékaourê, qui revenait une fois par mois dans le Grand Palais pour revoir ses parents, et par Hénoutsen. Le garçon parlait de son maître avec un enthousiasme qui manifestait l'admiration qu'il lui portait et il ne rêvait plus que de partir sur ses traces, à la recherche de l'île merveilleuse, au bout du monde. Un jour qu'il rapportait en détail à sa mère ce qu'il avait appris récemment à l'école de Djedefhor, elle ne put s'empêcher de lui demander s'il lui avait parlé parfois d'elle. Nékaourê l'avait regardée avec étonnement et lui avait naïvement demandé pour quelle raison il lui aurait parlé de sa mère. Car on l'avait laissé dans l'ignorance de l'amour qui les avait unis dans leur jeunesse. Elle s'était bien gardé d'insister, en effet, Djedefhor avait toutes raisons de rester discret sur ce point. Aussi se résolut-elle finalement à demander à Hénoutsen, un jour qu'elle était allée lui rendre visite dans le palais de Memphis :

— Que fait Djedefhor ? Te parle-t-il parfois de moi et de nos anciennes amours ?

— Persenti, lui répondit la reine, je ferais injure à Maât si je te répondais qu'il me pose des questions à ton sujet. En réalité, j'ai le sentiment qu'il cherche à t'oublier.

— Ainsi, tu penses qu'il ne m'aime plus, constata-t-elle d'un air navré.

— Je ne sais que te répondre. Nous évitons ce sujet quand nous nous voyons. D'ailleurs, je ne suis jamais seule avec lui, ce qui nous oblige à user de discrétion. Pour les enfants, tu n'es jamais que celle qu'a aimée et épousée Khafrê, et ma protégée, quelque chose comme ma fille adoptive. Il ne serait pas bon qu'ils apprennent que celui que tu as réellement aimé était Djedefhor.

— Cependant, n'est-il pas mal de cacher la vérité à Nékaourê, de lui laisser croire qu'il est vraiment le fils du roi ?

— Et qu'en réalité il n'est même pas mon petit-fils ? Non. Il serait à craindre qu'une telle révélation ne lui causât un tel choc qu'il aurait du mal à s'en remettre, surtout à son âge. N'oublie pas, non plus, que s'il arrivait quelque malheur à mon petit Menki et à son frère Kounérê, ce serait lui l'héritier légitime du trône. Mais s'il était révélé à tous qu'il n'est pas le fils du roi, l'héritier serait alors Sékhemkarê, le fils d'Hedjekenou. C'est par une suite de circonstances malheureuses et bien imprévues que Khafrê, dont son père disait qu'il n'avait aucune chance de monter un jour sur le trône d'Horus, y est maintenant assis. Khafrê a reconnu Nékaourê comme son propre fils, et c'est ce qu'il est, non seulement à ses propres yeux, mais aussi au regard des grands et de tout le peuple. Il n'est plus concevable de revenir en arrière, comme il n'est plus possible que tu ne sois pas l'épouse du roi d'Égypte. Je ne pense pas qu'Hori t'ait oubliée, que tu lui sois devenue indifférente, mais il est trop persuadé de ces réalités pour chercher à continuer de te voir en secret, même si, pendant un moment, je vous ai encouragés dans cette voie. Il est conscient du danger que ces rencontres te faisaient courir, tout autant d'ailleurs que Khafrê, qui est resté volontairement aveugle. Cependant, aussi bien lui que son frère savaient que cela ne pouvait durer, qu'un roi et un prince du rang d'Hori vivent en permanence sous les yeux de leur peuple et que leur dignité ne pouvait souffrir que soient un jour révélées vos amours adultères. Seul un roi criminel, fils de Seth, pourrait se permettre de provoquer la cour et les dieux, mais ton époux et son frère ont un sens trop aigu des devoirs des princes pour s'abandonner à des sentiments trop humains ou pour mépriser tout un peuple qui regarde son roi comme un dieu et cherche dans la famille royale un modèle de comportement, comme l'ont été Isis, Osiris et leur fils Horus, le vengeur de son père.

— Mais alors, rétorqua Persenti, trop pénétrée des raisons d'Hénoutsen, que me conseilles-tu de faire, toi qui, lors du retour d'Hori, avais dit que les rendez-vous secrets ne manquaient pas de piquant et qui nous as encouragés à renouer entre nous ?

— Dans la joie de ce retour et en voyant combien vous me paraissiez tous deux trouver du plaisir à revivre votre ancienne passion, il m'a paru bon de ne pas me mettre en travers de vos amours, et même de vous y encourager. Hori a finalement été plus avisé que moi et, lorsqu'il eut compris que son frère n'était pas dupe des visites que tu prétendais me faire, il a décidé que la sagesse était de rompre avec toi toute relation qui, pour aussi légitimes qu'elles aient pu sembler selon un certain point de vue, le vôtre, n'en étaient pas moins coupables dans les faits et risquaient d'obliger Khafrê à sévir contre sa volonté. Tous deux ont fait preuve d'une grande sagesse, il te revient d'être à l'unisson avec eux. Et si tu quêtes de moi un conseil, je te dirai ceci : pour l'instant, Khafrê est aveuglé par son amour pour Hedjekenou, mais cette passion ne durera pas plus longtemps que celle qu'il a eue pour toi. Il te revient de le conquérir à nouveau, de t'imposer non pas en te montrant provocante, amère ou pitoyable, mais en te comportant comme le fait Khentetenka. Parais insouciante, quelque peu indifférente, et je ne serais pas surprise qu'il revienne vers toi. Car même s'il s'est éloigné de toi et que, de ton côté, tu t'es à nouveau jetée dans les bras d'Hori comme un défi, je te soupçonne de toujours entretenir au fond de toi une petite flamme pour Khafrê.

— Il est vrai, reconnut-elle, que si Khafrê avait continué de m'aimer comme il l'a fait au début de notre mariage et s'était toujours comporté comme il le faisait alors, jamais je n'aurais songé à me réfugier dans les bras d'Hori. Mais lui, maintenant qu'il ne vit plus que pour sa nouvelle reine et pour sa pyramide, pourra-t-il jamais me revenir ?

— Je n'en doute pas. Il te néglige, certes, mais il ne t'a pas oubliée.

Persenti avait longtemps gardé en son cœur les paroles d'Hénoutsen et elle les avait profondément méditées, pour se donner une assurance, et pour mettre en pratique ses conseils. Ce pourquoi elle s'était rapprochée de Khentetenka : elle l'accompagnait dans ses chasses dans le désert, lui rendait visite dans sa demeure, partageait tous ses plaisirs, sa belle-sœur ayant accueilli avec bienveillance ces soudains témoignages d'une amitié que Persenti justifia en déclarant qu'elle s'était fait une raison des dédains de son époux et que, ayant senti en elle s'étioler la flamme d'Hathor, elle avait décidé de vivre suivant les modèles que lui donnaient sa mère adoptive Hénoutsen et une belle-sœur à laquelle elle vouait une admiration non dissimulée.

Persenti était dans ce nouvel état d'esprit lorsque la directrice des servantes du palais, appelée Méket, vint devant la troisième épouse royale en compagnie d'une jeune femme qu'elle lui présenta :

— Voici Ouadjet. Elle est fille de scribe et a reçu la meilleure éducation. Elle sait aussi bien chanter que manier les instruments de musique. Elle sait aussi déchiffrer les signes sacrés, et bien d'autres choses encore. Il plairait à Sa Majesté que tu la reçoives dans ta résidence pour qu'elle te tienne compagnie et réjouisse ton âme avec ses chants et ses discours.

Persenti pensa tout de suite que Khéphren déléguait cette fille auprès d'elle pour la surveiller en secret et lui rendre compte de ses faits et gestes. Néanmoins, elle ne dit rien de ses soupçons et reçut cette nouvelle servante avec la plus grande aménité. Une chambre lui fut affectée, que Persenti voulut le plus loin possible de la sienne propre, sans cependant dévoiler ses raisons, puis elle l'invita à venir auprès d'elle dans son jardin pour lui faire de la musique. Ses propres connaissances aussi bien de la musique que du chant lui permirent de constater que la jeune femme était réellement experte en ces arts, bien que jeune puisqu'elle avait une vingtaine d'années.

Une fois qu'elle eut reconnu le talent d'Ouadjet, Persenti l'interrogea sur elle-même et sa famille. Après que la jeune femme lui eut annoncé son âge, elle s'étonna :

— Comment se fait-il que tu ne sois pas encore mariée ?

— Mais j'ai un époux, assura-t-elle.

— Et tu ne vis pas avec lui ?

— Il a été engagé au service de Sa Majesté comme médecin de la résidence royale.

— Quoi ? Il est médecin ? Mais alors il est logé dans le Grand Palais.

— Il y a sa chambre.

— Et tu as accepté de loger dans ma propre résidence ?

— J'y serai plus libre et j'aurai ensuite plus de plaisir à retrouver mon époux. C'est un homme volage, et il me faut une grande magie et l'aide d'Isis pour le garder auprès de moi. Il soigne les femmes, c'est sa spécialité, et il préfère s'occuper de celles qui sont jeunes. Mais il m'est revenu.

— T'avait-il quittée ?

— Il s'intéressait aux autres femmes et me négligeait. Mais je te l'ai dit, il est revenu vers moi, il ne me néglige plus.

— Tu es alors heureuse ! soupira Persenti. Puis, ne voulant pas s'attendrir sur elle-même devant une femme qui lui était encore étrangère, elle lui demanda :

— Dis-moi, qui est ton père ? Et ta mère ? Où vivent-ils ?

— Ma mère est partie vers le bel Occident. Mon père est un scribe attaché au temple d'Ouadjet à Bouto. Il est chargé de l'entretien du temple car il est le maître des maçons.

— C'est pour cela qu'il t'a donné ton nom ?

— Oui. C'est un homme très savant. Il est aimé de la déesse.

— Est-ce à Bouto que tu as connu ton époux ?

— C'est aussi là-bas que je l'ai épousé. Il avait déjà acquis une renommée de médecin, mais, depuis, sa réputation est parvenue jusqu'à Memphis. C'est pourquoi Sa Majesté a bien voulu s'assurer de ses services dans le Grand Palais.

— Comment s'appelle-t-il ?

— Héqeq. Avec lui dans le palais, tu n'as plus rien à redouter, ni les piqûres de serpent ou de scorpion, ni les maux de ventre ou de tête, ni les vers de dents. Il connaît toutes les formules magiques, toutes les plantes et tous les ingrédients entrant dans la composition des médicaments. Il sait ce qui convient à chaque maladie, et surtout pour les maux dont souffrent les femmes et les enfants. Es-tu parfois malade ?

— Il m'arrive d'avoir des maux de tête, mais pour le reste, je suis satisfaite.

— Il pourra te soigner de ce mal, assura Ouadjet. Il connaît bien des choses concernant la tête. Il sait aussi faire pousser les cheveux et les rendre plus abondants qu'ils ne le sont en général, ou encore les faire tomber pour que la personne devienne chauve.

— Ah ! Connais-tu ses recettes ?

— Par exemple, si tu as une ennemie, une femme que tu hais parce que, disons, elle t'a enlevé l'amour de ton époux, comme cela m'est arrivé : tu peux lui faire perdre ses cheveux. Son amant se détournera alors d'elle et il reviendra à son épouse légitime.

— L'as-tu fait ?

Ouadjet esquissa un sourire entendu en secouant la tête, sans répondre.

— Bien sûr, reprit Persenti, je suppose que tu n'aurais jamais osé commettre une telle vilenie.

— Certainement. Il est vrai que c'est difficile à réaliser. Vois : il faut faire cuire un ver de terre, puis le piler avec de la graisse de porc et de l'huile de bois. Tout doit être bien mixé et ensuite, et c'est là qu'intervient le principal obstacle, tu dois en enduire le crâne de la femme que tu veux rendre chauve. Comme elle ne se laissera pas faire, il faut lui présenter ce cataplasme comme un onguent qui, au contraire, va embellir sa chevelure.

Persenti hocha la tête avec un air de doute, car elle ne put s'empêcher de penser à Hedjekenou.

— Tu m'as dit que tu avais ramené à toi ton époux à l'aide de formules magiques...

— Je ne t'ai pas dit exactement cela, mais, en définitive, il en a bien été ainsi.

— Et ton mari l'a-t-il su ?

— Certainement pas. Et il ne faut rien lui en dire. Quoi qu'il en soit, toi, tu n'as pas besoin de tout cela car il serait étonnant que tu puisses avoir une ennemie que tu détestes et, de plus, ton époux est le dieu vivant.

— Il n'en est pas moins homme et il a des sentiments humains pour ses épouses, lui fit remarquer Persenti.

— Il est vrai que, comme il a plusieurs reines, il doit se partager entre elles pour les honorer à tour de rôle.

— Il devrait en être ainsi, en effet.

— Quoi, ne le fait-il pas ?

La jeune femme prenait un air si surpris que Persenti ne chercha pas à lui révéler une vérité qui lui était peu agréable de reconnaître. Elle se contenta de sourire en disant, d'un air rêveur :

— Pour sûr, Sa Majesté est équitable. Le roi aime également ses épouses.

Puis, se reprenant, elle demanda :

— Es-tu entrée au service de Sa Majesté depuis longtemps ?

— J'ai été conduite devant Sa Majesté voici à peine cinq jours. J'ai accompagné mon époux qui venait d'être appelé au Grand Palais. Une fois que Sa Majesté a eu pris la mesure de mes talents, comme il a déjà à son service plusieurs chanteuses, Méket a suggéré que je sois placée auprès de la troisième épouse. Je m'en suis réjouie car on m'a assuré que toi aussi tu connaissais les belles danses, les beaux chants et bien des choses que je pourrais peut-être apprendre auprès de toi, si tu daignes me les faire connaître.

— Ce sera bien volontiers, assura spontanément Persenti. Il est vrai que je voudrais auprès de moi une compagne, une amie, plutôt qu'une servante. Et même une confidente, une personne à qui je pourrais me confier en toute liberté.

— Il en sera ainsi entre toi et moi, si tu y consens, car je suis toute disposée à t'être utile et agréable.

Persenti ne savait si tant de bonne volonté était sincère ou si, tout au contraire, elle induisait ce qu'elle continuait de soupçonner, que Khéphren l'avait choisie pour mieux connaître ses dispositions à son égard et à celui de Djedefhor. C'est en y pensant qu'elle avait déclaré si promptement, d'une manière qui paraissait si spontanée, son désir de faire de sa nouvelle servante une amie, une confidente. Elle songeait qu'elle pourrait ainsi détourner toute défiance de Khéphren à son égard, relativement à des relations possibles et tenues secrètes avec Djedefhor, et, par ailleurs, lui marquer l'amour qu'elle continuait de porter à son royal époux et son désir de retrouver son affection. Il lui parut même que c'était une divinité, Hathor sans doute, qui avait voulu cette venue d'Ouadjet afin de favoriser son dessein de suivre les conseils d'Hénoutsen et reconquérir le cœur de Khéphren à défaut de pouvoir garder celui de Djedefhor. Persenti jugea utile de mettre un terme à leur entretien pour ce jour. Cependant, avant de la renvoyer afin de rester seule et réfléchir au pari qu'elle pourrait tirer de cette présence auprès d'elle, présence agréable, au demeurant, Ouadjet présentant le plus avenant des physiques et s'étant révélée naturelle et enjouée, elle lui demanda, au moment où elle se retirait :

— Au fait, tu ne m'as pas dit le nom de ton père.

— Il s'appelle Djati.

CHAPITRE XXII

Trois fois Hapy, le dieu du Nil, avait fait gonfler le fleuve roi, l'avait fait sortir de son lit, se répandre dans la campagne pour la féconder, pour préparer la riche glaise noire à produire tous les dons d'Osiris, depuis que Djedefhor était rentré en Égypte. La vie s'était écoulée pendant ces jours et ces mois, simple, paisible ; les enfants royaux avaient grandi lentement, s'étaient enrichis d'une partie du savoir de leur maître. Il avait pu être satisfait des progrès qu'ils avaient fait en toute chose, sans toutefois avoir pensé réussir à leur inculquer ce qu'on appelait la sagesse. Il n'ignorait pas que le savoir est généralement lié à la sagesse mais que l'un n'implique pas forcément l'autre. Il avait appris par cœur, alors qu'il était adolescent, les termes par lesquels Ibdâdi avait répondu à Khéops lorsque le roi lui avait confié l'éducation de ses enfants, réponse que son père avait fait noter par le scribe qui l'accompagnait tant il l'avait trouvée juste et modérée :

« Je ferai plutôt en sorte de rendre mes enseignements suffisamment agréables et riches de beautés pour qu'ils plaisent à leur âme et que ce soit de leur propre mouvement qu'ils me demandent de leur communiquer mon savoir, sans avoir à utiliser quelque autre moyen que la persuasion fondée sur l'enthousiasme, la curiosité de jeunes esprits et le plaisir de la découverte des choses du monde. Cependant, Ta Majesté le sait bien, si le savoir peut se communiquer, si je puis enseigner à tes enfants les langues que je connais et mille autres choses sur les peuples chez lesquels j'ai vécu aussi bien que sur les beautés de la nature, je ne puis leur donner la sagesse. Sans doute, je peux leur faire des recommandations, leur dispenser des conseils de sagesse, sur la manière de se comporter avec soi et autrui, leur montrer que la modération est le meilleur des guides en toutes choses, qu'il faut se défier des grandes passions, car elles peuvent conduire à des excès dangereux, mais pour ce qui est de la sagesse, ils devront la découvrir eux-mêmes, par leur propre quête et, surtout, la vivre. Car toute véritable sagesse ne consiste pas en vains mots, en simples paroles, elle doit se vivre, elle se manifeste dans des actes. Vois : il est dans mes possibilités de leur montrer la manière dont on peut vivre sa propre sagesse, par mon enseignement ils pourront connaître cette sérénité de l'esprit et cette sûreté de soi que confère le savoir, mais il faudra qu'eux-mêmes fassent leur propre expérience de la sagesse, qu'ils se donnent la forme de sagesse qui doit convenir à leur âme. Cela, je n'ai pas le pouvoir de le communiquer, on ne peut l'apprendre, on doit le trouver, en soi, par soi-même, à la suite d'une véritable quête et de profondes méditations. Car toute connaissance, toute sagesse personnelle a ses propres limites qui se trouvent en nous et dans nos propres capacités. C'est à chacun de nous de se conférer sa propre sagesse, celle qui s'adapte naturellement à notre esprit et à notre caractère. »

Que de fois s'était-il répété ces propos si justes alors que lui-même était en quête de cette sagesse qu'il identifiait à une connaissance occulte révélée dans le troisième livre de Thot, caché dans cette île aux rivages de laquelle il n'avait jamais réussi à aborder ! Et lui-même une fois devenu à son tour maître de sagesse et de savoir, il s'était efforcé d'appliquer ces principes. Pour le reste, il était trop bien placé pour savoir que cette juste mesure dans le comportement, cette sorte de sérénité d'esprit qu'il n'avait acquise qu'à la suite de douloureuses expériences, rien de cela ne s'enseignait. Au demeurant, il lui semblait que trop de prudence et de modération ne convenaient pas à une âme jeune emportée par l'enthousiasme de la découverte de la vie et des choses du monde, que c'était un frein à toute grande entreprise, que la jeunesse devait s'accompagner de fantaisie, d'audace, de grains de folie, comme on ajoutait à la nourriture cumin, coriandre, aneth ou thym, sans négliger le sel, pour lui donner du goût et du piquant.

La saison fraîche était revenue, pendant laquelle on s'enveloppait la nuit dans une épaisse couverture de laine, et le jour, lorsque les nuages voilaient le ciel, on se drapait dans un manteau sans manches, très semblable au suaire dans lequel s'enveloppait Osiris, ou, plus précisément, dans lequel il était représenté par les peintres attachés aux temples et aux nécropoles.

Dans le Nord, sur toute la Basse-Égypte, sur Memphis, à la balance des Deux Terres, sur Héliopolis, où résidait Djedefhor avec ses élèves, la pluie ne cessait de tomber. Les anciens assuraient qu'ils n'avaient jamais vu tomber tant de pluie et pendant autant de temps d'une manière presque continue. Puis, la pluie cessa soudain, le soleil recommença à briller haut dans le ciel lavé de tout nuage ; sa vigoureuse chaleur eut tôt fait de sécher la terre noire imbibée d'eau, tandis que le désert rouge se couvrait de tapis de verdure et de fleurs. C'était beau, ce fut le moment que Djedefhor choisit pour emmener ses neveux dans le désert devenu temporairement, très temporairement, une immense prairie.

Les adolescents avaient rejeté avec satisfaction leur rude vêtement de laine pour retrouver leur grande liberté de geste et offrir leur jeune corps aux rayons vivifiants du soleil. Comme à l'accoutumée, lorsqu'ils allaient en promenade dans le domaine de Seth, chacun se chargeait de son arc, de son carquois de flèches, d'un couteau et d'un javelot, sans compter une légère outre remplie d'eau et quelques poignées de dattes contenues dans un petit sac de cuir. Hénoutsen était venue à Héliopolis en compagnie de Khentetenka, Khamernebti et même Persenti, afin de participer à cette sortie dans une circonstance aussi exceptionnelle. On savait que les bêtes sauvages apparaîtraient nombreuses, les herbivores pour profiter de cette abondance de végétation, les carnassiers pour jouir de l'aubaine que représentait une réunion de tant de proies. C'est pourquoi Abou, le géant recruté par Khéphren pour veiller à la sécurité de son fils aîné, et Nekhébou, le capitaine des gardes d'Hénoutsen avec qui elle n'avait pas rompu ses relations particulières, avaient accompagné la petite troupe, complétée par quatre ânes destinés à porter des couvertures, des outres d'eau et des sacs remplis de dattes et de pains, et à se charger de ceux que réussirait à vaincre la fatigue. Car Djedefhor avait proposé de passer une nuit dans le désert et d'y dormir sous le regard des étoiles, suggestion qui avait enthousiasmé les enfants toujours avides d'aventure et de nouveautés. En apprenant le dessein de son frère, Khéphren, dont on avait sollicité le consentement puisqu'il s'agissait du prince héritier, avait d'abord voulu qu'une troupe de soldats accompagnât une excursion qui pouvait présenter quelques dangers, bien qu'aucune bande de bédouins hostiles n'ait été signalée par les hommes chargés de la police du désert. Mais une telle exigence avait été accueillie par la réprobation des adolescents qui se prétendaient suffisamment grands et forts pour se défendre seuls. Hénoutsen, qui comprenait leur réaction et s'accordait avec Djedefhor pour considérer qu'il convenait d'endurcir le corps des adolescents et affermir leur âme, que c'étaient là deux des objectifs fondamentaux d'une solide éducation, imposa à son royal fils sa volonté, qui était de n'avoir pour escorte que les deux hommes susmentionnés.

— Mère, avait soupiré le roi en se rendant à sa volonté, je te vois plus gamine et plus insouciante encore que mes enfants. Comment est-il possible que tu raisonnes parfois avec tant de sagesse et d'expérience et que, d'un autre côté, tu demeures une adolescente.

— Je ne connais pas moi-même mon secret ; il faut croire à l'intervention d'un dieu, avait-elle répliqué d'un ton moqueur.

— Personnellement, je l'imaginerais bien volontiers, avait-il admis, mais je sais que tu n'en penses pas moins.

— C'est ce qui me conserve ma jeunesse. Non pas de ne pas croire en l'intervention d'un dieu dans ce qui concerne nos affaires personnelles, mais de vivre selon mes désirs et en continuant de pratiquer ces exercices qu'on prétend à tort réservés aux jeunes gens.

Puis elle avait soudain ajouté, d'un ton désinvolte, je vais aussi t'emprunter cette épouse que tu ne mérites pas, ma petite Persenti. Elle sortira ainsi de la solitude dans laquelle tu la laisses.

Il avait alors soupiré :

— Mère, Persenti ne vit plus dans la solitude et les lamentations depuis déjà longtemps. Vois : elle va maintenant courir dans le désert avec Khentetenka, et elle paraît enchantée de la compagnie de cette chanteuse dont le mari est maintenant devenu mon médecin personnel. Elle n'est plus malheureuse, je peux te le garantir.

— Elle ne le sera vraiment plus lorsque tu recommenceras à lui accorder les soins que tu lui as jadis accordés avec tant d'empressement.

C'est ainsi que Persenti s'était jointe à l'expédition, au dernier moment, entraînée par l'impétuosité et l'autorité d'Hénoutsen.

Lorsqu'elle se retrouva devant Djedefhor qu'elle n'avait pas revu depuis de nombreux mois, Persenti ne fut pas surprise de ne pas éprouver d'émoi particulier. Et elle en fut reconnaissante, au fond d'elle-même, à Ouadjet. Car cette jeune femme, soudainement surgie dans son existence, possédait une étrange puissance de parole et de conviction qui, lentement, l'avait, par elle ne savait quel sortilège, détournée de son amour pour celui qu'elle avait si longtemps appelé son Hori ; en contrepartie, elle avait rallumé en son cœur son amour pour son époux, au point de réveiller en elle, à l'encontre d'Hedjekenou, une ancienne rancœur oubliée depuis le retour de son premier amant.

— Mère chérie, lui avait dit tendrement

Nékaourê lorsqu'il l'avait vue aux côtés de ses tantes et d'Hénoutsen, comme je suis content de te voir ici auprès de moi. Depuis bientôt deux ans que je suis à Héliopolis, pas une seule fois tu n'es venue m'y voir !

— Mon enfant, c'est toi qui es venu me retrouver dans notre demeure, auprès de ton père. C'est ce qui doit être, car tu n'es pas le premier garçon venu, tu es le fils de Sa Majesté, le roi des Deux Terres.

Elle s'était plu à prononcer haut ces paroles afin que Djedefhor, qui se tenait à une courte distance, puisse l'entendre. Mais il ne sembla pas y prêter attention.

Ils marchèrent dans le désert toute une journée, prenant plaisir à fouler les plantes qui y formaient un tapis, infinie natte chatoyante, faisant oublier le sable fauve et la pierraille qui gisait en dessous, lesquels n'allaient pas tarder à reprendre leur empire. Ils s'arrêtaient souvent pour observer les petits animaux surgis d'on ne savait où, qui grouillaient dans les herbages, ou les troupeaux de gazelles et d'oryx, les oreilles dressées, toujours sur le qui-vive. Les enfants exercèrent leur adresse au tir à l'arc sur du petit gibier, le seul qu'ils étaient capables d'approcher, et qu'ils ne parvenaient jamais à atteindre du fait de leur petite taille et de la rapidité de leur course.

Lorsque le soleil déclina sur l'horizon occidental, Djedefhor, qui avait une grande habitude des déserts, choisit un lieu pour s'établir. Les enfants furent chargés de ramasser du bois pour allumer des feux car, avec la tombée de la nuit, la température dans le désert se rafraîchissait sensiblement, puis on mangea dattes et pains, repas frugal dont personne ne se plaignit ; chacun songeait plutôt à parler de la journée et à faire des commentaires sur ce qu'ils avaient vu ou, encore, d'écouter ceux des grands. Lorsque la nuit fut tombée complètement et que le ciel déploya sous leurs regards son voile étoilé, ils se couchèrent sur le dos afin de contempler ce grand mystère qu'étaient les étoiles scintillant au loin.

— Toi qui as si souvent et si longtemps observé le ciel, dit alors Nékaourê à Djedefhor, ici et en d'autres pays lointains, apprends-nous quels sont ses mystères. Il est au-dessus de nous comme une voûte, comme le dôme des greniers à grains. A-t-il réellement cette forme ? On le voit bien le jour quand on suit le voyage de la barque solaire entre les deux horizons. Et encore : pourquoi est-il noir quand le soleil ne brille pas, quand Rê a disparu par-delà l'horizon occidental ? Et pourquoi alors voit-on tous ces points qui brillent dans la nuit ? Il nous a été dit que la plupart d'entre ces points sont des étoiles fixes, et qu'il y en a parmi elles qui ne cessent de se mouvoir, comme la lune. Mais on ne perçoit pas leurs mouvements tant ils sont lents, à ce qu'on nous a assuré.

— Moi, ce qui m'étonne, ajouta Néferhétépès, c'est que j'aie l'impression qu'en levant le bras je pourrais presque toucher ces étoiles. Or nous sommes montés une fois en haut des falaises occidentales, et pourtant elles ne semblaient pas s'être rapprochées. Sont-elles vraiment très loin de nous ?

— La nature réelle de ces étoiles nous échappe, reconnut Djedefhor. Elles sont certainement très loin dans le ciel, mais à quelle distance ? Nous l'ignorons. Mais voyez, ces étoiles qui semblent presque alignées : il y en a deux qui sont dans le même axe, une troisième légèrement en retrait. C'est la ceinture d'Orion : en vérité, c'est Osiris. La pyramide de mon père, du dieu justifié Khoufou, et celle de mon frère, Khafrê, sont toutes deux alignées sur ces deux étoiles, dans le même axe. Et toi, Menki, quand tu seras monté sur le trône des Deux Terres et que tu te feras construire ta pyramide, elle sera légèrement hors de l'axe des deux autres pyramides. Le dieu justifié, votre grand-père Khoufou, a voulu que ces monuments soient ainsi disposés, car il avait appris dans les temples que ces pyramides doivent être les images du ciel, les symboles de cette lointaine résidence d'Osiris dans le ciel. Et il est vrai que le monde est comme une roue, comme ces instruments circulaires, pareils au tronçon d'un arbre, au sujet desquels je vous ai appris la manière dont les gens du Sumer les utilisent pour se déplacer sur des chaises roulantes. Le monde est aussi comme un œuf immense, comme l'œuf primordial duquel a jailli le dieu créateur selon la tradition qu'ont conservée les prêtres d'Hermopolis, et le temps qui s'écoule est comme une roue dans cet œuf. Car la mesure du temps qui s'écoule nous est donnée par la course de Rê dans le ciel. Lorsqu'il est absent du ciel, lorsqu'il est passé dans le monde souterrain, nous sommes impuissants à voir le passage du temps, rien ne paraît nous marquer son écoulement, sauf lorsque la lune monte dans le ciel nocturne. Et pourtant, nous avons des moyens pour suivre la course de Rê dans l'autre monde pendant la nuit en observant le mouvement de certaines étoiles, celles que nous appelons les Infatigables, parce qu'elles se meuvent sans jamais se lasser.

— Il nous a été dit, intervint Kounérê, que

l'étoile appelée Sirius[1] était la demeure d'Isis. Est-il vrai que la déesse soit venue dans notre monde depuis cette étoile ?

— Nous ne savons d'où viennent les dieux, ni où ils résident en réalité, répondit Djedefhor. Ce que vous apprendrez plus tard, c'est que les dieux ne sont que les manifestations du dieu grand, du dieu créateur, de celui qui était avant le temps, avant que le monde ne vienne à l'existence par sa volonté, qu'il ne naisse de sa chair.

— Hori, demanda Khamernebti, la première épouse et la sœur de Khéphren, Sa Majesté nous a appris que le corps du dieu, de notre père, a disparu du sarcophage où il avait été déposé, dans l'île souterraine où il nous a conduits un jour, et qu'il appelait l'île de l'Embrasement. Selon ce qui a été rapporté par la suite, ce monde souterrain serait l'image de la Douat. Crois-tu que non seulement son *ka* se soit élevé dans la Douat, mais aussi son corps ?

— Ta question me met dans l'embarras car c'est la première fois que l'on a signalé un pareil phénomène, avoua Djedefhor. Le corps, résidence de l'âme-*ba*, du *ka* et de l'*akh*, est destiné à demeurer sur la terre, dans la tombe où il a été déposé. Aussi je ne peux croire que son corps soit monté dans l'empyrée, car il est matériel, contrairement à l'*akh* et au *ka*.

— Est-ce réellement un obstacle ? s'enquit Hénoutsen sur un ton qui laissait supposer qu'elle ne prenait pas son intervention trop au sérieux. N'est-il pas écrit dans certains livres que

1. Nous adoptons ici les noms grecs de ces étoiles ou constellations par lesquelles elles nous restent connues. Mais, pour les anciens Égyptiens, Orion s'appelait Sahou et Sirius, Soped.

m'a cités mon époux, votre père, que le roi devient une étoile, qu'il est avalé par la Douat, comme Orion est pareillement avalé par la Douat, tout autant que Sothis, que c'est là qu'il parvient dans les bras d'Atoum ? Et ne lit-on pas ailleurs que la Douat est constellée d'étoiles et que le roi siège parmi ces étoiles ? Ce qui laisse supposer que chacune de ces étoiles soit une divinité, ou, tout au moins, sa résidence.

— C'est bien ce qui est écrit, reconnut Djedefhor, c'est aussi ce qui est prononcé par les prêtres-*sem* chargés de réciter les litanies dans les sépultures royales. Mais que signifient réellement ces mots ? Quels symboles représentent-ils ? En vérité, peut-être que ce roi, mon père, qui fut si grand, qui a connu les mystères du dieu, n'était pas mort comme nous avons pu le croire ; pourquoi n'aurait-il pas reçu des dieux l'immortalité terrestre, comme ce Ziusudra dont je vous ai parlé, cet homme à qui les dieux de l'Orient ont accordé l'immortalité et qui vit dans ce pays mystérieux qu'en vain j'ai cherché, cette terre du Vivant, qui n'est jamais, peut-être, que ce que nous appelons la Douat. Car n'avait-il pas exigé de ne pas être momifié, d'être déposé dans l'île de l'Embrasement, dans ce qu'il appelait aussi le lac de la Douat, le jour même, ou au plus tard le lendemain de sa mort ? N'est-ce pas là un vœu étrange qui laisserait supposer qu'il savait qu'il n'allait pas mourir, mais tout simplement partir, quelque part, nul ne sait où ?

— Cependant, rétorqua Hénoutsen, ton frère a fait chercher dans tous les environs une issue secrète au labyrinthe souterrain sans résultat. Comment alors Khoufou aurait-il pu quitter ce simulacre du royaume d'Osiris ? Et pourquoi ne serait-il pas revenu revendiquer sa couronne ?

— Comment l'a-t-il quitté, ou encore comment son corps a-t-il pu être retiré de sa tombe, cela reste un mystère; mais rien n'interdit de supposer que cette sortie au jour ait pu se réaliser avec la complicité des prêtres chargés de l'entretien de la sépulture royale qui restaient maîtres du secret de l'ouverture des portes, après que j'eus quitté l'Égypte. Et, dans le cas où il aurait encore été vivant et serait sorti par ses propres forces, ce n'aurait jamais été que pour aller de par le monde poursuivre la quête de la sagesse qu'il avait entreprise avant de s'asseoir sur le trône d'Horus. Sans quoi, il n'aurait eu aucune raison de simuler une mort grâce à laquelle il pouvait céder son trône sans paraître abdiquer ou fuir quelque responsabilité, sa grande œuvre étant finalement réalisée, son rêve de pierre s'étant incarné. Car, après tout, n'était-il pas un ancien roi, ou, tout au moins, un homme divin, initié à je ne sais quels mystères, ce Philitis dont m'a souvent parlé mon père ? N'est-ce pas lui qui lui a révélé l'existence du labyrinthe oublié sous la colline où il a fait ériger sa pyramide ? Lorsque le roi m'eut désigné comme le plus sage de ses enfants, celui qui était destiné à pénétrer les mystères divins, il m'a rapporté en détail les conversations qu'il a eues avec cet homme étrange qui a soudainement disparu, une fois accomplie sa mission auprès du roi Khoufou. Je ne peux vous les répéter ici, mais je peux vous assurer que ce n'était pas un homme ordinaire, c'est pourquoi je l'ai qualifié de divin. Or cet homme a subitement disparu après avoir accompli sa tâche auprès du roi. Pourquoi notre père ne serait-il pas allé le rejoindre, dans le monde d'où il venait, un monde qui pourrait bien être celui où vivent les dieux ?

Ces paroles furent suivies d'un silence que Nékaouré rompit en revenant sur sa première question :

— Hori, tu ne m'as toujours pas dit pourquoi, lorsque le soleil n'est pas dans le ciel, l'Égypte est dans l'obscurité et pourquoi même la lune ne parvient pas à dissiper réellement les ténèbres.

— Tout simplement parce que, en l'absence de la lumière du soleil qui baigne la terre, l'espace est obscur.

— Dans ce cas, puisqu'il est enseigné que le Rê descend dans le monde souterrain, celui-ci n'est alors plus obscur, il doit être violemment éclairé par sa lumière.

— Il devrait en être ainsi, admit Djedefhor.

— Mais dis-moi, mon oncle, n'as-tu pas, tout à l'heure, comparé la navigation du soleil dans le ciel à un circuit sur la voûte du ciel ? S'il en est comme on le rapporte, comment est-il possible que, lorsqu'il passe dans le monde souterrain, il progresse en droite ligne, changeant ainsi sa route ? Moi, je l'aurais imaginé comme cette fronde que tu manies si habilement. Vois : le galet placé dans le talon de cuir, au bout des cordons, forme un cercle en tournant. Ainsi devrait faire le soleil, et, en conséquence, l'autre monde présente aussi une voûte autour de laquelle tourne le soleil. Ne nous as-tu pas souvent dit que l'Univers était comme l'œuf primitif qui a jailli du Noun ? Dans ce cas, l'Univers est semblable à une gigantesque balle à l'intérieur de laquelle se trouveraient le soleil, la lune, les planètes et les étoiles. Mais si la terre est plate, comme il semble à nos regards, comment sont ses extrémités ? Qu'y a-t-il au-delà ? Un grand vide ? Comme au bout d'une falaise ? Et si l'on saute dans ce vide, où tombe-t-on ? Ne faut-il pas plutôt supposer que la lune et le soleil tournent autour de la terre et qu'elle a la même forme qu'eux, qu'elle est semblable à une énorme balle, comme celles avec lesquelles nous jouons, comme le sont la lune, le soleil, et sans doute les étoiles ?

— Ton idée est stupide, répliqua aussitôt la jeune Khamernebti, car, s'il en était ainsi, nous glisserions sur une telle boule.

— Pas plus qu'un moustique ne glisse sur une grosse balle, rétorqua Nékaourê. Est-ce mieux de croire que le monde est plat et qu'il a un bord qui s'ouvre sur on ne sait quoi ?

— Ce que dit Néky n'est pas du tout ridicule, assura Hénoutsen. C'est même très sensé et j'admire qu'il ait ainsi raisonné. Dans ce cas, il n'y aurait pas d'extrémité du monde et la question de savoir comment celle-ci peut se présenter ne se pose même plus. Ainsi, le soleil tournerait autour de la terre comme le galet dans la fronde que tu as prise pour exemple, et le monde souterrain où il est censé progresser pendant les douze heures de la nuit serait une pure invention des prêtres d'Héliopolis, ce ne serait jamais que l'autre côté de la sphère terrestre.

— S'il en est bien ainsi, ajouta Mykérinos, en marchant toujours tout droit, il arriverait un jour où l'on se retrouverait à notre point de départ, quelle que soit la direction qu'on prenne. Mais ce serait une si longue marche que personne ne l'entreprendrait jamais, d'autant plus qu'on rencontrerait certainement très vite l'obstacle de la mer.

— Il suffit de disposer d'un bon bateau, répliqua Nékaourê. Lorsque tu seras monté sur le trône d'Horus, il faudra que tu me donnes un tel bateau et moi, je naviguerai toujours tout droit pour voir qui a raison de Nebty et des prêtres de Rê ou de moi.

— Je te le donnerai bien volontiers, et même plusieurs bateaux si tu le désires, assura Mykérinos, mais je crains alors de ne plus jamais te revoir car, si nous en croyons notre oncle Hori, le monde est certainement plus grand que nous ne le supposons. Il en a fait l'expérience et, après tant de navigation, il n'est jamais parvenu au bout du monde.

— C'est normal, puisque ce bout du monde n'existe pas. En revanche, il est bien revenu à son point de départ puisqu'il a finalement abordé les rivages de l'Égypte.

— C'est simplement parce qu'il a fait à l'envers, par la voie de la mer, la route qu'il avait parcourue sur la terre, fit remarquer judicieusement Kounérê.

— Alors que moi, je naviguerai toujours vers l'est, le regard fixé sur le soleil levant, conclut Nékaourê.

CHAPITRE XXIII

Les pluies torrentielles qui s'étaient abattues sur le pays et avaient permis une si magnifique floraison dans le désert eurent, par ailleurs, des conséquences catastrophiques. Tant d'eau s'était accumulée dans le lac de retenue du barrage que Khéops avait fait construire en travers du torrent qui se déversait dans le Nil, en amont de Memphis, qu'elle déborda l'ouvrage et exerça sur le mur usé par les ans une telle pression qu'il céda d'un coup, libérant des torrents qui se précipitèrent vers le grand fleuve, provoquant un débordement soudain de ses flots. Plusieurs villages situés dans les environs du lit de la rivière furent ravagés, et temporairement submergées les terres cultivées bordant les deux rives du Nil, au sud de la capitale, mettant en péril les récoltes. Ce cataclysme, qui donnait raison aux prévisions d'Ankhmarê qui l'avait averti du danger que faisait courir l'état du barrage, avertissement dont il n'avait pas voulu tenir compte, mettait le roi de mauvaise humeur.

Son irritation était aussi entretenue par la lenteur des travaux sur les chantiers des pyramides. Il était encore trop jeune et tourné vers d'autres centres d'intérêt lorsque son père avait entrepris la construction de la pyramide lumineuse. Il n'avait alors pas pris conscience de l'ampleur des travaux et du temps qu'ils avaient exigé. Et maintenant il découvrait que les galeries, dont il avait ordonné le creusement sous la statue colossale du sphinx, exigeaient d'énormes efforts, plus encore que les travaux menés dans les souterrains qui avaient été transformés en canaux et en un lac, car ces derniers, existant déjà, n'avaient requis que des aménagements, alors qu'il fallait creuser dans le roc tout un lacis de tunnels à l'aide d'instruments fragiles en pierre et en cuivre. Les ouvriers, tous spécialisés, devaient être renouvelés souvent par équipes car leur travail était si pénible qu'ils ne pouvaient y consacrer que des temps très courts, tandis que la divergence des galeries labyrinthiques requérait un nombre important d'équipes. Par ailleurs, les travaux de la pyramide ne progressaient que lentement, l'ambition de Khéphren étant non seulement de réaliser un monument qui rivaliserait avec celui de son père mais même le dépasserait en taille. C'est pourquoi il avait déjà trouvé le nom de la pyramide : « la Grande », alors que Khéops s'était contenté d'appeler la sienne : pyramide de l'Horizon, forme abrégée de la périphrase : « des deux horizons où se lève et se couche le soleil », mais qu'on appelait plus couramment « la Lumineuse », du fait de l'éclat de son revêtement sous les rayons du soleil.

Tous les hôtes du Grand Palais pâtissaient de l'humeur maussade de Sa Majesté, sans en excepter ses épouses. Pour ce qui concernait Khamernebti et Méresankh, elles ne s'en souciaient guère, vivant plus souvent auprès d'Hénoutsen qui, en vieillissant, devenait, contrairement à son royal fils, de plus en plus gaie et insouciante. Elle s'était d'ailleurs démise de toutes les anciennes fonctions qu'elle s'était arrogées, abandonnant à Minkaf le contrôle des gouverneurs des provinces et quelques-uns des privilèges qu'avait dû lui accorder Khéphren, trop heureux, d'ailleurs, de laisser à sa mère des responsabilités qu'il lui déplaisait d'assumer. Celle qui avait le plus à souffrir de la hargne du roi était Hedjekenou. Trop tracassé par les soucis de sa fonction, devant faire face aux récriminations des ouvriers qui travaillaient sur les chantiers de la pyramide, aux plaintes des fonctionnaires, au mécontentement du peuple qui venait en outre d'être sévèrement frappé par l'inondation imprévue provoquée par la rupture du barrage, il la négligeait, l'oubliait au fond du palais et, lorsqu'il venait lui faire une visite, c'était pour manifester en privé son acrimonie. Au point qu'Hénoutsen était intervenue, tant pour lui prodiguer ses conseils que pour apaiser ses humeurs.

Ouadjet s'était si habilement immiscée dans la vie de Persenti, elle avait su capter sa confiance avec tant de doigté, avait modelé son esprit et s'était adaptée à ses sentiments avec tant de patience et de finesse, qu'elle lui était devenue une confidente indispensable et une amie. Depuis déjà longtemps, Persenti avait éloigné de sa pensée tout doute, toute crainte qu'elle ne fût une espionne secrètement inféodée à son époux. Enfin assurée de son ascendance sur sa maîtresse, Ouadjet profita qu'elles fussent seules dans le jardin de l'Opet de la troisième épouse, pour l'entreprendre :

— Vraiment, soupira-t-elle, Sa Majesté est bien désagréable avec tout le monde.

— C'est que le roi est assailli par bien des soucis, fit remarquer Persenti.

— Mon époux m'a même dit qu'il lui est arrivé de rendre de la bile noire.

— Comment ? N'est-ce pas dangereux ? Héqeq, en tant que son principal médecin, ne peut-il rien faire pour le soigner ?

— Ce n'est ni un démon qui est entré dans ses entrailles ni une maladie affectant directement ses viscères. Selon mon époux, ce sont les soucis et la colère qui rongent le foie de Sa Majesté. Dès lors, aussi bien les formules magiques que les tisanes de plantes ou les médicaments connus demeurent sans effet.

— Je veux bien te croire, soupira Persenti. Mais quelle médecine pourrait alors guérir le roi et que suggères-tu, puisque même Héqeq semble impuissant à le soigner ?

— Moi, je sais quelle médecine serait efficace, laquelle est la seule qui rendrait à Sa Majesté son repos et sa belle humeur. Ce qui manque au roi, c'est une femme qui l'aime et qu'il puisse aimer, une femme qu'il viendrait retrouver sur sa couche lorsqu'est tombée la nuit et que s'est terminée une journée chargée de tracas et de tous ces imprévus, tous ces petits riens qui, en fin de compte, gâtent la vie de ton royal époux.

— Je te crois bien volontiers. Mais où trouver cette femme, puisque même Hedjekenou est délaissée par le roi ? Qui suggères-tu d'envoyer auprès de lui pour réussir dans une telle entreprise ?

— Depuis maintenant tant de mois que je suis auprès de toi, que je vis dans ce palais, que j'ai eu l'occasion de voir et de parler aussi bien à Sa Majesté qu'à ses autres épouses, ma conviction est que tu es la seule à pouvoir rendre au roi sa sérénité.

— Ouadjet, tu plaisantes ! Quoi ! Moi qu'il a

délaissée depuis tant d'années pour donner tous ses soins à sa nouvelle épouse, moi qu'il semblerait presque fuir, je serais la seule femme à être susceptible de participer à la guérison de Sa Majesté de la manière que tu suggères ?

— Je dis bien toi. Car tu peux déjà être certaine que la flamme d'Hathor ne s'est pas totalement éteinte dans le cœur de Sa Majesté pour ce qui te concerne.

— C'est possible, on me l'a aussi laissé entendre et je l'ai toujours espéré dans le fond de moi-même. Mais les faits sont là : Khafrê continue de m'ignorer, ou presque, et il n'a jamais fait un geste qui puisse me laisser supposer qu'il soit prêt à revenir vers moi.

— Tu le sais, je ne te l'ai pas caché depuis le premier jour où j'ai été placée auprès de toi : je connais les préparations magiques et les formules susceptibles de rallumer cette flamme. Si tu acceptais de m'écouter et de suivre mes indications, je peux te garantir qu'avant que cette année se soit écoulée le roi sera revenu vers toi et il aura retrouvé sa santé et ce calme, cette assurance, cet enjouement dont tu m'as dit qu'ils constituaient le fond de son caractère. Tu retrouveras ton époux tel qu'il était, au lendemain de votre mariage.

— Ouadjet, si tu réussissais dans une telle entreprise, ma reconnaissance te serait acquise pour toujours, assura spontanément Persenti qui sentit renaître en elle l'espoir de reconquérir le cœur de son époux. Mais de quoi s'agit-il, qu'aurais-je à faire ?

— Il s'agira de faire boire à Sa Majesté certaines décoctions qui vont modifier son état d'âme.

— Si ce n'est que cela, pourquoi ton époux ne les lui prescrit-il pas comme médicaments ?

— En tant que médecin du palais, il refusera de prescrire au roi une boisson qui ne serait pas destinée à le guérir d'une maladie. Il n'acceptera jamais de se faire le complice d'une pratique destinée à réveiller l'amour d'un homme au profit d'une femme, d'autant plus qu'il a été, dans un certain sens, ma victime et qu'il l'ignore. Par ailleurs, cette absorption de décoction doit être accompagnée de formules magiques qu'il te reviendra de prononcer.

— Des formules magiques ?

— Bien sûr, car les potions ne sont pas efficaces par elles-mêmes. Il convient de les rendre efficientes par tout un rituel dont la charge revient à la personne qui doit profiter de leurs effets, toi en l'occurrence.

— Mais j'ignore ces formules.

— C'est naturel. Je te les dicterai : tu les noteras pour ensuite les mémoriser afin de pouvoir les réciter.

— C'est encore possible. Mais comment faire boire au roi les décoctions ? Il ne vient guère me voir et dans le cas où il me rendrait une visite, il me serait difficile de lui offrir à boire je ne sais quelle boisson. Il risquerait de s'étonner, de se montrer soupçonneux.

— Il ne s'agit pas de lui offrir n'importe quoi, mais de verser dans les boissons qu'il consomme chaque jour, et plus particulièrement dans sa bière, un produit concentré que je te fournirai.

— Ce sera pour moi encore plus difficile à réaliser.

— Il ne faut pas que ce soit toi qui le lui verses. Ce doit être Hedjekenou, la seule personne avec qui il partage encore ses repas.

— Comment la persuader ? Comment la mettre dans notre intrigue ? Si je viens devant elle et je lui dis...

— Sans doute tu ne vas pas lui dire : tiens Hedjekenou, voici une chose que tu dois verser dans la boisson du roi afin qu'il redevienne amoureux de moi. Tu commenceras par la plaindre de l'attitude du roi, tu lui diras participer à sa peine après lui avoir laissé entendre que, pour ce qui te concerne, après tant d'années, tu t'es détachée complètement de lui, qu'en réalité tu as retrouvé tes amours de jeunesse avec Djedefhor. Mais, ajouteras-tu, tu es triste de voir dans un tel état un roi qui s'est montré jadis si gai, si charmant, si délicat ; tu lui montreras que tout le monde en souffre dans le palais, qu'il lui revient de le rendre à sa sérénité et à son amour pour elle, grâce précisément à ce philtre dont tu détiens le secret.

— Elle risque d'imaginer que c'est du poison que je lui fais verser à son époux afin qu'il meure et que, en conséquence, Djedefhor puisse monter sur le trône dont il est en réalité l'héritier légitime, afin de me retrouver la seule reine avec lui.

— Il te suffira, pour la rassurer, de boire toi-même de cette potion devant elle. Comme tu ne pratiqueras pas les incantations qui doivent l'accompagner, elle restera sur toi sans effet, tout autant que sur elle dans le cas où elle en ferait elle-même l'essai.

— Cela s'administre-t-il en plusieurs fois ?

— C'est la principale difficulté de ce traitement. Il faut que le patient le prenne en petites doses quotidiennes sur un long temps. Voilà pourquoi seule Hedjekenou est susceptible de conduire une telle entreprise jusqu'à son terme.

— Il faut donc que je persuade Hedjekenou de devenir notre complice.

— Dis plutôt ta complice, car c'est à ton plus grand profit que ces potions magiques agiront.

Ce soir-là, Ouadjet était joyeuse, satisfaite d'elle-même lorsqu'elle se retrouva seule avec Héqeq dans la chambre qu'elle partageait avec lui dans le palais.

— Alors, Ouadjet, l'apostropha-t-il lorsqu'elle apparut devant lui, quoi de neuf? T'es-tu enfin décidée à circonvenir ta maîtresse? Je te l'ai déjà dit et répété, nos pères commencent à s'impatienter et ils ne comprennent pas que nous n'ayons pas déjà agi.

— C'est plus facile de parler que d'agir, répliqua-t-elle.

— Je le sais bien, mais voici bientôt deux ans que nous sommes tous deux entrés dans le Grand Palais et rien n'a encore été accompli. Je te l'ai dit, l'autre jour, lorsque je suis allé en visite chez nos parents, c'est ton père qui a semblé le plus irrité contre nous, et contre toi en particulier. Il disait : ah! si nous avions vingt ans et si cette Hénoutsen ne nous connaissait pas, nous nous serions bien chargés de l'affaire. Sur quoi mon père a renchéri en disant que c'était finalement en vain qu'ils nous avaient éduqués comme ils l'avaient fait, qu'ils nous avaient enseigné aussi bien l'écriture sacrée que la médecine, la connaissance des plantes et de tous les ingrédients entrant dans la fabrication aussi bien des médicaments les plus efficaces que les plus subtils poisons.

— Sois donc satisfait : j'ai réussi à persuader Persenti de participer à notre affaire. Elle est disposée à me seconder.

— De quelle manière? Ce n'est pas elle qui pourra verser ce poison subtil dans les boissons du roi.

— Bien sûr que non. Je lui ai montré comment elle doit se comporter pour persuader Hedjekenou de devenir notre complice sans qu'elle s'en doute. Elle se fait fort de persuader la quatrième épouse de verser le poison dans les gobelets du roi en lui laissant croire qu'il s'agit d'une potion magique destinée à le rendre aimable à son égard, comme Persenti est aussi persuadée de son côté que toute cette magie va lui rendre l'amour de son époux. Mais je te préviens qu'elle risque de goûter elle-même à cette potion tout autant qu'Hedjekenou.

— Elles n'en pourront sentir les effets. Il faut multiplier les doses pendant longtemps pour que le poison s'insinue dans les humeurs et commence à les aigrir jusqu'à provoquer une fin prématurée. Et, naturellement, quand le roi se trouvera assailli par les démons de la maladie, il aura recours à moi. Je saurai alors habilement le faire revenir à la vie pour qu'il retombe ensuite plus bas encore, jusqu'à ce qu'il ne se relève plus.

— Ne crains-tu pas que ses épouses n'aient alors quelques doutes sur la nature de la potion qu'elles lui auront administré ? Car si nous les avons inutilement circonvenues afin que tu ne risques pas d'être accusé d'avoir empoisonné Sa Majesté...

— N'aie aucune crainte pour moi. Je vais même faire en sorte de ne plus approcher le roi dès que cette Hedjekenou aura accepté de verser le poison dans les boissons de son époux. Je m'arrangerai pour me trouver loin du palais, quitte à prétexter une maladie et à retourner auprès de mon père en attendant les nouvelles. Il serait même bon que ce soit les autres médecins attachés au Grand Palais qui commencent à soigner le roi. Ils ne risquent pas de découvrir l'origine de la maladie.

— Il ne faudrait pas qu'en voyant l'état du roi son épouse arrête de lui distribuer le poison.

— Même ce serait le cas, il sera trop tard car je serai forcément un jour ou l'autre appelé à son chevet et je pourrai alors agir moi-même.

— Qu'il en soit ainsi. Mais, en admettant que nous réussissions dans notre entreprise et que meure le roi, penses-tu que notre aïeul se sentira satisfait dans sa tombe, qu'il sera réellement vengé sur le fils des affronts que lui a infligés le père ?

— Je doute qu'il revienne pour nous le dire. Pour nous, nous avons épousé les querelles de nos pères sans nous sentir réellement concernés. Il était utile de satisfaire leur désir de vengeance, mais nous ne pouvons prendre le risque de perdre notre propre vie en reportant la malédiction de notre grand-père sur toute la descendance de Snéfrou et de Khéops.

— C'est pourtant ce que voudrait ton père, tout autant que le mien.

— Certes, mais ce n'est pas eux qui prennent les risques. Avec ce meurtre, nous apaiserons le *ka* de notre grand-père et, si d'aventure il se montrait plus exigeant, il n'aura qu'à s'arranger avec ses propres fils.

Sur cette conclusion, il prit sa demi-sœur et épouse entre ses bras et la porta sur les coussins moelleux jetés sur le podium de brique servant de lit.

CHAPITRE XXIV

À plusieurs reprises depuis son installation à Héliopolis, Mykérinos était revenu à Memphis auprès de son compagnon d'enfance, Kabaptah et de sa famille. Le fils d'Hérou, qui avait été laissé dans l'ignorance de la véritable identité de son ami, se comportait toujours avec lui avec la même liberté et lui manifestait ses sentiments particulièrement tendres, sentiments auxquels Mykérinos répondait de sorte qu'il semblait qu'une si étroite liaison ne pouvait que s'épanouir avec de plus en plus de force. Kabaptah recevant de son grand-oncle l'éducation qui était conférée aux futurs prêtres de Ptah, telle qu'elle se pratiquait dans sa propre jeunesse, il se plaisait à comparer ce qu'il avait appris avec ce qu'avait retenu Mykérinos des mystères de Rê tels que les rapportait Djedefhor. Lorsqu'il venait dans la demeure de son ami, le jeune prince était particulièrement choyé, la maîtresse de maison lui préparait de délicieux repas à la requête de son époux, et Khouenptah s'arrangeait toujours pour être présent. Ainsi saisissait-il toutes les occasions de lui parler du dieu déchu et de lui faire l'apologie de son clergé. Enfin, un jour, il lui dit :

— Menki, depuis tant de temps que tu fréquentes chez nous et considéré l'étroitesse des liens amicaux qui te lient à Kabaptah, nous te regardons comme appartenant à notre famille, sans d'ailleurs vouloir porter le moindre préjudice à ta mère et à ton père que nous regrettons de ne pas avoir l'occasion de voir plus souvent... Une seule fois depuis que je suis venu m'installer à Memphis, voilà maintenant plus de deux ans. Mais, d'après ce que tu nous en as dit, ils sont très occupés par leurs charges...

Il faisait une pause entre chaque phrase, comme pour laisser un temps de réflexion entre chacune des pensées ainsi exprimées. Il poursuivit sur le même ton : je voudrais te manifester la confiance que nous te portons, maintenant que tu es devenu un adulte et que bientôt tu vas nouer le bandeau de scribe.

Ils étaient assis en cercle, sur des nattes, autour des plats servis aussi sur des nattes posées sur le sol revêtu d'une blanche couche de chaux. Ils venaient de terminer un plantureux repas et buvaient par couples à l'aide de chalumeaux courbes introduits dans les cruches de bière. Mykérinos avait arrêté d'aspirer dans l'étroit roseau pour porter un regard interrogatif sur son interlocuteur.

— Vois, poursuivit Khouenptah, la nuit vient de tomber. Je voudrais en profiter pour t'emmener dans le temple de Ptah.

— J'y viendrai bien volontiers, répondit le jeune homme car, depuis qu'il avait appris que le grand bâtiment abandonné devant lequel il était souvent passé n'était autre que l'ancien temple du dieu, il était désireux d'y pénétrer. Il y trouvait un mystère qui attirait sa curiosité, sans pour autant oser s'y aventurer seul. D'autant qu'il le croyait inaccessible. Ce qu'il fit remarquer à son hôte : mais comment peut-on y accéder car j'ai remarqué que ses portes sont soigneusement closes et fermées avec des sceaux d'argile qu'il est sans doute interdit de rompre.

— Nous ne passerons pas par ces portes. Il existe simplement une brèche dans une partie du mur. C'est par là que nous pénétrons dans le temple. Il est vrai que, depuis tant d'années qu'il est fermé, il n'est plus surveillé de sorte qu'il est facile d'y accéder sans risquer d'être interpellé par les Sa-per.

— Je suppose que Kabaptah nous accompagnera...

— Évidemment, assura Hérou.

Ils sortirent dans la rue balayée par un vent chaud venu de l'ouest, un vent qui pouvait bien préluder à l'un de ces grands souffles brûlants du désert qui emportaient dans leurs tourbillons des sables qui recouvraient toute la ville, envahissaient les maisons, s'immisçaient jusque dans les coffres et les cruches et les amphores négligemment bouchées. Rares étaient les promeneurs nocturnes, ce dont se félicita à voix haute Khouenptah. Après une marche rapide, ils parvinrent en vue du temple dont ils contournèrent les hautes murailles de briques séchées recouvertes d'un crépi jaune écaillé et fissuré, qui dessinaient leur silhouette géométrique sur le ciel sombre. Ils se glissèrent dans la brèche, celle par laquelle Hénoutsen s'était introduite dans le temple, bien des années auparavant, alors qu'elle espionnait le serviteur de Sabi. Lorsqu'ils se trouvèrent dans l'épais silence des grandes salles solitaires, Mykérinos se sentit oppressé tout en étant saisi par un sentiment de pénétrer dans un monde mystérieux. Khouenptah avait allumé quatre torches qu'il distribua à ses compagnons, en gardant une pour lui-même. Puis il s'engagea le premier à travers d'obscures galeries et des salles dont il semblait connaître tous les détours car il allait d'un pas rapide et assuré. Enfin il ouvrit une haute porte qui grinça sur ses gonds et pénétra dans une salle déjà éclairée par sept lampes disposées sur des trépieds en bois. Ils entouraient une grande cuve vers laquelle Khouenptah se dirigea. Ils s'arrêtèrent auprès de la cuve dans laquelle gisait un homme momifié.

— Qui est cet homme ? ne put s'empêcher de demander aussitôt Mykérinos. Ne me dis pas que c'est le corps du dieu qui est représenté comme Osiris, enveloppé dans un étroit suaire.

— Nous ne sommes pas comme les prêtres d'Osiris qui prétendent que les parties du corps du dieu, dispersées tout au long du Nil, ont été chacune recueillie dans un temple. Car, contrairement à Osiris, Ptah n'a jamais eu d'existence humaine. Les représentations que nous en faisons sont symboliques, elles ne sont que des images du dieu. Cet homme que tu vois dans ce sarcophage est un Nubien. Lorsque nous sommes revenus dans le temple abandonné à la suite du décret royal, nous avons eu la surprise d'y trouver ce corps momifié, sans doute par un homme pieu qui a voulu conserver sa mémoire. Il faut que tu saches que j'ai connu cet homme. C'était le serviteur d'un personnage qu'on disait un magicien et qui était dévoué au dieu Ptah. Ce serviteur se trouvait dans le temple lorsque Rahotep, le frère du prince héritier Khéops, a réuni dans cette salle ses partisans. Or, cette nuit-là, une nuit terrible, la seconde épouse du prince héritier, la future reine Hénoutsen, était entrée dans le temple ; elle fut surprise par Rahotep. Bien qu'elle fût sa belle-sœur, il l'a saisie et il s'apprêtait à la frapper de sa hache, lorsque ce Nubien appelé Djati est intervenu : il s'est interposé, ne pouvant permettre un tel crime, et c'est lui qui a reçu le coup de hache. Il en est mort, mais il a ainsi sauvé la vie de la reine.

— Et toi, demanda Mykérinos, tu as assisté à la scène.

— J'étais là. Je m'apprêtais aussi à intervenir, car aucun d'entre les prêtres de Ptah n'aurait pu permettre que se perpètre un tel meurtre dans l'enceinte sacrée, d'autant plus qu'il s'agissait d'une femme que tous nous respections. Nous supposons que c'est le maître de ce Nubien qui l'a embaumé et disposé dans cette cuve. Lorsque nous sommes revenus prendre possession du temple en secret, nous avons retrouvé le corps, mais toutes les lampes s'étaient éteintes. J'ai voulu, en mémoire de cet homme, pour son acte de courage, que les lampes fussent rallumées et entretenues.

— C'est une action digne d'éloges, déclara Mykérinos. Tu as bien agi.

— Mais ce n'est pas pour te montrer un homme mort que je t'ai prié de nous accompagner dans le temple. Kabaptah nous a souvent rapporté les conversations qu'il a eues avec toi au sujet des dieux. Ce soir, je voudrais te parler de Ptah et de sa nature. Allons nous asseoir là-bas, dans la pénombre, si tu veux bien m'écouter.

— Allons-y, je t'entendrai avec plaisir et avec tout le respect dû à ta sagesse et à ta parole, répondit Mykérinos.

Lorsqu'ils se furent installés, les deux garçons aux pieds du maître tandis qu'Hérou se tenait en retrait, Khouenptah prit la parole et longtemps il parla de Ptah, le dieu créateur des théologiens de Memphis.

Mykérinos fut si fortement impressionné, il s'éprit si vivement du dieu, que lui-même s'en vint à plusieurs reprises devant Khouenptah pour lui demander de poursuivre son enseignement, de l'initier aux mystères du dieu caché. Néanmoins, malgré la vanité dont il aurait pu en tirer, pas une seule fois il ne songea à révéler sa véritable identité ni à son nouveau maître ni à son ami, pas plus que Khouenptah ne laissa penser qu'il pût savoir qui il était en réalité. Il se réjouissait en son cœur car il était désormais assuré que le prince héritier, dès qu'il serait monté sur le trône d'Horus, rendrait à Ptah son temple et ses prêtres.

Et il ne se trompait pas en interprétant les pensées de son élève. Car, dans son enthousiasme, Mykérinos commençait à s'impatienter, il avait hâte de ceindre la double couronne et de pouvoir dire à Khouenptah : « Vois, ton disciple n'est autre que le souverain des Deux Terres. Dès ce jour, Ma Majesté ordonne que soit rouvert le temple de Ptah, que ses biens soient rendus au dieu, que son clergé soit à nouveau reconstitué. Et c'est à toi Khouenptah, et à toi mon ami Kabaptah, que je confie ce soin. Puis il se disait qu'il n'agirait pas comme son père, qu'il se montrerait un roi juste et prévoyant, tourné vers son peuple. Pour commencer il ne se ferait construire qu'une pyramide modeste, toute petite comparée à celles de son père et de son grand-père, monuments inutiles, se disait-il, cause de trop de souffrances. Et encore, il ne prendrait qu'une seule épouse, sa propre sœur Nebty, car il n'ignorait pas qu'ainsi le voulait la loi dynastique. Il ne voulait pas rendre malheureuse cette épouse qui lui était donnée par son père et par le dieu, en prenant d'autres épouses, comme l'avaient fait son père et son grand-père.

Puis, il arrivait parfois que son âme s'attristât. Il évoquait ses oncles : Kawab et Baoufrê, Khoufoukaf, et même Djedefhor. Les trois premiers, héritiers légitimes du trône, étaient morts avant leur père, et Djedefhor, son autre maître, avait été éloigné de la couronne par son propre père. Lui-même ne risquait-il pas de subir l'un de ces sorts ? Et si d'aventure montait à sa place sur le trône d'Horus l'un de ses frères, Kounérê ou Nékaourê, voire Sékhemkarê qui, bien qu'encore tout jeune, était le fils de l'épouse préférée du roi ? Dans un tel cas, jamais le dieu Ptah ne rentrerait dans ses droits. À ces moments-là il lui arrivait de trouver que son père avait déjà trop régné, trop vécu, puis il chassait loin de lui des pensées dont il avait soudainement honte.

Il prit finalement la décision de s'en ouvrir à Djedefhor. Une totale confiance régnait entre le fils de Khéops et ses neveux avec lesquels il vivait dans une grande intimité depuis longtemps au point que Mykérinos était persuadé qu'il l'écouterait d'une oreille attentive et favorable. Ainsi l'entreprit-il, un jour qu'il se trouvait seul en sa compagnie, dans la grande palmeraie qui enfermait Héliopolis dans son ondoyante verdure.

— Hori, lui dit-il, pourquoi ne nous parles-tu jamais de Ptah, le grand dieu de Memphis ? Rê est-il le seul dieu dont on doive étudier la théologie, le seul dieu créateur ?

— Menki, dis-moi d'abord comment pourrait-il y avoir plusieurs dieux créateurs ? Il n'y a qu'un seul dieu qui puisse être le Créateur. Mais les prêtres des divers clergés interprètent chacun à leur manière le mystère de la création du monde. Ainsi les prêtres d'Héliopolis attribuent-ils la création à Atoum qu'ils identifient à Rê, ceux d'Hermopolis à Thot, et ceux de Memphis à

Ptah. Pareillement, les habitants de Canaan ou ceux du Sumer pensent que ce sont leurs dieux qui ont créé le monde. Et tous ont raison car ils donnent au même dieu le ou les noms qui correspondent à leur langue et s'adressent à eux dans leur propre langage. Tout cela est bien normal et on verrait mal que tous les peuples du monde se mettent à adorer un seul dieu qui serait celui de qui ? Rê ou encore Thot ? Mais pourquoi les autres peuples se tourneraient-ils vers des dieux de l'Égypte ? Et pourquoi nous-mêmes appellerions-nous soudainement nos propres dieux Inanna ou Enki ou Ea qui sont les noms de divinités du Sumer ? Mais, en vérité, ce sont tous les mêmes manifestations d'un seul dieu créateur qui est appelé différemment selon les peuples. De sorte qu'aucun dieu n'est supérieur aux autres, pas plus qu'un peuple n'est supérieur à un autre peuple.

— Pourtant, ne dit-on pas que ce sont les Égyptiens les plus anciens des peuples, ceux qui ont les premiers acquis une civilisation ?

— Ce sont les Égyptiens qui le prétendent, car, dans leur aveuglement, les gens du commun et même les prêtres ignorants et prétentieux assurent que leurs dieux sont les seuls dieux véritables et qu'eux-mêmes sont les élus de ce dieu, mais il faut chasser loin de son esprit des conceptions aussi dangereuses que fausses, car elles ne peuvent conduire qu'au mépris des autres peuples et justifier leur destruction. Dis-toi que tous les dieux sont vrais pour les peuples qui les adorent et ils ne le sont que dans cette mesure. Car tous les dieux, tels qu'ils sont conçus par nos religions pour le peuple, ne sont que des inventions des hommes. C'est pourquoi ils sont tous différents et que leurs histoires divergent totalement d'un peuple à l'autre.

— Mais alors, qu'en est-il de Ptah, de Rê, d'Atoum, de Thot, de tous nos dieux ?

— Ce ne sont que des manifestations de nos notions du dieu primordial, de ce dieu inconnaissable que nous autres Égyptiens appelons le caché, Amin, parce qu'il est caché à nos sens et à notre esprit, qu'il ne peut être représenté non pas en image, mais simplement dans notre pensée, il ne peut être conçu. Nous pouvons parler de lui, lui donner un nom, mais son essence réelle nous échappe, elle nous est totalement étrangère.

— Mais, pour en revenir à Ptah, j'ai entendu dire qu'il s'est créé lui-même, ou plutôt qu'il est incréé, qu'il a existé de tout temps et qu'il existera toujours car il est l'existence même, et qu'il a créé l'Univers par sa bouche et sa langue, c'est-à-dire par sa voix.

— C'était ce que déclaraient les prêtres de Memphis. Mais comment un dieu, tel que nous pouvons le concevoir, pourrait-il créer par sa voix ? Il faudrait qu'il ait pour cela un organe physique, une bouche et une langue, et, dès lors, ce serait un homme, un être déterminé, fini, comme nous le sommes, et non infini, éternel, un pur Akh, l'Akh par excellence.

— Il en va alors pareillement pour Atoum puisque les prêtres d'Héliopolis, dont tu es le chef, assurent que le dieu a créé le monde en crachant ou en se masturbant.

— Naturellement, ce ne sont là que des symboles, des images pour faire comprendre les choses à ceux dont l'esprit est encore à l'état brut. Mais ces images déforment la réalité, ils abaissent les dieux au niveau des hommes. Cependant, ces croyances sont nécessaires aux gens du peuple qui ont besoin de se rattacher à des choses qui leur sont familières, et qui ont aussi besoin de voir dans les dieux des reflets de leurs propres besoins affectifs. C'est pourquoi nous disons qu'ils sont beaux et bons, mais le dieu grand ne peut être en soi ni beau ni bon, car il faudrait alors lui attribuer un aspect, une forme qui réponde à notre vision de la beauté et des sentiments humains dont la bonté nous paraît être l'un des plus élevés. Mais il est absurde d'attribuer à un dieu totalement abstrait de telles qualités, qui ne peuvent être propres qu'à des humains qui possèdent une forme et ont des sentiments. C'est en conséquence d'une grande naïveté que nous voudrions que, comme nous, le dieu puisse éprouver de l'amour, de la colère, de la haine, du désir. Sans doute il nous devient alors plus familier, paraît plus proche de nous, mais c'est en même temps l'abaisser au niveau des humains. Tout cela est fait pour le peuple, pour les hommes qui ne pensent pas loin. C'est pourquoi les théologiens de nos plus anciennes cités ont imaginé des manifestations du dieu sous la forme de divinités ayant chacune des attributions qui correspondent à ces sentiments humains : Hathor est amour et joie, Maât justice, Osiris bonté, Isis est un modèle de mère et d'épouse, Seth de perversité et de méchanceté, Sekhmet de colère. En réalité, ces dieux ne sont pas des manifestations d'un grand dieu, mais plutôt des sentiments qui agitent les hommes, de leurs désirs, de leurs ambitions.

— Voudrais-tu me signifier par là que les dieux sont des inventions des hommes ?

— Certainement dans la façon dont ils sont exprimés et représentés. Mais ils sont aussi, dans leurs représentations mêmes, chargés de symboles, et c'est en méditant sur cela qu'on peut parvenir à cette illumination intérieure qui, elle, conduit à ce que nous appelons le dieu, ou le divin, à défaut d'un terme idoine, impossible à concevoir. Voilà pourquoi je vous ai si souvent répété qu'on ne peut enseigner la sagesse qui est une forme de connaissance de ce divin, elle ne peut se trouver que par chacun suivant un cheminement personnel, en soi-même. Mais la connaissance des autres peuples, de leurs croyances, de leurs langues, tout ce que je vous enseigne depuis ces années, est indispensable pour s'ouvrir le chemin ardu de cette sagesse.

Ayant ainsi parlé, Djedefhor se tut tandis que Mykérinos restait muet, méditant sur ce qui venait de lui être dit. Ils marchèrent un instant en silence puis Djedefhor demanda :

— Dis-moi, Menki, pourquoi es-tu venu devant moi pour me poser ces questions et qui t'a donc parlé de Ptah ?

Mykérinos trouva dans la question l'occasion de rapporter à son oncle tout ce qui s'était passé entre lui et les parents de son ami Kabaptah. Lorsqu'il eut terminé en racontant sa visite au temple et la présence de l'homme momifié qui avait sauvé la vie à sa grand-mère Hénoutsen, il ajouta :

— Hori, si je t'ai parlé ainsi, c'est parce que j'ai en toi toute confiance, que tu es mon maître et un oncle vénéré. Je sais que tu ne songeras ni à dénoncer Khouenptah ni à lui nuire.

— Menki, pourquoi voudrais-je nuire à cet homme qui semble te porter une si remarquable affection ? Personnellement, je n'ai aucune raison d'épouser la querelle de mon père et je n'ai pas d'antipathie envers les fidèles de ce dieu. Quant à dénoncer la famille de ton ami, à qui pourrait-on le faire, sinon à ton père ? Tu le sais, déjà le terme que tu as prononcé m'est odieux. Cependant, il serait hasardeux d'en parler à ton royal père : il est dans un état d'esprit qui me paraît peu favorable à une telle requête, car je me doute que tu voudrais me demander conseil pour savoir si tu ne pourrais plaider en leur faveur auprès de Sa Majesté.

— Tu m'as bien compris. Tu sais, Hori, serais-tu choqué si je te disais que, en voyant comment mon père se comporte, en voyant qu'il épuise notre peuple, en voyant qu'il ne rêve plus que de rivaliser avec les réalisations insensées de mon grand-père, je regrette que ce ne soit pas toi qui es toute sagesse, toute mesure, toi l'héritier légitime en tant que fils de Méritités, qui sois monté sur le trône d'Horus.

— Menki, tu ne dois pas parler ainsi. Khafrê est légitimement sur le trône, ne serait-ce que parce que notre père Khoufou m'avait réservé une autre destinée que je crois avoir accomplie dans une grande mesure. Personnellement, je n'envie pas la fonction royale et je préfère me consacrer à ton éducation et à celle de tes frères. Et maintenant, il n'y a qu'un seul héritier légitime au trône d'Horus, c'est toi. Et, bien que je ne cherche pas à t'encourager dans le jugement que tu viens de porter sur le roi, la manière dont tu te comportes et ce que tu m'as dit par ailleurs me portent à croire que l'Égypte trouvera en toi un grand roi, un souverain comme elle commence à en avoir besoin, afin de se reposer des entreprises grandioses mais trop coûteuses de mon père et de mon frère. Mais il convient que cette conversation reste entre nous, évite de parler à qui que ce soit de tes relations avec le frère de Ptahouser. Il s'est fait le complice de ton grand-oncle Rahotep, et je ne pense pas que ton père lui ait plus pardonné que ne l'a fait le roi Khoufou.

CHAPITRE XXV

C'est vers cette époque que Raouser devint un nouvel élève de Djedefhor. Un jour que le prince était allé rendre visite à Djedi dans son ermitage de Kerâha, ce qu'il faisait parfois afin de goûter au suc de sa sagesse, l'ascète lui avait dit :

— Fils de roi, le dieu grand a abaissé sur toi ses regards car toi comme moi, nous sommes les instruments de sa sapience. Vois : dans les prochains jours, ou plus tard peut-être, un homme viendra vers toi. Il se recommandera de moi. C'est un jeune homme, un élève scribe qui a noué le bandeau. Sa science est déjà étendue, mais il désirerait apprendre auprès de toi la langue des gens du Sumer et il aimerait t'entendre parler de tes voyages et des autres peuples du monde. Ainsi le prendras-tu avec toi, tu l'enseigneras comme tu le fais avec les enfants royaux, en les mettant tous à égalité.

— Qui est donc ce garçon ? Quels sont ses parents ? Comment se fait-il que je ne le connaisse pas, alors que je suis le Grand Voyant de Rê ? s'était étonné Djedefhor.

— Ce garçon est le petit-fils de l'un de mes lointains cousins. Il a vécu jusqu'à ce jour à Hermopolis, mais sa famille est originaire d'Héliopolis. Il revient dans la demeure du Phénix dans l'intention de devenir prêtre du dieu, de Rê seigneur de Sakhîbou.

— Serait-il destiné à me succéder dans la fonction de Grand Voyant du dieu ?

— Ce n'est pas son ambition. Il ne veut être que simple prêtre lecteur car ses regards sont tournés vers la majesté du dieu, seigneur de Sakhîbou. C'est pourquoi il veut devenir ton disciple. Accueille-le comme un fils, tel est le vœu que je te prie d'exaucer.

— Djedi, il en sera comme tu le souhaites, avait assuré Djedefhor.

Moins de deux mois plus tard, le disciple annoncé se présentait à Djedefhor. C'était un jeune homme qui semblait à peine plus âgé que les aînés des enfants royaux. Il était grand, robuste, d'une beauté de visage qui surprit Djedefhor. Dès qu'il ouvrit la bouche, il séduisit le prince tant il s'exprimait avec élégance et retenue, sans chercher à étonner par un savoir qui sous-tendait ses paroles.

— Seigneur, mon nom est Raouser, avait-il déclaré après avoir salué le prince. Je suis celui que tu as accepté de prendre comme disciple. Grande est ma reconnaissance envers toi pour avoir daigné me recevoir parmi tes élèves. Crois que je ferai tout ce qui est en mon pouvoir pour me montrer digne de toi et de ton enseignement.

Djedefhor, qui avait annoncé à ses neveux la venue prochaine parmi eux de ce garçon, lui souhaita la bienvenue puis il l'emmena devant les princes pour le leur présenter. Il fut accueilli par eux avec sympathie et une certaine curiosité car Djedefhor leur avait parlé, à la suite de ce que lui en avait dit Djedi, de son grand savoir pour son âge et de sa volonté d'approfondir ses connaissance dans tous les domaines.

Cependant, au cours des mois qui suivirent, les sentiments d'abord neutres que les princes portaient à ce nouveau venu dans leur groupe se teintèrent de nuances divergentes : les garçons furent plutôt jaloux de sa prestance et quelque peu irrités par l'ascendant qu'il exerça bien vite sur les filles qui ne cachaient pas l'admiration qu'elles lui portaient. Le plus touché fut Nékaourê. Durant toutes ces années pendant lesquelles il avait vécu dans l'intimité de Néferhétépès, il avait senti croître en lui un tendre sentiment à son égard. Néanmoins, il continuait de la regarder comme une petite fille ; quand il parlait de son ambition de marcher sur les traces de Djedefhor et de réussir à découvrir l'île du Double et qu'elle déclarait qu'elle le suivrait dans cette quête, il lui répondait avec un assurance de petit mâle que ce n'était pas une vie pour une fille, qu'elle devait rester dans sa résidence.

— Mais alors, répondait-elle, nous ne nous marierons pas ?

— Pourquoi non ?

— Si tu pars aussi longtemps que notre oncle, tu ne crois tout de même pas que je t'attendrai si longtemps.

— Nous nous marierons avant que je ne parte, avait-il simplement suggéré.

— Je ne t'en attendrai pas moins. Que nous nous marions avant ton départ ou après ton retour, cela ne changera rien à l'affaire.

— Cela changera tout car, si nous nous marions avant mon départ, tu devras bien m'attendre et tu ne pourras te donner un autre époux entre-temps.

Ce raisonnement, qui semblait si judicieux à Nékaourê, scandalisa l'adolescente qui commença à se détourner de son cousin en découvrant qu'il persistait dans ses propos et, partant, dans ses idées sur leurs relations futures. L'apparition de Raouser, avec sa beauté et son prestige intellectuel, ne fut pas sans influence sur la rapide modification des sentiments de Néferhétépès vis-à-vis de son cousin. Elle avait déjà commencé à se détacher de lui en voyant qu'il était bien décidé à partir à la recherche de son île sans qu'elle soit du voyage. Mais elle avait quelque mal à rompre si rapidement avec son ancien rêve, d'autant que, après tant d'années passées dans une si totale complicité, elle imaginait mal qu'elle puisse faire sa vie d'épouse avec quelqu'un d'autre que son cousin. Sa position fut bientôt modifiée lorsqu'elle vit Raouser. Il lui vint finalement à l'idée qu'il ferait un mari digne de son sang princier, et certainement beaucoup plus prévenant que ne pourrait jamais l'être Nékaourê. Ce dernier l'avait trop longtemps regardée comme une compagne de jeu pour, ensuite, songer à la considérer comme une épouse respectée. Leur étroit lien de parenté ajoutait à ces libertés qu'il s'accordait à son égard et, le fait qu'il était prince, fils du souverain des Deux Terres, alors qu'elle n'était jamais que la nièce de Khéphren, lui conférait une supériorité qu'il ne voulait pas reconnaître mais qui gouvernait ses sentiments et son comportement, malgré qu'il en eût. Tandis que l'obscure origine de Raouser, accueilli en égal dans la famille royale, rendait ce dernier humble et déférent à l'égard de ses condisciples, même s'il les surpassait par son savoir.

L'attention qu'il porta aux filles royales, la manière dont, suppléant Djedefhor, il les aidait dans leurs études, dirigeait leurs mains pour tracer avec plus d'art et de rapidité les caractères sacrés et les ligatures de l'écriture commune appelée hiératique, ne faisaient qu'attiser la jalousie des garçons, et en particulier de Nékaourê qui commença à regarder Néferhétépès d'un œil moins condescendant et plus tendre. Mais il songeait à se raviser un peu tard. La jeune fille avait commencé par être séduite par les attentions de Raouser, par son savoir et son intelligence brillante; elle ne tarda pas à éprouver à son égard plus qu'un simple sentiment d'admiration. Nékaourê ne manqua pas de s'en apercevoir car elle se détournait de lui, lui adressait de moins en moins souvent la parole, semblait l'éviter, tandis que lui-même se montrait plus empressé que jamais auprès d'elle et cherchait sa compagnie alors qu'il était si longtemps resté indifférent; car était passé l'âge des jeux, lui-même à quinze ans, venant de couper la tresse de l'enfance tandis qu'elle-même, d'un an sa cadette, était nubile depuis déjà plus d'une année, de sorte que, pour se présenter à son maître et se tenir en compagnie des garçons, elle avait désormais revêtu une robe. Elle n'ôtait son vêtement que pour se baigner dans le Nil, mais, elle ne le faisait généralement que seule ou en compagnie de sa cousine Khamernebti.

Il arriva qu'un jour Néferhétépès s'étant rendue seule vers la rive du fleuve pour se baigner parmi les papyrus qui le bordaient en cet endroit, Nékaourê la suivit de loin, sans qu'elle parût le remarquer. Alors que naguère, tandis qu'ils jouaient ou même luttaient ensemble dans l'état de nudité complète qui était celui des enfants, il n'y avait jamais prêté attention, bien qu'il lui soit arrivé de plus en plus souvent d'être envahi par un grand trouble en sentant tout contre lui le corps de l'adolescente, maintenant qu'elle avait, elle aussi, coupé la tresse de l'enfance et n'apparaissait plus devant lui que vêtue, il était pris du désir de la contempler nue. Il se tint caché dans un fourré de roseaux et de papyrus pour surprendre la jeune fille lorsqu'elle se dépouilla de sa robe pour pénétrer dans les eaux calmes d'une petite baie formée par la végétation qui s'avançait dans le lit du fleuve. Il attendit qu'elle se fût éloignée à la nage du rivage pour sortir de sa cache et venir vers elle avec un air faussement distrait. Puis, faisant semblant de l'apercevoir, il fit l'étonné :

— Tiens Néferti, dit-il en dénouant son pagne, tu viens te baigner au même endroit que moi.

— N'est-ce pas plutôt toi qui as choisi cet endroit parce que j'y viens ? lui demanda-t-elle sans s'émouvoir.

— Ce n'est pas la première fois que je me baigne ici. L'endroit est agréable, dérobé aux regards et il n'y a pas de danger d'y rencontrer un crocodile ou un hippopotame.

Comme elle continuait de nager en lui tournant le dos, sans plus s'occuper de lui, il plongea à son tour et nagea vers elle. Lorsqu'il l'eut rejointe, il voulut la saisir, mais elle n'eut pas de mal à glisser entre ses bras.

— Néky, lui dit-elle en le tenant à distance, que prétends-tu faire ?

— Ne veux-tu plus jouer comme autrefois ?

— Je sais que ce ne sont plus les mêmes jeux auxquels tu désirerais t'adonner avec moi.

— Bien sûr, nous ne sommes plus des enfants, désormais. Mais puisque tu es destinée à devenir la maîtresse de mes biens, qu'est-ce qui nous empêche de jouer aux jeux d'Hathor ?

— Néky, c'est toi qui prétends que je suis destinée à devenir ton épouse. Mais moi je ne le veux plus, je ne veux pas être mariée à un homme qui ne sera jamais auprès de moi, un homme décidé à me quitter le lendemain de notre mariage pour aller parcourir seul les mers. Et je me doute que les tentations seront alors pour toi nombreuses. Moi aussi j'ai entendu les aventures de notre oncle Hori.

— Ton père, tout autant que le mien, a bien plusieurs épouses.

— C'est peut-être leurs privilèges royaux, mais toi, tu ne seras pas un roi, et même si tu le devenais un jour, je n'accepterai jamais de partager mon époux avec d'autres femmes. J'ai vu ce qu'il en a été pour ma mère, ce qu'il en est pour la tienne.

Tout en parlant, elle était revenue sur la rive et elle s'assit sur de l'herbe humide pour essorer entre ses mains sa chevelure ruisselante, en un geste que Nékaourê trouva si gracieux que, prenant pied à son tour sur le bord du fleuve, il vint s'accroupir auprès d'elle et chercha, une fois encore, à l'enlacer. Mais elle le repoussa vivement, se débattit car il insista, enfin lui échappa, ramassa sa robe qu'elle tint devant elle, tout contre son corps, en lui disant d'un ton furieux :

— Néky, reste où tu es ! Je t'interdis de me toucher.

— Que t'arrive-t-il ? s'étonna-t-il.

— Il m'arrive que je ne veux pas faire ce que tu aimerais faire avec moi.

— Je me doute que c'est ce Raouser qui t'a tourné la tête... lança-t-il, amer.

— C'est plutot toi qui m'as méprisée et tu continues de le faire, même maintenant quand tu penses que je vais accepter de faire avec toi une maison de plaisir, sur le bord du fleuve.

Sans lui laisser le temps de se justifier ou

encore d'effectuer de nouvelles tentatives, elle lui tourna le dos et s'éloigna en courant. Il ne chercha pas à la rattraper. Il se persuada que les choses étaient mieux ainsi, que, en effet, il ne pouvait emmener dans les si aventureux voyages qu'il se promettait d'entreprendre une femme qui non seulement lui serait une charge, mais qui, en outre, l'empêcherait de goûter à toutes les fleurs qu'il aurait certainement l'occasion de cueillir. Cette conviction fut fortifiée par Djedefhor lui-même à qui il alla ensuite s'ouvrir de ses désirs.

— Néky, lui répondit-il, je suis le premier à t'encourager à poursuivre dans tes desseins. Tu es maintenant riche de mon expérience, tu commences à très bien t'exprimer dans les langues des lointaines contrées dont je t'ai entretenu, tu parles même mieux que moi le dialecte des gens de Meloukhkha si j'en crois ton maître Amarsi. Encore deux ou trois ans et tu seras prêt pour partir sur les chemins de la mer, vers l'horizon où se lève le soleil. Mais je serais aussi le premier à te déconseiller d'épouser ta cousine. J'ai bien vu que, lorsque je vous ai pris auprès de moi, alors que vous portiez encore tous deux la mèche de l'enfance, vous étiez ensemble comme deux colombes et vous pensiez vous aimer. Mais cette affection n'avait rien à voir avec l'amour qu'un homme peut porter à une femme. C'étaient des amours enfantines qui restent sans portée, dépourvues de racines profondes. Néferti est pour toi comme une sœur. Or, vois : ton père, mon père, nous tous dans notre famille, moi excepté, avons épousé nos sœurs, celles avec qui nous avons toujours vécu depuis notre enfance : ces mariages dynastiques n'ont jamais engendré de grandes passions, jamais ils n'ont allumé dans les cœurs la grande flamme de la Dorée. Celles qu'a aimé mon père Khoufou, ce n'est pas sa sœur Mérititès, ma mère, ce sont Hénoutsen et Noubet; pareillement, si ton père marque une affection pour sa sœur Khamernebti, celles qu'il aime ou a aimées, ce sont ta mère ou cette Hedjekenou. Si d'aventure tu épousais Néferhétépès, tu aurais tôt fait de l'abandonner, car ton désir de sa beauté se changerait bien vite en un ennui, et tu irais chercher ailleurs ce que tu aurais cru trouver auprès d'elle. Elle t'a repoussé après les promesses que vous vous étiez faites. C'est bien, elle a eu raison et toi, tu aurais tort de t'entêter. Au demeurant, je ne sais pas si ton père a prévu de te faire épouser la fille de Didoufri. Comme elle est de sang royal, je crois plutôt que, si elle devait épouser l'un des princes, le roi choisirait plutôt Kounérê, issu de son mariage avec sa sœur.

— Sais-tu qui elle voudrait épouser, en vérité ? répliqua Nékaourê, cherchant par cette attaque à se détacher plus encore de Néferhétépès en la dépréciant ainsi à ses propres yeux.

— Je me doute qu'elle a porté ses regards vers Raouser, répondit Djedefhor.

Nékaourê, qui ne pensait pas que Djedefhor ait eu si tôt fait de découvrir les sentiments intimes de ses élèves, resta un bref instant coi avant d'éclater :

— Eh bien oui ! c'est cet obscur petit scribe dont elle est tombée amoureuse. C'est qu'il a bien su y faire, il l'a cajolée, il l'a flattée et elle est tombée dans son piège, comme un oiseau stupide se fait prendre aux filets de l'oiseleur.

— Néky, ne sois pas plein d'acrimonie et de prétention. Ce Raouser est un garçon noble en beauté et en qualités. Peu importe son origine. Si un roi se permet d'épouser la fille d'un cabaretier ou celle d'un ébéniste, pourquoi une princesse n'épouserait-elle pas un scribe ?

Cette allusion aux origines de sa propre mère et de sa belle-mère ramena Nékaourê à une plus juste conscience des réalités. Comme il hochait la tête sans trouver une réponse, Djedefhor reprit, songeant de son côté au frein qu'avait été longtemps pour lui, lors de ses pérégrinations, le souvenir de son amour pour Persenti :

— Sois assuré que tu seras bien plus libre, plus tranquille, si tu ne laisses pas une épouse aimée dans ta maison. Le véritable choix qui se présente à toi est celui-ci : soit tu abandonnes l'idée de partir en quête de l'île du Double et alors tu prends une épouse dans la Terre chérie et tu mènes la vie qui est celle d'un prince fils de roi, soit tu persistes dans ta volonté de t'embarquer vers des mondes lointains, et alors tu ne dois plus avoir d'attaches dans ton pays, tu dois même rejeter ton orgueil princier car il pourra t'arriver, comme ce fut le cas pour moi, de tomber en esclavage. Tu verras alors qu'il importera peu à ton maître que tu sois fils de roi ou de paysan. Tu ne devras alors compter que sur tes propres qualités pour te tirer d'un si mauvais pas. Si tu n'es pas persuadé de cela, c'est que tu as mal écouté mes enseignements, et, dans ce cas, il vaut mieux que tu restes à Memphis où le roi te donnera des villages pour l'entretien de ta maison, et autant de femmes qu'il te plaira d'en avoir.

— Hori, merci de tes paroles. Mais je ne suis pas si fantasque que j'aurais déjà oublié toutes mes anciennes résolutions tout autant que tes enseignements. C'est même avec impatience que je vais encore attendre les années dont tu as parlé avant que je ne sois complètement mûr pour partir sur les chemins de la mer.

CHAPITRE XXVI

La vénérable cité de Bouto, autrement appelée Per-Ouadjet, la « demeure d'Ouadjet », la déesse serpent maîtresse des couronnes, avait conservé le prestige de son ancienne grandeur sans en garder la richesse. Divisée en deux cités, Pé et Dep à une époque déjà légendaire, elle avait été le siège d'un puissant royaume après avoir fédéré autour d'elle la majorité des villes du delta, bien avant que ne fût fondé par Narmer, l'unificateur de la vallée du Nil, le Mur blanc, la forteresse autour de laquelle avait été bâtie Memphis au cours des siècles. Les « âmes de Pé », hommes figurés dans les temples avec des têtes de faucons, représentaient la succession des anciens rois de la cité, avant que les deux villes ne soient réunies pour former la seule cité de Bouto. Si elle avait perdu une grande partie de son ancien empire, la déesse Ouadjet n'en avait pas moins conservé un temple magnifique qui s'était agrandi et embelli en raison inverse de la décadence de la cité, au point qu'à lui seul, dans sa vaste enceinte, il couvrait une surface qui égalait celle où s'entassaient les dernières demeures privées d'une ville en lente régression. Nombreux étaient ses anciens habitants qui avaient quitté l'agglomération pour s'établir vers les rives du lac voisin où les terres cultivables leur permettaient de vivre des produits de petits domaines accordés en fermage par le temple, propriétaire théorique, avec Sa Majesté, de toute la Terre noire. Ce vaste lac, formé par les débordements du Nil dans une cuvette, était le plus sacré de tout le pays. Car de ses eaux surgissait une île couverte d'une si dense végétation qu'elle était difficilement accessible. En fait, elle semblait entièrement constituée par tous ces fourrés unis qui, dépourvus d'enracinement dans une terre stable, semblaient flotter, voire se déplacer réellement sur la surface des eaux. C'est dans cette île appelée Chemnis que, selon l'antique tradition, Isis aurait élevé en secret son fils Horus afin de le préparer à combattre l'usurpateur, son oncle Seth. C'est de là que, une fois devenu adulte, il s'était lancé dans ces combats qui se terminèrent à l'est de Memphis, dans ce désert de Kerâha où il avait vaincu Seth en un duel mémorable.

Les environs de la rive orientale du lac étaient occupés par des maisons relativement isolées, dont les hôtes vivaient de la pêche sur le lac et de la culture des terres environnantes. Néanmoins, quelques-unes de ces demeures, toutes faites de brique crue ou même de terre et revêtues d'un crépi de plâtre blanc ou peint de vives couleurs, appartenaient à des scribes du temple ou des prêtres d'Ouadjet qui, eux, vivaient des revenus de la déesse.

La plus vaste de ces demeures, mais non la mieux entretenue car une aile de l'ensemble tombait en ruine, avait été construite par Abedou, l'ancien architecte de Snéfrou, à l'époque de sa grandeur. De vastes terrains tout alentour lui avaient alors été concédés par le roi, qu'il avait, par la suite, affermés à des paysans des environs qui le payaient en céréales et autres produits de ses terres. C'est là que, après leur départ hâtif, sinon précipité, de Memphis, après la découverte du cadavre de Sabi dans la pyramide servant de trésor royal, les deux fils de l'architecte avaient trouvé refuge avec leur mère Irty. C'est là qu'ils avaient vécu, quelque peu oubliés, avec une épouse, Nimaât. Une seule épouse qu'ils se partageaient. Mais, afin qu'il ne puisse surgir entre eux un sujet de querelle à propos de cette femme unique, ils vivaient à tour de rôle un nombre chaque fois égal de jours auprès d'elle, dans cette demeure familiale, tandis que l'autre voyageait sur le Nil, à travers le pays. De sorte que, lorsqu'elle enfanta Héqeq, Nimaât savait que son père ne pouvait qu'être Ankhi et lorsque, par la suite, elle mit au monde Ouadjet, on ne pouvait douter que le père fût Djati. Ainsi les deux enfants étaient dans le même temps frère et sœur par leur mère et cousins germains par leurs pères.

Les deux frères, qui s'entendaient mieux qu'Osiris et Seth et ne se jalousaient pas, n'avaient finalement vécu que pour assumer une vengeance que leur père n'avait pas eu la possibilité d'assouvir. Tout d'abord, ils n'avaient pas songé à prendre parti dans la vieille querelle de leur père. Mais, après sa mort, leur mère avait épousé les griefs de son époux, non par amour ou par sentiment de solidarité maritale, mais parce que la privation de ses privilèges attachés à la fonction gratifiante qu'il exerçait avait rejeté cette femme intrigante dans une obscurité qui lui pesait. Ce n'était même pas pour une question de perte de revenus puisque le trésor de la pyramide permettait de compenser largement ce qu'Abedou ne pouvait plus faire entrer dans ses coffres à la suite de ses concussions. Une fois son mari mis dans son tombeau, elle s'était crue investie de la mission de le venger, allant jusqu'à déclarer qu'il était mort prématurément suite au tort que l'action de Khéops lui avait causé et qui, non content de le bafouer en prévoyant l'effondrement de la pyramide, l'avait fait remplacer à ce poste envié par un architecte qu'elle déclarait, évidemment, incompétent. Les grands responsables des maux de la famille restaient ainsi, à ses yeux, d'abord Khéops qui avait intrigué contre son époux, ensuite Snéfrou qui s'était laissé circonvenir par son fils et avait disgracié son architecte, enfin Ankhaf qui s'était empressé de prendre sa succession. Ce dernier étant mort, tout autant, d'ailleurs, que les deux rois, c'est sur leur descendance que devait s'exercer la malédiction d'Abedou. Il est vrai que le malheureux directeur des travaux de Snéfrou n'avait jamais maudit ni Khéops ni Ankhaf, même s'il avait cherché à les faire périr, mais, le temps passant, Irty s'était persuadée qu'il avait prononcé des paroles d'exécration et qu'il revenait à ses fils de réaliser dans les faits ce que leur père n'avait jamais réussi à faire.

C'est ainsi qu'Ankhi et Djati s'étaient bientôt crus, à leur tour, investis de cette mission dont leur mère n'avait de cesse de les entretenir tout en les exhortant à ne plus vivre que pour cela.

— Si le dieu a permis à votre père de construire cette galerie secrète dans la pyramide du roi sans que personne ne puisse s'en apercevoir, et même pas celui qui a terminé pour lui la construction de ce monument, c'est parce qu'il a voulu qu'il en soit ainsi, leur avait-elle dit. Et, afin de continuer de montrer à mon époux qu'il épousait sa querelle, il a poussé le roi à y enfermer ses trésors. Et pourquoi croyez-vous qu'il a voulu que votre père et vous ensuite puissiez puiser dans ce trésor sans jamais encourir la colère divine ? C'est parce que le dieu sait que vous défendez une cause juste, qu'il vous est donné de venger votre père des affronts qui lui ont été infligés. Et l'un des instruments de cette vengeance, c'est ce trésor qui vous permet de vivre au détriment de Sa Majesté tout en pouvant ainsi consacrer tout votre temps à préparer ce châtiment que mérite le roi.

Et lorsque les deux frères osèrent opposer à leur mère que le dieu avait bien puni Sabi de ses prélèvements sur le trésor royal, elle leur fit observer que c'était précisément parce que ces biens ne lui étaient pas destinés et que, en outre, il avait abusé des largesses involontaires du roi.

— Car la prudence est de ne prendre que le nécessaire et non pas se laisser emporter par la passion de la richesse, les avait-elle chapitrés. Tant que vous ne vous servirez qu'avec modération, les trésoriers royaux, qui sont peu consciencieux et ne font leurs comptes que d'une manière rudimentaire, ne pourront s'apercevoir des larcins.

Aussi, même après avoir quitté Memphis, à la suite de l'aventure cruelle qui était advenue à Sabi, les deux frères avaient osé, lorsque le besoin s'en faisait sentir, revenir prélever leur tribut sur le trésor royal, faisant une discrète concurrence à Hénoutsen. La source de ces revenus merveilleux n'avait été tarie qu'après la montée de Khéphren sur le trône, lorsque, n'ayant plus besoin d'accéder en catimini au trésor royal, Hénoutsen en avait révélé le secret et fait clore l'accès à la seconde galerie.

Mais Khéops était mort sans que les deux

frères aient trouvé un moyen de mettre à exécution leur projet. Car, bien que persuadés de leur mission, ils n'étaient pas obsédés au point de risquer leur vie pour la réaliser. La mère de leurs enfants étant allée rejoindre son Ka, selon une belle métaphore généralement utilisée, peu après la naissance d'Ouadjet, ils avaient alors consacré la plus grande partie de leur énergie et de leurs biens à les former pour les rendre aptes à accomplir cette vengeance. Ainsi leur avaient-ils fait apprendre soit auprès d'eux, soit avec des maîtres soigneusement choisis, tout ce qu'ils pensaient devoir leur être utile, à commencer par l'utilisation des plantes et des divers ingrédients utilisés pour préparer aussi bien les potions magiques et les poisons, aux effets lents ou rapides, que la pharmacopée destinée à servir d'adjuvants aux rites magiques, essentiels dans toute thérapeutique. Enfin, lorsqu'après tant d'efforts patients et de temps écoulé leurs enfants leur avaient semblé mûrs pour accomplir à leur place la tâche qu'ils s'étaient assignée sur les instances de leur propre mère, ils avaient réussi à introduire le frère et la sœur dans le Grand Palais, à la suite d'intrigues et de corruptions judicieusement conduites.

Bien qu'ayant ainsi dévolu à leur progéniture le soin de venger leur propre père, les fils d'Abedou ne restaient pas inactifs. Ils se rendaient souvent à Memphis afin d'être au courant des événements de la capitale, et aussi pour surveiller et encourager leurs enfants dans leur entreprise car ils trouvaient qu'ils prenaient trop largement leur temps pour mettre à exécution le dessein pour lequel ils étaient entrés au service du roi et de l'une de ses épouses. Ils se séparaient alors afin de mieux passer inaperçus et pour pouvoir surveiller aussi bien le Grand Palais que les résidences princières de Memphis. Lorsqu'ils se quittaient de la sorte, ils se fixaient un temps précis et, le moment venu, ils se retrouvaient dans leur demeure de Bouto pour faire le point et se donner de nouveaux objectifs.

Comme l'avait supposé Khouenptah, ils avaient surpris les sorties nocturnes de Khéphren et de son frère, mais ils n'étaient alors plus dans la force de l'âge et ils n'avaient pas eu l'audace de s'attaquer à eux directement à l'occasion de l'une de ces escapades car ils savaient le roi robuste et bon guerrier, tandis que Minkaf, quoique certainement moins impressionnant, n'était pas manchot, comme ils se l'étaient dit afin de se décourager de s'engager dans une agression aussi hasardeuse. Ils avaient aussi finalement découvert que le prince héritier vivait hors du palais, partageant son temps entre la résidence d'Hénoutsen et la maison de Sabi, voisine de celle de leur père, où ils avaient passé leur enfance et leur jeunesse. Mais, contrairement à ce qu'avait craint Khouenptah, s'ils avaient pensé que cette découverte pouvait un jour leur être utile, ils n'avaient pas songé à faire du prince la victime de leur vindicte. Ils n'aimaient pas prendre de risques et préféraient attendre en toute sécurité que leurs propres enfants aient exercé leur vengeance sur le roi, selon le projet qu'ils avaient minutieusement élaboré.

Or, après un séjour à Memphis, Ankhi était rentré le premier à Bouto où il avait l'intention d'attendre son frère qui était allé de son côté à Héliopolis où ils avaient appris que les enfants royaux étudiaient sous le houlette de Djedefhor. De tous les serviteurs qui avaient occupé la vaste résidence d'Abedou, il n'en restait plus qu'un, un vieillard au service de la famille de l'architecte depuis plusieurs décennies, car il y avait longtemps que s'était tarie leur principale source de richesse, le trésor royal. Ils ne vivaient plus que sur les revenus des terres mises en fermage, sur lesquelles ils devaient reverser une importante part au temple qui en était le propriétaire légal. C'est aussi la raison pour laquelle ils laissaient à l'abandon la demeure familiale dont une partie menaçait ruine.

Lorsqu'Ankhi entra dans la demeure, Ipi, le serviteur unique, vint au-devant du maître, le salua mille fois en s'enquérant de sa santé, enfin lui dit :

— Seigneur Ankhi, ton serviteur est bien heureux de te voir de retour dans la maison.

— Moi aussi, Ipi, je suis content de rentrer. Mais tu me parais agité, comme si un démon était venu s'installer dans notre demeure.

— Seigneur, il y a un peu de cela. Sache que depuis plusieurs jours des hommes, trois inconnus que personne n'avait encore jamais vus, rôdent autour de la maison. Ils ont parlé aux voisins, ils les ont interrogés sur toi et sur ton frère. Je n'aime pas ça, seigneur, je n'aime pas ça du tout.

— Ces hommes sont-ils venus devant toi, t'ont-ils parlé ?

— Aucun n'est entré dans la demeure, aucun ne m'a adressé la parole. Mais ils ne se cachent pas lorsque j'apparais sur le seuil. Ils restent là à regarder, puis, au bout d'un moment, ils passent leur chemin.

— Et ce sont des voisins qui t'ont appris qu'ils leur avaient posé des questions à notre sujet ?

— Sans quoi, comment l'aurais-je su ? Ils leur ont demandé qui vous êtes, vos noms, d'où vous venez, si vous habitez ici depuis longtemps.

— Et que leur ont-ils répondu ?

— La vérité, seigneur, ou plutôt, ce qu'ils croient savoir. Car ces hommes sont peut-être des agents du roi et il ne ferait pas bon de leur mentir, de leur raconter des histoires.

— L'essentiel, c'est qu'ils ne nous aient pas calomniés.

— De cela, seigneur, tu n'as rien à craindre. Toi et ton frère vous êtes estimés dans ce pays. On y respectait votre père, et comme vous ne chicanez pas les paysans à qui vous avez affermé les terres, ils vous voient tous d'un œil favorable.

— Dans ce cas, nous n'avons rien à redouter, conclut Ankhi en s'asseyant dans un fauteuil tandis que le serviteur courait chercher une bassine de terre et une cruche d'eau pour lui laver les pieds.

Tandis qu'Ipi procédait à cette ablution, Ankhi lui demanda encore :

— Dis-moi, ces hommes, les as-tu revus ce jour ?

— Non seigneur. Je ne les ai pas revus depuis hier matin. Mais il est possible qu'ils soient venus alors que je me trouvais dans la maison. Car, bien que depuis leur apparition je surveille de mon côté, je ne puis passer mon temps caché derrière un rideau pour observer le chemin et les terres alentours.

— Les as-tu entendus la nuit ?

— Ni entendus ni vus, mais la nuit est sombre et remplie des cris des grenouilles et des crissements des insectes, sans compter le bruit des feuillages agités par le vent, les hululements des oiseaux de nuit, les grognements des hippopotames dans le lac...

— Eh bien, si demain ils reviennent, tu m'avertiras et j'irai vers eux, je leur parlerai et nous verrons bien ce qu'ils veulent et qui ils sont.

Bien qu'il ne voulût le montrer, Ankhi se sentait inquiet. Il n'aimait pas rester ainsi sur l'expectative. Il se rassurait en se persuadant qu'il n'avait rien à craindre, que ces hommes ne pouvaient lui vouloir quelque mal, que ce pouvait être, au pire, des scribes royaux chargés de jauger l'étendue des domaines concédés afin de chercher une possibilité pour lever de nouveaux impôts. Car il était de notoriété publique que les projets architecturaux du roi étaient si ambitieux et qu'il mettait tant de hâte à les achever que les moyens financiers ne cessaient de lui faire défaut et qu'il recrutait partout de la main-d'œuvre, au risque de mettre en péril les travaux des champs, sources de toute vie dans le pays. Puis il s'étonnait que des agents de l'État puissent se comporter de cette manière. D'habitude, ils ne se gênaient pas pour aller dans les champs, prendre les mesures, prévoir les récoltes et prélever les impôts, d'avance si possible. Car ces fonctionnaires et leurs directeurs, aussi peu imaginatifs que stériles, ne trouvaient pas d'autre moyen de faire rentrer des richesses dans les caisses de Sa Majesté que le prélèvement d'impôts nouveaux. Or tous ceux qui avaient voyagé dans des contrées étrangères ou qui étaient en relation avec les marchands venus des côtes du Levant savaient que ce qui perdait l'Égypte, c'est que tout appartenait à l'État, qu'il contrôlait aussi bien les revenus des terres que le commerce. De sorte que toutes ces sources de richesses étaient laissées entre les mains de fonctionnaires paresseux qui vivaient du travail d'autrui et que toute initiative créatrice était vouée à l'échec devant l'inertie ou l'avidité de l'administration, tandis que, dans les pays d'Asie, la libre initiative, la possibilité de créer des firmes privées, la liberté du commerce permettaient à des royaumes minuscules, à une seule ville, d'accumuler des richesses et de vivre dans l'opulence. Nombreux étaient les négociants étrangers qui avaient remarqué que si l'Égypte continuait de vivre et de paraître riche — richesses d'ailleurs qui ne profitaient qu'à une toute petite minorité de scribes, fonctionnaires, gouverneurs, prêtres et gens de la cour royale —, c'est parce qu'elle disposait des revenus de terres fertiles et étendues et de villes nombreuses. Chacune ne pouvait plus rapporter que peu, tant les impôts étouffaient toute expansion, mais leur nombre suppléait la stérilité économique vers laquelle tendait ce système étatique.

Tels étaient les sujets de méditation d'Ankhi une fois installé sur une natte et des coussins, devant le portique de sa demeure d'où il pouvait découvrir, par-delà les arbres du jardin, la route qui bordait le lac. Ainsi pourrait-il voir les trois mystérieux visiteurs dans le cas où ils reviendraient. Il était décidé d'aller vers eux dès qu'ils feraient mine de s'arrêter pour l'observer. Mais la nuit tomba sans qu'il ait aperçu les étrangers. Des paysans et paysannes du voisinage passèrent sur le chemin, qui, lorsqu'ils le voyaient, le saluaient, car tout le monde le connaissait dans le pays, et aussi des gens qu'il ne connaissait que de vue, mais tout ce monde lui était familier. Il espérait aussi bientôt voir paraître son frère, car c'était le jour prévu pour leur retour, mais il ne vint pas. Enfin il se décida à rentrer pour prendre son repas dans la cour intérieure de la demeure, tout en se promettant de rendre visite aux voisins que les inconnus avaient interrogés, dès le lendemain matin, en compagnie de son frère Djati qui, certainement, serait de retour dans la nuit ou, au plus tard, le prochain matin.

Ankhi s'était couché à peine son repas consommé, mais il ne parvenait pas à trouver le sommeil. De l'ancienne splendeur de sa famille il lui restait de beaux meubles, de sorte que sa couche ne consistait pas en une paillasse ou, à la limite, des coussins bourrés de feuillages jetés sur la plate-forme de briques servant de lit aux gens peu aisés, mais en un cadre de bois sur des pieds croisés, sculpté d'une tête de Bès, protecteur des dormeurs contre les démons nocturnes, sur lequel était tendu un épais et solide tissu où étaient disposés des coussins sous un drap. La nuit était avancée lorsqu'il crut percevoir des bruits inhabituels. Comme c'est la présence des visiteurs étrangers annoncée par Ipi qui le tenait éveillé, c'est évidemment à eux qu'il songea. Il se redressa sur le lit, l'oreille aux aguets, retenant son souffle. Il crut alors discerner des chuchotements. Un court instant, il regretta de ne pas avoir donné un successeur au chien qui les avait accompagnés pendant des années, lui et son frère, et qui était mort l'année précédente. Le bruit d'un siège cogné ou renversé dans la pièce voisine le fit bondir hors du lit. Il eut l'imprudence de demander à voix forte :

— Ipi, c'est toi que j'entends ?

Aucune réponse ne fusant, il marcha à tâtons vers la porte, mais, rendu défiant, il se plaça sur le côté, sans l'ouvrir, et là, il attendit, le souffle court. Il ne put que se féliciter de sa circonspection car, après une attente qui lui parut si longue qu'il s'apprêtait à sortir pour aller allumer une lampe au foyer gardé rougeoyant dans la pièce d'entrée de la maison, la porte fut brutalement ouverte et trois hommes se précipitèrent dans la pièce, éclairés par une simple lampe. Ils brandissaient de lourds bâtons qu'ils abattirent sur le lit avant de s'apercevoir qu'il était vide. Mais déjà Ankhi avait bondi au-dehors et il partit en courant en direction du lac. Aussitôt ses agresseurs le prirent en chasse. Il comprit que ces hommes, visiblement jeunes et vigoureux, ne manqueraient pas de le rattraper s'il tentait de fuir par la route afin de chercher refuge chez un voisin. Il n'hésita pas à plonger dans le lac et à nager vers l'île qui dessinait sa silhouette sombre sur les eaux scintillantes où se reflétait le ciel étoilé. Il connaissait parfaitement l'île sacrée où il était venu jouer dans son enfance, il savait que dans ce fouillis végétal résidait sa seule chance de salut.

Ses poursuivants s'étaient jetés à l'eau à sa suite : comme il le redoutait, ils savaient donc nager, mais s'il réussissait à atteindre pied sur l'île bien avant eux, il aurait le temps de se dissimuler dans la végétation en évitant les trous sableux où l'on risquait de s'enfoncer sans pouvoir échapper à l'attraction de cette sorte de boue. En prenant pied sur l'île, le cœur battant fortement à la suite de l'effort qu'il avait fourni, il sentit ses jambes ployer. Il se retourna pour voir les têtes sombres de ses agresseurs à une courte distance. Il s'élança alors dans les fourrés profonds et humides, les yeux écarquillés afin de distinguer les trous perfides où il risquait de s'enliser. Il n'avançait que lentement, par prudence, à la recherche d'une sorte de grotte végétale qui lui avait souvent servi de cachette lors de ses jeux d'adolescent. On disait que c'était dans ce lieu secret qu'avait été dérobé Horus à la vindicte de Seth ; et, en effet, ceux qui ne la connaissaient pas avaient bien du mal à la trouver en plein jour. L'obscurité de la nuit lui était ainsi une ultime sauvegarde.

Il perçut les paroles des poursuivants sans parvenir à en saisir le sens, car ils évitaient d'élever la voix pour se communiquer des ordres ou se distribuer les tâches de recherche. Les sons des voix, qui s'accompagnaient de bruits de pas feutrés dans les herbes humides, se rapprochèrent, s'éloignèrent, s'éteignirent. Un instant Ankhi songea à quitter sa cachette et à reprendre la fuite, mais il eut la sagesse de se donner un temps de réflexion. Peu après, des froissements de feuillages furent bientôt suivis de voix qu'il put parfaitement distinguer cette fois, car les inconnus étaient tout proches :

— Installons-nous chacun en un point de l'île et attendons en silence, suggéra une voix. Il croira que nous sommes partis et il se montrera.

— Non, répliqua une autre voix, il doit être trop effrayé pour oser sortir de son trou. Rentrons. Remettons ça à une autre fois. D'ailleurs, il était seul. Son frère n'est pas rentré. Autant les cueillir ensemble et exécuter le travail en une seule fois.

Le silence retomba, puis une nouvelle voix s'éleva :

— Allons-y, fut-il prononcé.

Les pas semblèrent s'éloigner. Mais il n'était que trop vrai qu'Ankhi était tellement terrifié qu'il ne put se résoudre à quitter sa retraite. Il lui vint à l'esprit qu'ils lui tendaient peut-être un piège, qu'espérant qu'il avait pu les entendre parler ils étaient allés se poster dans les environs pour le surprendre lorsqu'il se montrerait. Il décida d'attendre la venue du jour, bien que tremblant doucement de froid car on était au milieu de la saison de la germination.

CHAPITRE XXVII

Le soleil était déjà haut dans le ciel lorsque Djati, le fils cadet d'Abedou, parvint sur le seuil de la demeure paternelle qu'il salua joyeusement. Mais, aussitôt après, il fronça les sourcils et s'inquiéta de ne pas voir paraître son frère ni même Ipi, leur serviteur. Ce dernier était mis au courant du jour de leur retour, au moment où ils quittaient ensemble la maison, et il se tenait toujours dans le jardin pour les recevoir. Mais ce jour-là, personne n'apparut. Djati appela tout en pénétrant dans la pièce d'entrée. Ce n'est que dans la salle suivante qu'il trouva Ipi, allongé sur le ventre, sans mouvement. Sa perruque était tombée sur le côté découvrant son crâne chauve, taché de sang. Il se précipita vers lui, le retourna, se rassura en voyant qu'il respirait, en sentant que son cœur continuait de battre. Il le recoucha sur le sol pour parcourir les autres pièces. Elles étaient toutes vides. Il appela son frère, tout en se disant qu'il n'était peut-être pas encore rentré, quand, parvenu dans une salle où était préparée la cuisine lorsqu'il pleuvait, il entendit un appel qui venait du sol. Il souleva une dalle qui fermait ces trous profonds aménagés dans les sous-sols des demeures, dans lesquels on déposait les jarres de grains afin de les soustraire à l'appétit des rats des champs. Ankhi s'y trouvait, recroquevillé, tremblant de peur.

Djati se hâta d'aider son frère à s'extirper de son trou :

— Ankhi, mon frère, que s'est-il passé ? Pourquoi es-tu dans la cave ?

Retrouvant son calme devant son frère et enfin rassuré, Ankhi rapporta les événements de la veille et de la nuit.

— Lorsque est revenu le jour, termina-t-il, j'ai osé sortir de ma cachette et je me suis hâté de rentrer à la maison. Oui, j'ai vu le corps d'Ipi, mais j'avais si peur que ces assassins ne reviennent que je suis allé me cacher dans la cave en attendant ton retour.

— Ipi semble n'avoir été qu'assommé. Hâtons-nous de le soigner car il est mal en point.

Leur premier souci fut de porter le serviteur sur une couche, de laver sa tête, de poser un emplâtre sur la bosse éclatée de son crâne dont la boîte osseuse semblait avoir résisté au choc. Bientôt il s'agita et ouvrit les yeux pour se plaindre d'un horrible mal de tête. Puis il raconta que, ayant entendu un bruit dans la maison, il s'était levé pour aller voir si c'était son maître qui se levait afin de lui allumer une lampe. C'est tout ce dont il se souvenait car, à peine avait-il mis les pieds dans la salle d'entrée pour y prendre une lampe qu'il avait reçu le coup et perdu connaissance.

Les deux frères firent alors le tour des pièces pour constater que rien n'avait été volé.

— Ces hommes ne sont pas venus pour nous voler mais pour nous tuer, dit alors Djati.

— Je le crois moi aussi, renchérit Ankhi, mais pourquoi ? Qui pourrait en vouloir ainsi à nos vies ? J'ai vu nos enfants, ils ont enfin mis en place tout les pions pour se lancer dans le parcours du jeu du serpent [1]. Ce n'est cependant pas vers le palais qu'il faut se tourner pour chercher qui nous veut tant de mal.

— Moi, je crois le savoir, répliqua Djati.

Devant le regard étonné et interrogateur de son frère, il exprima sa pensée :

— Durant tous les jours où nous avons été séparés, j'ai appris bien des choses. J'ai commencé par me rendre à Héliopolis, comme nous en étions convenus, pour surveiller le prince héritier, Menkaourê. Je l'ai suivi lorsqu'il s'éloignait de la cité du Phénix. Je l'ai suivi jusqu'à une demeure du quartier des artisans, dans les environs du vieux temple de Ptah. Je l'en ai vu ressortir avec un jeune homme de son âge et deux hommes dont l'un ne m'était pas inconnu. Et peux-tu imaginer où ils se sont rendus ?

— Au Grand Palais, je suppose ?

— Certainement pas. La nuit commençait à tomber et ils sont allés droit au temple de Ptah et ils y sont entrés par une brèche de la muraille, à demi dérobée par une végétation envahissante. J'ai alors osé les suivre, je me suis aventuré dans la nuit du temple, à leur suite. Et là, j'ai pu découvrir que l'un de ces hommes instruit le prince dans les rites du dieu, il lui fait connaître ses mystères.

— Quoi ? Le prince se ferait initier aux mystères du dieu déchu ?

1. Il s'agit d'un jeu bien connu, sous l'Ancien Empire, dont on ignore les règles mais qui se jouait avec des pions sur une plaque circulaire, identique à notre jeu de l'oie en forme de colimaçon ou de serpent, divisée en cases. Ce jeu possédait un caractère rituel, tout au moins à l'origine.

— Un dieu qui ne sera plus déchu, qui retrouvera toute sa puissance le jour où Menkaourê montera sur le trône des Deux-Terres, n'en doute pas. Et sache que celui qui instruit le prince n'est autre que Khouenptah, le prêtre de Min que nous étions allés voir pour lui proposer de se liguer avec nous afin de renverser le roi.

— Tu ne m'étonnes pas puisque ce Khouenptah est, avec son neveu Hérou, l'héritier de ce Ptahouser qui s'était allié avec notre père. Mais je ne vois pas le rapport qu'il peut y avoir entre ces faits et l'attentat auquel j'ai échappé.

— Le lien est pourtant visible. Nous avons trop répété à Khouenptah que nous voulions à tout prix venger notre père, que nous ferions porter le poids de sa malédiction sur la descendance de Khéops. Il nous a détournés de notre projet de tuer le roi lors de ses sorties nocturnes parce qu'il craignait, en fait, de voir les siens accusés d'être les instigateurs de ce meurtre. Et maintenant il craint plus encore pour la vie du prince héritier : non seulement sa mort lui ferait perdre tous ses espoirs et cette chance inouïe que le futur maître du royaume soit l'ami intime de son petit-neveu, mais il continuerait de courir le risque de la même accusation. Aussi, afin de mettre un terme à ce danger, quelle pourrait être à ses yeux de meilleure solution que nous supprimer ?

— Crois-tu vraiment que ces hommes aient été envoyés par ce Khouenptah pour nous assassiner ?

— J'en suis persuadé. D'ailleurs, qui d'autre que lui pourrait vouloir notre mort ?

— S'il en est ainsi, soupira Ankhi, notre avenir est bien sombre.

— Plus encore que tu ne peux le penser. Car

j'ai aussi appris que Khouenptah a constitué avec son neveu un réseau comprenant tous les anciens fidèles du dieu. De sorte que, même réussirions-nous à nous débarrasser des hommes qui t'ont assailli, par exemple en les attendant ici et en les tuant, d'autres seront lancés à nos trousses comme des chiens de chasse : ceux-là ne lâchent pas leur gibier tant qu'ils ne l'ont pas saisi et mis à mort.

— Si je te comprends bien, nous devons nous hâter de quitter cette demeure et chercher à nous cacher je ne sais où, au fond de la Terre noire, ou même en pays étranger.

— Il nous reste une autre solution, repartit Djati après un silence.

— Je t'écoute, soupira son frère d'un ton désespéré en se laissant tomber sur un solide siège.

— Nous allons quitter dès ce jour cette demeure de crainte que ces hommes ne reviennent cette nuit nous agresser. Selon ce que tu m'as dit d'eux, ils sont robustes et résolus. Ce serait un trop gros risque que de leur tendre un piège. Au reste, il convient de les épargner. Vois pourquoi : nous irons trouver Khouenptah et nous nous montrerons humbles devant lui. Nous l'assurerons de notre fidélité pour le dieu Ptah et nous lui dirons que nous n'ignorons pas ses relations avec le prince héritier. Nous l'en féliciterons et nous nous réjouirons que, grâce à cette amitié qui s'est nouée entre sa famille et le futur maître des Deux-Terres, le culte du dieu soit prochainement rétabli. Nous l'assurerons que nous sommes les premiers à vouloir que le prince vive, qu'il soit protégé, qu'il ceigne bientôt les deux couronnes. Puis nous lui avouerons que nous avons entre nos mains la vie du roi. Qu'il lui suffise d'en exprimer le désir et il mourra. Mais non brutalement, en conséquence d'un meurtre. Non, ce sera à la suite d'une longue et lente maladie qui le rongera, l'affaiblira, le conduira finalement dans le monde d'Osiris sans que personne puisse soupçonner que des mains amicales lui aient versé ce lent poison mortel.

— Djati, je te félicite. Il n'est que trop vrai que la solution que tu proposes est la seule qui puisse nous sauver, dans la mesure où nos agresseurs nous ont été envoyés par ce Khouenptah.

— Il sera facile de le savoir en parlant avec ce prêtre. Dis-moi maintenant ce qu'il en est de nos enfants.

— Je les ai vus, je leur ai parlé. Je leur ai reproché d'agir bien lentement. Depuis maintenant toutes ces années qu'ils ont été introduits dans le Grand Palais, rien encore ne s'est passé. Ils m'ont opposé que ce n'est pas en quelques mois qu'il est possible de convaincre la troisième épouse d'agir dans le sens prévu. Ouadjet m'a confirmé que Persenti est désormais d'accord pour agir, mais il faut encore qu'elle persuade pareillement la quatrième épouse. Il lui a fallu de longs mois avant qu'elle ne parvienne à entrer dans l'intimité de cette Hedjekenou en qui elle avait d'abord vu une rivale qui lui avait enlevé l'amour de son mari. Il paraît qu'elles sont maintenant devenues de grandes amies, qu'elles se voient tous les jours.

— Il est temps, mais, finalement, c'est peut-être un bien que rien ne se soit encore passé. Car si d'aventure Khouenptah s'opposait à notre projet, il faudrait l'abandonner. Or, il pourrait toujours redouter la même accusation d'avoir participé à une conspiration contre Sa Majesté, ce qui a été la raison pour laquelle il nous a détournés d'agir contre le roi quand nous pouvions aisément le frapper dans la rue, lors de ses sorties nocturnes.

— Certes Djati, mais ce qu'il m'a paru, c'est que nos enfants se sentent maintenant comme des souris dans un grenier. Mon fils est devenu le chef des médecins du palais, il a ses entrées auprès de Sa Majesté qui l'estime ; il ne veut pas perdre sa place pour une vengeance qui, en vérité, lui est étrangère. Quant à ta fille, elle s'est entichée de cette Persenti et elle hésite à la tromper, à lui faire du mal, puisque la reine espère par ses philtres et ses incantations retrouver l'amour du roi alors qu'elle causera sa perte. J'ai bien vu qu'elle temporise, qu'elle essaie de gagner du temps comme si elle pouvait espérer que le roi meure de sa belle mort, sans notre intervention, ou encore dans l'attente de je ne sais quel prodige.

— Il faut la comprendre, soupira le père, surtout en songeant qu'elle a maintenant son avenir assuré dans un poste que bien des femmes pourraient lui envier.

— Si je te comprends, tu espères au fond de toi que Khouenptah s'opposera à la mise à mort du roi.

— Je ne le nie pas. Vois Ankhi, malgré le serment que nous avons prêté à notre mère, j'ai toujours eu des scrupules à engager nos enfants dans cette aventure. Je te l'ai déjà dit, car, finalement, c'est pour une déjà vieille querelle à laquelle ils sont totalement étrangers qu'ils prennent le risque d'être finalement accusés d'avoir été les instigateurs du complot. Car il n'est pas impossible que les épouses royales établissent un lien entre la maladie du roi et les potions qu'elles lui administrent. Dans une telle éventualité, elles ne manqueront pas de se retourner contre Ouadjet qui leur aura fourni le poison et même contre Héqeq. Je ne pourrais supporter qu'ils soient punis pour un crime dont nous serions les vrais responsables.

Ankhi ne répondit pas, il se contenta de soupirer, tant il partageait les scrupules de son frère. Et tous deux songeaient que leur propre mère les avait entraînés dans une entreprise qui allait non seulement contre la justice, mais même à l'encontre des sentiments qui occupaient leur père à la fin de sa vie, avant qu'il ne comparaisse devant le tribunal d'Osiris. Aussi décidèrent-ils, d'un commun accord, de se rallier à la volonté de Khouenptah.

— Si vraiment il saisit notre flèche au vol et nous exhorte à poursuivre dans notre entreprise, alors laissons faire les dieux et nos enfants. Car c'est aussi l'intérêt des fidèles de Ptah que le roi s'élève rapidement dans le ciel d'Horus : plus vite il cédera son trône à son fils, plus tôt Ptah retrouvera ses prérogatives. Mais visiblement ce Khouenptah n'est pas aussi audacieux que son frère et il risque de préférer attendre que les dieux rappellent le roi dans leur empyrée. Il nous est ainsi impossible de prévoir quelle sera sa décision. Voyons maintenant si nous pouvons confier notre fidèle Ipi aux bons soins d'un voisin et puis, sans plus tarder, reprenons le chemin de Memphis.

CHAPITRE XXVIII

Comme l'avait fait son père le jour où il avait réuni ses enfants et ses épouses pour leur communiquer ses décisions à l'occasion de la visite du lac souterrain, Khéphren réunit, en une réception solennelle, ses enfants et ses épouses au pied du sphinx monumental dont le visage enfin achevé avait reçu la forme de celui du roi coiffé du némès.

Un grand vélum avait été tendu au-dessus d'une estrade à peu de distance de la statue du sphinx et du temple bas aux larges piliers de pierre. Selon le protocole voulu par Sa Majesté, Hénoutsen avait pris place sur un large fauteuil en bois plaqué de feuilles d'or repoussé, au haut des marches du podium couvert d'un ample tapis vert, la couleur de la végétation renaissante, celle d'Osiris. Auprès d'elle se tenaient les princes et princesses de la génération suivante, installés sur des sièges plus bas : Khentetenka et sa sœur Hétep-hérès d'un côté, Djedefhor et Minkaf de l'autre. À leurs pieds étaient assis les enfants royaux et princiers : Mykérinos, Khamernebti II, Kounérê, Nékaourê, Sékhemkarê, le fils d'Hedjekenou, Néferhétépès et sa sœur Merseankh. Face à ce groupe étaient dressés des sièges vides : le plus haut, le plus beau, le trône d'Horus dont les accoudoirs étaient soutenus par des effigies de faucons, entouré de quatre sièges destinés aux épouses royales. Néfermaât, le troisième du nom dans la dynastie, le fils de la princesse royale Néferkaou, y avait aussi sa place. Sa mère et son père Ibdâdi s'étant retirés dans l'un de leurs domaines, dans la Basse-Égypte, n'étaient pas présents, ni, non plus, Néférou qui vivait dans un domaine voisin du leur avec son épouse Méretptah.

Toute la cour avait été convoquée, tous les amis de Sa Majesté et les hauts fonctionnaires du palais rassemblés devant le podium. Un rang de gardes maintenait à une distance convenable la foule du peuple qui se pressait au bas de la colline, en arrière du temple bas, dans la place destinée à être bientôt inondée par la montée imminente des eaux du Nil, car le lever de l'étoile Sothis avec le soleil avait annoncé l'arrivée prochaine de la crue.

Lorsque apparut le cortège royal, tout le peuple tomba le front contre terre. Une troupe de soldats, une lance sur l'épaule, allait en tête, suivie par les prêtres destinés à l'entretien et au culte du temple du sphinx, consacré à Rê-Harakhti, le soleil sur l'horizon, et du temple funéraire du roi. Sur leurs crânes soigneusement rasés s'écrasaient les rayons du soleil, tandis que leurs longs pagnes éclataient de blancheur. Ils tenaient à la main des tiges de papyrus, symboles de la jeunesse éternelle et de la vigueur de la nature. Sa Majesté Khafrê Ouserib était porté par douze robustes Nubiens sur un trône d'or dressé sur un palanquin. Il se tenait assis, hiératique, la tête ceinte de la double couronne, le crochet et le fouet croisés sur sa poitrine ornée d'un lourd collier de lapis-lazulis et de turquoises enchâssés dans une monture d'or pur de Nubie. Près de lui marchaient les porteurs d'éventails et l'ami du roi chargé de ses sandales. Suivaient dans l'ordre, sur de plus petits palanquins portés seulement par huit hommes, les quatre reines : en premier venait Khamernebti, puis Méresankh, ensuite Persenti et Hedjekenou. La quatrième épouse avait conservé un ravissant air de jeunesse, presque enfantin, qui charmait ceux qui la voyaient, tandis que Persenti, qui n'avait rien perdu de sa beauté ancienne, avait un air austère, qui marquait son âge réel. Les palanquins des reines étaient encadrés par des femmes des grands et des servantes, et suivis par des musiciennes, des chanteuses et des danseuses qui conféraient à la solennité de la procession une grâce par les danses et une magnificence par les chants et la musique. Une troupe d'archers fermait la marche.

Lorsque le palanquin royal parvint à la hauteur des courtisans, chacun d'entre eux se prosterna jusqu'à ce que le roi soit descendu de son trône pour s'élever sur les degrés du podium, suivi par les quatre reines, chacun de ses pas, lents et mesurés, étant scandé par l'hymne que les chanteuses psalmodiaient à sa gloire. Lorsqu'il prit pied sur le haut de l'estrade, les princes, qui s'étaient levés, s'inclinèrent devant lui. Seule Hénoutsen resta assise sur son siège. Mais lorsque son fils vint au-devant d'elle pour la saluer, elle se leva, vint à lui, le prit dans ses bras et lui dit :

— Taureau puissant, souverain des Deux Terres, les dieux dans le ciel se réjouissent en te voyant dans toute ta gloire et ta mère salue en toi le plus grand roi que l'Égypte ait connu. Je te souhaite encore un long règne et un prompt achèvement de tant de travaux qui inscriront dans le ciel la gloire éternelle de Ta Majesté.

Après ce bref panégyrique, la reine mère s'assit tandis que les princes se redressaient et souhaitaient mille ans de règne au souverain. En suite de quoi, Khéphren alla prendre place sur son trône, entre ses épouses. Les chanteuses et les musiciennes entonnèrent alors un nouvel hymne à la gloire du roi et à celle de Rê sur l'Horizon, que chacun écouta dans le recueillement. Alors Sa Majesté se leva, vint prendre par la main ses deux aînés, Mykérinos et sa sœur Khamernebti puis, sans leur lâcher les mains, il se plaça face aux courtisans et il déclara à haute voix :

— Ma Majesté, inspirée par le Dieu grand, par Atoum-Rê, par mon père Osiris, déclare devant tout le peuple d'Égypte mon fils Menkaourê héritier légitime du trône d'Horus et le successeur de Ma Majesté sur ce trône. Ce jour même il prendra pour femme sa sœur, la fille royale que m'a donnée ma grande épouse royale, Khamernebti. Saluez votre futur souverain et celle qui sera votre reine.

Toute la cour, grands et scribes, gardes et prêtres, s'inclinèrent puis poussèrent des acclamations, bientôt imités par tout le peuple, lequel n'avait pu guère percevoir les paroles du roi mais qui, à l'ouïe des cris de joie des grands, comprit qu'il se passait une grande chose et qu'il devait y participer à sa manière.

La seconde déclaration du roi concernait son vizir ; Minkaf lui avait à plusieurs reprises répété qu'il commençait à être las d'une fonction qu'il assumait avec zèle depuis de nombreuses années, qu'il désirait désormais goûter aux agréments d'une retraite méritée, bien qu'il soit loin d'avoir atteint le seuil de la vieillesse :

— Il ne faut pas attendre le moment où nous aurons perdu aussi bien nos facultés de plaisir que le goût de ces plaisirs et notre verdeur de corps et de cœur pour s'y adonner. Il est grand temps pour moi de vivre selon mon caprice sans plus avoir les soucis d'une fonction et d'un pouvoir qui ont pu me flatter en un temps, mais dont je me suis lassé. Je prétends avoir mérité de vivre une autre vie qui correspondra mieux à mes véritables aspirations.

— Minkaf, mon bon frère, lui avait répondu le roi, je te comprends d'autant plus que moi-même, si je n'étais pas assis sur ce trône, je te suivrais bien volontiers dans ta retraite afin que nous puissions, sans risquer d'être désapprouvés, reprendre nos sorties nocturnes. Je pourrais peut-être alors trouver une nouvelle Hedjekenou pour remplacer celle dont j'ai fait mon épouse et qui, quoique toujours bien attirante, a cessé d'exciter en moi une ardente passion. Aussi, Ma Majesté te donnera un remplaçant dès que tu en manifesteras le désir.

Comme Minkaf avait rétorqué qu'il lui manifestait sans plus tarder un tel désir, le roi avait saisi l'occasion de cette assemblée pour désigner officiellement le remplaçant de son frère au plus haut poste du royaume. Il se tourna alors vers Néfermaât qu'il avait entre-temps sollicité et qui avait accepté d'assumer la fonction.

— Mon frère Minkaf a assumé la fonction de vizir avec talent et compétence, mais il a parlé à Ma Majesté, il lui a déclaré qu'il commençait à ressentir une grande lassitude, qu'il désirait vivre des revenus des domaines que lui a donnés notre père, le dieu qui est auprès d'Osiris. Ma Majesté lui a accordé ce qu'il demandait. Ma Majesté s'est alors tournée vers Néfermaât, le fils de ma tante, la sœur du roi Khéops, la fille du dieu Snéfrou et de la reine Hétep-hérès. Il a fait l'honneur à Ma Majesté d'accepter cette difficile fonction, d'assumer cette délicate tâche. Devant votre noble assemblée, je le nomme ce jour mon vizir. Demain, il viendra devant Ma majesté dans le Grand Palais afin de recevoir les attributs et les recommandations propres à sa nouvelle fonction.

Khéphren présenta le prince que les courtisans acclamèrent, puis il alla reprendre sa place sur son trône, tandis que Mykérinos et Khamernebti, au lieu de retrouver leurs coussins du côté d'Hénoutsen, vinrent s'asseoir sur d'autres coussins, aux pieds de leur père, afin de mieux marquer leur élection et leur séparation de leurs frères. Le roi porta alors ses regards sur les enfants royaux, ouvrit la bouche et dit :

— En ce jour particulier où Ma Majesté inaugure la grande statue divine du sphinx et les temples de Ma Majesté, dites-moi, mes enfants, le vœu que vous aimeriez formuler : je vous l'accorderai dans la mesure où sa réalisation dépendra de moi.

Hétep-hérès fut la première à prendre la parole :

— Puisque Ta Majesté nous y invite, je te prierai de permettre à ma fille Néferhétépès d'épouser l'homme qu'elle a élu dans son cœur. C'est un homme d'obscure origine, mais son cœur est grand et pur, et les déesses Shesat, maîtresse de l'écriture, et Maât se sont penchées sur son berceau avec les Sept Hathors.

— Hétépi, je ne sais qui est l'homme dont tu parles, mais si ma nièce et toi-même l'avez choisi, Ma Majesté ne s'opposera pas à ce mariage. Dis-moi son nom, et je veillerai à lui donner suffisamment de terres pour faire vivre sa famille d'une manière digne d'enfants royaux.

— Son nom est Raouser. Il a étudié avec les princes sous la direction de Djedefhor. Et il n'est personne qui n'ait ses louanges à la bouche.

— Que Raouser devienne donc l'époux de Néferhétépès, lorsque toi-même auras décidé du jour de leur union.

Un tel mariage ne pouvait que satisfaire Khéphren. Il lui convenait que la fille de Didoufri et d'Hétep-hérès, les enfants de Noubet, épousât un homme du peuple dont on n'avait pas à craindre les ambitions. Il avait redouté un moment que Nékaourê, dont il avait entendu parler de son inclination pour la princesse, ne voulût l'épouser car, bien qu'il ne fût pas son fils par le sang, il était considéré comme tel par tout le peuple. D'autant qu'il était en réalité le fils de Djedefhor qui, lui, possédait le sang divin transmis par sa mère Mérititès. Grâce à quoi il restait un rival possible de Mykérinos. Sa satisfaction parvint à son comble lorsque Nékaourê se leva à son tour et, ouvrant la bouche, il dit :

— Mon maître et oncle vénéré est pour moi un exemple que j'aimerais imiter. Puisque la majesté de mon père nous permet d'émettre un désir, je lui demande de mettre à ma disposition un bateau tout équipé pour achever la quête dans laquelle il s'est engagé et que les dieux ne lui ont pas permis de mener à son terme. Je partirai sur la mer et je trouverai l'île du Double, je lui rapporterai le troisième livre de Thot où sont dévoilés tous les mystères du monde.

— Mon enfant, lui répondit le roi qu'une telle requête enchantait, Ma Majesté admire ton audace et ta volonté de poursuivre cette quête de la sagesse qui a été l'un des grands buts de l'existence de mon frère vénéré. Je ferai armer pour toi un bateau, mais il convient que tu prennes patience. Tu es encore bien jeune et sans doute te reste-t-il bien des choses à apprendre auprès de Djedefhor. Il faut aussi que ta mère y consente car c'est dans une longue et aventureuse navigation que tu vas te lancer. Quand ces deux qui te chérissent donneront leur accord, quand mon frère me dira que tu es prêt à entreprendre un pareil voyage, tu auras le bateau que tu demandes pourvu d'un équipage expérimenté. Je suis certain que Djedefhor, avec les marins qu'il a ramenés de ses expéditions, saura te trouver les hommes qui conviennent pour une telle entreprise.

Une fois terminées les diverses cérémonies, le roi se leva et invita sa famille et ses courtisans à le suivre dans le temple bas tout voisin de la vallée, puis à s'élever le long de la chaussée qui conduisait au temple funéraire qui venait d'être achevé. Alors que le temple de la vallée, constitué par une antichambre en forme d'étroite galerie transversale d'où l'on accédait à une salle hypostyle en forme de T, n'était qu'un ensemble de petite taille, malgré l'énormité des piliers et des dalles de couverture, le temple funéraire était un immense bâtiment de forme rectangulaire, accolé à la pyramide dont la silhouette tronquée se détachait sur le ciel lumineux. Bien qu'Ankhmarê, l'architecte chargé de ces travaux, fût présent au côté de Khéphren, c'est ce dernier, qui, avec une naïve fierté, tenait à commenter à sa famille ce qu'il présentait. Il commença par faire remarquer que la chaussée, au sol couvert de dalles de pierre, n'était pas achevée pour permettre d'y faire circuler plus aisément les blocs destinés à la construction de la pyramide, mais que, une fois ce travail terminé, elle serait couverte d'un toit afin de constituer une longue galerie.

Le temple funéraire était un formidable monument dans l'érection duquel étaient intégrées des pierres d'une taille gigantesque, au point que l'on se demandait comment elles avaient pu être aussi parfaitement taillées et mises en place. On y pénétrait par un étroit couloir qui donnait accès à une petite antichambre d'où un autre boyau permettait de pénétrer dans une première salle hypostyle constituée par des énormes piliers de section quadrangulaire. Le monument s'étendait en largeur et à l'extrémité de chacune de ses ailes débouchait une étroite galerie destinée à recevoir les statues animées du roi divinisé. De la première salle hypostyle, disposée aussi en largeur, on passait par un conduit dans une seconde salle hypostyle tout en longueur, dont la double colonnade de piliers formait trois nefs. Un autre boyau donnait de là accès à une cour rectangulaire de belle taille entourée d'un puissant portique fait de piliers massifs. Contre la face antérieure de chaque pilier se dressait une statue du roi, portant alternativement la couronne blanche du Sud et la rouge du Nord. Le portique formait cinq ouvertures sur chacune de ses deux faces, par lesquelles on accédait à des chambres profondes où les prêtres chargés du culte allaient devoir honorer cinq statues du roi. De l'extrémité gauche de la cour à portiques partait ensuite une longue galerie qui formait un coude à angle droit et donnait accès, d'une part, à une série de magasins destinés à recevoir les offrandes funéraires et, d'autre part, à un autre couloir conduisant au saint des saints où, assura Khéphren en se tournant vers son frère, auraient lieu les mystères de la vie divine du roi.

— Sans doute, dit Hénoutsen à son fils lorsqu'ils ressortirent du labyrinthique temple, tu as dépassé avec ce monument tout ce que ton père avait pu encore faire construire. Tu peux te dire satisfait mon fils, mais, lorsque tu auras finalement achevé de faire construire ta pyramide, je te supplie de mettre un terme à des travaux qui, pour aussi magnifiques qu'ils soient, sont en train de ruiner ton royaume et de jeter ton peuple dans la misère.

— Ma mère, répondit le roi, crois que je suis conscient de ce que souffre notre peuple pour la réalisation de ces monuments. Mais c'est une gloire éternelle que le peuple d'Égypte va acquérir. Dès lors, que sont ces souffrances éphémères face à l'éternité d'une telle œuvre ?

En sortant du temple, ils se dirigèrent vers la pyramide de Khéops près de laquelle Khéphren fit arrêter sa suite.

— Je vous demande maintenant, leur dit-il, de laisser le silence tomber entre nous. Prenez patience et attendez sans ouvrir la bouche.

On put alors constater qu'Ankhmarê avait pris en hâte les devants, au moment où la famille royale s'apprêtait à quitter le temple funéraire. Il avait couru jusqu'à l'entrée de la pyramide où il s'était engouffré. Aussi l'entourage du roi n'eut pas longtemps à attendre avant de percevoir soudain un puissant grondement sourdre de la terre tandis que le sol tremblait comme à l'arrivée d'un séisme.

— Quel est ce bruit qui vient des entrailles de la terre ? s'étonna Hénoutsen.

— Sur l'ordre de Ma Majesté, déclara le roi, on vient de faire tomber les dalles qui retenaient les pierres destinées à clore définitivement la galerie conduisant de la chambre basse au lac souterrain. C'est la chute de ces pierres et de cette terre qui vient de secouer le sol. Désormais, plus personne ne pourra accéder au lac souterrain par cette voie. Car tel a été le désir de notre père, c'est pourquoi il avait prévu ce moyen de fermer définitivement l'accès à la Douat.

— Quoi, s'étonna Djedefhor, n'avais-tu pas toi-même voulu retrouver l'accès à l'île de l'Embrasement ? Ne devait-on pas y perpétuer un culte hermétique ?

— Il s'y poursuivra, mais par une autre voie d'accès, répliqua le roi. Vois, le secret de l'ouverture des portes permettant l'accès par la salle souterraine de la pyramide aurait pu être finalement dévoilé. Sache qu'est parvenu à son achèvement tout un ensemble inextricable de galeries sous la statue du sphinx, par lequel on pourra toujours avoir accès à l'île et au temple. Mais les impies qui oseraient s'aventurer dans ce labyrinthe, après avoir percé le secret de leur accès, auraient toutes les chances de s'y égarer sans parvenir à leur but. Incapables de retrouver le chemin du retour, ils se condamneraient à mourir de soif et de faim dans les ténèbres.

— S'il en est ainsi, toi-même cours ce risque, tout autant que les prêtres chargés de l'entretien du temple, rétorqua Djedefhor.

— Certainement pas, car le chemin est marqué par des signes mystérieux qu'il faut connaître pour pouvoir les déchiffrer. Or je suis le seul à les connaître avec un homme de confiance dont Ma Majesté veut taire le nom. C'est lui qui servira de guide aux prêtres.

— Ceux-là finiront bien par prendre des repères, remarqua Hénoutsen.

— Ils n'en auront pas la possibilité. D'abord parce qu'ils seront renouvelés chaque mois, ensuite parce qu'il y a plusieurs chemins d'accès, de sorte que le guide pourra suffisamment varier les itinéraires pour égarer ceux qui espéreraient pouvoir mémoriser le chemin à suivre.

— Il reste encore les ouvriers qui ont percé toutes ces galeries, rappela Hénoutsen.

— Chaque équipe a travaillé dans des boyaux différents et a été renouvelée si souvent qu'il semble qu'aucun des ouvriers ne soit capable de retrouver les bons chemins, assura Khéphren.

— Quoi qu'il en soit, intervint Mykérinos, pourquoi, mon père, prendre tant de précautions pour protéger l'accès de ce lac souterrain ? Même si les rites qui s'y déroulent doivent rester occultes, qu'importe si quelqu'un y accède lorsque le temple est vide ?

— Ce n'est pas pour les mystères du dieu, qui, en effet, ne peuvent être compris de ceux qui ne sont pas initiés, que j'ai voulu tenir secret l'accès à la Douat, répliqua le roi, c'est pour l'or et les métaux précieux qui s'y trouvent en abondance. En or sont les trépieds des lampes, en or sont les statues et la vaisselle. Par ailleurs, j'ai fait de ce lieu le trésor de l'Égypte. Ma Majesté y a fait accumuler plus de richesses encore que notre père n'en avait disposé dans la pyramide de ton ancêtre le dieu Snéfrou. Ce sont là trop de tentations pour des pillards. C'est pourquoi j'ai fait définitivement fermer l'accès par la Lumineuse, car trop de personnes sont passées par là pour y accumuler ces richesses.

— Qui seront perdues pour tout le monde s'il t'arrivait malheur, lui fit remarquer Hénoutsen.

— Ma mère, lui répondit le roi en se tournant vers elle, le secret du labyrinthe du sphinx, je le livrerai à toi et à mon frère Djedefhor. Et aussi à toi, Menkaourê, mon fils, mais plus tard, quand je sentirai que s'approche l'heure de rejoindre nos ancêtres dans la Douat.

— Que le dieu fasse que ce temps vienne le plus tard possible, répondit le prince, par courtoisie filiale car, au fond de lui-même, s'il ne trouvait pas que son père avait trop vécu, il avait pourtant hâte de s'asseoir sur le trône d'Horus.

CHAPITRE XXIX

Khéphren avait fait construire dans l'ensemble de la résidence royale de Memphis un nouveau palais pour abriter le prince héritier et sa sœur et épouse. C'est cette dernière qui avait pris en main la direction des peintres chargés de l'ornement des pièces de la nouvelle demeure. Elle surveillait les artistes, leur suggérait les variations sur des motifs qu'elle-même avait conçus pour l'ornement des murs des diverses salles. La surveillance de ces travaux occupait la plus grande partie de son temps. Il lui arrivait, néanmoins, d'aller rendre visite à sa grand-mère Hénoutsen logée dans la même enceinte, aussi bien pour lui demander conseil que pour l'inviter à venir se rendre compte de l'avance des travaux et de ce qui avait été réalisé à partir de ses indications. Mais c'est surtout à son frère d'époux qu'il lui convenait de présenter ce qui avait été conçu pour embellir la demeure offerte par le roi pour leur mariage et l'élévation officielle du prince au titre d'héritier de la couronne.

Or, ce jour-là, Mykérinos suivit son épouse dans sa déambulation à travers les pièces, n'écoutant ses commentaires que d'une oreille distraite. Ce dont elle se rendit bien vite compte.

Exaspérée par l'impatience qu'il manifestait, elle se décida à lui dire :

— Je vois trop bien, Menki, que tu as hâte de me quitter et que mes commentaires t'ennuient. Eh bien, va vite rejoindre tes compagnons de débauche, puisque tel est l'idéal que tu t'es donné en dépit des enseignements de notre oncle Djedefhor.

— Khami, lui répondit-il d'un ton accommodant, j'admire que tu aies mis tant de passion dans l'ornement de notre demeure, mais je ne te cache pas que, t'ayant accordé toute ma confiance sur ce point, je préfère attendre que tout soit achevé pour me faire une idée d'ensemble ; or, tu ne peux t'empêcher de m'infliger des commentaires sur tout ce qui s'est accompli. C'est une belle initiative que d'avoir pris tout cela tellement à cœur, mais ce n'est pas une raison pour m'imposer de te suivre presque chaque jour afin d'apprécier chaque nouveau détail ajouté à l'ensemble.

— Ce n'est pas cela qui t'ennuie, répliqua-t-elle, amère, mais c'est plutôt le temps que tu perds en ma compagnie alors que tu ne penses qu'à retrouver tes frères et ton ami pour aller courir les tavernes. Quand je pense qu'Hori n'a pas cessé de nous répéter qu'un sage ne devait pas aller perdre son temps dans les tavernes, de s'y livrer aux plaisirs de boire au point de rouler dans le ruisseau lorsqu'on en sort...

— Je ne m'y saoule pas, rétorqua Mykérinos. Nous nous y distrayons, nous y faisons de la musique. En cela, je marche sur les traces de notre père et de notre oncle qui, jadis, passaient la plus grande partie de leurs nuits à boire et chanter dans les cabarets. J'en profite tant que je suis jeune car, lorsque je serai assis sur le trône d'Horus, je ne me permettrai plus ces écarts dont ne s'est pas privé notre royal père.

— Menki, soupira la jeune femme, ce que je te reproche, ce n'est pas tellement de fréquenter les tavernes, c'est de me préférer cet ami, ce Kaba dont tu parles avec tant d'enthousiasme et que tu aimes comme une femme, alors que tu as en moi une épouse.

— Khami, tu es ma sœur et, selon une coutume héréditaire, notre père a voulu faire de toi mon épouse. Or, je ne te l'ai jamais caché, je t'aime bien comme sœur, mais je ne ressens aucun désir pour toi. Si je répands en toi ma semence, c'est parce que la loi dynastique exige que nous ayons ensemble un enfant qui sera l'héritier du trône d'Horus. Je fais ce qui m'est imposé, mais je n'ai aucun plaisir à m'unir à toi. Je ne sais si notre père a tenu pareil langage à notre mère et s'il en est allé de même entre notre grand-père Khoufou et sa sœur, la mère d'Hori, mais, si j'en crois ce que nous a avoué notre grand-mère Hénoutsen, il en a été de même pour eux. Khoufou a aimé Hénoutsen, il l'a épousée par amour alors qu'il a été marié à Méritités par devoir. Et il en a été pareillement avec nos parents, bien que, paraît-il, notre père n'ait eu aucune répugnance à s'unir à notre mère. Il faut que tu te persuades que je ne serai jamais pour toi un vrai mari, mais vois, si d'aventure tu reçois dans ta chambre un homme pour suppléer ma froideur, je ne t'en tiendrai pas rigueur, je serai même heureux que tu trouves quelqu'un qui te donne ce que moi je ne suis pas à même de t'accorder. Pour le reste, il est vrai que j'aime Kaba, que j'ai plaisir à le serrer entre mes bras, qu'il me paraît beau et charmant, mais ce n'est pas pour cela que je préfère les garçons aux filles.

— Il est trop vrai que ce Kaba est joli comme une fille, mais je crois, en vérité, que tu es comme notre oncle Khoufoukhaf, malgré ce que tu prétends. Car, m'a-t-il semblé, avant moi jamais encore tu n'avais fait avec une femme une maison de plaisir.

— Je le reconnais, mais je ne suis certainement pas comme notre oncle car, si j'en crois ce qui nous a été rapporté, Khoufoukhaf n'a jamais touché une femme, même pas son épouse Khentetenka, alors que j'ai fait plus que te toucher puisque tu m'as dit être enceinte de mes œuvres. Et s'il est vrai que j'aime Kabaptah, je ne ressens pas pour autant d'attirance pour d'autres garçons. C'est le dieu, c'est Min de Coptos qui nous a faits tel que nous sommes, qui m'incline à aimer Kaba, et contre cela nul n'y peut rien. Sinon, crois que je voudrais t'aimer comme on peut aimer une épouse et non une sœur.

Après s'être ainsi exprimé, Mykérinos quitta brusquement la jeune femme et se hâta de retrouver ses compagnons de débauche, comme le disait Khamernebti, lesquels n'étaient autres que ses frères Kounérê et Nékaourê, et Kabaptah avec qui, en effet, il se sentait uni par des liens plus intimes encore que ceux de l'amitié. Lorsque Khounérê et Nékaourê venaient à Memphis — car ils continuaient d'étudier sous la férule de Djedefhor à Héliopolis alors que Mykérinos, leur aîné, s'était installé dans la capitale pour y apprendre son métier de roi —, ils avaient leur chambre dans la résidence de Djedefhor, dans l'enceinte de l'ancien palais que n'avait jamais quitté Hénoutsen. C'est là que les trois frères se retrouvaient, avec Kabaptah, qui avait finalement été mis au courant de l'identité réelle de son ami d'enfance par Mykérinos lui-même. Au choc de la première surprise avait bientôt succédé un attachement d'autant plus passionné que Kabaptah se sentait flatté d'être aimé par un garçon voué à de si hautes destinées.

Bien que plus jeune que Mykérinos de plusieurs années, Nékaourê avait entraîné ses frères dans leurs sorties nocturnes. La volonté manifestée ostensiblement par Néferhétépès de s'éloigner de lui et d'épouser Raouser l'avait déprimé, malgré le fait qu'il fût responsable de ce détachement de la jeune fille en conséquence de la manière dont il l'avait traitée, et aussi malgré l'attitude indifférente qu'il s'était astreint d'adopter, un détachement que, en réalité, il n'éprouvait pas. Il avait alors cru trouver une consolation dans la fréquentation des cabarets et le commerce des filles de plaisir qu'il y rencontrait. Il avait rapidement pris un tel goût à ces sorties vespérales et nocturnes qu'il invita ses frères à y participer, car il est d'évidence qu'on prend plus de plaisir à partager ces divertissements avec des amis que de les savourer en solitaire. Et, naturellement, ses compagnons avaient été promptement séduits par ce genre de distraction propre à la jeunesse, à l'âge mûr et, finalement, à la vieillesse.

Dans un premier temps Minkaf, qui avait conservé ses appartements dans le Grand Palais bien qu'ayant abandonné sa haute fonction, sollicité par Nékaourê, avait emmené le jeune homme dans les tavernes qui lui semblaient les mieux achalandées afin de lui éviter de s'acoquiner avec des gredins ou des gens de trop mauvaises mœurs, puis il lui avait laissé la bride sur le cou, de sorte que c'était le fils de Persenti qui dirigeait les opérations lors de ces sorties.

— On m'a indiqué, annonça-t-il à ses compagnons lorsque Mykérinos, après avoir quitté Khamernebti, était venu les rejoindre dans leur lieu de rendez-vous, une taverne sur les quais du fleuve, à l'est de la ville. Il paraît que c'est là que se retrouvent les vieux mariniers du fleuve, mais aussi les hommes qui ont navigué sur les deux mers. Ils y viennent narrer leurs aventures, à ce qu'on m'a rapporté. Comme notre oncle nous a tous éveillés au plaisir d'entendre les récits de belles aventures, je ne crois pas que vous serez opposés à m'accompagner en ce lieu.

Comme il avait reçu une approbation unanime, il avait simplement décrété :

— Alors, nous nous y rendons de ce pas.

La taverne en question était adossée au rempart oriental de la ville, ce rempart de brique et de pierre destiné non pas à la protéger d'envahisseurs improbables, mais de son pire ennemi, les flots débordants du fleuve dieu. La salle commune était vaste, jonchée de nattes et de coussins où s'installaient les clients. Mais, à cette heure de la journée, alors que l'après-midi n'était pas encore parvenu à son terme, il ne s'y trouvait que peu de monde. C'était l'heure préférée des princes pour leurs visites à ces maisons de bière, car les servantes, qui distribuaient aussi gentiment les vases de boisson que leurs caresses, selon le degré de générosité du chaland, n'étaient pas débordées par les demandes et les offres. À peine se furent-ils installés dans un angle, en un lieu retiré, qu'une servante se hâta de venir leur souhaiter la bienvenue et prendre leurs commandes. Elle revint avec une compagne chargée de l'aider à porter les vases de bière avec les chalumeaux puis, lorsqu'elles eurent déposé leurs charges, la première prit la parole :

— L'heure est bonne, nous sommes libres. Si

vous le désirez, nous pouvons vous tenir compagnie. Il y a aussi des chambres à l'étage dans le cas où vous désireriez vous reposer en agréable compagnie. Il ne vous en coûtera pas grand-chose car, à cette heure, nous sommes peu demandées et, en conséquence, peu exigeantes.

C'était là une requête banale à laquelle ils étaient accoutumés, de sorte qu'ils la déclinèrent d'autant plus facilement que les jeunes friponnes n'étaient pas de leur goût. Au demeurant, Mykérinos n'avait d'yeux que pour Kabaptah, et Nékaourê et son demi-frère guettaient l'arrivée de quelque marin susceptible de les intéresser par ses racontars.

Or, comme par hasard, ce navigateur merveilleux vint plus rapidement qu'ils n'auraient pu l'attendre. Il était même déjà présent lors de leur arrivée, mais ils ne l'avaient pas remarqué, assis dans un coin à siroter ils ne savaient quelle boisson. À peine les quatre compagnons eurent-ils éconduit les servantes qu'il vint vers eux, les salua et parla sans qu'on l'en ait prié :

— J'ai bien vu, mes amis, leur dit-il, que, bien que venant boire dans une taverne, vous n'êtes pas des dévoyés, vous êtes de bons garçons bien éduqués. Aussi, si vous n'y êtes pas opposés, je vous raconterai l'aventure merveilleuse qui m'est arrivée. Il vous suffira, pour me délier la langue, de m'offrir un vase de bière, un peu de nourriture et, à l'occasion, un petit cadeau si je vous ai distraits.

Ayant été aussitôt invité à s'asseoir et à parler par Nékaourê tandis que Mykérinos commandait à boire et à manger, il s'installa dans leur cercle sans plus de façons, ouvrit la bouche et dit :

— Voyez, mes amis, l'aventure que je vais vous conter paraît si fantastique que certainement vous ne voudrez y prêter foi. Et pourtant, je vous assure par la vie du roi, par les *kaou* de Rê, que je n'invente rien, que je ne vous fais pas un conte. Depuis des années j'ai navigué sur la grande verte, celle qui est au nord et aussi celle qui est au levant, celle sur laquelle se lève le soleil, celle qui borde la terre du dieu d'où nous viennent les meilleurs parfums.

— Parlerais-tu du pays de Pount et de la terre que les gens de Canaan appellent Havilah ? lui demanda Nékaourê.

— Hé ! Je vois bien, mon ami, que tu n'es pas un ignorant et que tu connais, au moins de nom, ces terres mystérieuses qui bordent la grande mer du Sud.

Le jeune homme prit un air modeste pour répondre qu'il en avait, en effet, entendu parler dans l'école de vie où ils poursuivaient leurs études, mais qu'il n'y était jamais allé, bien que ce fût l'un de ses rêves d'enfance.

— Dans ce cas, lui dit le narrateur, ouvre tes oreilles et écoute les paroles qui vont tomber de la bouche de Mérou... Mérou est mon nom, et c'est moi qui vais vous parler, c'est ma propre aventure que vous allez entendre de ma bouche, et je veux vous faire un conte exact de ce qui m'est arrivé.

Il commença par aspirer de longues gorgées de bière dans le vase que venait de déposer devant lui l'une des servantes, puis il parla ainsi :

— Pour nous, sur l'ordre de Sa Majesté, avait été construit un grand bateau de cent vingt coudées de longueur et de quarante de largeur [1].

1. On utilisait deux sortes de coudées (*meh* en égyptien) : la coudée royale de 0,523 m valant 7 palmes (*shesep*), et la petite coudée utilisée en architecture ne valant que 6 palmes, soit 0,448 m. Quelle que soit la mesure adoptée,

Nous nous sommes embarqués sur la grande verte qui est au sud avec cent vingt marins, tous parmi les meilleurs. Ils avaient tous des cœurs de lions, et ils connaissaient parfaitement la navigation. Les scribes royaux nous avaient assigné notre destination : ce pays de Pount riche en or et en résines aromatiques. Nous avons navigué pendant des jours, tout au long des côtes, et la nuit nous relâchions près des plages de sable blanc. Ce fut d'abord un voyage bien agréable, car le vent soufflait du nord et il nous poussait vers notre destination sans que nous dussions nous fatiguer à souquer dur. Nous nous laissions aller au gré de la brise. Nous pêchions pour nous nourrir, nous buvions l'eau des sources et des puits connus le long de la côte, et nos cœurs se réjouissaient d'un si beau voyage d'où nous devions rapporter tant de richesses. Les jours ont succédé aux jours, les mois ont été atteints et nous avons pénétré dans la grand mer du Sud.

« Nous nous dirigions vers les rives du Pount lorsque s'est levée la tempête. Tout d'abord a éclaté un orage, puis le vent a soufflé avec la pluie, et plus le temps passait, plus il redoublait de violence. Il nous a alors emportés vers la haute mer, vers le levant, alors que le ciel était tout noir, bouché par la pluie, et que nous ne savions même plus où nous nous trouvions. Vers où nous naviguions, comment le savoir ? Le bateau avait tourné sur lui-même, le vent avait arraché la voile, nul n'osait plus s'accrocher aux rames de gouverne, nous naviguions selon les caprices des vents et la volonté des dieux. La nuit se confondait avec le jour et le jour avec la nuit,

une telle taille représente un très grand bateau pour l'époque.

si bien que je ne sais combien de temps a duré la tempête car nous ne pouvions songer à chercher le sommeil. Nous redoutions que jamais ne s'apaise la fureur du ciel et de la mer, car elle semblait même augmenter au fil du temps.

« Ce qu'on pouvait craindre le plus est finalement arrivé, la coque du bateau n'a pu plus longtemps supporter les assauts des vagues. Elle a cédé, elle a été rompue, et le bateau s'est englouti au creux d'une vague immense, haute comme la pyramide du dieu. Qu'est-il arrivé à mes compagnons ? Je ne pourrais le dire. Lorsque le vent est soudain tombé, quand la pluie a cessé d'inonder la mer, quand dans les déchirures des nuages est apparu le ciel bleu et que les rayons du soleil sont retombés sur la mer, je me suis retrouvé seul, accroché au mât du navire. Et devant moi, à portée de la main, une île, une île couverte d'une magnifique végétation. J'ai alors abandonné mon bois sauveur, j'ai nagé vers cette terre. Mais elle était plus loin que je ne l'avais pensé et j'ai bien cru ne jamais y arriver. Lorsque j'ai pris pied sur le sable chaud, j'étais épuisé et je me suis écroulé, à demi mort, mais aussi à demi vivant. C'est ma moitié vivante qui a finalement triomphé. Je suis sorti de mon sommeil et j'ai marché vers l'intérieur de l'île. Il y avait une rivière et de l'eau claire y coulait en abondance. J'y ai trouvé des fruits de toutes sortes, des fruits inconnus chez nous, mais aussi des figues et du raisin. J'ai pu boire et manger à satiété et plus encore, si bien que j'en ai eu des maux de ventre. Mais j'étais seul, sans personne pour rire de moi lorsque je courais me cacher pour me soulager.

« Je pêchai aussi des poissons, je capturai des oiseaux. Pour les cuire, je produisis du feu avec un bâton à feu, car je voulais aussi offrir un sacrifice aux dieux. Mais à peine avais-je vu s'élever la flamme claire et chaude que j'entendis un grand bruit, comme un long roulement de tonnerre. Pourtant le ciel était pur et bleu, le soleil y brillait haut. La terre trembla et je craignis qu'elle ne s'ouvrît, puis les buissons s'agitèrent, les arbres craquèrent. Je me suis jeté contre le sol, tremblant de crainte, je cachai mon visage dans mes mains. Quand j'ai osé regarder, j'ai vu devant moi un serpent immense, avec un corps en lapis-lazuli et en or. Il avait une tête humaine et une grande barbe. Je restais muet de crainte, mais lui, il a ouvert la bouche, il a parlé : "Qui es-tu, petit ? Qui t'a conduit jusqu'ici ? D'où viens-tu ? Parle, si tu ne me le dis pas, je te ferai comprendre qui tu es..." J'ai ouvert la bouche à mon tour, je lui ai dit m'appeler Mérou, je lui ai répondu que je venais de la terre d'Égypte, que la vague de la tempête m'avait jeté sur cette île.

« Il m'a alors invité à le suivre dans sa demeure en me rassurant : "Ne crains rien, petit, me dit-il, tu pourras demeurer dans cette île où t'a déposé la tempête car le dieu a voulu que tu y survives. Un jour viendra où tu pourras retourner dans ton pays. En attendant, ici tu trouveras de bonnes choses, tout ce qu'il faut pour bien vivre dans cette île du Ka." »

À ce moment du récit, Nékaourê ne put s'empêcher d'intervenir :

— Quels mots sont sortis de tes lèvres ? s'écria-t-il. Tu as bien dit que cette île s'appelait l'île du Ka ?

— C'est bien son nom, le nom qu'a prononcé le maître des lieux.

— Ne t'a-t-il jamais parlé du livre de Thot qui est enfermé dans un triple coffret ?

— Il n'en a jamais été question, mais, en

vérité, je n'ai que peu vu ce roi serpent. Nous nous sommes avancés dans une belle végétation, tout au long de la rivière, et il m'a parlé de lui. Il m'a dit que jadis il vivait dans cette île avec les siens, quelque chose comme soixante-quinze serpents, en comptant ses enfants et ceux des autres serpents de sa famille. Or voici ce qu'il m'a alors raconté : un jour une étoile a illuminé le ciel, elle était comme une boule de feu. Elle est tombée sur l'île, elle a tout enflammé, elle a détruit sa famille. Et, dans les restes de l'incendie qui a marqué son arrivée, il avait trouvé une jeune fille, très belle. Il m'a assuré ne savoir pas comment elle était venue, sans doute avec l'étoile d'où elle était tombée. Il l'a recueillie et elle parlait sa langue. Il l'a adoptée, elle est devenue sa fille et ils étaient seuls sur cette île remplie de richesses.

« Je suis alors tombé sur le ventre devant lui, j'ai loué sa sagesse, je lui ai dit que je célébrerais sa puissance, que je dirais sa grandeur au souverain des Deux Terres, que je lui apporterais en cadeau de la casse, de l'encens par lequel on gagne la faveur des dieux, de la résine de térébinthe, du laudanum, tous les parfums, toutes les richesses de l'Égypte, s'il m'aidait à rentrer chez moi. Mais il a ri de mes paroles, il m'a assuré qu'il disposait de plus de richesses que n'en avait le souverain des Deux Terres, qu'il était le roi du Pount d'où provenaient tous les parfums, toutes les résines aromatiques que j'avais mentionnées. Nous sommes parvenus devant sa demeure. C'était une grotte magnifique, bien aménagée, au sol couvert d'épaisses fourrures, remplie de richesses, des bijoux d'or, des colliers de perles, aux parois couvertes de peintures ravissantes. Il m'a invité à boire. Une boisson délicieuse, meilleure que le vin des vignes du roi, meilleure que les bières les plus fines. J'en ai bu tant que je me suis finalement endormi.

« Combien de temps ai-je dormi ? Je ne saurais le dire. Mais lorsque j'ai ouvert les yeux, j'étais totalement reposé, je me sentais bien, l'esprit tranquille. Or, j'ai vu devant moi une femme, une toute jeune femme, très belle. J'ai pensé que c'était la jeune fille dont m'avait parlé mon hôte, le serpent divin. Elle est venue à moi en riant, avec un panier rempli de fruits. Parmi ceux-là il y en avait un, gros comme un œuf d'autruche, enfermé dans une coque brune, très dure. La jeune fille l'a percée de deux trous et il en a coulé un liquide exquis qu'elle a recueilli dans un gobelet en or et me l'a offert à boire. Elle a ensuite cassé la coque du fruit qui avait une chair blanche, très ferme, craquante, délicieuse. J'ai mangé avec elle, puis, une fois la panse bien remplie, je lui ai parlé de son père adoptif, mais elle a ri, et elle m'a répondu qu'elle n'avait pas de père. Je lui ai parlé du serpent. Elle a encore ri, et elle m'a dit que j'avais rêvé. Je lui demandai alors comment aurais-je pu trouver sa grotte, venir jusqu'à elle, savoir qu'elle était tombée d'une étoile ? Elle a dû reconnaître qu'elle ignorait où j'avais appris tout cela, puis elle m'a assuré qu'elle n'était pas venue d'une étoile, mais que je n'avais à savoir ni qui elle était en réalité ni, non plus, d'où elle venait, quelle était son origine. Elle ne m'a permis que de connaître son nom, Abtagigi. »

— Mais ce serpent, n'aurait-il existé que dans ton imagination ? demanda Kounérê.

— Moi, se défendit Mérou, je suis certain de l'avoir vu, de l'avoir touché, mais il est vrai que je ne l'ai ensuite plus revu. Qu'est-il devenu ? Je l'ignore, pas plus que je ne sais où il est ensuite allé se cacher.

— Mais cette jeune fille, comment était-elle ? s'enquit Nékaourê.

— Je te l'ai dit, très belle. Avec une longue chevelure sombre comme la nuit, une peau dorée comme une datte, de grands yeux de gazelle, des lèvres de la teinte du corail.

— Comment était-elle vêtue ? Ne portait-elle pas un pagne court, interrogea-t-il en songeant à l'étroit vêtement des femmes de Meloukhkha tel que le leur avait décrit Amarsi.

— Quel besoin avait-elle d'un pagne puisqu'elle vivait seule sur cette île ? Ses seuls vêtements étaient des bijoux en or, en lapis-lazuli, en perles au pur orient, tout ce qui pouvait relever encore sa beauté sans la voiler.

— Comment pouvait-elle se trouver toute seule sur cette île perdue ? s'étonna à son tour Mykérinos.

— Je ne pourrais te répondre car elle ne m'en a rien dit. Je songeais plutôt à la caresser et à m'unir à elle ; pour le reste, je préférais éviter de l'irriter avec des questions auxquelles elle n'était visiblement pas disposée à répondre.

— Dis-moi encore, reprit Nékaourê, comment était cette grotte ? N'y as-tu pas trouvé un livre ?

— Je n'y ai vu aucun livre, pas le moindre rouleau de papyrus. Il est vrai que je n'ai pas songé à m'en inquiéter et à demander à cette belle si elle savait déchiffrer les signes sacrés. Elle ne m'a semblé rendre de culte à aucune divinité, comme si elle était elle-même une déesse. Et lorsque moi-même j'adressais mes prières à Rê dans son lever ou que je faisais des libations sur l'autel que j'avais construit, elle me regardait sans chercher à participer au sacrifice avec moi. Un jour, cependant, j'avais réussi à capturer un animal qui vivait sur cette île et je m'apprêtais à le sacrifier, mais elle m'a retenu, elle m'a interdit de le tuer, elle m'a même ordonné de lui rendre sa liberté. Et elle m'a dit : sache que je suis la reine de ces animaux, que je suis leur vie. Depuis que tu es ici en ma compagnie, nous est-il arrivé de manger leur chair ? M'as-tu vue en abattre un seul ? C'est pourquoi ils viennent vers moi car je suis leur sœur et leur mère. Il est vrai que, d'un autre côté, elle ne m'interdisait pas de prendre des poissons et de les faire cuire pour les manger. Mais elle-même n'en a jamais mangé avec moi.

— Apprends-nous maintenant, demanda Mykérinos, combien de temps tu as vécu sur cette île et comment tu as pu la quitter ?

— Combien de temps j'y ai passé, je serais bien en peine de le dire, mais certainement plusieurs mois, et même plusieurs années. Or, pour aussi agréable qu'ait pu être cette vie dans une si belle île, sous un climat toujours doux et chaud, une vie passée à paresser, à aimer une fille d'une si grande beauté, je commençais à me lasser, à regretter ma maison dans la Terre chérie, les amis que j'y avais laissés, enfin toute mon ancienne existence bien que je dusse travailler et souvent faire des actions qui m'étaient pénibles. Cette vie là-bas me devenait monotone, trop unie, trop douce. Elle manquait de sel, au point que je me suis dit que si la vie de notre âme dans les champs d'Ialou est semblable à celle que j'ai menée là-bas, sans doute je préférerais que, finalement, la chienne dévore mon cœur et que je retombe dans le néant. Or, voici : un jour s'est levée une tempête et lorsque le soleil fut de retour, j'ai vu sur la plage un grand bateau échoué. Contrairement à ce qui nous était arrivé, l'équipage avait survécu et ses hommes travaillaient à réparer les avanies que la mer avait fait subir à la coque du bateau. Je suis venu vers eux, je leur ai offert de la boisson et de la nourriture, sans leur parler d'Abtagigi. Je ne leur ai rien dit d'elle car je pouvais craindre qu'ils ne lui fassent violence en la voyant si belle, mais aussi parce que je ne voulais pas qu'elle sût qu'un bateau était arrivé et que je pouvais la quitter par ce moyen. Et lorsque le bateau eut été réparé et remis à flot, quand les marins l'eurent chargé de la nourriture que je leur avais procurée, ils m'ont emmené avec eux.

— Ils t'ont ainsi ramené jusqu'en Égypte ? s'étonna Mykérinos. Étaient-ils de chez nous ?

— Non, c'était des gens de Havilah, du nord de la Terre du Dieu. L'un d'entre eux parlait notre langue et il m'a servi pour communiquer avec ses compagnons. Mais ils ont bien voulu me déposer sur la côte égyptienne, à l'entrée du grand golfe d'où partent nos expéditions vers le Pount et les mines du Souverain, le pays d'Atika. De là, il m'a été facile de rentrer à Memphis où je me suis établi.

— Encore une question, matelot, demanda Nékaourê, quel langage parlait cette Abtagigi ?

— Le même que celui que nous parlons en ce moment. Et j'en ai d'abord été étonné, mais c'est aussi dans notre langue que s'était exprimé le serpent qui m'a conduit auprès de la jeune fille.

— Sans doute venaient-ils d'Égypte, conclut alors Mykérinos.

Lorsqu'ils quittèrent la taverne, après s'être séparés du conteur, Mykérinos s'exclama :

— Voilà un beau menteur qui nous a fait un tout aussi beau conte. Je le soupçonne même de n'avoir jamais mis le pied sur un bateau, excepté peut-être pour traverser le Nil.

— Son récit est étrange, reconnut Nékaourê, mais une chose m'étonne, c'est le nom de cette mystérieuse femme. Il n'a pu l'inventer car dans la langue des gens de Sumer il désigne une déesse dont le nom signifie « celle qui suscite le désir ».

— Il a pu l'entendre dans la bouche d'un voyageur venu de Sumer. Notre oncle n'est pas le seul à s'être rendu dans ces contrées lointaines. D'autant que, depuis qu'Hori est rentré de là-bas, il a ramené avec lui tout un équipage de marins de Sumer que ce grand menteur que nous venons de quitter a bien pu rencontrer.

Bien qu'il ait dû reconnaître le bien-fondé de la réplique de son frère, Nékaourê n'en demeura pas moins rêveur à la suite de cette rencontre. L'image de cette étrange fille des îles vint s'installer dans son esprit, mais aussi l'idée que cet homme dont se gaussait Mykérinos ait peut-être bien pu découvrir par hasard cette île du Ka qu'en vain Djedefhor avait si longtemps cherchée. Il prit la décision de revenir le voir, seul, sans ses frères susceptibles d'intervenir malencontreusement ou de se moquer de lui. Et puisque le roi lui avait promis de lui faire construire un beau bateau, il proposerait à ce Mérou de s'embarquer avec lui afin de le conduire jusqu'à cette île merveilleuse.

CHAPITRE XXX

Ouadjet était devenue si proche de Persenti qu'il arrivait souvent que la troisième épouse lui demandât de passer la nuit avec elle, dans sa chambre, afin de lui tenir compagnie. De sorte qu'il arrivait que, de plus en plus souvent, la jeune femme ne retournât pas auprès d'Héqeq et qu'elle restât auprès de Persenti de plus en plus longtemps. Lorsque, finalement, après une absence de près d'un mois, elle retrouva son demi-frère censé être son époux mais qui n'était jamais que son amant, ce dernier la reçut en marquant son impatience :

— Ouadjet, l'entreprit-il aussitôt, tu ne dois plus rester si longtemps sans me donner de nouvelles.

— Et pourquoi donc ? Nous nous connaissons suffisamment bien et nous avons passé suffisamment de temps ensemble pour que nous puissions ne pas nous voir pendant quelques jours, non ? À moins que je te manque à ce point ?

— Il est vrai que tu me manques lorsque je ne t'ai pas vue pendant plusieurs jours. Mais ce n'est pas pour cela que je suis mécontent.

— Quelle est donc la cause du mécontentement de mon cher Héqeq, alors qu'il est toujours si serein, si égal à lui-même ?

— Imagine-toi que j'ai vu nos pères, il y a déjà près d'un mois. Comme nous les avions laissés sans nouvelle, ils se sont décidés à demander à Méket, qu'ils ont réussi à aborder alors qu'elle faisait une visite à sa famille, de me contacter pour que je leur donne des nouvelles, qu'il était urgent qu'ils me rencontrent.

Il fit une pause et, devant le regard interrogateur de sa sœur, il reprit :

— Il faut que tu saches qu'ils ont renoué avec les anciens prêtres de Ptah, et en particulier Khouenptah qu'ils avaient contacté voici quelques années mais qui leur avait opposé une fin de non-recevoir. Sache donc que nous devons interrompre notre opération, nous ne devons pas hâter le départ de Sa Majesté vers le ciel de ses ancêtres.

— Que veux-tu me faire comprendre ? s'indigna Ouadjet. Quoi ! nous nous serions donné tout ce mal, et moi plus particulièrement, pour réaliser ce que nos pères ont été incapables de faire eux-mêmes ! Et tout cela pour rien ? Ils voudraient que nous arrêtions notre action ? Et pourquoi ce revirement ?

— Il paraît que les prêtres de Ptah avaient l'intention de les faire assassiner car ils veulent protéger la vie du prince héritier. Sache que Menkaourê est devenu l'ami intime du petit-neveu de Khouenptah et que, une fois établi sur le trône d'Horus, le prince héritier rouvrira le temple, il rendra ses biens au clergé du dieu qui sera reconstitué, et Kabaptah, l'ami en question, sera nommé grand chef de l'art, à moins que ce ne soit son père Hérou ou son grand-oncle Khouenptah.

— Dans ces conditions, ils devraient être satisfaits que nous soyons là pour hâter le moment où le prince ceindra la double couronne, remarqua judicieusement la jeune femme.

— Il semblerait qu'il devrait en être ainsi. Mais le jeune Kabaptah est si entiché du prince qu'il ne veut pas que lui soit causé le moindre chagrin. Aussi, ce Khouenptah a exigé de nos pères que soit arrêtée notre entreprise.

— Quoi, nous allons devoir nous soumettre aux volontés de ces étrangers, de ces hommes qui ont si mal reçu nos pères et notre grand-père ? Sommes-nous de simples jouets entre leurs mains et entre celles de ton père et du mien ? Pour ma part, je m'y refuse. D'ailleurs, c'est déjà trop tard. Vois, cela fait maintenant plus d'un mois qu'Hedjekenou, persuadée par Persenti, a commencé à verser le poison dans les boissons du roi. Il paraît qu'il commence à se plaindre de maux de ventre et d'estomac, et même qu'il donne des signes de faiblesse. Sous ma direction, Persenti a commencé à prononcer les formules magiques afin de conférer toute son efficacité au philtre. Que vais-je lui dire ? Qu'en réalité c'est du poison qu'on administre au roi et qu'il va non pas revenir vers elle, mais hâter son voyage vers l'Amenti ?

— Tu peux lui dire que sans doute les formules et les philtres manquent d'efficacité, qu'il faut arrêter le processus pour revoir...

— Il n'en peut être question. Je passerais pour une idiote, une incapable... Je risque même de perdre l'estime et l'amitié de Persenti.

— Qu'as-tu à faire de son amitié ?

— Détrompe-toi. Sache que je me suis attachée à cette femme. Depuis tant d'années que je vis dans son intimité, je commence à bien la connaître et je sais qu'elle n'est pas heureuse. Elle a voué une véritable passion au frère du roi, à ce Djedefhor qui est resté si longtemps éloigné de la Terre noire. Elle l'a cru mort et, finalement, elle a accepté d'épouser Sa Majesté qui la désirait depuis longtemps. Tu sais comment, après lui avoir été fidèle, le roi s'est lassé d'elle et s'est finalement amouraché de cette Hedjekenou. Puis Djedefhor est rentré en Égypte, et l'ancien amour qui unissait le prince et ma maîtresse commençait à refleurir. Mais elle est l'épouse du souverain des Deux Terres, de l'Horus incarné. Sa Majesté elle-même ne pourrait faire que ce qui a été n'ait jamais été. Les deux amants ont dû se séparer. Persenti soupçonne Djedefhor d'avoir feint un détachement, une parfaite indifférence afin de la décourager dans son désir de le retrouver en secret. Il aurait même été satisfait, sinon heureux de l'éloignement que lui a imposé son frère en le nommant à la tête du clergé d'Héliopolis et en l'instituant précepteur des enfants royaux. Tant que le roi vivra, ils ne pourront s'aimer car une loi inique, si elle autorise Sa Majesté à prendre toutes les épouses et toutes les concubines qu'il désire, condamne au bûcher une épouse royale qui oserait se donner, même une seule fois, à un amant. Voilà pourquoi malgré ces prêtres de Ptah, malgré mon père, malgré ton père, et même malgré toi, je continuerai à fournir à Persenti ce poison qui lui rendra non pas l'amour du roi comme je le lui ai laissé entendre, un amour auquel elle voudrait se raccrocher pour ne pas désespérer, mais l'amour de celui qu'elle aime en réalité.

Ce discours, plaidoyer en même temps que justification, fit sourire Héqeq qui prit la jeune femme dans ses bras et lui dit :

— Ma tendre sœur au cœur de lionne, tu m'as

persuadé, d'autant qu'il me déplaisait aussi d'obéir aux ordres de ces prêtres qui se croient tout permis. Sans doute nos pères courent un certain risque en leur déplaisant, mais ils pourront plaider leur cause en assurant que nous avons refusé de leur obéir. Et lorsque, grâce à toi, Sa Majesté sera devenue un dieu et que son fils lui aura succédé sur le trône d'Horus, ils ne pourront que nous féliciter d'avoir hâté un moment qu'ils espèrent depuis bien des années.

Or il se trouvait que Khéphren, maintenant qu'était achevé l'essentiel des travaux qu'il avait entrepris et qu'il ne manquait plus que de terminer sa pyramide construite à moitié, avait retrouvé du temps à consacrer à Hedjekenou qui n'avait cessé de le harceler de ses désirs.

Aussi, quand Ouadjet revint auprès de Persenti pour lui remettre un nouveau petit flacon d'albâtre rempli du liquide à administrer par petites doses à son époux, elle commença à lui manifester son inquiétude.

— Ouadjet, lui dit-elle en recevant la fiole, il semble, en effet, que ce philtre commence à marquer son efficacité après le troisième flacon que tu m'as remis. Mais tu peux voir par toi-même que ce n'est pas réellement vers moi mais plutôt vers Hedjekenou que se tourne le roi. Elle paraît heureuse et elle ne cesse de me manifester sa gratitude puisqu'elle croit que c'est par amitié pour elle que je l'ai incitée à administrer cette drogue à notre époux.

— Prends patience, ma reine, lui répondit Ouadjet. Il faut que tu saches que le roi doit, si j'ose dire, revenir sur ses pas en suivant en sens inverse le chemin qu'il a pris pour en arriver au point où il était lorsqu'il a commencé à boire le philtre. Il va donc d'abord se tourner vers celle qu'il a aimée en dernier, puis il traversera sans doute une phase d'incertitude pendant laquelle il est possible qu'il recommence à passer ses nuits dans les tavernes avant de te retrouver et de revenir à ces amours de jeunesse.

— S'il en doit être ainsi, après être revenu vers moi, il m'abandonnera de nouveau pour donner la préférence à Khentetenka qui l'a souvent rejoint dans sa chambre, et ensuite à sa sœur Khamernebti, sa première épouse.

— Certainement pas, car il suffira que nous cessions de lui faire boire du philtre pour qu'il fixe sur toi sa passion. Cependant, je ne sais si ce n'est pas plutôt à Djedefhor qu'il faut faire absorber cette potion plutôt qu'à Sa Majesté, car il me semble que le prince vit toujours dans ton cœur.

— Tu te trompes, Ouadjet, Hori s'est détourné de moi et moi-même je l'ai chassé de mon cœur. Celui que j'aime, celui que je veux aimer et dont je veux retrouver l'amour, c'est son frère Khafrê, c'est le roi dont je suis l'épouse légitime.

Elle avait parlé avec une véhémence qui ne trompa pas Ouadjet, laquelle soupira en disant :

— C'est bon. Je me suis donc trompée et continuons de travailler au revirement de Sa Majesté.

— Néanmoins, reprit Persenti après un silence, j'ai un autre sujet d'inquiétude. Vois : le roi se plaint de plus en plus de maux qu'il ne sait définir, et il paraîtrait qu'il ressent une étrange fatigue. Je crois qu'il va se décider à faire appel à ton époux. Pendant un certain temps, à ce que m'a assuré Hedjekenou, il a voulu ignorer ce mal qui s'est insidieusement emparé de lui, mais il commence à s'alarmer. Je crains que la potion que nous lui administrons à son insu ne soit l'une des causes de ses maux.

— N'aie aucune crainte à ce propos. Vois :

d'abord ce n'est donc que récemment qu'il ressent ces malaises alors qu'il y a déjà un certain temps qu'on a commencé à lui faire boire le philtre...

— Je ne sais pas. Il est possible qu'il ait éprouvé ces maux avant de commencer à boire nos potions. Car il a dit à la quatrième épouse qu'il est victime de ces faiblesses depuis déjà quelque temps.

— Dans ces conditions, le philtre ne peut être accusé, d'autant que tu as pu constater par toi-même son efficacité puisque déjà il est revenu vers Hedjekenou. Ne te fais pas de souci, le reste va suivre.

Le reste suivit bientôt, comme l'espérait Ouadjet, mais non pas comme l'entendait Persenti. Les crampes d'estomac s'aggravant et la faiblesse du roi devenant de plus en plus évidente, il fit venir devant lui Héqeq. Il lui dit ce dont il souffrait, le médecin prit le pouls. Il déclara :

— Un mauvais esprit est entré dans le corps de Ta Majesté, déclara-t-il enfin. Seigneur, je te guérirai, mais il faut que tu saches qu'il existe plusieurs sortes d'esprits. Il me semble que celui qui s'est emparé de toi est sorti de terre, car tu es trop resté sur les chantiers du sphinx et de la pyramide. Je vais préparer pour Ta Majesté des décoctions, mais ton serviteur se permettra de donner un conseil à son souverain, car il me semble que ce sera aussi te mettre sur la voie de la guérison. Sache que ce genre de démon qui occupe tes entrailles fuit les femmes. Oui, il hait ce sexe car il est aussi féminin, il est comme Sekhmet, une lionne qui cherche à t'attirer à elle. Alors, reste autant de temps que tu le pourras auprès de tes épouses, et en particulier de ta quatrième épouse, de cette charmante Hedjekenou. Et porte aussi tes regards vers Persenti. Ce sont ces deux femmes qui sont les plus aptes à chasser de toi ce démon. Mais surtout, évite de leur en parler, ne leur dis surtout pas la raison qui conduit vers elle Ta Majesté. Il faut qu'elles croient que c'est par amour pour elles que tu agis ainsi, et non dans l'intérêt de la santé de Ta Majesté.

— Héqeq, mon bon serviteur, lui répondit Khéphren, je suis déjà revenu auprès d'Hedjekenou non par intérêt, mais parce que je l'aime et que sa présence est pour moi un réconfort et un plaisir. Mais je vais plus scrupuleusement encore suivre un si bon conseil. Au demeurant, je me sens si faible que je ne trouve plus le courage d'aller visiter les chantiers. Ce sera donc sans me forcer que je laisserai mes épouses venir auprès de moi et y demeurer.

Ainsi fit-il, ce dont se réjouit au plus haut point Hedjekenou et, à un moindre degré, Persenti, qui ne pouvait douter de l'efficacité du philtre. Mais, parallèlement, la santé du roi allait se détériorant d'une manière critique. Hénoutsen vint à son chevet et y appela les médecins les plus renommés du royaume. Chacun proposa son diagnostic et ses remèdes. Mais rien n'y fit. Comme à la suite de l'attitude du roi, Hedjekenou avait cessé de verser de la drogue dans les boissons de son époux, mais que le mal empirait, ni elle ni Persenti ne songèrent à mettre en relation le démon qui rongeait la vie de Khéphren et les potions qu'elles lui avaient servies.

Enfin Khéphren se décida à convoquer ses enfants. Il les fit venir à son chevet, avec tous les membres de sa famille, et aussi avec les plus proches de ses amis.

— Je sens que la fin de mon existence terrestre est proche, dit-il alors. Ma Majesté a décidé de vous réunir pour faire part de mes volontés royales. Pour ce qui concerne le corps de Ma Majesté, je veux qu'il soit déposé non dans ma pyramide qui n'est pas encore achevée, mais dans le sanctuaire de l'île de l'Embrasement, dans le sarcophage où a été mis mon père. Puisque nous l'avons retrouvé vide, Ma Majesté considère que c'est moi qui dois prendre la place inoccupée. Hénoutsen, ma mère vénérée, je t'ai révélé le secret de l'accès au lac souterrain. Me voilà pris de court, le temps m'a rattrapé et je n'ai pas eu le loisir d'ouvrir la route à mon fils Menkaourê. Je te laisse ainsi le soin de la lui ouvrir toi-même et de prendre la tête du cortège restreint qui conduira ma momie dans sa demeure d'éternité.

« Pour ce qui est de toi, mon fils bien-aimé, reprit-il en s'adressant à Mykérinos, tu as été désigné devant tout le peuple de l'Égypte pour me succéder sur le trône d'Horus. Je te laisse le soin de terminer la construction de ma pyramide. Pour le reste, je ne te donnerai pas de conseil car toi-même et surtout ta grand-mère au cours de nombreux entretiens qu'elle a eus avec moi m'avez déjà fait savoir la manière dont tu concevais ta tâche royale. Il paraît que tu as l'intention de rouvrir le temple de Ptah et de rendre au dieu son clergé et ses biens. Je ne t'en détournerai pas. Si moi-même je m'en suis abstenu, c'est parce que je voulais persister dans la politique de mon père Khéops, que je voulais rivaliser avec lui en toute chose tout en poursuivant la tâche qu'il s'était assignée. Mais il en va différemment de toi et je suis persuadé qu'il ne te reprochera pas d'avoir rendu à Ptah ce qui lui est dû, lorsque sera venu le moment où tu paraîtras devant lui dans la Douat. Je ne te demanderai pas non plus de prendre en grande considération tes frères et de leur accorder tout ce qui leur convient : ce serait te faire injure que de supposer que tu puisses revenir sur ma parole. J'ai fait rédiger un rescrit où j'ai noté tous les revenus de villages ou de provinces que Ma Majesté concède à tes frères pour leur permettre de vivre selon leur rang. J'ai ainsi laissé à toi, Nékaourê, suffisamment de revenus pour que tu puisses avec la seule aide de ce qui désormais t'appartient faire construire le bateau que tu désires pour partir sur les traces de mon frère bien-aimé, Hori. Pour ce qui est de mes épouses, mon départ leur rend leur liberté. Cependant, je te prie, mon fils, et toi aussi ma mère, de vous rappeler qu'Hedjekenou m'a aimé et que je l'ai aimée. Ne la méprisez pas et laissez aussi bien à elle qu'à son père tous les revenus que je leur ai alloués. Conférez aussi de hautes fonctions à Sékhemkarê, le fils que m'a donné Hedjekenou, lorsqu'il sera arrivé en âge de les assumer.

« Pour ce qui concerne le règne de Ma Majesté, je crois qu'on pourrait me reprocher d'avoir tourné trop fortement mes regards vers ces constructions gigantesques qui ont certainement fatigué bien des bras, cela au détriment du bonheur du troupeau qu'il m'a été donné de diriger. Je sais que toi, mon fils, tu ne commettras pas de pareilles erreurs, mais je sais aussi que les constructions voulues par Ma Majesté jetteront une gloire éternelle sur mon règne et sur celui de mon père, car personne après nous ne sera capable d'entreprendre et de mener à bonne fin de si gigantesques travaux. Nous avons ainsi érigé des monuments éternels qui resteront la gloire de notre nation. Je crois que je peux vous quitter l'esprit serein et l'âme tranquille. Je n'aurai pas à rougir de moi lorsque je me présenterai devant notre père Osiris.

Pendant encore un moment le roi dispensa ses conseils, il fit défiler devant lui ses épouses, ses enfants, tous ses parents et ses amis pour leur faire ses dernières recommandations. On chercha bien à protester, à dire que le roi ne pouvait les quitter déjà, qu'il allait bientôt guérir, mais personne ne croyait à ces paroles consolatrices. Le roi coupa finalement court à toutes ces démonstrations de fidélité et de chagrin en déclarant à haute voix qu'il avait, comme son père, accompli la tâche pour laquelle il était venu dans le monde et qu'il partait le cœur léger, l'âme satisfaite. Qu'il avait maintenant hâte de rejoindre les dieux dans l'empyrée, qu'il allait bientôt devenir une étoile nouvelle qui brillerait dans le ciel de l'éternité.

Il réalisa ce vœu à peine quelques jours plus tard, plus rapidement qu'on aurait pu s'y attendre, de sorte que chacun pensa qu'il avait lui-même hâté le moment de son départ, las d'une existence qui avait perdu sa raison d'être.

Comme il l'avait souhaité, son corps fut momifié et déposé dans la crypte secrète, au milieu du lac de la Douat. Aussitôt après, son fils Mykérinos fit sa double apparition avec la couronne du Sud et la couronne du Nord et il monta sur le trône d'Horus parmi les ovations du peuple d'Égypte.

Fin du quatrième volume

DU MÊME AUTEUR

Éditions du Rocher, 1995.

« Merveilles du Monde », Nathan, 1986.

Éditions du Rocher, 1996.

Sélection du Reader's Digest, 1992.

DU MÊME AUTEUR

OUVRAGES RELATIFS À L'ÉGYPTE

Dictionnaire de la civilisation égyptienne, Larousse, 1968. Nouvelle édition revue, mise à jour et largement augmentée, 1992 (trad. italienne, anglaise et portugaise).

Les Vergers d'Osiris, Olivier Orban, 1981, Prix R. T. L. Grand Public. Paru à France-Loisirs et en édition de poche J'ai Lu. Réédition, Éditions du Rocher, 1993.

Vers le bel Occident (roman), Olivier Orban, 1981. Paru à France-Loisirs. Réédition, Éditions du Rocher, 1993, sous le titre *Le Prêtre d'Amon.* Édition de poche Le Livre de Poche.

Néfertiti, reine du Nil (biographie romancée), Robert Laffont, 1984. Édition de poche J'ai Lu. Réédition, Éditions du Rocher, 1995.

L'Égypte, coll. « Merveilles du Monde », Nathan, 1986 (trad. italienne).

L'Égypte mystique et légendaire, Sand, 1987. Réédition, Éditions du Rocher, 1996.

Égypte, Sun, 1989. Réédition, Hermé, 1996.

Voyage en Égypte de David Roberts (choix d'aquarelles et commentaires par G. Rachet), Bibliothèque de l'Image, 1992.

Voyages en Égypte, images, histoires et impressions, Sélection du Reader's Digest, 1992.

Cléopâtre, le crépuscule d'une reine, Critérion, 1994.

Le Livre des morts des anciens Égyptiens (le papyrus d'Ani). Traduction, introduction, commentaires et notes par G. Rachet, Éditions du Rocher, 1996.
Khéops et la pyramide du Soleil (Le Roman des pyramides*), Éditions du Rocher, 1997.
Le Rêve de pierre de Khéops (Le Roman des pyramides**), Éditions du Rocher, 1997.
Khéphren et Didoufri (Le Roman des pyramides ***), Éditions du Rocher, 1997.

OUVRAGES RELATIFS À L'ANTIQUITÉ CLASSIQUE

Dictionnaire de la civilisation grecque, Larousse, 1969. Nouvelle édition revue, mise à jour et largement augmentée, 1992 (trad. italienne, anglaise et portugaise).
Archéologie de la Grèce préhistorique, Marabout Université, 1969 (trad. brésilienne).
La Tragédie grecque, Payot, 1973 (trad. roumaine).
La Gaule romaine, tome II de l'« Histoire de la France », CAL, 1973.
Vie et activités des hommes dans l'Antiquité, Hachette, 1981.
Delfi, il santuario della Grecia, Mondadori, 1981. Édition française : *Delphes,* Robert Laffont, 1984.
Théodora (biographie romancée), Olivier Orban, 1984.
La Grèce et Rome, nouvelle encyclopédie Nathan, 1986.
Messaline (en collaboration avec Violaine Vanoyeke), Robert Laffont, 1988 (trad. portugaise, espagnole, grecque, coréenne, bulgare, polonaise).
Les Douze Travaux d'Hercule, Éditions du Rocher, 1989. Édition de poche Gallimard/Folio.
Civilisations et Archéologie de la Grèce préhellénique, Éditions du Rocher, 1993.
Le Pèlerinage de Grèce, Éditions du Rocher, 1996 (trad. grecque).

OUVRAGES RELATIFS À L'ORIENT (SAUF L'ÉGYPTE)

Massada, les guerriers de Dieu (roman), Jean-Claude Lattès, 1979. Nouvelle édition partiellement réécrite et augmentée, parue sous le titre *Pleure, Jérusalem,* Le Pré aux Clercs, 1991. Édition du Grand Livre du mois.

Le Roi David (biographie romancée), Denoël, 1985. Édition de poche Gallimard/Folio (trad. brésilienne).

Le Soleil de la Perse (vie romancée de Cyrus le Grand), La Table Ronde, 1988. Édition de poche Gallimard/Folio (trad. espagnole).

Tunisie, Sun, 1989.

Le Manuscrit secret du Nil, Éditions du Rocher, 1993. Paru à France-Loisirs sous le titre *Caravanes d'Arabie.* Édition de poche Le Livre de Poche.

La Route du Roi. Le Voyage de Jordanie, en collaboration avec C. Vincent, Éditions du Rocher, 1996.

Sémiramis, reine de Babylone, Critérion, 1997.

ARCHÉOLOGIE ET PRÉHISTOIRE

L'Univers de l'archéologie, 2 vol., Marabout Université, 1970 (trad. roumaine).

Préhistoire et Gaule celtique, tome I de l'« Histoire de la France », CAL, 1973.

Des mondes disparus, Hachette, 1976 (trad. espagnole, portugaise, allemande, hollandaise).

Guide-Explo de l'archéologie, Hachette, 1978.

Preistoria e culture primitive, volume de la *Storia della scultura del mondo,* Mondadori, 1981. Édition française : *Préhistoire et Cultures primitives,* Celiv, 1983.

L'Archéologie et ses secrets, Nathan, 1983 (trad. américaine).

Dictionnaire de l'archéologie, coll. « Bouquins », Robert Laffont, 1983-1994.

Guillaume le Conquérant (biographie romancée), Olivier Orban, 1982, prix littéraire de Normandie (téléfilm, scénario de Serge Laroche).

Le Signe du Taureau, vie de César Borgia, Mercure de France, 1987. Édition de poche Gallimard/Folio.

Catherine Sforza, la dame de Forli (biographie), Denoël, 1987.

Duchesse de la nuit (série romanesque), Robert Laffont :
Tome 1 : *Le Sceau de Satan,* 1986. Édition de poche J'ai Lu.
Tome 2 : *Le Lion du Nord,* 1988. Édition de poche J'ai Lu.
Tome 3 : *Les Chemins de l'aurore,* 1988. Édition de poche J'ai Lu.

Le Jardin de la Rose. Les amours de Pétrarque et de Laure, Éditions RMC, 1989.

Conception, direction, choix de textes et présentation de :

La Grande Aventure de l'archéologie, 15 vol., Robert Laffont, 1979-1982.

Conception, direction, choix des textes, présentation, lexique et notes de la « Bibliothèque de la Sagesse » (France-Loisirs, 1994-1995) :
Traités de Sénèque;
Livre des morts des anciens Égyptiens;
Confessions (saint Augustin);
Marche à la lumière et *Entretiens du Bouddha* (Sûttânta);
Sagesse du confucianisme *(Ta Hio, Tchoung-young, Lun Yu, Meng-tseu)*;
Sagesse biblique *(Proverbes, Écclésiaste, Job, Sagesse de Salomon)*;
Lois de Manou;
Livre des morts (Bardo Thödol) tibétain et Milarépa;
Dialogues de Plutarque;

Sagesse taoïste (Tao-tê-king, Lie-tzeu, Tchouang-tzeu).

Direction, présentation, lexique et notes de la collection « Spiritualité-Sagesse », Sand, 1995-1996 :

Plutarque, *Traité d'Isis et d'Osiris;*

Pythagore, *Les Vers d'or, avec les commentaires d'Hiéroclès;*

Philostrate, *Vie d'Apollonius de Tyane;*

Les Upanishads;

Hermès Trismégiste;

L'Avesta, tome I;

Lalitâvistara. Vie et doctrine du Bouddha (version tibétaine sous le titre de *Rgya tch'er Rol pa*).

Direction et rédaction partielle d'ouvrages collectifs :

Petite encyclopédie Larousse, 1976.

Chefs-d'œuvre du génie humain, Sélection du Reader's Digest, 1986.

Participation à des ouvrages collectifs :

Encyclopédie Groslier.

Le Monde autour de... l'an 33, Larousse, 1972.

La Grande Encyclopédie Larousse, 1971 *sq.*

Larousse des citations françaises et étrangères, 1976.

XXe siècle. Encyclopédie du monde contemporain, Larousse.

Les Grandes Civilisations disparues, Sélection du Reader's Digest, 1980.

La Mer, Larousse, 1982.

L'Égypte, coll. « Monde et Voyages », Larousse, 1987.

Dictionnaire des citations de l'histoire de France (ouvrage dirigé et conçu par Michèle Ressi), Éditions du Rocher, 1990.

Encyclopédie Atlas (rédacteur et conseiller scientifique), 1997.

Traductions et adaptations :

L'Aventure de l'archéologie, Hachette, 1977 (trad. de l'italien).

Pompéi, résurrection d'une cité, Hachette, 1979 (trad. de l'anglais).
Lire et comprendre les hiéroglyphes, de Hilary Wilson, Sand, 1996 (trad. de l'anglais).

Guy Rachet a aussi publié de nombreux articles dans des revues spécialisées françaises et étrangères et dans divers magazines (*Archéologia, Science & Vie, Géo, Historia, Historama, Le Figaro Magazine,* etc.), ainsi qu'un grand nombre de critiques littéraires dans les *Nouvelles littéraires,* soit un total de plus de deux cents articles et conférences.

Composition réalisée par EURONUMÉRIQUE

Achevé d'imprimer en Europe (Allemagne)
par Elsnerdruck à Berlin
LIBRAIRIE GÉNÉRALE FRANÇAISE - 43, quai de Grenelle - 75015 Paris
Dépôt légal Édit. 2663-05/2000

ISBN : 2-253-14869-5

31/4869/9